anagramma

1050

Della stessa autrice:

Un tè con biscotti a Tokyo
Un giorno di sole a Parigi
Amore, neve e cioccolato
Iniziò tutto un giorno d'estate

Titolo originale: *The Northern Lights Lodge*
Originally published in the English language by HarperCollins Publishers Ltd.

Traduzione dalla lingua inglese di Francesca Gazzaniga
Prima edizione: novembre 2022

ISBN 978-88-227-7179-7

www.newtoncompton.com

Realizzazione a cura di The Bookmakers Studio editoriale s.r.l.s.
Stampato nel novembre 2022 presso Puntoweb s.r.l., Ariccia (Roma)

Julie Caplin

Amore, zucchero e una tazza di caffè

Newton Compton editori

Per la vera principessa vichinga, la mia meravigliosa editrice, Charlotte Ledger, che probabilmente non sarebbe stata un'ottima vichinga; di certo non sarebbe portata per il saccheggio, perché è troppo gentile, cordiale e generosa.

Capitolo 1

Bath

«Temo che non si sia aperta alcuna posizione. È tutto rimasto uguale alla settimana scorsa e a quella precedente. Deve capire che è un momento difficile. L'economia non gira nel migliore dei modi. La gente non si sposta più come un tempo». A dirlo era stata una donna con un sorriso ipocrita e fintamente simpatico e un paio di occhi piccoli come quelli di uno squalo, che evitavano di incrociare lo sguardo di Lucy, quasi che l'essere disoccupati fosse contagioso.

Momento difficile? Pronto?! Lucy ne sapeva più di tutti sul fatto che fosse un momento difficile. Avrebbe voluto prendere per il collo l'addetta alla selezione del personale e scuoterla. Invece, si agitò sulla sedia di fronte all'altra donna nell'ufficio luminoso, con i mobili alla moda e lo schermo all'avanguardia a marchio Apple che occupava la maggior parte della scrivania, cercando di apparire serena anziché completamente in preda al panico.

L'altra ragazza stava ora osservando dubbiosa i capelli biondi e spenti di Lucy, che pendevano come una sorta di coda di topo, senza riuscire a nascondere un'espressione di orripilata curiosità. Lucy deglutì e sentì le immancabili lacrime iniziare a sgorgare. *Prova ad acconciare tu una massa di capelli che sono caduti a manciate nell'ultimo mese*, pensò. Non osava lavarli più di una volta alla settimana perché vedere lo scarico pieno di ciocche bionde le sembrava ancora più terrificante di tutto ciò che stava succedendo nella sua vita. Le cose vanno piuttosto male se i tuoi stessi capelli iniziano dare forfait.

Lucy sentì che le si arricciavano le labbra. Oddio, da un momento all'altro avrebbe potuto ringhiare come un animale selvatico. Ultimamente era sempre più difficile cercare di comportarsi come un essere umano e in quel momento era ancor più impegnativo, mentre guardava la ragazza dall'altra parte della scrivania con il tailleur aderente rosso ciliegia, il perfetto caschetto lucido e le adorabili unghie in gel color prugna. La personificazione del successo. L'aspetto di una persona che stava facendo strada. Una donna la cui carriera era in ascesa, che di certo non colava a picco più velocemente di una canoa che attraversa le cascate del Niagara.

Con un sospiro, Lucy deglutì a fatica e si costrinse a calmarsi. Negli ultimi venti minuti aveva combattuto la tentazione di afferrare quella piccola Miss Professionalità per il bavero e implorare: "Ci deve essere un lavoro per me da qualche parte". Era stata costretta a sedersi sulle mani, le spalle tutte contratte, mentre ascoltava la stessa tiritera che aveva sentito negli ultimi dieci uffici di selezione del personale: il mercato era in calo, la gente non assumeva, nessuno aveva ormai un'occupazione a tempo indeterminato. Non c'era *davvero* bisogno che lo dicessero a Lucy, lei aveva scoperto questa scomoda verità nel modo più duro. Ma, piagnucolò un'insistente voce nella sua testa, stava cercando un lavoro nel settore del turismo; la vocina divenne sempre più stridula e insistente, e aggiunse: *ci sono sempre posti di lavoro in questo campo*.

«Forse se potesse...». La ragazza cercò di farle un sorriso incoraggiante, che non nascondeva la sua curiosità, «sa... procurarsi qualche referenza più recente».

Lucy scosse la testa, sentendo il familiare pesante groppo della disperazione che minacciava di salirle in gola e soffocarla. La ragazza cercò di sembrare comprensiva, mentre dava un'occhiata furtiva all'orologio. Senza dubbio di lì a poco aveva appuntamento con qualcuno di più facilmente collocabile. Una persona il cui curriculum era pieno di raccomandazioni da parte del suo ultimo capo e che non era stata messa in ridicolo davanti a tutti i suoi colleghi.

«Deve esserci qualcosa». La disperazione trasparì da quelle parole non appena le ebbe pronunciate. «Non mi dispiace fare un passo indietro. Ha visto quanta esperienza ho». Si sentì pronunciare quella frase fatidica, quella che si era ripromessa di non dire, a prescindere da quanto le cose si fossero messe male. «Accetterò di tutto».

La ragazza inarcò il sopracciglio come se volesse che lei esplicitasse quel "di tutto".

«Be', *quasi* tutto», si corresse Lucy, all'improvviso terribilmente consapevole che "di tutto" implicava un'enorme quantità di posizioni lavorative, vacanti o meno, e che quella donna guadagnava in base al numero di persone che "collocava".

«Mmm... Ci sarebbe qualcosa». Fece un'elegante alzata di spalle. Ora Lucy si pentì anche del "quasi tutto". A cosa si era detta disponibile? Non conosceva la tizia che aveva davanti. Come poteva fidarsi di lei?

«È... ehm... un grosso passo indietro. Un contratto da temporaneo a permanente. Con un periodo di prova di due mesi. E all'estero».

«Andare all'estero non è un problema», disse Lucy, raddrizzandosi sulla sedia. Una prova di due mesi non era male. Anzi, sarebbe stato meraviglioso. Perché diavolo non ci aveva mai pensato prima? Una fuga totale. Una fuga dalle sghignazzate alle sue spalle da parte degli ex colleghi, dagli sguardi furtivi alla *è lei, dai, hai capito chi*, dai sorrisetti alla *sappiamo cosa hai fatto* e dalle occasionali occhiatacce alla *ci avrei scommesso* che la facevano sentire decisamente male.

La ragazza si alzò e fece alcuni passi verso un tavolo di faggio alle sue spalle, per rovistare in una piccola pila di fascicoli blu che vi era depositata sopra. Anche da lì Lucy era certa che si trattava di scarti di barile, quei lavori che erano stati assegnati alla categoria "non troveremo mai e poi mai un candidato, quindi accantoniamoli". Con uno strattone, una cartellina logora venne tirata fuori dal fondo della pila. Lucy sapeva come si sentiva quel povero fascicolo. Trascurato e messo da parte.

«Mmm».

Lucy aspettò, seduta sul bordo della sedia e allungò leggermente il collo per cercare di leggere qualcosa, mentre l'altra ragazza faceva scorrere un'unghia lucida sulla pagina in formato A4. «Mmm. Ok. Mmm».

Lucy strinse le dita, lieta che fossero intrappolate tra le cosce e la sedia.

Con una smorfia malcelata, la ragazza chiuse il fascicolo e la guardò preoccupata. «Be'...». La sua espressione vacillò. «Forse è davvero troppo qualificata per questa proposta. È a...», e proseguì dicendo qualcosa che suonò come uno starnuto.

«Come?»

«Hvolsvöllur», ripeté. Lucy notò che aveva controllato come si pronunciasse.

«Ok», annuì Lucy. «E dove si trova esattamente...». Fece un cenno al file, supponendo che la località in questione si trovasse da qualche parte nell'Europa dell'Est.

«Islanda».

«Islanda!».

«Sì», proseguì frettolosamente l'altra donna. «È un posto con un periodo di prova di due mesi, come le dicevo, in un piccolo hotel a Hvolsvöllur, a un'ora e mezza di macchina da Reykjavik. Inizio immediato. Devo chiamarli e mandare i suoi dati?». Quelle parole vennero pronunciate con un improvviso e inaspettato entusiasmo.

Islanda. Non aveva mai pensato di andarci. Non faceva terribilmente freddo lì? Ed era praticamente sempre buio. Il suo clima ideale era caldo, con mari dalla temperatura tiepida. Un'ora e mezza di macchina da Reykjavik suonava inquietante, ed era solo un altro modo per dire "in mezzo al nulla". Lucy si mordicchiò il labbro.

«Non parlo la lingua».

«Oh, non deve preoccuparsi di questo. Parlano tutti inglese», spiegò allegramente la ragazza prima di aggiungere: «Naturalmente, potrebbero non volerla... sa». Il suo sorriso si affievolì in segno di silenziosa compassione. «Non voglio alimentare le sue speranze. Ma racconterò loro le buone esperienze precedenti che ha fatto. È il... ehm, le referenze recenti potrebbero essere un problema. C'è un buco».

«Forse potrebbe dire che mi sono presa un anno sabbatico», propose Lucy, frettolosamente.

La ragazza annuì, sforzandosi di sorridere. «Mi lasci andare a fare una telefonata». Si alzò con aria un po' impacciata. Lucy sospettava che di solito chiamasse dal telefono sulla scrivania, ma che in quel caso volesse un po' di privacy per cercare di convincere il cliente ad assumere una persona con un buco di tre anni nel curriculum.

Il suo ultimo impiego era stato quello di assistente di direzione dell'hotel di punta di una grande catena di Manchester, con la quale aveva fatto gavetta nei due anni precedenti, fino a quando la suddetta catena non l'aveva licenziata per cattiva condotta. Lucy serrò i denti al ricordo di quella donna senza cuore che la Direzione Generale aveva mandato dal frondoso Surrey per sferrare il colpo di grazia. Naturalmente, non avevano licenziato Chris.

Per un attimo, l'autocommiserazione minacciò di sommergerla. Domanda di lavoro dopo domanda di lavoro, rifiuto dopo rifiuto. Nemmeno un colloquio. Ogni volta che riceveva un altro "no", la tristezza cresceva, come un'ombra che si allunga nel sole del tramonto. Il suo conto in banca si stava svuotando, stava rapidamente esaurendo i divani su cui dormire e l'ultima spiaggia, cioè rintanarsi nella casa a due piani di mamma e papà a Portsmouth, si stava facendo sempre più papabile. Ma non aveva intenzione di cedere. Sua madre avrebbe voluto sapere il perché. E se avesse scoperto la verità suo padre ci sarebbe rimasto secco. Lucy si mordicchiò le labbra, riaprendo una vecchia ferita. Per qualche motivo, aveva preso il vizio di masticarsi l'interno del labbro, e negli ultimi mesi era diventata un'orribile abitudine di cui non riusciva a liberarsi.

«È... è incluso l'alloggio?», chiese in tutta fretta, mentre la ragazza stava per lasciare la stanza.

«Oh Signore, sì, nessuno sano di mente prenderebbe in considerazione la proposta senza alloggio». I suoi occhi si sgranarono di colpo quando si rese conto che probabilmente aveva detto troppo. «Torno subito». In modo piuttosto eloquente, raccolse il fascicolo per portarselo via, lasciando Lucy da sola nell'ufficio.

«Sei sicura che sia la cosa giusta da fare?», le chiese Daisy, la sua migliore amica, scuotendo la testa con un'espressione di diffidenza mentre fissava lo schermo del suo portatile. «Sei decisamente troppo qualificata. Ci sono solo quarantaquattro stanze», fece una pausa, «e tu odi la neve».

«Non odio la neve. Non mi piace in città, perché diventa tutta nera e fangosa», protestò Lucy pensando alla neve di quando era bambina. Quella prima spruzzata invernale, pulita e friabile, implorava che qualcuno la calpestasse, e poi le battaglie a palle di neve e la costruzione dei pupazzi...

«Mmm», mormorò Daisy, incredula. «Ti sei appena acclimatata a Manchester. L'Islanda sarà molto peggio. Anche se», corrugò la fronte, «sembra molto carina».

Lucy annuì, "carina" era un eufemismo. Stando alla galleria di foto su quel sito web, era stupenda. L'esterno dell'hotel, con i suoi tetti erbosi e l'accozzaglia di edifici, era sovrastato da un lato da una collina innevata e cosparsa di ombre scure di affioramenti scoscesi, e dall'altra parte da una costa rocciosa e selvaggia dove le onde spumeggianti s'infrangevano su una stretta spiaggia di ciottoli. Gli interni, splendidamente fotografati, mostravano una vista mozzafiato da ogni finestra dell'hotel, diversi enormi camini e angolini sistemati in modo accogliente con mobili che invitavano a raggomitolarsi e a sonnecchiare davanti a un caldo focolare. Sembrava tutto favoloso. Il che portava alla domanda: perché il posto di direttore generale non era stato ancora occupato? Sfiorò coi denti quella maledetta ferita all'interno del labbro e trasalì.

Daisy, che si accorse del suo sussulto improvviso, le rivolse un'occhiata severa. «Non sei obbligata ad accettare. Sai che puoi restare qui quanto vuoi». Il suo sguardo si addolcì. «Non mi dispiace affatto. Mi piace averti con me».

Per quanto sarebbe stato allettante rimanere nel grazioso appartamento di Daisy a Bath, Lucy doveva accettare quel lavoro. «Daisy, non posso dormire per sempre sul tuo divano e, se non accetto questo posto, probabilmente ci resterò per sempre».

Una tristezza familiare minacciò di avvolgerla di nuovo, trascinandola a fondo. Deglutì, ignorando il panico che sbatteva dentro al suo cuore come le ali di un uccello e guardò Daisy. Come si fa ad ammettere di non essere più in grado di svolgere un lavoro? Era frenata dall'indecisione in ogni momento, metteva costantemente in discussione il proprio giudizio. Doveva accettare? Il breve colloquio su Skype era sembrato una mera formalità, un rapido controllo per assicurarsi che non avesse due teste o altro, condotto da una donna che non si era nemmeno preoccupata di presentarsi e che non sembrava interessata a sapere se fosse in grado di svolgere le mansioni previste.

Il che era un bene, perché Lucy aveva perso tutta la sua carica e, se avesse dovuto vendersi da sola, sarebbe appassita all'istante.

Daisy le mise un braccio sulle spalle, facendola riemergere dai propri pensieri. «Non accettare. Verrà fuori qualcos'altro. Puoi creare il tuo...».

Lucy alzò una mano per interrompere una delle perspicaci citazioni tipiche di Daisy e alzò un sopracciglio, mentre la sua migliore amica ebbe la grazia di sorridere debolmente.

«Ok». Daisy strinse le piccole mani a pugno. «Ma è così ingiusto, caz... cavolo. Non è stata colpa tua».

«Daisy Jackson! Stavi per dire una parolaccia?».

Una fossetta comparve sulla guancia dell'amica, che sorrise

come un folletto dispettoso. «Forse sì. Ma mi fa arrabbiare da morire. È così...». Emise un "ggr" gutturale.

«Vedi, un altro motivo per cui devo andarmene da qui. Anche tu ormai ringhi come un animale. Ho una cattiva influenza. Ed è stata colpa mia. Non è colpa di nessuno se non mia... e di Chris, che è una merda di prima categoria».

«Non è stata colpa tua! Smettila di dire così», la rimproverò Daisy, con la voce stridula per l'indignazione. «Non puoi incolpare te stessa. È colpa di Chris. Anche se ancora non riesco a credere che l'abbia fatto. Perché?».

Lucy serrò la mascella, ne avevano parlato mille volte nel corso degli ultimi sessantadue giorni e di numerosi bicchieri di prosecco, vino, gin e vodka. La contemplazione e l'alcol non avevano fornito alcuna risposta. Era colpa sua per essere stata così totalmente, incredibilmente stupida. Non riusciva a credere a quanto avesse sbagliato. Quattro anni. Un appartamento insieme. Lavoravano per la stessa azienda. Pensava di conoscere Chris. Una cosa era certa... non si sarebbe mai fidata di un altro uomo finché fosse vissuta.

«Non importa *perché* l'ha fatto. Devo andare avanti e ho bisogno di un lavoro». Lucy strinse i denti. Andare in Islanda era un'idea terribile, ma non aveva altre alternative.

Capitolo 2

Parigi

«Ecco a te». Nina fece scivolare la tazza di caffè sul tavolo verso Alex e gli porse un piatto con sopra un dolce dall'aspetto meraviglioso. «Offre la casa. Voglio la tua opinione, è la mia ultima idea. Un éclair al lampone. Potrebbe tirarti su di morale», aggiunse, con un sorriso accompagnato da un pizzico di compassione.

Alex avvertì una punta di rammarico. Nina era adorabile. Il suo progetto di conoscerla meglio era stato rovinato da un altro pretendente. Purtroppo, lei era da sempre innamorata del suo amico Sebastian e, guardandola ora, doveva ammettere che l'amore corrisposto aveva fatto sbocciare sulle sue guance uno splendido colorito roseo. Non si poteva avercela con qualcuno per una felicità così splendente. Diede un morso all'éclair e gemette.

«Wow, è buono, Nina. Davvero buono».

«Perfetto. Ora mi dici cosa c'è che non va?».

Lui alzò gli occhi al cielo, mentre lei afferrava una sedia e ci si accomodava, ignorando lo sguardo indignato di Marcel, il responsabile della pasticceria. Nina poteva anche gestire ufficialmente il locale, ma era Marcel a portare i pantaloni in quella società, governando tutto con silenzioso e severo zelo.

«Chi ha detto che c'è qualcosa che non va?», chiese Alex, cercando di sembrare allegro.

«Ho dei fratelli. Ho Sebastian. Capisco quando il peso del mondo grava su quelle spalle larghe. Stai crollando, è evidente», dichiarò lei con un sorriso complice.

Lui si guardò alle spalle, e lei scoppiò a ridere.

«Sono un po' incazzato. L'apertura del nuovo hotel è stata posticipata e si è già presentato il manager che dovrà prendere il mio posto». Alex avrebbe dovuto prendere in mano da un momento all'altro la gestione di un nuovissimo boutique hotel minimalista e ultra trendy dall'altra parte di Parigi, ma durante i lavori di ristrutturazione i muratori avevano rinvenuto delle ossa nelle cantine. Ossa umane. Per fortuna avevano almeno duecento anni, ma la cosa aveva comunque causato un enorme ritardo.

«Allora puoi farti una vacanza», disse Nina.

«Sì, poteva essere un'idea, ma il mio capo, nella sua infinita saggezza, ha deciso di darmi un incarico temporaneo».

«Non lasci Parigi, vero?». La sua bella bocca s'imbronciò, e Alex provò un'altra di quelle piccole fitte di rimpianto. È vero che i bravi ragazzi finiscono in coda. Con lei aveva proprio perso il treno.

«Solo per un paio di mesi. Quentin mi ha chiesto di andare a controllare un hotel che ha intenzione di comprare. Vuole che valuti la redditività del posto e metta insieme una relazione sui miei suggerimenti per trasformarlo in uno dei nostri boutique hotel».

«Dove?»

«In Islanda».

La bocca di Nina si schiuse in una piccola "o". «Pensavo intendessi un altro posto in Francia. Non un altro *Paese*. Be', non sembra così male. L'Islanda non dovrebbe essere bellissima, ricca com'è di meraviglie naturali? Geyser gorgoglianti, sorgenti calde e ghiacciai? Visto che sei scozzese, l'idea dovrebbe piacerti».

«Nessun problema ad andare in Islanda. È il lavoro che Quentin vuole che faccia che non è poi così bello».

«Credevo avessi detto che devi redigere una relazione».

«Sì, e fare un resoconto sull'attuale direttore generale e su come viene gestito l'hotel. Però non posso dire chi sono. Non mi sta bene. L'ultima cosa che voglio è fare la spia».

«James Bond», suggerì Nina, sedendosi più dritta. «Hai l'accento di Sean Connery». Si lanciò in una terribile imitazione del suo accento di Edimburgo. «Ah, Moneypenny».

«Be', questo significa che sono qualificato», commentò Alex, divertito dall'entusiasmo di Nina e con il morale temporaneamente risollevato. Era ancora irritato dalla riunione e dalla conversazione con il suo capo: quando aveva manifestato un certo disagio riguardo al fatto di non poter dire al direttore perché si trovasse lì, la risposta era stata pungente. «Il fatto è, Alex, che i bravi ragazzi finiscono in coda. Sono affari. Puri e semplici affari. Ho bisogno di qualcuno che mi relazioni su tutto, pregi e difetti. Qualcuno che non indori la pillola. È molto più facile se il personale non sa chi sei. Non ho sentito parlare bene della gestione del posto. Le recensioni recenti su TripAdvisor sono sconvolgenti. Con te lì, avrò un quadro molto più preciso. Hai buon occhio, e sarai in grado di dirmi cosa c'è da fare per migliorare la location, come sono i dipendenti e se posso tenerli o devo licenziarli».

La frase "i bravi ragazzi finiscono in coda" continuava a ronzargli in testa. Cosa c'era di male nell'essere un bravo ragazzo? Inoltre, sapeva essere duro quando la situazione lo richiedeva. La settimana precedente aveva cacciato dal ristorante dell'hotel un cliente perché aveva pizzicato il sedere di una cameriera, affrontato un fattorino aggressivo che aveva fatto retromarcia urtando i cancelli dell'albergo e lasciando un buco abbastanza grande da farci passare una mandria di mucche, e licenziato il pasticcere, dopo averlo beccato a scagliare una padella contro il giovanissimo lavapiatti.

«Alex diventerà James Bond», annunciò Nina quando Sebastian entrò, le cinse le spalle con un braccio e le diede un lungo bacio sulle labbra, ignorando completamente Alex.

«Ciao, bellezza, sai di deliziosi lamponi». Tornò alla carica per un secondo bacio più appassionato, che fece alzare gli occhi al cielo ad Alex.

Alla fine, Sebastian si staccò da Nina e si girò verso di lui.

Alex storse la bocca: aveva ricevuto il messaggio forte e chiaro.

«Bond, James Bond?». Sebastian sollevò un perfetto sopracciglio alla Roger Moore.

«No, Nina sta esagerando, ma dovrò agire sotto copertura. Mi è stato chiesto di fare un lavoro di ricognizione. Quentin Oliver sta cercando di comprare una proprietà in Islanda e io sono libero al momento, così il mio compito sarà di andare a fare un sopralluogo. Devo lavorare sul campo, per così dire». Sebastian avrebbe riso a crepapelle se avesse detto che stava pensando di andare sotto copertura come barman!

«Sembra un'ottima idea», commentò Sebastian con un improvviso sorrisetto, che Alex poteva immaginare avesse molto a che fare con la lontananza dell'Islanda. Anche se non avrebbe avuto motivo di preoccuparsi, Alex si era fatto da parte appena aveva capito che Nina era innamorata di Sebastian da quando aveva diciotto anni. Per un attimo si era chiesto cosa sarebbe potuto succedere se avesse lottato di più per lei, se avesse davvero pensato di avere una possibilità. Si era tirato indietro per rendere a Nina le cose più facili?

Mentre ci pensava, rivolse a Sebastian un ampio sorriso. Forse aveva vinto il migliore. Nina adorava Sebastian ed era perfetta per lui. Forse fin troppo. Ma Alex non aveva mai visto Sebastian così sereno e felice.

«Non ho problemi ad andare in Islanda. Come ha detto Nina, sono abituato al clima del nord. È il fatto di dover stare sotto copertura che non mi entusiasma».

«Perché no?». Sebastian scrollò le spalle. «Ricordati che si tratta di affari. È facile essere spietati quando è in gioco qualcosa che si desidera davvero». Era una punta di malizia quella che ad Alex parve di cogliere nel suo sguardo?

Gli rivolse un caldo sorriso di approvazione. «Non c'è nessun altro che preferirei avere in squadra, amico. So perché Quentin Oliver ti ha chiesto di farlo. È meglio che sia tu. Sei una persona integerrima e non prendi per il culo nessuno. Non sopporti gli sciocchi, questo è certo. Se l'attuale manager è un idiota, pensi che ti farai davvero qualche scrupolo a riferire in merito? Odi i fannulloni e le persone che non fanno il loro dovere. Se questo tizio è in gamba, non ha nulla di cui preoccuparsi».

Capitolo 3

Islanda

I pensieri di Lucy tornarono a tormentarla mentre si trovava fuori dalla porta d'ingresso ben chiusa del Northern Lights Lodge, nell'oscurità più totale, con il respiro che sbuffava in una grande nuvola bianca mentre il freddo le avvolgeva il corpo. Era stata un'idea terribile. Perché aveva dato retta a una vivace consulente che l'aveva presa in giro? Perché non era rimasta a Bath con Daisy?

Si mise quasi a ridere ad alta voce, mentre una leggera isteria minacciava di impossessarsi di lei. *Perché eri disperata. Sapevi che era una pessima idea e avevi ragione. Avresti dovuto fidarti del tuo istinto.*

Sbattendo con furia le palpebre, perché le lacrime non sarebbero servite a nulla, martellò per la terza volta sulla porta incrociando stupidamente le dita, come se questo potesse aiutare, e pregando che qualcuno rispondesse. Perché aveva lasciato che il tassista la scaricasse in fondo al sentiero? Avrebbe dovuto farlo aspettare, ma no, il taxi era ripartito rombando, e le luci dei fanali posteriori erano scomparse in lontananza, lasciandola completamente sola. Durante il tragitto aveva visto due auto. Due! Entrambe andavano nella direzione opposta.

Perché non aveva passato la notte a Reykjavik?

Con un brivido, si guardò intorno nel buio totale, l'unica luce che proveniva dal suo telefono. Non c'era decisamente alcun segno di vita, o comunque non umana. Mentre scendeva dal taxi, dopo due ore di viaggio sotto la pioggia battente – non aveva mai smesso di piovere da quando l'aereo era atterrato a Reykjavik tre ore prima –, c'era stato un basso ringhio alla sua sinistra e il bagliore di occhi gialli quando aveva orientato la torcia del telefono in quella direzione. In Islanda c'erano i lupi? Il misero fascio di luce aveva catturato il lampo di una coda e qualcosa che si allontanava, il che l'aveva resa ancora più circospetta mentre risaliva il sentiero, facendosi strada tra le pietre, con la valigia che si lamentava a ogni scossone.

Ora, in piedi fuori dalle porte di legno, cercava di sbirciare attraverso le vetrate: l'interno era completamente al buio. Sopra di sé sentì il fruscio dell'erba sul tetto, o forse erano altre creature in agguato? C'erano fin troppe immagini del *Signore degli Anelli* che le danzavano fantasiosamente nella mente. Con un ultimo slancio, si mise a strattonare la maniglia della porta ornata di spire di ferro, con l'infruttuosa speranza di essersi sbagliata e che l'uscio fosse sempre stata socchiuso, anche se ci aveva già provato un'infinità di volte. E meno male che lì tutti lasciavano la porta aperta, come era sicura di aver letto da qualche parte. Batté i pugni contro la porta, prima di dare un'occhiata al cellulare e alla batteria, che si stava rapidamente scaricando. Accasciandosi a terra, si tolse i guanti, che non sarebbero serviti a molto con quel clima, e telefonò all'unico contatto che aveva. Il signor Pedersen, il proprietario dell'hotel, attualmente in Finlandia, era l'uomo che l'aveva assunta ufficialmente, ma le aveva dato il numero di uno dei dipendenti dell'hotel. Per la seconda volta, la chiamata passò direttamente alla segreteria telefonica e questa volta ascoltò con crescente disperazione il messaggio in un flusso di parole che supponeva fosse islandese: una raffica di sillabe dure e suoni gutturali.

Facendo un respiro profondo e sperando di non sembrare troppo impaurita, parlò. «Salve, sono Lucy Smart dal Regno Unito. Sono le undici e sono arrivata, ma sembra che non ci sia nessuno». Aveva inviato un'e-mail con la data di arrivo e ne aveva ricevuta una di conferma da una certa Hekla Gunnesdóttir. La mano le tremava, tanto era stretta la presa sul telefono. «Mi chiedevo se potesse richiamarmi», chiese con sobria cortesia quando in realtà avrebbe voluto dire: "Dove cazzo sono tutti?".

Certo, era stata educata, pensò cupamente, anche perché avrebbe dovuto lavorare con quelle persone. Fare una buona impressione era imperativo. Più che una buona impressione, aveva bisogno che la tenessero oltre i due mesi di prova. Doveva sopravvivere almeno un anno in quel posto per rendere il suo curriculum nuovamente valido. Inoltre, non aveva nessun altro posto dove andare.

Trascorse i successivi dieci minuti a osservare con ansia il telefono mentre camminava avanti e indietro per riscaldarsi, poi la batteria si scaricò. La pioggia era cessata, il che non era di grande consolazione. Soppesò le opzioni che le si presentavano, che sembravano ben poche. Uno: camminare lungo la strada e vedere se fosse riuscita a trovare un qualche tipo di insediamento nelle vicinanze, nonostante la totale assenza di luci nei dintorni, due: rimanere ferma e sperare che qualcuno avesse ascoltato il suo messaggio, o tre: fare irruzione.

Le nuvole sospinte dal vento attraversavano il cielo notturno, rivelando periodicamente sprazzi di stelle. Il numero di luci puntiformi era sorprendente. Lì di sicuro non c'era inquinamento luminoso. Lucy non aveva mai visto così tante stelle, e in un piccolo squarcio tra le nuvole pensò di averne scorta una cadente, anche se il freddo era tale che forse stava iniziando ad avere le allucinazioni.

Ora che i suoi occhi si erano adattati al buio e il freddo le aveva intorpidito le dita delle mani e dei piedi, decise di fare il giro dell'edificio. Forse avrebbe trovato una porta aperta. Scossa da un brivido, camminò lungo il perimetro dell'edificio. Quanto tempo avrebbe aspettato prima di prendere una pietra e rompere una di quelle meravigliose finestre?

Quando girò l'angolo dell'hotel, il livello del suolo cominciò a scendere piuttosto ripidamente e lei inciampò, mentre le sue caviglie avvertivano l'asperità dell'improvviso declino. Tuttavia, riuscì a vedere un debole bagliore, come se ci fosse una luce accesa dietro l'angolo seguente.

Con cautela, iniziò a scendere lungo il ripido pendio, slittando sulla ghiaia smossa. Ogni scricchiolio e ogni movimento delle pietre risuonavano ed echeggiavano, e questo la rendeva nervosa e disorientata. Qualche volta si fermò e le sembrò di sentire lo sciabordio dell'acqua, ma il suono rimbalzava intorno a lei nell'oscurità e non riuscì a capire da dove provenisse. Inclinando la testa da un lato, ascoltò con attenzione e fece qualche altro passo in avanti. Ah, legno. Arrivò su una specie di terrazza e poi si trovò nel nulla.

Inciampò e, con le braccia che si agitavano come i raggi impazziti della ruota di una bicicletta, notò il luccichio dell'acqua. Si irrigidì per il freddo mentre cadeva a faccia in giù.

Se non fosse stato per il peso dei vestiti e per lo shock inaspettato di cadere di testa nell'acqua non troppo profonda, l'acqua calda, anzi caldissima, sarebbe stata abbastanza piacevole, a parte il getto nel naso e tutta quella che le andò di traverso. Lucy sollevò la testa in superficie, tossendo, scossa da conati di vomito. Era disgustoso. La testa le sembrò ancora più fredda in contrasto con l'accogliente calore che sentiva dal collo in giù.

La luce di una torcia elettrica arrivò ballonzolando da dietro l'angolo, e avanzò sul terreno ghiaioso, prima di fermarsi di fronte a lei.

«Non si possono usare le sorgenti termali dopo le nove di sera», disse una voce profonda, divertita, mentre la luce si avvicinava sempre di più. Lucy mormorò tra sé e sé: «Uccidetemi subito». Si sentiva in netto svantaggio sotto la luce danzante della torcia.

Il parka zuppo le si era avvolto intorno come un piumino imbottito di sassi, gli stivaletti quasi galleggiavano via a ogni passo e i jeans avevano una presa strangolante sulle sue gambe, mentre annaspava verso il bordo.

«Qui ci sono dei gradini», disse una seconda voce cantilenante con un'inflessione musicale, usando la torcia per guidarla lungo il bordo di legno e verso una serie di scalini che spuntavano dall'acqua.

Lucy si raddrizzò e guadò la pozza fino al corrimano di legno con la massima dignità possibile, considerando che stava per piangere.

Le luci si accesero improvvisamente e illuminarono l'intera area. Si trovava in una specie di piccola vasca idromassaggio circondata da una piattaforma di legno, con due serie di gradini che scendevano nell'acqua. Sopra di lei, su un lato, c'erano due figure, imbacuccate nell'aria fredda della notte.

«Sta bene?», chiese il più alto dei due sconosciuti, che si avvicinò velocemente e tese una mano, per poi fare un passo avanti e afferrarla per il braccio, aiutandola a bilanciare il peso del cappotto da dieci tonnellate.

Che sguardo gentile, pensò Lucy, quando intravide gli occhi marroni preoccupati sopra una sciarpa di lana tartan, mentre si lasciava condurre su per i gradini.

«Entriamo subito in casa prima che inizi a raffreddarsi. Questo caldo non durerà a lungo». Anche la voce era cordiale. La leggera inflessione scozzese era morbida e gentile, un contrasto meraviglioso con la presa ferma e decisa mentre la tirava in avanti e la guidava giù dalla piattaforma.

«Grazie», disse lei, divincolandosi, anche se per qualche ragione non avrebbe voluto farlo. Da un po' di tempo nel suo mondo la gentilezza latitava. «Sto bene», aggiunse, con un tono di voce più tagliente.

Dopo tutto quello che aveva passato quell'anno, non avrebbe mai più preso nulla per oro colato. Gentile è chi il gentile fa, o qualunque fosse la frase.

«Io sono Alex». La mano dell'uomo era rimasta sospesa, come se fosse pronto ad afferrarla. «E questa è Hekla. Mi dispiace molto che non ci sia stato nessuno a registrarla. Non ci aspettavamo ospiti oggi».

«No. È molto strano. Aveva una prenotazione?», chiese Hekla, con la sua splendida voce musicale.

«Non sono un'ospite. Sono...». Lucy deglutì. Niente lacrime. Sgocciolare dalla testa ai piedi l'aveva già messa abbastanza in difficoltà. «Sono la nuova direttrice, Lucy Smart». In automatico sollevò una mano con fare professionale e poi la lasciò cadere rapidamente quando si rese conto di quanto dovesse sembrare ridicola, con l'acqua che le colava dalle maniche.

«Oh!». La voce della donna risuonò di sorpresa. «Ma non l'aspettavamo prima della prossima settimana».

«È stato tutto confermato via mail», spiegò Lucy, in modo rapido e brusco per via dell'improvviso panico. Non voleva assolutamente che pensassero che fosse disorganizzata o alle prime armi.

«Ma ieri abbiamo ricevuto una telefonata in cui si diceva che i suoi piani erano cambiati e che sarebbe venuta la prossima settimana».

«Be', non ero io», ribatté Lucy.

«Devono essere stati gli *huldufólk* a creare problemi», commentò Hekla con aria seria, annuendo. «Ma adesso è qui, e faremmo meglio a portarla dentro, e in fretta», fece una pausa e poi aggiunse con uno scintillio malizioso che un tempo avrebbe potuto incantare Lucy: «Di solito è meglio aspettare la luce del giorno prima di usare le sorgenti termali».

«Ho aspettato di entrare per l'ultima mezz'ora», mormorò Lucy, facendo una smorfia mentre i suoi piedi facevano "ciaf ciaf" sulla piattaforma di legno, con i suoi stivali preferiti inzuppati d'acqua e grosse nuvole di vapore che si alzavano dai vestiti fradici. Semplicemente meraviglioso. Quelle persone erano chiaramente i suoi nuovi colleghi. Alla faccia di chi voleva fare una buona impressione fin dall'inizio.

«Ma la porta è aperta», fece notare Hekla. «È sempre aperta». La sua dichiarazione, forte e decisa, fece sentire Lucy doppiamente stupida. La porta era sicuramente chiusa a chiave, no? Ne era sicura. Aveva provato di tutto.

«Be', oggi non lo era», ringhiò Lucy in tono accorato. «Perché altrimenti avrei dovuto vagare al buio, cercando di trovare la strada per entrare?». La porta era sicuramente chiusa a chiave. L'effetto della sua tagliente replica fu rovinato quando scivolò sulla piattaforma. Serrò le labbra e chinò la testa come se si stesse concentrando sui propri passi, sentendosi all'improvviso inspiegabilmente sul punto di piangere.

«Ehi, lasci che le dia una mano», mormorò Alex, con tono gentile. Lei incrociò il suo sguardo. Calore e compassione gli illuminarono gli occhi mentre le prendeva il gomito. Per un tempo che sembrò troppo lungo rimase a fissarla con serietà, come se potesse scorgere l'ombra perenne dell'infelicità che risiedeva nel petto di Lucy. Quando le rivolse un sorriso rassicurante, senza mai distogliere lo sguardo dal suo viso, lei sentì una strana fitta allo stomaco.

L'istinto si scontrò con l'autoconservazione e, per quanto volesse scrollarsi di dosso il solido e gentile sostegno del suo braccio, quel brivido di consapevolezza la turbò. Lucy si lasciò guidare da lui lungo il pendio, sforzandosi di non apprezzare la sensazione di lasciare che qualcun altro si prendesse cura di lei, tanto per cambiare.

Con la bocca appena schiusa, Lucy si tolse i vestiti inzuppati, osservando l'accogliente stanza dell'appartamento mentre arricciava le dita dei piedi nella soffice peluria di uno dei tappeti di pelle di pecora che punteggiavano l'ampio pavimento di legno color miele. Era solo una sistemazione per il personale, e il bagno era da urlo. Dall'enorme cabina doccia, con il suo ampio soffione, usciva già del vapore.

Hekla, che con i suoi capelli dorati proveniva chiaramente da una stirpe di principesse vichinghe, aveva scortato Lucy nell'hotel, lasciandole l'impressione che fosse tutto travi in legno, spazi ampi e ariosi ed enormi finestre di vetro. La sua nuova collega parlava a macchinetta, rivelando una valanga di informazioni, che Lucy aveva recepito solo in parte. Alex era il capo barman. Hekla era l'assistente di direzione. L'hotel era mezzo pieno, o era mezzo vuoto? Stava per iniziare la stagione dell'aurora boreale. Vennero citati altri nomi, alcuni dei quali sembravano usciti direttamente dalla mitologia norrena: Brynja, Olafur, Gunnar, Erik, Kristjan, Elin, Freya.

Lucy entrò nel bagno che, per fortuna, era meravigliosamente caldo. Aveva un'atmosfera lussuosa e particolare, con lo scaffale di legno rustico che reggeva un lavandino rotondo, le piastrelle nere del pavimento e una grande cabina doccia quadrata.

Aprì il rubinetto e abbandonò all'indietro la testa, mentre la deliziosa acqua calda le pioveva sui capelli bagnati. *Brava Lucy. Ottimo modo di fare buona impressione sui nuovi colleghi.* Perché avevano pensato che sarebbe arrivata la settimana seguente? Probabilmente dovevano averla ritenuta una completa incapace. Non poteva aver sbagliato la data, vero? Certo, negli ultimi tempi era stata un po' distratta e le sue famose capacità organizzative avevano fatto cilecca, ma sbagliare la data? No, non avrebbe potuto. E la porta era sicuramente, certamente chiusa a chiave.

Dopo essersi fatta una doccia rigenerante e ascgiugata con un asciugamano soffice e morbido, Lucy si sentì molto meglio, anche se era ancora deprimente vedere altre manciate di capelli che vorticavano nello scarico.

Si asciugò con cura, temendo di perderne altri, ed evitò deliberatamente di guardarsi allo specchio, fin troppo consapevole che avrebbe visto la cugina di secondo grado di Morticia che la fissava. Negli ultimi mesi si erano formate delle ombre emaciate che le velavano gli zigomi, e le occhiaie erano ormai di casa, marcavano i suoi occhi con lividi neri e violacei e la facevano sembrare un incrocio tra un panda e un fantasma. Oltre ai lineamenti scavati, una costante nausea si era insediata nel suo stomaco.

Il suo viso smunto sembrava riflettere il completo macello in cui si era trasformata la sua vita. Sospirando, posò l'asciugacapelli e guardò oltre il proprio riflesso attraverso la porta del bagno, la meravigliosa tentazione del letto matrimoniale nella stanza, con il suo spesso piumone di cotone bianco e una morbida coperta blu.

Prima di cedere alla stanchezza, esplorò rapidamente l'appartamento, quella che sarebbe stata la sua casa per i successivi due mesi. Nonostante si sentisse sfinita, il suo spirito non poté che risollevarsi. Il letto matrimoniale con struttura in legno si trovava di fronte a un grande camino aperto, proprio al centro di una serie di finestre panoramiche, un elemento di design insolito ma sorprendente che non aveva mai visto prima. Forse era una caratteristica islandese. L'imponente focolare era costruito in pietra rustica, con una canna fumaria che s'innalzava per tutta l'altezza della stanza, fino alla cima triangolare del soffitto di legno inclinato. Il legno color miele delle pareti e dei soffitti, i tappeti morbidi e le tappezzerie in tessuto colorato evitavano che l'ambiente risultasse freddo.

Sulla destra c'era un piccolo salotto con un divano a due posti, drappeggiato in morbidissimo cachemire, perfetto per accoccolarsi nelle giornate fredde, due poltrone rivolte verso il camino e, subito oltre, una zona cucina con un bel bancone su cui fare colazione e due sgabelli.

Con un sorriso stanco promise a se stessa che il primo giorno libero a sua disposizione si sarebbe avvolta nella coperta, avrebbe acceso il fuoco (cosa che avrebbe dovuto imparare a fare) e avrebbe osservato le fiamme.

Si infilò nelle fresche lenzuola, accoccolandosi subito nel morbido abbraccio di una spessa coperta. Quando adagiò la testa nel nido di cuscini di piume, emise un piccolo sospiro. *Smetti di rimuginare*, si disse. Come al solito si rifiutava di lasciar perdere e si dilettava invece a torturarsi con l'immagine di se stessa che usciva dalla vasca idromassaggio, come un topo inzuppato e imbarazzato. Che ottima prima impressione. Sospirò di nuovo e si raggomitolò su un fianco, abbandonandosi alla deliziosa morbidezza del letto e sentendo che iniziava a scivolare verso il sonno. Cos'avevano pensato Hekla e Alex del loro nuovo capo? Nel peggiore dei casi potevano aver creduto che era goffa, svampita, imbranata. Non avevano idea di quello che aveva fatto... per il momento. Sotto le coperte incrociò le dita. Sperava che non lo scoprissero mai. Ricacciò le stupide lacrime minacciose che erano spuntate all'improvviso dal nulla. Lo sguardo di Alex sarebbe rimasto gentile se avesse visto quel maledetto video? I bei sorrisi spontanei di Hekla si sarebbero trasformati in smorfie di disgusto se avesse cercato "Lucy Smart" su Internet? Lucy chiuse gli occhi e si rannicchiò sul materasso, addormentandosi e abbandonandosi alla placida sicurezza delle lenzuola.

Qualcosa la svegliò. Rimase distesa, confusa e oppressa dal peso del silenzio. Le ci vollero un paio di secondi per ricordare dove si trovava. In Islanda. Nel bel mezzo del nulla. Con una smorfia, scostò il piumone verde pallido, il cui calore era ormai soffocante. Aspetta, il piumone era verde? Ancora intontita, si guardò intorno nella stanza che era avvolta in una luce soffusa e quasi ultraterrena. Le ci volle un altro momento per rendersene conto e si sollevò sui gomiti, strizzando gli occhi verso le finestre. Era talmente buio quando era andata a letto che non aveva chiuso le tende.

Wow! Ormai ben sveglia, posò i piedi a terra e il freddo la assalì.

Una silenziosa sinfonia di luce verde pulsante illuminava il cielo scuro, vorticando in onde eteree. Spinse via le lenzuola, afferrò la coperta del divano e, avvolgendosela intorno alle spalle, si avvicinò alla finestra. Affascinata, posò una mano sul vetro ghiacciato come se potesse tracciare il percorso delle luci danzanti. Il cuore le si allargò in petto e gli occhi si spalancarono per la meraviglia.

L'inquietante luce magica rivelava un paesaggio in ombra, con il mare che incontrava la terra in una curva seducente e bagnava di colori freddi le falesie rocciose della collina. Stringendo la coperta, si lasciò cadere a terra, incantata dallo spettacolo sereno e silenzioso che si svolgeva davanti a lei con la grazia di un dolce balletto.

Come seta che scivola nel vento, le luci danzavano su una melodia senza suono, lenta e indolente. La pelle d'oca le fece accapponare la pelle. Quella vista la riempì di un senso di stupore e di inaspettata soddisfazione. Tutte le preoccupazioni e le paure degli ultimi mesi svanirono, erano diventate ormai insignificanti, minuscole e irrilevanti di fronte a una delle costanti della natura. Si chiese da quante migliaia di anni comparissero le aurore boreali e cosa le antiche culture avevano pensato rappresentassero. Magia? La presenza di un dio? Le vedevano come un segno? Alzò la testa e fissò il cielo, sentendosi improvvisamente più forte, quasi come se stesse assorbendo l'energia cosmica. C'era un intero universo là fuori e lei non era altro che un minuscolo granello nello schema delle cose. In quel preciso istante, era tutto e niente, una parte del ciclo naturale. Strinse il pugno in una promessa silenziosa. Avanti. Guardare avanti. Invece di considerare la permanenza in Islanda come una penitenza, ne avrebbe approfittato. Una seconda possibilità. Non si sarebbe lasciata condizionare dal suo errore. Per quanto fantasioso, quello era un segno, ne era sicura. Avrebbe colto l'occasione e avrebbe usato tutte le sue capacità e la sua esperienza per assicurarsi che le persone che fossero venute al Northern Lights Lodge trascorressero un soggiorno memorabile.

Capitolo 4

Il mattino seguente, dopo essersi vestita con cura e decisa a fare una migliore impressione, Lucy seguì il proprio istinto e riuscì a trovare la strada verso la reception, che però era vuota. Sentì voci animate discutere, le consonanti aspre di una lingua sconosciuta intervallate da un po' di inglese. Provenivano dall'ufficio oltre la reception. Quando Lucy entrò nella stanza, riuscì quasi a percepire la tensione che si respirava nell'aria.

Hekla era in piedi dietro una delle due scrivanie, con la penna in mano che ticchettava sul ripiano e guardava altre due donne in divisa. Quella mattina non c'era traccia dei sorrisi solari della sera precedente, ma il suo volto era teso in una rassegnazione rabbiosa e discuteva – anche se a quanto pareva non ci teneva molto – con una ragazza magra dal fisico perfetto, che sfoggiava in viso quel tipo di trucco che ti spingeva a chiederti come avesse fatto a ottenere dei tratti di eyeliner uniformi e ordinati su entrambi gli occhi. Sembrava che stesse per andare a fare shopping piuttosto che a pulire le camere da letto, come suggeriva invece la sua divisa. Con un movimento del suo caschetto lucido e castano, scoccò una rapida occhiata a Lucy, chiudendo di scatto la bocca come se volesse ingoiare la frase successiva. Hekla serrò le labbra di colpo, e ci fu un silenzio imbarazzante mentre sembrava che tutte e tre, curiosamente, non riuscissero a incrociare gli sguardi.

«Buongiorno, posso esservi d'aiuto?», chiese Lucy in modo educato ma perentorio, facendo un passo avanti e poi restando ferma in piedi, decisa a rimarcare sin dall'inizio la propria autorità. Solo allora si rese conto che anche il capo barman che l'aveva ripescata dall'idromassaggio la sera precedente era lì, appoggiato al muro con le braccia conserte e un'espressione di impazienza sul volto.

La ragazza bionda più alta di fronte a Hekla sollevò la testa e le lunghe braccia fluide le caddero lungo i fianchi. Sembrava incerta e preoccupata allo stesso tempo.

Hekla strinse le labbra e rivolse uno sguardo agitato alle due ragazze prima di dire: «Abbiamo un piccolo problema con gli *huldufólk*».

«Cosa?». Lucy pensava di ricordare di aver carpito quella parola la sera prima, ma non era sicura di aver sentito bene, mentre cercava di copiare l'accento piuttosto grazioso di Hekla: «*Huldufólk*?».

Cosa diavolo erano?

Le due ragazze annuirono con veemenza.

Hekla sospirò. «Hanno lasciato dei *toppi*. Freya», indicò la giovane donna dai capelli scuri, «ed Elin», fece un cenno verso la seconda ragazza, quella bionda, «e il resto del personale che vive negli alloggi dell'hotel vogliono andarsene, ma così non avremo nessuno che pulisca le stanze o che serva la colazione di questa mattina».

Lucy diede una rapida occhiata all'orologio. Erano le otto e, anche se fuori era ancora buio, sicuramente il servizio di colazione doveva essere in corso.

«*Toppi*?». Cominciava a sentirsi completamente stupida, facendo eco a tutto ciò che diceva l'altra ragazza.

«Sì, sai, piccoli *toppi* pelosi».

«Ah, i *topi*», ripeté Lucy, che finalmente aveva capito. «Ci sono i topi». Guardò i suoi piedi e i battiscopa della stanza. Questo poteva gestirlo. «Ok», sorrise alle due donne, «possiamo procurarci delle trappole. Sono sicura che risolveranno. Nessuno deve andarsene». Ora capiva il panico di fondo sul volto di Hekla. Far venire altro personale con poco preavviso sarebbe stato difficile, se non impossibile. Il viaggio in taxi del giorno precedente le aveva fatto capire che si trovavano in un luogo remoto. La città più vicina era a venti minuti di distanza. «Trappole non troppo crudeli», aggiunse poi per sicurezza. «O magari possiamo prendere in prestito un gatto, no?». Si era sempre vantata di trovare soluzioni ai problemi. Persino Chris le aveva fatto i complimenti per la sua capacità di pensare fuori dagli schemi.

Alex, il barman, fece un verso, e lei gli lanciò un rapido sguardo interrogativo. Aveva un modo migliore per sbarazzarsi dei topi?

Hekla si grattò il retro di un polpaccio con il dorso del piede. «No, no». Scosse la testa. «Non è per i toppi, è per gli *huldufólk*».

Alex si fece avanti, con un'espressione esasperata in volto, la bocca serrata. «Creature che si nascondono. Come i folletti».

«Folletti?», Lucy ripeté con calma. Alex annuì e lei lo sorprese ad alzare gli occhi al cielo. Sicura di non aver frainteso, inarcò un sopracciglio verso di lui. «Ci sono i folletti?». La bocca di Alex si tese in risposta.

«*Ja, huldufólk*», confermò Freya, «nella nostra camera da letto».

Lucy aggrottò le sopracciglia. «Li hai visti?».

Freya rabbrividì e sembrò inorridire. «No! Porta molto male vedere gli *huldufólk*».

«Oooook». Lucy lanciò un'occhiata ad Alex, che incrociò le braccia sul petto e le rivolse uno sguardo severo. «Quindi avete dei topi in camera da letto?».

Hekla si grattò nuovamente il polpaccio col piede, chiaramente in imbarazzo.

«Sì, sui cuscini», insistette Freya. «Lasciati dagli *huldufólk*». Si chinò per raccogliere lo zaino ai suoi piedi e se lo caricò sulle spalle, mentre Elin seguiva il suo esempio.

«Aspettate», esclamò Lucy, cercando di mettere insieme i pezzi, ma era come avere tutte le tessere interne di un puzzle e nessuna di quelle esterne. «Ve ne andate?».

Le due ragazze annuirono con aria di scuse. «È che... be', tra poco c'è un autobus che torna a Reykjavik».

«Aspettate un attimo». Guardò Hekla, che però non incrociò il suo sguardo.

«La maggior parte del personale vive qui», spiegò Alex con quell'adorabile lieve accento scozzese che le faceva pensare a David Tennant, poi fece notare ciò che era già ovvio: «Saremo a corto di personale se vanno via».

Grazie Einstein, non ci ero arrivata da sola.

«*Ja*, è così». Hekla annuì, e i suoi capelli biondi scintillarono sotto la luce soffusa della stanza.

Folletti? Creature che si nascondono? Sul serio? La stavano prendendo in giro perché era l'ultima arrivata? Gli occhi di Alex rimasero fissi sui suoi con un'aria di attesa che sembrava dire: "Che cosa hai intenzione di fare?". Finché non si fosse chiarita le idee, avrebbe dovuto procedere con cautela.

«E questi huld... hulder…».

«*Huldufólk*», la corresse Helka.

«Per caso amano fare scherzi?»

«A volte», confermò Elin, «spostano le cose. Mettono in disordine».

Lucy annuì pensierosa mentre si scervellava. Durante il corso di laurea in scienze del turismo, c'era stato un modulo sul rispetto delle usanze locali. In Corea del Sud non ci si doveva versare da bere e in diversi Paesi soffiarsi il naso in pubblico era offensivo, ma non si era mai imbattuta in un problema di folletti.

A suo avviso, i topi morti sui cuscini della gente sembravano uno scherzo, anche se non particolarmente divertente. E questo era solo il suo primo giorno.

«Allora, cosa possiamo fare al riguardo?», chiese Lucy.

Alex le rivolse un'occhiata incredula come per dire: "Stai dando retta a queste sciocchezze?".

Perché, lui aveva forse tutte le risposte?

Gli occhi di Hekla si spalancarono. «Non c'è niente che possiamo fare».

«Ok», rispose Lucy, chiedendosi in che diavolo di posto fosse finita. «Non ho familiarità con l'hulder… con i folletti, ma sono sicura che ci debba essere un modo per risolvere la cosa».

Se Alex avesse alzato ancora di più gli occhi al cielo, gli sarebbero schizzati fuori dalle orbite.

Elin e Freya scrollarono le spalle, dondolandosi sul posto. Lucy notò che in realtà non si erano mai mosse verso la porta. Anzi, ebbe la netta impressione che stessero temporeggiando, quasi come se fossero desiderose quanto lei di trovare una soluzione.

«Aspettate». Lucy alzò una mano, grata che non tremasse. Non riusciva a credere che stesse accadendo tutto questo proprio nel suo primo giorno di lavoro. «E se...». Forza, cervello. Pensa. «E se noi...». Elin, Freya e Hekla la guardarono speranzose. «E se...». Si bloccò di nuovo e poi l'ispirazione le fece uscire le parole in un fiume in piena, «spostassimo il personale nelle stanze degli ospiti per il momento?».

Alex non sembrò impressionato positivamente. Che problema aveva?

«Tutti?». Hekla aggrottò la fronte in un rapido calcolo mentale e cominciò a enumerare i nomi sulle dita. «Olafur, Brynja, Gunnar, Olga, Freya, Elin, Dagur... Magnus, Odin, Alex». Fece una smorfia triste. «Abbiamo molti ospiti in arrivo nei prossimi giorni».

Lucy sollevò il mento ignorando la sensazione di delusione che le strinse lo stomaco. Doveva esserci una soluzione. Doveva esserci. Era piuttosto strano, Freya ed Elin sembravano voler rimanere, quindi non stavano usando la storia dei folletti come una scusa per svignarsela. Si grattò distrattamente il collo, e mentre si scervellava le si impigliarono le dita nella collanina. Lasciando cadere la mano, strinse il ciondolo che Daisy le aveva comprato per augurarle buona fortuna, e i polpastrelli sfiorarono il piccolo corno dell'unicorno d'argento nascosto sotto la camicia. Lo strinse come fosse un talismano.

«Abbiamo bisogno di un unicorno», esclamò, conferendo alla sua voce un'autorità assoluta, compiacendosi di vedere la bocca di Alex spalancarsi, anche se sapeva se per l'ammirazione o lo stupore. «Nel mio Paese, i folletti e le fate hanno un enorme rispetto per gli unicorni. Non oserebbero mai violare il territorio di uno di essi. Anche il simbolo di un unicorno è sufficiente a far sì che le fate e i folletti ci pensino due volte prima di entrare in un luogo».

Hekla annuì, senza sapere di cosa stesse parlando. Gli unicorni erano presenti anche nella tradizione popolare islandese? Alex aveva le labbra serrate, le mani infilate in tasca e guardava con grande interesse il pavimento. Tuttavia, l'attenzione di Freya e di Elin era rivolta a Lucy.

Lucy tirò fuori la sua collana, la slacciò e la tenne sollevata.

«Ah, Einhyrningur», mormorò Hekla allungando un dito per toccare la collana. «C'è una montagna chiamata Einhyrningur a circa quaranta chilometri da qui. Unicorni». Annuì, con un'aria ridicolmente sollevata. «È interessante».

«Sì, a quanto pare la loro magia è più forte», proseguì Lucy, raddrizzandosi, «sono noti per...». Per cosa? Non sapeva nulla di loro perché... non esistevano. Ma d'altronde, nemmeno i folletti.

Con un pesante sospiro, Alex si scostò dal muro, lanciò a Lucy un'occhiata rassegnata, come a dire "non posso credere a quello che sto facendo", ed esclamò: «Gli *huldufólk* li evitano perché si ritiene che possano rubare la loro magia».

Lucy stentava a credere alle sue orecchie.

«Sì!». Hekla sembrò entusiasta e batté le mani. «Se portiamo l'unicorno negli alloggi del personale, gli *huldufólk* se ne andranno».

«Inoltre», proseguì Lucy, «è fatto d'argento. Secondo la tradizione, i lupi mannari e i vampiri non possono toccare l'argento, è lo stesso per gli *huldufólk*?»

«Certo», confermò Elin pensierosa, e Lucy si chiese quanto la ragazza credesse davvero in cose tipo le creature che si nascondono. Forse credere in un unicorno d'argento era un utile esercizio per salvare la faccia.

«Meraviglioso», disse Hekla con un ampio sorriso e gli occhi azzurri che brillavano, ora che tutto andava bene.

Lucy voleva abbracciarla. Forse avrebbe dovuto mettere in guardia Hekla dal fidarsi troppo facilmente. Avrebbe potuto costarle caro. Invece propose: «Hekla, perché tu, Elin e Freya», era contenta di essersi ricordata i loro nomi, «non portate l'unicorno negli alloggi del personale e trovate un buon posto per appenderlo? E poi potreste tornare per mostrarmi l'albergo e presentarmi il resto del personale».

Non appena se ne furono andate, Lucy si voltò verso Alex, alzando un sopracciglio e aspettando che fosse lui a parlare per primo.

«Bel salvataggio», commentò lui, «anche se non avresti dovuto accettare nessuna di quelle sciocchezze. Rischiano di portare guai».

Raddrizzando la schiena, lisciò la gonna del suo abito nero, la cosa più simile a un'armatura che aveva. Era appena arrivata, erano mesi che girava a vuoto e quel tizio pretendeva che avesse tutte le risposte il primo giorno. E ricordiamoci che era solo il barman!

«E tu cosa avresti fatto?», chiese freddamente. «Saresti stato felice di contribuire a rifare i letti e a pulire i bagni, vero?»

«Avresti dovuto stroncare sul nascere tutta la faccenda dei folletti. La useranno ogni volta che tornerà loro comodo».

«Forse stavo rispettando le credenze culturali locali».

Alex sbuffò. «Ti stavano mettendo alla prova. È il tuo primo giorno».

«Non puoi saperlo con certezza», si schernì lei, sulla difensiva.

«Ehm, pronto? Parlavano di folletti. Come puoi prenderle sul serio?». L'espressione severa di lui si rilassò e Lucy vide il divertimento danzare nei suoi occhi marroni.

«Be', sembravano piuttosto convinte riguardo ai topi morti», ribatté Lucy.

«Mmm», ammise Alex. «Sembra che nel tuo staff ci sia un burlone con un senso dell'umorismo piuttosto macabro».

Lucy sperava di no, anche perché aveva già abbastanza da fare senza dover affrontare anche questo.

Capitolo 5

«È molto carino», fece notare Hekla, mostrando a Lucy la lounge degli ospiti che aveva solo intravisto la sera prima.

«Chi?», chiese Lucy, fingendo di non sapere a chi si riferisse.

«Alex. Il barista. Molto carino».

«Mmm», rispose Lucy. «Non l'avevo notato. Da quanto tempo è qui?».

Hekla le scoccò un'occhiata stupita, ma Lucy sollevò il mento con l'atteggiamento regale per cui era nota... anzi, per cui *un tempo* era nota. Una volta, la sua reputazione di capo con cui non si scherzava la precedeva.

«Solo due settimane. Non credo che abbia intenzione di fermarsi a lungo. Immagino sia semplicemente di passaggio».

Lucy aveva incontrato molte persone come Alex nel corso della sua carriera. Sempre in movimento, in giro per il mondo. L'industria del turismo si affidava spesso a gente come lui.

«Peccato, perché è molto popolare tra gli ospiti», disse Hekla con un sorriso sornione. «Forse potresti convincerlo a rimanere più a lungo».

Lucy le lanciò un'occhiata di ammonimento come per dire: "Ne stai parlando con la persona sbagliata".

Ok, non si poteva non notare quanto fosse carino Alex. Anzi, probabilmente era uno dei ragazzi più affascinanti che avesse mai visto, con quei caldi occhi marroni e le carinissime rughette che li contornavano. Lucy non era cieca, ma per i due mesi seguenti si sarebbe concentrata sull'essere la miglior manager che il Northern Lights Lodge avesse mai avuto, in modo che il signor Pedersen la pregasse di restare; inoltre, non si sarebbe fatta distrarre da nessuno, per quanto... «Oh, oh, oh!».

I suoi pensieri furono bruscamente bloccati dalla vista spettacolare offerta da una serie di finestre a tutta altezza che occupavano un'intera parete della stanza.

«Wow», esclamò, avvicinandosi alla vetrata. Direttamente sotto c'era una ripida discesa, e le parve di trovarsi sospesa a mezz'aria. Qualche abile architetto aveva progettato l'edificio per massimizzare la vista e i pendii della collina. A destra, la costa frastagliata si allontanava, scomparendo dietro un sottile lembo di terra che sporgeva come la lingua di un serpente, sormontato da una serie di pilastri di roccia che, in quella luce, sembravano antichi pezzi di scacchi dai contorni irregolari. A sinistra, le dune delle colline scoscese riempivano l'orizzonte, ognuna delle quali diventava sempre più alta, fino a terminare in un maestoso picco innevato. Non c'era da stupirsi che la gente credesse nei folletti, nei troll e in altre creature mistiche. Il paesaggio aveva sicuramente un nonsoché di magico, quel tocco fantasy da *Signore degli Anelli*. Era facile immaginare cavalieri avvolti dal mantello che correvano in sella ai loro destrieri sui prati in riva al mare. Con i suoi capelli scuri e lunghi, Alex aveva un po' il fascino del misterioso Aragorn.

Da dove diavolo era saltato fuori quel paragone? *Concentrati, Lucy*. Lo spettacolo dell'aurora boreale della sera precedente le aveva scombussolato la testa, decise.

«Questa settimana ci sarà la neve», informò Hekla seguendo Lucy alla finestra, mentre guardavano le pesanti nuvole bianche interrotte da macchie di azzurro, che permettevano ai raggi del sole di danzare sul mare, facendo scintillare le onde.

Lucy si voltò per esaminare la stanza, aggrottando leggermente le sopracciglia e scrutando i pavimenti in legno lucido, i tappeti colorati e le alte travi che attraversavano la sommità del soffitto. Gli eleganti divani con i piedini in faggio e la tappezzeria blu intenso erano gli stessi che aveva visto sul sito web dell'hotel, insieme alle numerose lampade che gettavano una luce soffusa nella sala. Ma mancava qualcosa. Le ci volle un secondo per capirlo. Dov'erano le coperte accoglienti e i cuscini invitanti? Che fine avevano fatto i libri e le statuette intagliate raffiguranti alcuni uccelli marini, disposte sulle basse mensole? Forse la precedente gestione li aveva portati lì come decorazione per il servizio fotografico...

«Secondo me dovremmo mettere qui delle coperte e dei cuscini», esclamò, pensando che avrebbe dovuto prendere un taccuino e una penna dall'ufficio. «Sai, rendere l'atmosfera un po' più *hygge*». A Bath, Daisy era ossessionata dallo stile danese e aveva una bella collezione di pezzi di arredamento, oltre a una tazza di ceramica speciale per il costoso tè cinese che si concedeva.

Il volto di Hekla si illuminò: «Qui in Islanda abbiamo l'*huggulegt*». Fece un lento giro nella stanza. Poi aggrottò la fronte. «Ce n'erano alcuni», strofinò le dita e poi accarezzò il tessuto del divano, «cuscini molto lussuosi».

«Di velluto», suggerì Lucy, ricordando i colori lucidi delle foto.

«Sì, proprio così. Un sacco di cuscini di velluto e di tessuti colorati. Non so che fine abbiano fatto».

«Oh, è delizioso», si meravigliò Lucy, distratta dalla splendida lucentezza del legno di castagno brunito del bar semicircolare nella stanza accanto. Un giovane uomo alzò lo sguardo dai bicchieri che stava riponendo sulle mensole sospese sopra il bancone. Dietro di lui, sulla parete di pietra, scaffali eleganti di varia lunghezza erano sfalsati in diversi punti e, su ognuno di essi, le bottiglie erano disposte in affascinanti raggruppamenti, intervallate da piccoli vasi di erbe aromatiche in fioriere di ottone lucido che brillavano nella luce soffusa.

«Questo è Dagur. Dagur, lei è Lucy, la nostra nuova manager».

«Ciao, benvenuta», disse lui, con un bel sorriso spontaneo che illuminò i suoi occhi azzurro pallido mentre le rivolgeva un rapido cenno di saluto. Lucy abbassò in fretta la mano che stava per porgergli. Sembrava che qui la situazione fosse molto più disinvolta e meno formale rispetto ai precedenti alberghi. Non era necessariamente un male. Dopo una breve chiacchierata, Hekla e Lucy si spostarono di nuovo, superando la reception fino a un corridoio di vetro abilmente progettato che collegava l'area principale dell'hotel a un altro edificio. Quella modernissima costruzione in vetro, che collegava gli spazi separati, pareva trapiantata da un grattacielo di Manhattan e avrebbe dovuto sembrare totalmente fuori luogo, ma in qualche modo si fondeva sorprendentemente bene col paesaggio rurale.

«E questa è la biblioteca», spiegò Hekla, fermandosi al centro della stanza.

«Una biblioteca», mormorò Lucy, facendo un lento giro di trecentosessanta gradi, con il collo piegato all'indietro mentre guardava la stanza dai soffitti alti e maestosi, con un balcone tutto intorno alla parte superiore che ospitava scaffali su scaffali di libri. Sul suo volto si formò un sorriso deliziato.

«È molto carina», disse a Hekla, indicando verso l'alto. Tutti i libri erano stati disposti in base al colore del dorso per creare un arcobaleno eclettico con sfumature di rosso, arancio, giallo, verde, blu e viola.

«Noi islandesi amiamo i libri», si aggiunse una voce alle loro spalle. Quando Lucy si voltò, una donna dai capelli scuri e dalla corporatura robusta si sollevò da una poltrona con lo schienale imbottito, con un libro in mano.

«Ciao Brynja», la salutò Hekla con calore. «Questa è Lucy, la nuova direttrice. Brynja è una delle nostre receptionist. Oggi è il suo giorno libero».

«Ciao», replicò Brynja.

«Mi piace che abbiate una vera e propria biblioteca», proseguì Lucy, dando un'altra occhiata agli scaffali stracolmi di libri. «E così tanti libri».

«Ah, per noi è una grande tradizione. Avrai sentito parlare del *jólabókaflód*, immagino».

Lucy scosse la testa.

«Si potrebbe tradurre come "marea di libri natalizia"», spiegò Hekla mentre Brynja annuiva.

Lucy sorrise. «Una marea di libri? Sembra una cosa fantastica».

«Tutti regalano libri per Natale», spiegò Brynja, gli occhi scuri e svegli che lampeggiavano di entusiasmo. «È un piacere conoscerti, Lucy. Se posso aiutarti in qualche modo, fammelo sapere».

«Grazie. Per un po' di tempo farò fatica a trovarmi persino i piedi, in questo posto».

Non appena lo disse, sia Brynja che Hekla, in completa sincronia, abbassarono lo sguardo sulle sue scarpe.

Lucy rise, rendendosi conto che, nonostante la straordinaria padronanza dell'inglese da parte di Hekla, tra loro c'erano ancora differenze linguistiche e culturali. «È un modo di dire».

Brynja annuì, lo sguardo pensieroso, come se stesse catalogando l'espressione e la stesse aggiungendo al suo vocabolario personale.

«Quindi non sei stata infastidita dagli *huldufólk*?», chiese Lucy, rendendosi conto che Brynja, nonostante il suo giorno libero, non sembrava aver intenzione di partire.

Hekla sembrò di nuovo perplessa, mentre Brynja la guardò come una sorella maggiore.

«No», replicò con prontezza. «Puoi pure non crederci, ma poi», sollevò le spalle, «succedono delle cose e allora pensi che forse esistono, e sarebbe un male ignorare questi esseri, in caso ci fossero davvero».

«Quindi», Lucy faticò ancora a capacitarsi, «quello che stai dicendo è che la gente non crede necessariamente negli *huldufólk*, ma non esclude la possibilità che possano esistere».

«Sì», affermò Brynja. «È esattamente così».

Esausta per il sovraccarico di cose da fare, le presentazioni e l'entusiasmo smisurato di Hekla, Lucy si fece portare un panino al volo da Erik, lo chef dell'hotel. Con le sue spalle larghe e la sua corporatura robusta, sembrava una figura improbabile, tutto vestito di bianco e quel sorriso che sbucava da sotto la barba folta. Quando i suoi occhi si spalancarono di fronte alle dimensioni della mezza pagnotta di segale ripiena di agnello tagliato a fettine sottili che le porgeva, lui si lasciò sfuggire una risata di pancia e un fiume di parole in islandese, che lei immaginò si traducesse con "avevi bisogno di essere nutrita". Non si sbagliava. Da mesi per lei il cibo era passato in secondo piano.

Decise che aveva bisogno di una pausa e di un po' d'aria fresca e si avvolse nel piumino appena acquistato, che Daisy aveva insistito per farle comprare, poi si portò il panino ancora caldo e avvolto nella carta stagnola fino alla spiaggia di ghiaia di fronte all'hotel. Doveva chiamare la sua migliore amica.

Stretta nel cappotto, Lucy si appollaiò su uno degli scogli. L'aria fredda sembrò acuire il suo appetito, e il delizioso sandwich di agnello affumicato sparì in un secondo. Probabilmente era il pasto più abbondante che avesse fatto da molto tempo, anche se quella mattina aveva bruciato un sacco di energie anche solo per pensare.

«Ehi, Daisy». Per fortuna poteva ancora collegarsi al Wi-Fi dell'hotel e fare una chiamata WhatsApp.

«Lucy, come va?»

«Be', qui è tutto stupendo, interessante... c'è molto lavoro da fare, ma posso farcela».

«Brava, questa è la Lucy che ricordo. Come ti trovi? Com'è la gente?»

«Finora tutto bene», rispose lei, in tono neutrale. «Ho un'assistente, Hekla. È... molto entusiasta, con un atteggiamento davvero positivo, il che è...». Lucy trattenne l'istinto di definirlo irritante, perché Daisy non avrebbe approvato, «una bella novità».

«Ah-ah!». Daisy rise. «Ti conosco, Signorina Sotuttoio. Ti sta irritando a morte».

«In realtà... no. È così amichevole che mi ha già fatto sentire incredibilmente benvenuta».
«Sembra adorabile».
«Non credo che arriverei a tanto, ma poverina, lavora davvero sodo, e non credo che nell'ultimo anno vi sia stata chissà quale gestione qui».
«Be', se c'è qualcuno che può occuparsene, quella sei tu». La voce di Daisy era divertita e spensierata, ma quel che disse fece riflettere Lucy. Quella rapida osservazione non era una critica, ma l'aveva colpita. La prevedibile e organizzata Lucy Smart poteva anche essere vista come una donna immersa nella routine, priva di immaginazione, noiosa.
«Farò del mio meglio». Addolcì il tono tagliente con un sospiro, tornando a guardare l'architettura straordinaria, la combinazione di moderno e tradizionale che si fondeva con l'aspro paesaggio. «L'hotel è... be', splendido. Ha un grande potenziale, ma ha bisogno di molti ritocchi», fece una pausa. «Dovresti vedere le camere degli ospiti. Ti piacerebbero da morire. Sono così accoglienti. È tutto in legno color miele, e poi ogni stanza ha un vero camino in pietra o una stufa a legna. Ci sono un sacco di tappeti in pelle di pecora dovunque, e tante belle decorazioni in tessuto intrecciate con quei motivi scandinavi in bianco che rimandano all'amore. Ho persino una stufa a legna in camera».
«*Hygge*!», strillò Daisy. «Oh, voglio venire. Sembra meraviglioso».
«E c'è un altro motivo per cui ti ho chiamata. Dimmi di più su questa cosa dell'*hygge*».
«Ah! Sapevo che un giorno avresti ceduto!».
«Non esaltarti troppo», la voce di Lucy era asciutta per il sarcasmo, «è un tema di arredamento a cui sto pensando».
«Lucy, Lucy, Lucy. Non è una questione di arredamento, è una mentalità», la rimproverò l'amica, che poi procedette a darle una bella lezione di dieci minuti sulla contentezza, il benessere e l'accoglienza, che Lucy ascoltò senza interrompere perché pensava che sarebbe stata perfetta per gli ospiti e

sarebbe piaciuta a Hekla. Alle sue orecchie, erano comunque un mucchio di vecchie sciocchezze.

«Ti farò sapere come sto», disse Lucy, dopo che Daisy aveva insistito perché inviasse delle foto.

«Al freddo», commentò Daisy ridendo, «o al caldo, se hai un camino. C'è qualche uomo simpatico con cui puoi accoccolarti su un tappeto di pelle di pecora davanti al fuoco? Mmm. Potrei dover venire a farti visita».

Lucy gemette. «Lo sai, mi terrò alla larga dagli uomini per un po'».

«Lucy, Chris era uno stronzo. Non lasciare che ti trasformi in una vecchia bacchettona incartapecorita».

«Non lo sono. Ma ho troppo lavoro da fare». Pensò alla lista mentale che stava già compilando. Bisognava ritoccare la tinteggiatura, occuparsi del personale e della pulizia, che in molti punti non era all'altezza degli standard di Lucy.

«A quanto pare si sono susseguiti diversi manager qui. Io sono l'undicesima nell'ultimo anno. Nessuno di loro è rimasto a lungo».

«Fino a che non sei arrivata tu», disse Daisy con fermezza.

«Sì, penso di poter fare la differenza».

«Sembra che tu sia riuscita a cascare in piedi».

«Mmm, non ne sono del tutto sicura», rispose Lucy, pensando alla breve presentazione intercorsa con Eyrun, la governante: una signora un po' inquietante ma minuta, dall'età indefinita, che le aveva scacciate quando lei e Hekla avevano visitato la lavanderia. Eyrun le aveva accolte con un flusso rabbioso di parole in islandese che persino Hekla aveva preferito non tradurre. Sembrava che governasse sul suo regno caldo e umido come un troll inferocito, che si occupa di lavare tutte le lenzuola e gli asciugamani e si avventura raramente fuori dalla sua tana, il che non era una caratteristica molto utile in una persona che doveva essere responsabile della manutenzione delle stanze.

«È tutto un po' caotico. Non riesco a capire come siano stati fatti i turni dello staff, quindi dovrò venirne a capo».

Sembrava che nessuno fosse responsabile dei turni giornalieri, né di far coincidere gli orari dei dipendenti con gli arrivi e le partenze degli ospiti. Hekla le aveva rivelato che spesso le stanze non erano pronte al momento del check-in e che Brynja doveva svolgere la doppia mansione di donna delle pulizie e di addetta all'accoglienza.

«E se c'è qualcuno che può migliorare una situazione del genere, quella sei tu, Lucy», la motivò Daisy, come faceva spesso.

Lucy sospirò. Quel meraviglioso hotel un po' trascurato era ben diverso da ciò a cui lei era abituata. All'hotel di Manchester si era stabilita un'ottima divisione dei ruoli e tutto funzionava come una macchina ben oliata. Sebbene il Northern Lights Lodge fosse incantevole, tutto sembrava procedere a singulto, al ritmo di un vecchio tosaerba arrugginito. Poteva fare molto per quel posto, ma sarebbe riuscita a ottenere abbastanza in due mesi per convincere i proprietari a trasformare il suo in un contratto a tempo indeterminato?

Capitolo 6

Alex si aggrappò a uno sperone scosceso, poggiando una mano sulla coscia e osservando il telefono che teneva nell'altra, con tutto l'entusiasmo di un uomo che sta per chiamare un capo adirato. Quel giorno l'aria fredda e frizzante, con un chiaro sentore di neve, gli lambiva le guance. Era bello stare all'aperto dopo la pioggerellina che il giorno precedente aveva avvolto l'hotel, anche se nelle ultime due settimane aveva subito imparato che il tempo in Islanda era incredibilmente mutevole. Un minuto prima c'erano pioggia battente e nuvole nere e poi, all'improvviso, il vento le spazzava via per rivelare un cielo azzurro brillante e il sole. Vedendo il mutare del tempo, si era affrettato a cambiarsi per approfittare della giornata asciutta e godersi un po' di tempo libero. Anche se il piacere di stare all'aria aperta stava per essere cancellato.

Con un pesante sospiro guardò il mare agitato, ammirando l'infrangersi delle onde contro le rocce che costeggiavano la riva; desiderò di poter godere dell'aria fresca e pulita ancora per un po', senza doverla inquinare con discorsi di lavoro e una conversazione che lo avrebbe fatto sentire malissimo. Aveva lottato con la propria coscienza per tutta la mattina e, nonostante in realtà avrebbe dovuto essere un dibattito abbastanza breve, quel maledetto gene della gentilezza continuava a intervenire. Studiò l'orizzonte, dove il cielo incontrava la riva, e premette il pulsante di chiamata sullo schermo.

Per fortuna la linea con Parigi non era disturbata. «Ehi Alex, finalmente. Ti ho chiamato due ore fa».

«Alcuni di noi stanno lavorando, Quentin».

«Lavorare! Che diavolo stai combinando? Dovresti lavorare per me. L'ultima volta che abbiamo parlato non hai detto nulla al riguardo».

«Questo perché il nuovo manager non era ancora stato nominato. Cosa pensavi che avrei fatto? Che avrei oziato in una stanza degli ospiti per due mesi? Inoltre, in questo modo ho una scusa migliore per curiosare un po' di più e redigere un rapporto adeguato. Ho accesso a tutte le aree, cosa che, se fossi un ospite, sarebbe piuttosto difficile».

«Santo cielo, ti prego, dimmi che non sei il lavapiatti».

«No... non c'è. Sono il capo barman e cameriere».

«Porca di quella miseria, McLaughlin, a che gioco stai giocando? Non potevi essere uno scrittore o almeno un maledetto ornitologo?»

«Dato che non ho alcuna capacità o conoscenza in nessuno dei due campi, credo che sarebbe stato un po' difficile fingere», disse Alex seccamente. «E poi dovevo trovare qualcosa. Sarei impazzito senza nulla da fare, e non è che mi dispiaccia sporcarmi le mani. Nessuno mi tiene d'occhio. Faccio praticamente quello che mi pare».

«Intendi quindi dire che il nuovo direttore non è ancora arrivato? Dove diavolo è? Pedersen mi aveva detto che avevano assunto qualcuno».

«È una lei, ed è arrivata. È decisamente arrivata». Ripensò alla prima volta che aveva visto Lucy Smart emergere come una sirena fradicia dalla vasca idromassaggio, con i lunghi capelli sciolti sul viso e l'atteggiamento ostile quando lui aveva cercato di aiutarla. Non riusciva ancora a capire perché diavolo avesse insistito che la porta d'ingresso fosse chiusa, anche quando erano tornati alla reception ed era chiaramente aperta.

«E…?».

Alex si accigliò pensando a lei e al suo ciondolo a forma di unicorno, mentre si allontanava dalla roccia e cominciava a camminare lungo la riva.

«Ha un approccio poco ortodosso alla soluzione dei problemi, questo è certo».

«Io non sono poco ortodosso», brontolò Quentin. Un'affermazione ridicola in bocca al leader dell'eccentricità. «È una donna molto rigida?»

«È arrivata ieri», continuò Alex, con una certa cautela. Lui sarebbe stato molto più deciso con il personale. Sicuramente si sarebbe accorto che lo stavano prendendo per il culo con la storia dei folletti. Una direttrice decente avrebbe chiuso immediatamente la faccenda, subito dopo aver chiarito che non avrebbe accettato alcuna sciocchezza. Probabilmente quella scelta le avrebbe causato problemi, anche se la sua soluzione improvvisata era stata piuttosto intelligente.

«Pensavo non dovesse arrivare prima di una settimana».

«Un po' di confusione con le date». Alex trasalì. Era stato molto strano. Lui era lì quando Hekla aveva risposto al telefono. Perché qualcuno avrebbe dovuto chiamare e cambiare la data? Lucy doveva aver avuto un ripensamento, aveva chiesto a qualcuno di telefonare per conto suo e poi aveva cambiato di nuovo idea. Quale altra spiegazione poteva esserci?

«Be', non mi dà molta fiducia. Credi che sia in gamba? E voglio una risposta sincera, non prendermi in giro». Alex serrò le labbra e diede un calcio a una piccola pietra sul suo cammino. Questa rotolò e rotolò, fino a raggiungere le altre pietre grigie sulla spiaggia di ciottoli. Quentin aspettava all'altro capo della linea, il silenzio intanto si prolungava nell'attesa che Alex lo riempisse. Conosceva bene le tattiche del suo capo. Quentin non era diventato il proprietario multimilionario dell'Oliver Group, che gestiva una serie di boutique hotel, senza essere estremamente scaltro. Voleva una relazione onesta sul potenziale dell'hotel, su cosa fosse necessario fare per portarlo agli standard dell'Oliver Group, e se Lucy e il personale attuale fossero le persone giuste per farlo. Al momento, a essere del tutto sinceri, Alex non ne era convinto.

C'era qualcosa nel suo aspetto tormentato che lo preoccupava, e la sera prima era stata brusca e tagliente, estremamente restia ad accettare aiuto. Sospettava che fosse una persona solitaria, a giudicare dal suo atteggiamento di chiusura, e non sembrava avere le spalle abbastanza larghe per affrontare i rigori del lavoro. Gli orari erano lunghi e il ruolo comprendeva tutto, dal marketing al budget, dalla gestione dei locali a quella del personale. Per non parlare del fatto che un buon manager si fa vedere sempre, rendendosi accessibile e avvicinabile sia agli ospiti che al personale. Avrebbe dovuto parlare di quei dubbi al suo capo? In silenzio, raccolse un sasso e lo lanciò sulle onde. Rimbalzò tre volte: *Lo farò, non lo farò, lo farò?*

Al quarto rimbalzo il sasso affondò, prendendo la decisione per lui.

I bravi ragazzi finiscono in coda.

«La giuria non si è ancora espressa», disse, con parole decise. Era la verità.

«Pensi che abbia la stoffa per farlo?», lo incalzò Quentin.

No, fu la parola che gli venne in mente, ma invece Alex arricciò il naso, grato che Quentin non potesse vederlo. «Non lo so... ancora».

«Dai», brontolò Quentin. «Non mi freghi. Sei bravo a valutare le persone. Smettila di fare il furbo. Prima impressione?».

Alex sospirò, doveva molto a Quentin. Il suo capo aveva corso un rischio affidandogli la gestione del suo primo grande albergo, nonostante fosse il candidato più giovane e inesperto. E ora, erano una famiglia. Raccolse un'altra pietra e la scagliò sulla superficie del mare. «Ci sono parecchi problemi. Devo vedere come li affronta». Solo che, pensò tra sé e sé, Lucy era rimasta rintanata in ufficio a sbrigare pratiche per gli ultimi due giorni. Se Alex fosse stato il direttore, avrebbe dato la priorità a quei piccoli cambiamenti rapidi e vincenti che gli ospiti, quelli che pagano il loro stipendio, notano davvero. Avrebbe messo più personale durante la colazione, in modo che gli ospiti potessero uscire più rapidamente dall'hotel al mattino, si sarebbe assicurato che le camere fossero pronte entro l'ora di pranzo, che i fuochi nelle aree comuni fossero accesi quando gli ospiti rientravano nel pomeriggio e all'arrivo avrebbe offerto loro un drink in omaggio, per indurli a visitare il bar la sera.

«Se tu fossi il direttore, cosa faresti? Come prima cosa».

Sollevato da questo cambio di rotta nella conversazione, Alex arricciò il naso, pensando.

Il vento gli smosse i capelli, facendoglieli finire sugli occhi mentre girava la testa per osservare l'edificio che si estendeva sulla cima della collina alle sue spalle. Quell'hotel poteva essere favoloso. «Il personale è un problema. Nessuno gestisce i turni. Tutto è deciso all'ultimo minuto. Su questo punto interverrei. Farei anche un inventario di ciò che deve essere rivisto all'interno dell'hotel, perché ha chiaramente bisogno di una sferzata di energia. E avrei iniziato subito. Il punto è che la nuova direttrice non ci sta ancora pensando».

«Hai visto le ultime recensioni di TripAdvisor?», chiese Quentin, cambiando di nuovo argomento com'era solito fare.

«No». Alex non ne aveva bisogno, poteva valutare le cose dalle reazioni degli ospiti. Non erano esattamente entusiasti del posto.

«Non sono fantastiche. Non orribili, ma medie... e a noi il medio non interessa. Perlomeno se le recensioni fossero di merda, ci sarebbe qualcosa su cui lavorare. La mediocrità è peggio. Quando pensi di poter mettere insieme un rapporto dettagliato sul posto? Comincio a pentirmi di averlo comprato».

«Non è ancora ufficiale, vero?»

«No, ma ci stiamo avvicinando. Pedersen è un astuto bastardo e posso sempre ritirare la proposta, ma... che ne pensi? Ha del potenziale, no? Credevo che l'Islanda avrebbe ampliato i nostri investimenti in una nuova direzione».

«Ha un grande potenziale. Ma dev'essere gestito in modo adeguato», commentò Alex. «Perché non aspetti che faccia qualche altra ricerca?», suggerì, anche se non gli piaceva nascondersi nell'hotel e ficcare il naso nelle cose quando non c'era nessuno. Odiava muoversi in incognito, ma in quell'occasione era necessario. Sapeva che fare domande dirette spesso metteva il personale sulla difensiva e lo portava a omettere e celare; così facendo non avrebbe ottenuto un quadro reale e, cosa più importante, se qualcuno avesse scoperto che l'Oliver Group era interessato all'acquisto dell'hotel, sarebbero scoppiate le speculazioni tra i concorrenti. Molti di questi ultimi sarebbero voluti entrare in azione e senza dubbio avrebbero spinto il prezzo alle stelle. «Invierò la mia relazione nelle prossime due settimane. Devo ancora capire meglio come funziona il settore delle pulizie».

«Non bene, a giudicare dalle recensioni. Avrei dovuto farti lavorare lì», continuò Quentin.

«Sarebbe stato difficile, visto che il posto non è ancora di tua proprietà e inoltre ho un bell'albergo a cinque stelle che mi aspetta a Parigi. Come procede, tra l'altro? Ci sono progressi?»

«Nessuno, e questo mi fa venire l'ulcera. Quei burocrati bacchettoni. Non intendono accelerare le cose. Ci sono ancora dubbi sulla datazione delle ossa. Tutti i lavori si sono fermati. Ci vorranno almeno quattro mesi per aprire l'hotel».

«Be', almeno potrò vedere l'aurora boreale mentre sono qui».

«Ti voglio in Islanda per supervisionare la situazione. Non metterti troppo comodo».

«Non lo farò».

«Bene». E con questo Quentin chiuse la chiamata. Alex tornò a fissare l'edificio appollaiato sul bordo della piccola scogliera. Non gli era mai venuto in mente prima, ma forse un giorno sarebbe potuto venire in un posto come quello. Non era il suo solito tipo di hotel, ma aveva un certo fascino rustico e una magia ultraterrena che lo incuriosivano. Sebbene lavorare a Parigi fosse stata una sfida e non si fosse mai annoiato, si rese conto che il nuovo hotel sarebbe stato più o meno uguale agli altri. Sofisticato. Niente di troppo inaspettato. Nessuna avventura. Aveva fatto molta strada da quando aveva iniziato come barman nell'albergo di famiglia, un piccolo ma prestigioso ex castello alla periferia di Edimburgo che un giorno sarebbe stato suo. Quando fosse arrivato quel giorno, il suo sogno era quello di creare un hotel che potesse competere con il famoso *Gleneagles*. In attesa di subentrare alla madre, e ci sarebbe voluto ancora moltissimo tempo, stava acquisendo la migliore esperienza possibile.

Con un improvviso sussulto, come se il ricordo fosse stato accompagnato fisicamente da un pugno, si rese conto che gli erano mancate la freschezza pungente dell'aria aperta, il vociare dei gabbiani che volteggiavano sopra di lui, la possibilità di stare all'aperto a tutte le ore del giorno e di sentire, in qualsiasi momento, il profumo dell'aria di mare. La sua casa, anche dopo gli anni trascorsi in Francia, Svizzera e Italia, era sempre la riva di Leith, a Edimburgo, e il suo ricordo fisso il suono delle onde che gli sussurravano all'orecchio. Seduto lì, su una roccia umida in Islanda, il canto familiare del mare gli fece rivivere un senso di comunità e di casa. Gli era mancato tutto questo, il ritmo delle onde, il vento impetuoso e l'ampia distesa del cielo. Vivendo in città, gli erano mancate le colline e il dirupo roccioso che ora aveva alle sue spalle: un gradito ricordo dell'Arthur's Seat. Era sorprendente quanto non sentisse la mancanza di Parigi e quanto rapidamente quel magnifico scenario e il rustico hotel cominciassero a sembrargli "casa". Tutto ciò era completamente ridicolo, perché aveva un ottimo lavoro che lo aspettava in una delle più belle città del mondo. Trasferirsi in un posto come quello sarebbe stato un passo indietro. Non era un'opzione che avrebbe mai preso in considerazione.

Capitolo 7

Hekla comparve in ufficio portando con sé due tazze di caffè. Lucy, che aveva passato gli ultimi quattro giorni a cercare di mettere ordine sulla sua scrivania, fallendo miseramente, alzò lo sguardo con gratitudine.

«Dobbiamo mettere una macchina del caffè qui dentro», dichiarò Lucy osservando le gocce di bevanda scura, traboccate dai bordi durante il viaggio dalla cucina dall'altra parte dell'hotel, che colavano lungo la tazza.

«Ottima idea», disse Hekla, quasi saltellando sul posto. «Potrei portarti a Hvolsvöllur qualche volta. Potremmo prendere una di quelle macchine che fanno anche la cioccolata calda e il tè».

Bevve un rapido sorso e fece una smorfia. «Il caffè caldo sarebbe molto più buono, anche se Erik potrebbe non darmi i biscotti». Frugò nella tasca del cardigan e tirò fuori un pacchetto avvolto in un tovagliolo. «Mirtilli rossi e noci. Ancora caldi...». Arricciò il naso. «O almeno, lo erano». Si guardò intorno nell'ufficio e trasalì.

«Lo so, lo so, è un casino», ammise Lucy stancamente, con la voglia di sbattere la testa sul piano della scrivania per la quantità di scartoffie trascurate. Il precedente direttore, che era durato sei settimane, era stato un sostenitore dell'accatastamento piuttosto che dell'archiviazione e, nella seconda pila sotto la sua scrivania (ce n'erano tre lì sotto, oltre alle quattro sopra la scrivania) aveva trovato una dozzina di fatture scadute.

«Potrei aiutarti», propose Hekla, «quando avrò finito il servizio in camera».

Lucy esitò. «Non dovresti occuparti di quello. Ho bisogno di te qui dentro». Ma quel giorno non c'era scelta, perché non era stato previsto abbastanza personale per far fronte al numero di ospiti in partenza.

«Devo parlare con Eyrun dei turni del servizio in camera». Forse, nel suo stato d'animo agitato e scosso, era il momento perfetto per affrontare quella donna.

Hekla le rivolse un'occhiata ironica.

«È ridicolo», sbottò Lucy. «La governante dovrebbe esserne responsabile».

«Lei... non vuole occuparsi delle scartoffie».

«Be', dovrà farlo», ribatté Lucy, con un movimento deciso del mento. «Non possiamo andare avanti così. Avete già abbastanza da fare senza cambiare le lenzuola e pulire i bagni».

«Non mi dispiace», la tranquillizzò Hekla, con un'alzata di spalle. «E lei gestisce molto bene la lavanderia».

«Be', a me invece dispiace». La voce ferma di Lucy fece sorridere la bionda. «Lavanderia o non lavanderia. Ho bisogno di te qui dentro».

«Grazie», rispose lei prima di aggiungere, con uno scintillio malizioso negli occhi: «Hai intenzione di dirglielo?».

Entrambe risero mentre Lucy rabbrividiva. «È ridicolo che io abbia paura di lei?»

«Per niente». Il "no" deciso che Hekla comunicò scuotendo la testa e la velocità con cui il sorriso scomparve dalle sue labbra furono decisivi.

Lucy saltò in piedi. «È inconcepibile e non ho intenzione di sopportarlo. Ora vado di sotto. Ho bisogno di una pausa da quelle maledette scartoffie. Coprimi per un attimo. Torno subito».

Gli occhi scuri di Eyrun furono attraversati da un lampo e la donna rivolse un ghigno sprezzante al foglio di carta in mano a Lucy.

«Allora», disse quest'ultima con un sorriso volutamente cordiale. «Vorrei che ti occupassi dell'organizzazione dei turni delle cameriere. Ho stampato dei modelli da compilare, e qui ci sono le prenotazioni per la prossima settimana. Abbiamo bisogno di una vera e propria turnazione. La povera Hekla passa troppo tempo ad aiutare a pulire le stanze, quindi non riesce a occuparsi delle sue mansioni». Eyrun non rispose, si limitò a fissare Lucy con uno sguardo di ghiaccio. «E ora è un periodo tranquillo con gli ospiti». "Tranquillo" era un eufemismo: le prenotazioni erano diminuite del cinquanta per cento rispetto all'anno precedente. «Ma», mentì valorosamente Lucy, ignorando la paura che le attanagliava lo stomaco, «presto le cose cominceranno a movimentarsi». *Devono movimentarsi*, si disse, scavando con le unghie nel palmo della mano destra. Hekla continuava a mettere sul piatto l'attrattiva dell'aurora boreale, sostenendo che le cose si sarebbero risollevate verso la fine del mese. Lucy non era convinta. Era anche preoccupante il fatto che non ci fossero prove di alcun tipo di campagna di marketing negli ultimi mesi; e lei aveva due mesi, o meglio, un mese e venticinque giorni, per dimostrare il proprio valore.

Eyrun tirò su col naso e si girò di spalle, infilandosi nell'asciugatrice ancora calda per tirare fuori una manciata di asciugamani.

«Eyrun». Lucy sbottò, consapevole che stava sfogando la propria frustrazione in modo ingiusto, ma dovevano migliorare le recensioni di TripAdvisor, la maggior parte delle quali diceva che l'hotel sembrava datato. «Le camere devono essere controllate ogni giorno. Questo è compito tuo». Rendendosi conto che stava rischiando di lasciarsi prendere la mano e di dimenticare tutta la formazione manageriale che aveva ricevuto, fece un respiro profondo. *Fermezza. Coerenza. Parlare in modo chiaro e semplice. Sei tu il capo. Resta calma.* «Ho stilato una lista per te. Ci sono tutti i controlli che sarà necessario fare». Lucy posò i fogli sullo scaffale vicino e tirò fuori l'elenco che aveva preparato quella mattina.

«Ok. Controllerò le stanze», replicò Eyrun, con la bocca tesa a segnare il suo disappunto, allontanandosi dal foglio di carta. «Niente lista. Ora vai. Ho da fare». Indicò la soffice nuvola di asciugamani che teneva sottobraccio.

«Ti aiuterà».

«No». Eyrun scosse la testa con veemenza e indietreggiò, stringendo il fagotto come uno scudo.

«Ispezionerai le stanze ogni giorno?», Lucy insistette, rendendosi conto che si trattava di una piccola vittoria, anche se i turni erano una causa persa.

Eyrun la guardò in cagnesco, ma annuì.

«E mi farai sapere cosa deve essere aggiustato, riparato o cambiato. Molti copriletto hanno bisogno di essere puliti o sostituiti. Fai un ottimo lavoro con la biancheria, ma alcune cose... credo che siano addirittura al di là della tua magia».

Lucy quasi sorrise quando la testa di Eyrun si sollevò con una punta di orgoglio. L'inglese della donna più anziana era chiaramente migliore di quanto lasciasse intendere e, come la maggior parte delle persone, non era immune all'adulazione.

«Ne ho rimossi alcuni». L'aveva fatto in un giro di perlustrazione nel tardo pomeriggio del giorno prima, quando finalmente aveva deciso di averne abbastanza dell'ufficio.

«Ma potresti fare un inventario di quelli che si possono tenere e di quanti nuovi ne dobbiamo ordinare? Sicuramente lo saprai fare meglio di me. Seguirò le tue indicazioni al riguardo».

Un lampo di sorpresa attraversò gli occhi di Eyrun, che inclinò la testa come un merlo sospettoso.

Lucy tenne in mano l'elenco. Non era negoziabile. C'erano caselle da spuntare accanto a ogni voce e una riga in fondo su cui Eyrun avrebbe dovuto firmare, per confermare che era stato fatto tutto. «Questo lo appendo in bacheca per te. E lascia qui i ricambi. Quando li avrai finiti, Hekla o Brynja ti daranno una mano».

Eyrun la osservò con un'espressione severa, mentre Lucy si dirigeva verso la bacheca sopra la scrivania della stanza adiacente.

«Questa è la tua lista», sentenziò, fissando una seconda puntina da disegno alla bacheca per tenerla ferma.

Eyrun emise un piccolo lamento e tornò nella prima stanza con le asciugatrici, rovesciandone il carico sopra le carte di Lucy e tirando fuori un asciugamano, che scosse prima di piegarlo con movimenti rapidi e precisi.

Distraendosi un momento, Lucy fece un passo indietro e aggrottò le sopracciglia, colta dalla sensazione che qualcosa non quadrasse. Guardò la bacheca. Non avrebbero dovuto esserci avvisi sulla salute e la sicurezza, numeri di emergenza, procedure di evacuazione antincendio? Dando un'occhiata alla stanza, si rese conto che era una tela bianca. Le rievocò un ricordo, ma non riuscì a collocarlo.

«Grr», ruggì Lucy tornando in ufficio mentre Hekla alzava lo sguardo. «È andata bene, tutto sommato».

«Allora sei ancora tutta intera». Lucy si girò e vide Alex con un sorriso provocatorio in viso. «Ho sentito che sei andata a domare i draghi».

«Uh», rispose lei piuttosto stupidamente, colta di sorpresa da quell'imprevista espressione amichevole. Cavolo, era carino.

«Non sono sicura di averli domati», concluse infine lisciandosi la gonna, come se questo potesse farla sentire più professionale. «Ho vinto una piccola battaglia, ma non nutro molte speranze che Eyrun organizzi i turni».

«Potrei farlo io», propose Hekla.

«No», disse Lucy, con una fermezza che si guadagnò un piccolo cenno di approvazione da parte di Alex, anche se non sapeva cosa c'entrasse lui, perciò gli rispose fulminandolo con lo sguardo. «Me ne occuperò io per il momento, e sto pensando di promuovere una delle altre ragazze e di affidarle il lavoro. Che ne pensi di Elin o Freya?».

Hekla sorrise. «Elin Jónsdóttir e Freya Flókisdóttir. Jón e Flóki sono cugini di mio padre».

Lucy si accigliò: «Jón e Flóki?»

«I loro padri. In Islanda prendiamo il nome di nostro padre o di nostra madre come cognome. Io sono Hekla Gunnesdóttir. Mio padre si chiama Gunnar. Elin e Freya sono mie cugine di secondo grado. Dovresti scegliere tu tra le due, ma io credo che siano entrambe eccellenti».

«Allora, Alex, come posso aiutarti?». Si era appollaiato sul bordo della scrivania come se avesse tutto il tempo del mondo e fosse completamente a suo agio. E poi, alla domanda di lei, tutta quella tranquillità svanì e, stranamente, sembrò un po' sconcertato.

«Io... mmm, io... ehm... mi chiedevo se vuoi che faccia un inventario delle scorte del bar. E volevo sapere anche come stessi dopo la caduta in piscina. Nessun effetto collaterale? Dev'essere stato un po' uno shock», esclamò con interesse, tornando apparentemente tranquillo. «Non ti ho mai chiesto se ti sei fatta male».

«Oh, no. Be', non troppo». Si strofinò distrattamente l'anca. «Un livido o due».

«E gli stivali?».

Chiuse gli occhi, avvertendo un improvviso dolore per la condizione delle sue calzature preferite. Li aveva abbandonati in bagno. «Non hanno un bell'aspetto. Sono ancora un po' umidi all'interno».

«Devi riempirli di carta, ce n'è in abbondanza in ufficio. Hekla», le rivolse un sorriso, «ha una faida in corso con la stampante, io ho del lucido per scarpe...». Si interruppe con fare incerto, prima di scoppiare a ridere. «Lucido per scarpe! Il supereroe Alex in soccorso».

Lucy sorrise, incantata dalla sua infantile preoccupazione. Incantata e anche qualcos'altro. Le si era era sciolto un po' il cuore, ultimamente così gelido.

«Un po' come un boyscout», rise Alex. «Pronto per ogni evenienza. Eccomi qui!».

L'inaspettata gentilezza di Alex la spiazzò, e Lucy abbassò lo sguardo. «Io... una volta lo ero», disse quasi in un sussurro.

«Alla stampante non vado a genio», esclamò Hekla con inaspettata petulanza, alzando gli occhi dal computer.

«No, infatti», disse Alex, ridendo della faccia imbronciata di Hekla. Lucy avrebbe potuto baciare la sua collega per il tempestivo intervento. Da dove veniva quell'improvvisa infelicità? Sollevò il mento, correggendo rapidamente l'espressione per nascondere il breve cedimento della maschera di compostezza che indossava.

«Lucy», mormorò Hekla preoccupata, «abbiamo una prenotazione in arrivo la prossima settimana».

«E…?». Dopotutto erano un hotel, le prenotazioni erano ciò che volevano.

«È stata fatta direttamente con il signor Pedersen e non ho nessun dettaglio. Nessun nome. Niente. Ma è un omaggio». Notò l'aria incuriosita di Alex e si chiese di nuovo perché un barman frequentasse l'ufficio o si interessasse così tanto di tali faccende.

«Ah, è strano. Si tratta di un VIP su cui dobbiamo fare colpo? Parenti del signor Pedersen?»

«Non lo so. Hanno riservato cinque stanze».

«Cinque». La sua lingua guizzò automaticamente verso la ferita sul labbro. Era un numero un po' elevato di stanze da assegnare gratis. Cosa stava succedendo?

«L'e-mail originale dice solo che si tratta di media». Hekla alzò lo sguardo, con un'espressione più felice. «Penso che potrebbero essere della stampa o qualcosa del genere».

«Stampa?».

Ok, poteva farcela. Essendo stata così vicina alla BBC e a ITV, oltre che a due squadre di calcio della Premier League a Manchester, era abituata a trattare regolarmente con giornalisti, celebrità e calciatori.

«Stampa inglese. Una troupe cinematografica».

Oh, merda! Automaticamente si portò la mano al labbro e cominciò a sfregarlo.

«Stai bene?», chiese Alex, con lo sguardo preoccupato. Si avvicinò a Lucy e lei trattenne il respiro, poi lui le sfiorò brevemente il polso con le dita. «Non farlo, peggiorerai la situazione».

Lei allontanò la mano, sentendo già il sapore del sangue in bocca. Era una cattiva abitudine che aveva preso.
«Stai bene?», le chiese di nuovo.
«Sì. Sì. Sto bene», replicò Lucy, consapevole di essere pallidissima e che il suo battito cardiaco fosse schizzato alle stelle; tutto in lei stava probabilmente gridando NO!
Non stava affatto bene, e in quel preciso istante non avrebbe saputo dire se fosse l'effetto inaspettato del tocco gentile di Alex o la prospettiva dell'arrivo di una troupe cinematografica.
Fece un respiro per calmarsi. Si stava comportando da stupida. La troupe non avrebbe di certo filmato il personale. Probabilmente non avrebbero prestato attenzione a loro. Nessuno l'avrebbe riconosciuta.

Capitolo 8

Quando Lucy si svegliò, con l'ansia che le attanagliava la mente, rimase a fissare il cielo pieno di nuvole fuori dalla finestra. Sebbene fosse ancora buio, c'era una strana luce fuori. Forse quel giorno sarebbe rimasta lì, a studiare le nuvole e a cedere alla pesantezza del proprio corpo. Anche se era ormai in hotel da quasi due settimane, le ci voleva tempo per prendere confidenza. Il frequente avvicendamento dei precedenti manager significava che molte cose erano rimaste in sospeso. Quella mattina il solo sollevare il piumone sembrò uno sforzo. I minuti passarono, diventarono dieci, poi venti. Socchiuse gli occhi fissando un punto oltre il vetro: era un fiocco di neve?

Era per questo che le nuvole avevano un aspetto diverso quel giorno, perché erano piene di neve? Seguì l'andamento di alcuni fiocchi, osservandone la dolce discesa. Il familiare pungolo di un'eccitazione infantile la tormentò, facendole fare una smorfia. Un tempo, alla prima magica vista della neve si sarebbe infilata le scarpe da ginnastica e si sarebbe coperta come uno sherpa, impaziente di uscire, ma la fanghiglia scura della neve di città l'aveva privata di quella fantasia.

Sospirando, costrinse il suo corpo rigido a rotolare su se stesso, facendo scivolare le gambe fuori dal letto, fino a ritrovarsi seduta. Doveva alzarsi. Aveva bisogno di questo lavoro. Si stava comportando in modo ridicolo. La troupe non si sarebbe interessata a lei. Avrebbero filmato i panorami, avrebbero soltanto sfruttato l'hotel come base. *Mi sto comportando in modo ridicolo.* Ripetendosi quelle parole più volte, come una litania, si trascinò sotto la doccia.

Una volta vestita, uscì dalla stanza e, mentre attraversava l'area comune degli alloggi del personale per recarsi in ufficio, un forte grido la sorprese.

«Lucy, Lucy», gridò Hekla, con il suo solito sconfinato entusiasmo.

«Buongiorno», rispose rigidamente, consapevole della pelle luminosa e degli occhi splendenti dell'altra ragazza, che contrastavano con la sua carnagione spenta e le sue borse sotto gli occhi.

«Vieni, vieni», esclamò, intrecciando il suo braccio a quello di Lucy. «Voglio mostrarti la mia cosa preferita. Be'», si corresse, «una delle mie cose preferite». Trascinandola come un San Bernardo in missione di salvataggio, Hekla la condusse dall'area del personale all'hotel principale.

Incapace di resistere a tutto quell'entusiasmo, Lucy si lasciò trascinare senza lamentarsi fino al lungo corridoio di vetro che collegava i due edifici.

Hekla si fermò di colpo, con la testa piegata all'indietro e le braccia spalancate, quasi a toccare il vetro ai suoi fianchi. «Sembra di stare all'aperto, ma non è così». Sorrise a Lucy con una gioia infantile, muovendo le braccia su e giù come se stesse facendo degli angeli di neve. «Guarda».

Fuori, la neve, il cui colore accendeva il cielo, aveva iniziato a cadere sul serio, con enormi fiocchi che fluttuavano come piume che si posano su una brezza leggera. In un lento valzer, ballavano e turbinavano, girando intorno alla struttura di vetro come delicate ballerine, quasi colpendo il vetro e poi all'ultimo secondo filando via, come se stessero stuzzicando la morte prima di fuggire. Incuriosita, Lucy guardò in alto, oltre il soffitto trasparente: la vista era quasi vertiginosa, mentre la concentrazione di strati su strati di fiocchi sembrava scendere in un torrente senza fine.

La sensazione era quella di essere all'interno di una palla di neve, pensò, mentre i fiocchi meno fortunati, destinati a un'eclissi anticipata, colpivano il vetro con piccoli colpi ovattati; i cristalli di ghiaccio schizzavano contro la superficie.

«Non ho mai visto dei fiocchi così grandi», mormorò Lucy con puro stupore, mentre seguiva la traiettoria di uno che avrebbe giurato essere grosso quanto la sua mano.

«*Hundslappadrifa*», disse Hekla. «Abbiamo un nome per questo tipo di neve. Tradotto significa "neve a forma di zampa di cane"».

Lucy batté le mani per la gioia. Era la descrizione perfetta. «Mi piace molto. Anche se credo che stamattina non potremo andare a Hvolsvöllur». La neve si era depositata rapidamente nell'ultima mezz'ora, e già un buon centimetro contornava i bordi delle recinzioni e dei tetti all'esterno. Era stata entusiasta al pensiero di uscire dall'albergo e vedere un po' di Islanda, anche se la città più vicina era a venti minuti di distanza.

«Certo che lo faremo», ribatté Hekla. «In Islanda la neve non ci ferma. *Petta reddast*».

«Cosa significa?».

Hekla sorrise. «Te lo dirò sulla jeep, durante il viaggio».

Una volta allacciate le cinture di sicurezza e avvolte nel caldo dell'auto, le due donne percorsero il rettilineo verso le luci della città, che brillavano in lontananza come un faro.

«Andrà tutto bene?», chiese Lucy, guardando dubbiosa lo strato di neve che si stava rapidamente addensando.

«*Ja*», rispose Hekla, con allegra sicurezza, accarezzando il volante. «Questo gioiellino ci farà arrivare e ci riporterà indietro senza problemi».

«In Inghilterra tutto si sarebbe già fermato», osservò Lucy, pensando all'inverno precedente e all'afflusso di massa di viaggiatori coperti di neve che non erano riusciti a tornare a casa e si erano presentati all'hotel di Manchester.

«Ah, questa è l'Islanda. Abbiamo la tempra forte. Come ho detto prima, *petta reddast*, è un nostro modo di dire. Andrà tutto bene. Vivendo qui, abbiamo la convinzione di poter fare tutto. C'è sempre qualcosa da affrontare, le tempeste, le inondazioni, le nevicate, il ghiaccio e i vulcani. È la terra del calore e del fuoco, ma noi islandesi possiamo fare grandi cose. Abbiamo fiducia in noi stessi. Ricordi la nostra squadra di calcio?». Si voltò con un sorriso sornione sulle labbra. «Abbiamo battuto gli inglesi, una piccola squadra di un paese di 340.000 persone. Il nostro allenatore era un dentista part-time».

«Me lo ricordo», replicò Lucy seccamente, ripensando all'atteggiamento presuntuoso di Chris prima della partita di fronte alla minaccia della squadra islandese e ai suoi ululati adirati verso la televisione, durante il match, quando l'Islanda aveva segnato due gol contro uno dell'Inghilterra.

«È un atteggiamento positivo», indicò il paesaggio con un movimento del braccio. «È difficile vivere qui, bisogna sopravvivere. I vichinghi che arrivavano dall'Europa dovevano ritagliarsi una vita. Questo genera una certa durezza, ma anche spirito di squadra. Insieme possiamo far accadere le cose. Per esempio, Elin crede che scriverà e pubblicherà il suo libro, Freya che un giorno diventerà una grande attrice e Brynja si allena per la maratona. Tutte loro credono che avranno successo».

«E tu?», chiese Lucy.

«Un giorno viaggerò. Da bambina sono andata in molti posti con i miei genitori, ma voglio fare quello che hai fatto tu, spostarmi in un nuovo Paese e lavorare in un buon albergo». Hekla sorrise. «Ma voglio che il Northern Lights Lodge diventi il miglior hotel possibile, prima di partire. Ho vissuto in molte città, ma questo è il posto che considero casa mia. Voglio che le persone che vengono qui vedano quanto è meraviglioso il mio Paese. Voglio che ricordino per sempre il loro soggiorno da noi».

«Lo vogliamo entrambe», le disse Lucy. «Spero che non pensi di andartene troppo presto».

Hekla alzò le spalle. «Dipende dai nuovi proprietari».

«Nuovi proprietari?». Le parole si strozzarono in gola a Lucy in un improvviso tono di allarme. «Che intendi?».

Hekla le rivolse un'occhiata stupita. «Sai, l'hotel è in vendita».

«In vendita?». Il panico attanagliò Lucy e il suo stomaco si strinse per la paura. Un cambio di proprietà spesso significava un cambio di gestione. «Ma come, adesso?»

«*Ja*, c'è un potenziale acquirente. Stanno negoziando, ma il signor Pedersen ha detto che probabilmente la firma avverrà a dicembre».

Lucy deglutì a fatica. Dicembre. Il suo contratto sarebbe scaduto proprio in quel mese. Quando notò il suo respiro affannoso, Hekla la guardò.

«Non ti preoccupare. Avranno bisogno di un manager».

«Sì, ma...». *Non necessariamente di me.* Ora il contratto a breve termine aveva perfettamente senso, comprese Lucy, con un tuffo al cuore. Non stava affrontando un periodo di prova perché la stavano assumendo senza adeguate referenze, ma perché presto non avrebbero avuto bisogno di lei.

«*Petta reddast*», le ricordò Hekla con dolcezza. «Andrà tutto bene. Penso che tu abbia già delle valide idee. Hai una buona esperienza, *ja*?».

Lucy annuì. Aveva un'esperienza dannatamente buona. La migliore. Poteva farcela. Forse doveva credere in se stessa, come aveva sempre fatto. Tutto era andato bene prima che quel maledetto video diventasse virale, fino a quando la sede centrale non l'aveva licenziata, dopo che Chris l'aveva fregata alla grande.

Hvolsvöllur era ancora più piccola di quanto Lucy si aspettasse: la città si trovava in una valle piatta con poche strade. Le case rosse fiancheggiavano le strade che Hekla attraversava, indicando i luoghi in cui avevano vissuto i suoi cugini, uno zio, la casa della madre di una sua compagna di scuola. Sembrava che Hekla conoscesse tutti in città. Sapeva esattamente dove andare a comprare la macchina del caffè, che era il loro obiettivo principale, e in mezz'ora avevano finito.

«Ti piacerebbe fermarti nel negozio di articoli per turisti, Una Local?», chiese. «Ha delle cose carine».

«Perché no», rispose Lucy malinconicamente. «Potrei comprare dei regali di Natale da portare a casa». Qualcosa per

Daisy, che era stata così buona con lei nell'ultimo anno, e per mamma e papà, che pensavano che questa fosse una grande avventura e non avevano idea di cosa l'avesse spinta a fare un cambiamento di carriera così radicale.

Hekla scosse la testa. «*Petta reddast.* Ora sei un'islandese. Una soluzione arriverà».

«Lo spero», mormorò Lucy, che fino a quel momento non aveva deliberatamente pensato oltre la metà di dicembre.

«Vedrai», insistette Hekla, con quella che Lucy ormai considerava una resilienza da principessa vichinga.

Il negozio non si trovava di certo in un edificio grazioso: lo spazio sembrava essere composto da tre hangar aeroportuali colorati di rosso, giallo e blu, con una grande pulcinella di mare dipinta sulla porta d'ingresso; all'interno, però, le sale erano dipinte di bianco, erano ariose e ricolme di oggetti di artigianato e regali tradizionali islandesi ben esposti su tavolini di legno. Dal soffitto pendevano graziose lucine, e Lucy rimase a bocca aperta alla vista di una bicicletta sospesa su un fianco e degli ornamenti che pendevano dai raggi. Alle pareti, appesi a ganci, c'era una bella selezione di maglioni di lana pesante che lei associava al Nord Europa, con la scollatura decorata dai familiari motivi scandinavi, insieme a top di lana stile poncho, sciarpe e cappelli. C'erano graziosi acquerelli di pulcinelle di mare, fotografie di robusti pony islandesi, troll di cartapesta, cuscini stampati e strofinacci colorati. Tutto, anche se costosissimo, era di ottima fattura e Lucy avrebbe potuto spendere una fortuna. In un angolo c'era una figura di vichingo fatto di pelle di pecora, con un elmo lavorato a maglia, attorno al quale si affollavano un paio di turisti che si scattavano selfie, tra tante risate e sorrisi. Persino Lucy dovette sorridere alla vista di quella grande figura barcollante.

Hekla aveva già intavolato una conversazione con la commessa mentre Lucy si aggirava nei paraggi. Si fermò di nuovo accanto a un'esposizione di acquerelli di pulcinelle. Semplici ma efficaci, pensò, sarebbero stati perfetti nella sala degli ospiti. Ne prese uno e lo portò verso Hekla.

«Hai intenzione di comprare un quadro?», chiese.

Lucy scosse la testa. «Mi piacerebbe molto esporne un paio in albergo, potremmo indirizzare gli ospiti qui per comprarli, se», si rivolse alla commessa con cui Hekla stava parlando, «a lei potesse interessare».

Per fortuna la donna era interessata nel modo in cui Lucy sperava, e non ci volle molto perché trovassero un accordo di reciproca soddisfazione che la portò a canticchiare tra sé e sé mentre trasportavano tre quadri in macchina, con la promessa di altri che avrebbero potuto essere ritirati in un paio di giorni.

«Bel lavoro», commentò Hekla, «è una buona idea».

«Già», concordò Lucy con un sorriso malizioso, provando un senso di soddisfazione. «Decorazioni gratuite per le pareti. La sala degli ospiti è bella, ma ha bisogno di altro. Non abbiamo mai chiesto a Eyrun che fine avessero fatto le altre cose».

«No, non l'abbiamo fatto». La risposta vaga di Hekla fece ridacchiare Lucy.

«Hai anche tu paura di lei».

Hekla cercò, senza riuscirci, di mantenere un'espressione innocente prima di ridacchiare e annuire.

«Mi terrorizza. Per questo sei tu il capo. Devi chiederglielo tu». Hekla le scoccò uno sguardo di sfida. «Due shottini. Domani sera».

«Scusa?»

«Domani. Giocheremo a carte nella sala del personale. Giochi alcolici». Il volto di Hekla era velato di malizia. «Ti sfido. Se non lo domandi a Eyrun, devi bere due shottini».

Lucy rise. «E se lo faccio, tu cosa fai?».

Hekla alzò le spalle. «Immagino di dover bere io due bicchieri».

«Lo fate spesso?», chiese Lucy.

«Le serate sono lunghe e buie, e ci piace stare insieme. Le partite a carte sono un'idea di Elin. Lei, Brynja e Freya sono molto divertenti. E il ragazzo di Brynja, Dagur, e Gunnar sono molto simpatici. Olafur a volte è un po' musone, ma poi se ne dimentica ed è simpatico. E anche Alex, quello nuovo, pare sia molto piacevole».

In macchina, mentre si dirigevano verso l'hotel, Hekla le ricordò la loro sfida. Lucy scrollò le spalle. Non si era mai tirata indietro di fronte a una competizione, anche se doveva prepararsi a un altro incontro con Eyrun.

«Eyrun?», la chiamò Lucy, arrabbiata con se stessa per essere stata così timida. Era lei che comandava lì, per l'amor del cielo. Nonostante il tonfo ritmico e sordo degli asciugamani nell'enorme asciugatrice, non c'era traccia della responsabile delle pulizie. Lucy tirò un piccolo sospiro di sollievo.

Non c'era da meravigliarsi se Eyrun lasciava raramente la sua piccola caverna, visto che sembrava esserci qualcosa di piuttosto rilassante nel sonnolento ticchettio delle asciugatrici. L'aria calda e secca la fece sentire piacevolmente stordita e rilassata, e chiuse gli occhi per qualche minuto, lasciandosi andare. L'atteggiamento positivo di Hekla e il discorso sul "*petta reddast*" di quella mattina avevano dato a Lucy degli spunti di riflessione. Era sempre stata organizzata e aveva avuto successo grazie al duro lavoro e alla diligenza, ma prima di quel momento non aveva mai dovuto affrontare molte avversità.

Tutte le api arrabbiate che le avevano ronzato in testa così a lungo, tenendola sveglia di notte con i loro "se" e "se solo", avevano preso il volo, lasciando nella sua mente un gradito vuoto. Il ciclo di costanti recriminazioni e la paura di sbagliare tutto che l'avevano bloccata e sfinita nell'ultimo anno si erano dissipati per una volta e, con le parole di Hekla che mettevano radici, rifletteva sul diventare più resiliente. Sul non lasciare che Chris vincesse. Doveva prendere in mano la situazione, affermare la sua autorità, e non solo con Eyrun.

Quando l'asciugatrice ebbe finalmente terminato il suo ciclo, il silenzio del Lodge le risuonò nelle orecchie, così placido e immobile che poté quasi sentire il soffice ronzio della polvere e delle fibre che si depositavano.

Per un secondo cedette all'atmosfera tranquilla, accasciandosi su un carrello e appoggiando la testa al manubrio metallico.

Proprio quando si stava rilassando, vide il fascio di luce allargarsi mentre la porta si apriva molto, molto lentamente.

Qualcuno entrò e si guardò intorno con fare furtivo, non notandola in quell'angolo buio. La figura maschile avanzò verso l'altra stanza, che ospitava le enormi lavatrici industriali e un paio di armadi a soffitto. Lei la guardò mentre con cautela socchiudeva la porta dietro di sé, lasciandola aperta di qualche centimetro.

Cosa stava facendo? E chi era? Lucy si sentì a disagio a spiare, ma dato che qualcuno in hotel aveva fatto scherzetti sgraditi si ritenne giustificata, nonostante di recente non ci fossero più stati topi morti o altri giochetti. Stava per cogliere il colpevole sul fatto? Afferrò una manciata di lenzuola da un carrello vicino per poter eventualmente motivare la propria presenza e, strisciando in avanti verso la porta del magazzino, sbirciò attraverso lo spiraglio.

Alex! Che diavolo ci faceva lì?

Per qualche secondo l'osservò mentre setacciava una pila di copripiumini, dava un'occhiata al mucchietto di federe, apriva alcuni armadietti e si accucciava per esaminare più da vicino i detersivi sullo scaffale.

Lucy spinse la porta facendo più rumore possibile.

Lui si girò di scatto, il suo bel viso sembrava un dipinto.

Bellissimo. Per l'amor di Dio, Lucy, è un bell'uomo, tutto qui. Ma era evidentemente agitata.

Per quello che sembrò un secondo di troppo si fissarono l'un l'altra, con quella momentanea aspettativa da coppia di pistoleri che si fronteggiano.

«Alex!». La sua voce era un'ottava troppo alta. «Mi fa piacere vederti qui. Stai dando una mano con il bucato?»

«No, stavo...». Si guardò intorno come se sperasse che l'ispirazione saltasse fuori e gli desse uno schiaffo in faccia.

«Sembrava che stessi cercando qualcosa», suggerì Lucy,

tesa nel rendersi conto di volere disperatamente che lui fosse sincero su ciò che stava facendo.

«Mmm, sì... degli stracci. Per la... mmm... cucina. Canovacci». Lucy strinse lo sguardo su di lui, prima di spostare l'attenzione sulla stanza e gli scaffali accanto alla porta, su cui erano ordinatamente impilati panni più piccoli e canovacci, usati in cucina.

Alex arrossì, seguendo il suo sguardo. «Scusa. Non ci ho pensato. Me ne sono completamente dimenticato. Sai com'è, quando lavori in molti posti diversi. Ogni tanto ci si confonde un po'». Si esprimeva balbettando, in un modo talmente diverso da quello freddo e composto che gli apparteneva di solito che Lucy si sentì quasi dispiaciuta per lui, tanto da cambiare rapidamente argomento.

«Quindi come ti trovi?», le chiese in quel modo freddo, autorevole ma affascinante, come se fosse lui al comando. «Ho sentito che hai promosso Elin».

«Sì», replicò lei rigidamente, domandandosi come la cosa potesse riguardarlo. «Ora è assistente della governante. Sta facendo un ottimo lavoro».

«Bella mossa».

«Grazie», disse lei, con un pizzico di pungente sarcasmo.

Aveva forse dimenticato chi comandava lì?

Alex alzò le spalle, con un sorriso tranquillo che la irritò ancora di più.

Perché riusciva sempre a coglierla in fallo?

«C'è qualcos'altro che ti serve qui dentro?», domandò Lucy, cercando di riaffermare la propria autorità.

«No», replicò lui guardando l'orologio. «Anzi, devo andare». E con un rapido sorriso si allontanò come se avesse tutto il tempo del mondo.

«Hai dimenticato gli strofinacci», esclamò lei con un tono trionfale, ma lui era già uscito dalla stanza. Lucy mise il broncio, infastidita. E meno male che voleva prendere il comando.

Capitolo 9

La mattina seguente, Lucy sentì le sgradite parole: «Salve, sono Clive Tenterden della *See The World Productions*».

Uscì di corsa dall'ufficio per raggiungere Brynja alla reception.

«Abbiamo una prenotazione per cinque». Strizzò l'occhio. «Cinque stanze per la mia troupe». Indicò un gruppo alle sue spalle con un cenno del pollice. «Cameraman, fonico, assistente alla produzione e addetto alle attrezzature».

«Buongiorno, sono Lucy Smart, la direttrice. Benvenuti al Northern Lights Lodge. Ho saputo che state girando un film da queste parti e che alloggerete da noi».

«Buongiorno, Lucy. Piacere. Questa è la troupe, vi presenterò tutti più tardi. Nelle prossime settimane avrete modo di conoscerci molto bene».

Dietro di lui, un gruppo di uomini e una donna si erano riuniti intorno a una montagna di scatole nere e parlavano tranquillamente tra loro. Alex stava dando una mano a uno dei tizi con alcune valigie, facendosi in quattro come suo solito e aiutando a portare i bagagli nelle stanze.

Lucy annuì sorridendo, anche se le guance le facevano male per lo sforzo. Prossime settimane? C'era un promemoria in merito? Il loro soggiorno era gratuito? Almeno c'era un sacco di spazio. Le prenotazioni erano ancora in calo, nonostante gli annunci orrendamente costosi che aveva approvato quella settimana in un paio di riviste di viaggio internazionali.

«Spero che il vostro soggiorno qui sia piacevole. Vi ho assegnato delle belle camere, e il Northern Lights Lodge è un'ottima base per esplorare la zona. Se volete, potete fare il check-in e sistemarvi. La cena questa sera è prevista tra le sette e le nove nel salone. Volete che vi prenoti un tavolo?»

«Sarebbe fantastico. Forse potresti unirti a noi per la cena, così potremo parlare delle cose di cui abbiamo bisogno e delle modalità di accesso che ci saranno necessarie».

Lucy fissò il volto sorridente di quell'uomo, che sembrava dire *sarà davvero divertente*, e cercò di adattare la sua espressione alla professionale indifferenza, anche se dentro di sé cominciava a sentir montare un attacco di panico. *Accesso*. Che cosa significava?

«Sembri un po' incerta, Lucy. Non preoccuparti di nulla, una volta che ti sarai abituata alle telecamere, non ti accorgerai più che siamo qui. Non si sa mai, potresti anche diventare una star».

Lucy si raggelò. Era l'ultima cosa al mondo che avrebbe voluto essere.

«Telecamere?»

«Be', solo una in realtà, ma sarà proprio lì, puntata dritta su di te».

«Scusa, non capisco».

Clive la guardò con un'espressione leggermente preoccupata. «Sai che stiamo filmando un documentario di viaggio senza filtri, il più reale possibile, no? Tutti i segreti di un hotel islandese a caccia della magica aurora boreale. Tra una visita e l'altra alle principali attrazioni turistiche, filmeremo come viene gestito un albergo». No, non lo sapeva. L'hotel non era affatto pronto per i riflettori. C'era ancora molto da fare. E... poi la colpì. Cazzo. Cazzo. Cazzo. Le tornò tutto di colpo in mente. Tutti che la guardavano. Le sghignazzate alle sue spalle. I commenti osceni. Gli sguardi allusivi. I discorsi su di lei. Tutto sarebbe ricominciato. Per un attimo pensò che le gambe non l'avrebbero retta. I polmoni le si strinsero nel petto e… non riuscì…

«Scusami», balbettò, agitando la mano verso Brynja. «Devo controllare il... il... puoi...».

Con suo grande sollievo, Brynja si fece avanti e prese in

mano la situazione, facendo scivolare verso l'uomo i moduli per la registrazione.

Lei indietreggiò. Doveva andare in ufficio. Aveva bisogno di respirare. Apparire normale. Scorse un volto. Uno della troupe. Se lo stava immaginando o la stava fissando con una di quelle espressioni da "Non ti ho già vista da qualche parte?". Abbassò la testa, indietreggiò di un altro passo e si sentì la porta alle spalle.

Al sicuro nell'ufficio, chiuse la porta con un colpo deciso e appoggiò la mano sullo stipite. La stanza divenne scura e il suo petto si contrasse mentre cercava disperatamente di inspirare. Non arrivava aria. Provò ancora. E ancora. La testa stava per esploderle.

«Lucy?». Sentì una voce che sembrava provenire da molto lontano. «Lucy. Stai bene?».

Si costrinse a concentrarsi sulla voce di Alex, trascinando se stessa, centimetro dopo centimetro, su per il tunnel nero. Delle fasce strette le stringevano il petto. Ansimava, cercò di inspirare ma senza successo, più e più volte.

Delle mani afferrarono le sue e la condussero verso una sedia, spingendola delicatamente finché non si sedette.

«Va tutto bene, Lucy. Sei al sicuro. Stai bene. Ascoltami. Va tutto bene».

Sentì la mano di lui posarsi sul suo ventre.

«La prossima volta che provi a respirare spingi lo stomaco contro la mia mano mentre inspiri e cerca di farlo con il naso».

Lui ripeté le parole e lei cercò di capirne il senso. Espira. Non inspirare. Naso. Chiuse gli occhi e ascoltò la sua voce.

«Inspira dal naso. Spingi contro la mia mano. E ancora. Inspira, spingi. Così. Inspira, spingi».

La sua voce assunse un dolce ritmo monotono che fu al tempo stesso calmante e rassicurante.

«Così. Stai andando bene, Lucy. Stai andando bene. Andrà tutto bene».

A poco a poco sentì che il panico si attenuava, e sebbene il cuore le battesse furiosamente, le parve di cominciare a calmarsi. La mano di Alex era ancora appoggiata sul suo stomaco, appena sopra il diaframma, e l'altra mano le accarezzava la schiena con movimenti circolari rilassanti. Lei sbatté le palpebre, cercando di assimilare tutto, grata della sua presenza silenziosa. Oltre la porta riuscì a sentire la reception affollata, Brynja che parlava, la gente che rideva e il rumore dei bagagli che venivano trascinati sulle piastrelle lucide del pavimento in pietra lavica.

«Stai bene?».

Sentendosi stordita, annuì, con le lacrime che le pungevano gli occhi mentre assimilava lo shock e l'imbarazzo. Arricciò le labbra e mormorò: «Mi dispiace», con un po' di imbarazzo nella voce. Non riusciva a credere di essersi resa così ridicola. E proprio davanti ad Alex. L'uomo che aveva visto così tanto, e che a volte lei pensava avrebbe dovuto dirigere quel posto. Sembrava sempre così in sintonia con quella sua naturale e disinvolta autorità.

Lei tirò su col naso e cercò di allontanarsi.

«Ehi», la sua voce le fece battere forte il cuore nel petto. «Non piangere». Con mani gentili lui la strinse in un abbraccio e, anche se di solito non era una che amava fare la figura della damigella in pericolo, per una volta fu piuttosto piacevole seppellire la testa contro il suo torace. E quando le braccia di lui la strinsero a sé, sprofondò nel suo caldo abbraccio e lasciò che il resto del mondo e tutti i suoi problemi si allontanassero. C'era qualcosa di meraviglioso nell'essere abbracciati. Nessuna parola, solo un altro corpo che l'avvolgeva e la teneva al sicuro. Sotto la sua guancia, poteva sentire il petto di Alex sollevarsi e abbassarsi con un ritmo costante e rassicurante, attraverso il cotone sottile della camicia.

Aveva un buon odore, di uomo e di pulito, con un pizzico di cedro e di legno di sandalo. Chiuse gli occhi, rendendosi conto che era la prima volta da molto tempo che veniva abbracciata. Dopo quello che era successo si era allontanata dagli altri, persino da Daisy. Non aveva voluto conforto, era troppo arrabbiata e umiliata. Troppo determinata a fingersi coraggiosa e a mostrare al mondo che stava bene, mentre dentro di sé moriva di vergogna.

Respirando il profumo di Alex, fu grata per la sua tranquilla fermezza, per il modo in cui non cercava di dire nulla. Dimostrava la dolce sicurezza che aveva e l'autorità non scontata che padroneggiava con maestria. Quel giorno le parve che lui fosse un antico porto scavato nella pietra che aveva offerto riparo in un mare in tempesta innumerevoli volte, e sarebbe sempre stato lì per farlo di nuovo. Quando era diventata così fantasiosa?

Si scostò e lo guardò. Quegli occhi color ambra la studiavano, solenni e fissi, irradiando gentilezza e preoccupazione.

«Grazie». Cercò di abbozzare un sorriso tremante, ma fallì miseramente. «Non stavi aiutando con i bagagli?»

«Ho visto che avevi bisogno di aiuto».

«Lo apprezzo molto».

«Nessun problema». Il tono grave e la risposta semplice di lui la rassicurarono. Niente fronzoli. Nessun clamore. Nessuna falsa compassione, solo un fermo e silenzioso sostegno, come se lui sapesse che era esattamente ciò di cui aveva bisogno.

«Mi dispiace per questo, io...», fece una smorfia. Tutta quella sordida disavventura era ancora troppo fresca e orrenda. «Io…io…».

«Lucy». Lui le posò un dito sulle labbra. «Non devi spiegare nulla». Le diede una rapida strizzata alle braccia. «Posso portarti qualcosa? Un caffè? Qualcosa da mangiare?».

Lei inspirò profondamente ed espirò, scuotendo la testa.

«Hai mangiato stamattina?»

«No, mamma. Ho preso un caffè, però». Grazie al cielo la nuova macchina del caffè aveva riscosso un grande successo.

«Caffè?», disse Alex, e poi sbuffò.

«Non ho avuto tempo», protestò Lucy, terribilmente consapevole della disordinata scrivania proprio di fronte a lei. Ogni giorno sembrava che ci fosse di più da fare.

«Be', vedi, stupidina», riprese, il suo accento scozzese più marcato. «Avresti dovuto mangiare del porridge».

A quel punto lei gli sorrise. «Porridge, ovvio. Ecco dove ho sbagliato».

«E probabilmente hai bisogno di una pausa da questo posto. Ti sei mai presa un vero giorno libero da quando sei qui?».

Lei fece spallucce.

«E quand'è il tuo prossimo giorno di riposo?»

«Dovrebbe essere... oggi», mormorò lei, abbassando lo sguardo.

Con due dita le sollevò il mento e inarcò un sopracciglio. «Si dà il caso che oggi sia anche il mio giorno libero, e vado a vedere una cascata che, secondo Hekla, è una delle principali attrazioni da vedere. Gullfoss».

Lucy sorrise, sembrava piuttosto orgoglioso di saperlo pronunciare. «Eccellente accento islandese», lo prese in giro.

«A dire il vero, è l'unico posto che riesco a pronunciare. Tanto vale iniziare da qualche parte». Il suo volto si fece serio, poi chiese: «Allora, perché non vieni con me?».

Un'auto si fermò davanti a lei, una piccola Toyota Aygo bianca, e Alex salutò dal posto di guida mentre abbassava il finestrino del lato passeggero.

«Salta su».

«Purtroppo non c'è il porridge, ma...», sollevò due pacchetti di carta stagnola, «ho comprato dei panini al bacon per il viaggio», disse, salendo e allacciandosi la cintura di sicurezza.

«Eccellente! Non dirlo a nessuno, ma non mi manca granché il porridge», confessò Alex, con un mezzo sorriso, «non quando ci sono i panini col bacon».

«Non sono convinto che il 3G durante il tragitto sarà così affidabile. Sei brava come navigatore?», chiese lui con un sorriso allegro, porgendole una mappa.

«Più o meno». Srotolò la mappa per scrutarla. «Ma non è che ci siano molte strade qui. Sembra piuttosto semplice. Ho dato un'occhiata veloce su Google».

«Avrei dovuto saperlo. Sei una pianificatrice. Non preoccuparti, rimarremo sulla strada costiera principale per la maggior parte del tragitto e poi gireremo a destra, e per allora dovrebbe esserci luce. Hekla dice che è ben segnalata. Probabilmente puoi fare da navigatore».

«Mi chiedo se nevicherà di nuovo», mormorò Lucy guardando il cielo, che era più limpido da qualche giorno. La precedente nevicata si era sciolta rapidamente, lasciando le strade completamente sgombre e facendo salire la temperatura di un paio di gradi. «Le previsioni per oggi sono abbastanza buone. Si dice che ci sarà il sole». Non ne era convinta, ma Brynja aveva insistito per controllare tre diverse pagine meteo, una volta saputo dove stava andando Lucy.

«Sì, più tardi dovrebbe schiarirsi. Ti sei vestita per ogni evenienza, vero? Il tempo è molto variabile».

Inserì la marcia e uscì dal parcheggio per immettersi sulla strada.

«Così continuano a dirmi Hekla e Brynja». Lucy rise e si appoggiò al sedile sistemando lo schienale. Era una bella sensazione essere fuori dall'albergo. «Hekla mi è stata addosso come una mamma chioccia. "Tre strati. Hai bisogno di tre strati. Puoi svestirti, ma non puoi certo aggiungere nulla quando sei fuori casa. Copriti"». Cercò di imitare l'accento di Hekla. «"E niente jeans, ci mettono troppo ad asciugare". Per questo ha costretto Brynja a prestarmi questi bei pantaloni color cachi». Nonostante il fatto che Brynja fosse più bassa di parecchi centimetri e vestisse una taglia in più. Tuttavia, un paio di spesse e lunghe calze di lana riempivano i centimetri mancanti sopra gli stivali di Lucy, e lei le aveva arricciate intorno alle caviglie come degli scaldamuscoli, per non sembrare eccessivamente ridicola.

«Ha detto lo stesso a me», la informò Alex, concentrandosi sulla strada. «E il mio pile ha ricevuto il suo personale sigillo di approvazione».

«Ben fatto, il mio impermeabile no. Mi è stato strappato dalle mani con una tiritera di disapprovazione islandese, prima che lei andasse a frugare nella scatola degli oggetti smarriti in ufficio per trovare questo». Lucy tese il bordo con la zip del robusto cappotto Berghaus blu prima di toglierselo di dosso e riporlo ai piedi. «Fa la stessa predica agli ospiti almeno una volta al giorno. Credo che potrebbe essere un'operatrice sotto copertura per il marchio di abbigliamento *Mountain Warehouse*». Lucy abbassò lo sguardo sui suoi abiti anonimi ma adatti e pratici, e si ricordò della consulente che le aveva trovato il posto di lavoro, con il suo vestito rosso. Casa era molto lontana.

«Una teoria interessante, anche se potrebbe essere che voglia assicurarsi che tutti si godano il tempo che trascorrono qui. Ho notato che è molto appassionata del suo Paese. Non c'è niente di peggio che essere infreddoliti e infelici».

Fuori dall'auto la pesante coltre di nuvole rendeva difficile credere che il sole promesso si sarebbe materializzato. Era ancora abbastanza buio, nonostante l'alba fosse stata alle nove meno un quarto. I fari dell'auto scolpivano un forte fascio di luce lungo la strada, per lo più a una corsia.

«Non dirlo a me. Mi ci sono voluti quattro anni per abituarmi al clima di Manchester».

«Allora staresti bene a Edimburgo».

«Ci sono stata un paio di volte per lavoro. Mi è piaciuta molto. La mia azienda... ho partecipato a un paio di conferenze lassù. È una città meravigliosa, soprattutto con il castello arroccato sopra il centro storico».

«E umida e fredda in inverno», concluse Alex. «Allora, di dove sei originaria?»

«Portsmouth, anche se non riesco a immaginare di tornarci. Mi piace vivere al Nord».

«Così a Nord?»

«Non sono sicura che potrei vivere qui per sempre». Il suo entusiasmo si spense. «Il mio piano era di restare qui per almeno un anno, prima di sapere che l'hotel è in vendita. Purtroppo», alzò una mano prima che lui potesse commentare la sua stupidità, «ho un contratto temporaneo». Ci fu silenzio laddove pensava che lui avrebbe potuto commentare, così proseguì: «Pensavo che fosse una precauzione darmi un periodo di prova, ora invece mi rendo conto che apre la strada a qualsiasi nuovo proprietario per portare la propria squadra di persone. E sì, sentiti libero di dirmi che sono stata ingenua».

Alex non disse nulla, sembrava concentrato sulla strada.

Nel silenzio dell'auto, con il ronzio del motore, lei rimuginava sul futuro. Riluttante a disturbare la concentrazione di Alex, fissò fuori dal finestrino l'infinita strada nera asfaltata illuminata dal fascio dorato dei fari.

Poteva vedere la striscia d'asfalto scura che si estendeva per chilometri, intrecciandosi con il paesaggio praticamente disabitato. Mentre guidavano, le case erano poche e lontane tra loro, anche se le pecore erano numerose e alcune si avvicinavano pericolosamente alla strada. Mentre seguivano le indicazioni per Reykjavik, Lucy rifletté sul fatto che sembrava passato molto tempo da quando aveva percorso questa strada per la prima volta, con il cuore che le si stringeva per la lontananza dell'hotel da qualunque città di qualsiasi dimensione.

«Non posso credere di essere qui già da quasi due settimane».

«Il tempo vola quando ci si diverte», la prese in giro Alex.

«O quando si fanno i doppi turni», replicò lei. «Sono contenta che il personale si sia sistemato e che non si sia più parlato di dannati folletti. Anche se mi chiedo ancora da dove siano venuti i topi morti e cosa li abbia fermati».

«Vuoi dire che non è stato l'unicorno magico?», chiese lui, inarcando rapidamente le sopracciglia.

«Non ti ho mai ringraziato per questo. Non credo che dimenticherò mai il "ruba la loro magia". È stato un colpo di genio», ricordò Lucy ridendo.

Alex sorrise. «Non geniale come l'idea dell'unicorno, tanto per cominciare». La sua espressione si addolcì, e si voltò verso la donna. «Ti devo delle scuse, in realtà. Hai gestito bene la situazione. Io, al tuo posto, avrei detto loro di smetterla con queste sciocchezze se volevano essere pagati. Ora mi rendo conto che alcune persone prendono sul serio questa storia dei folletti».

«Mmm», mormorò Lucy, ricordando l'espressione severa di Alex di quella mattina e la disapprovazione che aveva espresso chiaramente. «Credo che scoprirai che non si trattava tanto di genialità, quanto di disperazione. Era il mio primo giorno ed ero in preda al panico. Dio solo sa cosa avrei fatto se tutto il personale se ne fosse andato. È strano che non si sia ripetuto nulla di simile ai "toppi". Non hai sentito niente?».

Alex scosse la testa. «No, è un po' un mistero».

«Mistero? È un modo gentile di dirlo. Un trucchetto di pessimo gusto, direi. Qualcuno ha fatto uno scherzo che non era molto divertente. Speriamo che con l'arrivo della troupe cinematografica si tengano i loro giochetti per sé».

Caddero in un silenzio riflessivo.

«Vuoi un po' di musica?», chiese Alex, avvicinando la mano alla radio.

«Non so. A parte Björk, non conosco la musica islandese».

«Non preoccuparti, ho una playlist sul cellulare».

«Potrebbe essere interessante», replicò Lucy. «Che tipo di playlist è?».

Alex sembrò preoccupato. «È solo una playlist».

«Non una per guidare, quindi».

«No», disse lui con diffidenza. «È una lista di brani che mi piacciono».

Lei tirò fuori il telefono. «Io ho playlist per correre, guidare, pulire».

«Pulire? Hai una playlist per le pulizie».

«Sì», disse Lucy. «Non ce l'hanno tutti?»

«Chiaramente no», commentò Alex. «Anche se non è una cosa a cui penso molto. Faccio il minimo indispensabile quando è assolutamente necessario».

«Il tipico uomo».

«Preferisco chiamarlo un *approccio efficiente al tempo e al movimento*. Allora, cosa c'è nella tua playlist per la guida? È adatta ai miei timpani?»

«Certo. Non ti fidi?»

«No, potresti essere una fan dei Metallica sotto copertura».

Lucy finse di riflettere per un istante.

«Sì, potrei esserlo».

«Lo sei davvero?».

Lucy ridacchiò, ma s'interruppe subito. Era arrugginita da quel punto di vista, perché era molto tempo che non aveva più voglia di ridere. «Non saprei nominare nemmeno una delle loro canzoni».

«Ora che ci penso, sei più una da Take That secondo me».

«E che aspetto ha una loro fan?». Inarcò un sopracciglio, sfidando Alex a rispondere.

«Ehm… sai, normale».

«Lo accetterò. A essere sincera non sono un'appassionata di musica, perché non ho mai avuto molto tempo per ascoltarla».

«Forza allora, fammi sentire la playlist».

Per fortuna ad Alex non sembrò dispiacere la lista di brani che Lucy aveva scelto, anzi, un paio di volte fece persino notare quanto una canzone gli piacesse. Gliene fece saltare solo una, ma nemmeno Lucy era una grande fan di Justin Bieber, a conti fatti.

«Guarda, sta uscendo il sole». Stavano guidando da quaranta minuti e le dense nuvole nere di prima avevano cominciato a diradarsi come una rete stracciata, con i loro bordi che si tingevano di rosa pallido e oro, e ogni tanto Lucy riusciva a vedere un cielo azzurro pallido.

«Credo che Hekla abbia azzeccato il tempo, sarà una bella giornata».

«Ah guarda, credo che questa sia la nostra svolta. E sì, c'è un cartello». Seguirono le indicazioni, che erano eccellenti, ma poi Lucy realizzò che probabilmente non volevano che i turisti si perdessero da quelle parti: il paesaggio era piuttosto inospitale e persino molto inquietante in alcuni punti, come se appartenesse a un pianeta alieno. In alcuni tratti di strada non c'era un solo segno di abitazione umana per chilometri. Era contenta che fosse Alex a guidare.

La strada cominciò a salire e in breve tempo entrarono nel parcheggio di Gullfoss.

«Oh cielo, si sente da qui», esclamò Lucy, ascoltando lo scroscio dell'acqua mentre s'incamminavano lungo il sentiero, incrociando i mattinieri che andavano in direzione opposta, nei loro impermeabili fradici ma con un sorriso allegro.

Si fermarono sul sentiero quando intravidero per la prima volta il torrente che si abbatteva sulle rocce scoscese. Sottili spruzzi d'acqua si libravano nell'aria, risalendo l'abisso dal profondo letto del fiume, come tende di vaporoso cristallo che fluttuavano nella brezza.

«Wow», mormorò Lucy, fissando il flusso ribollente e schiumoso che correva oltre il bordo delle rocce scure con una forza inarrestabile.

«È davvero notevole». Per un momento, i due si meravigliarono del panorama.

«Vuoi andare lassù, sulla sporgenza?», domandò Alex, indicando la sporgenza rocciosa che si allungava fin quasi a raggiungere il cuore della cascata. C'erano già alcune persone, in piedi, piccole come formiche sullo sfondo della schiuma bianca dell'acqua. Questa schizzava e ribolliva prima di correre giù in colonne perpetue, superando le rocce fino al bordo, dove l'ampio fiume semplicemente si perdeva in un canale profondo.

«O lassù?», si voltò e indicò il punto di osservazione molto più sicuro, sulla collina sopra la cascata.

Lucy alzò il viso, accogliendo il freddo morso della nebbiolina sottile sulla pelle, e guardò la staccionata di legno in cima alla collina, poi di nuovo la sporgenza intorno alla quale l'acqua si agitava in sbuffi di schiuma, come furiosi cavalli bianchi. Lassù il rumore sarebbe stato assordante, l'aria carica di gocce d'acqua e la vicinanza al bordo terrificante.

«La sporgenza», sentenziò, avvertendo una scarica di adrenalina, voltandosi e sorridendo ad Alex, con i capelli che le sfuggivano dal cappello, già appiccicati al viso.

«Ok», replicò Alex sorridendo, prendendole la mano mentre accelerava il passo per proseguire. «Andiamo».

Quando raggiunsero l'altopiano roccioso erano entrambi senza fiato, con i volti coperti da una sottile patina d'acqua e rivoli che scorrevano dal mento e dal naso. Alex si sporse per primo, scansando con cautela pozzanghere e rocce appuntite, e poi aspettò, tendendo di nuovo la mano per guidarla. Lucy esitò, con un misto di paura ed eccitazione che le confondeva i pensieri, poi lo vide annuire, con una luce incoraggiante che brillava in quei caldi occhi marroni. Con un sorriso tremante accettò la sua mano e lo seguì sulla sporgenza rocciosa.

Quando raggiunsero il centro e furono circondati su due lati dall'acqua, la mano di lei strinse quella di Alex e i due si fermarono.

Lo scroscio dell'acqua le fece vibrare il corpo e accelerare il battito cardiaco, si sentì scossa dal potente fremito della pura forza della natura. Lucy rimase immobile ad assorbire la percezione di assoluta potenza e la sensazione di essere a un soffio dall'annientamento.

Alex incrociò il suo sguardo e lei lo fissò, raggiante. «È fantastico», gridò al di sopra del rumore dell'acqua, senza riuscire a nascondere l'emozione. L'euforia l'avvolse assieme al frastuono degli scrosci. Non aveva mai visto né sentito nulla di simile. Per un attimo fu convinta di poter conquistare il mondo.

Lui sorrise e si scostò dal viso i capelli intrisi d'acqua, la pelle ricoperta di sottili goccioline, che si posarono nella peluria sul mento e scintillarono come diamanti al sole nascente. Quando Lucy le vide, sorrise.

«Che c'è?», chiese Alex a voce alta, ma lei dovette leggere il labiale per capire.

«Stai scintillando», gridò lei.

«Cosa?».

Si sollevò sulle punte dei piedi e gli urlò di nuovo nell'orecchio: «Scintilli!». Alzando una mano, gli sfiorò la mascella. Lui spostò la testa e abbassò il mento, ridendo come se gli facesse il solletico; le dita di lei gli sfiorarono accidentalmente le labbra.

Per un breve secondo, qualcosa brillò tra loro, mentre i loro occhi si incontravano. Improvvisamente all'erta, con tutti i sensi sull'attenti, Lucy notò le piccole macchie d'ambra intorno alle pupille, invidiò le folte ciglia scure che orlavano la palpebra inferiore, sentì il lieve pizzicore della barba sotto le dita e il dardo di qualcosa di caldo e tagliente nel petto.

Lo scroscio della cascata intorno a loro si ovattò e rimasero solo loro due a sostenere lo sguardo l'una dell'altro come fosse un'ancora di salvezza per entrambi. Lei non lasciò cadere la mano come avrebbe dovuto, invece, per qualche folle ragione, le sue dita esplorarono quell'intrigante piccola rientranza nel suo labbro inferiore. Il respiro caldo le accarezzò la pelle e poi il labbro superiore di lui si chiuse in un bacio appena accennato e... Lucy sentì il tocco della sua lingua. La scioccante esplosione di calore tra le gambe le fece abbassare la mano con un rapido sussulto.

L'intensità dello sguardo di Alex si attenuò, sostituita dal calore e dalla gentilezza a cui lei era abituata, quasi come se lui sapesse quanto quella scossa di desiderio l'avesse sconvolta.

«E chi non vorrebbe scintillare?». Lui le sorrise di nuovo, quel sorriso amichevole e felice che le aveva già rivolto in diverse occasioni e, con grande sollievo della donna, il momento di intimità scemò. «Vuoi avvicinarti al bordo?»

«Ci puoi scommettere», rispose lei, sorprendendo se stessa. Questo era ciò che avrebbe fatto la vecchia Lucy. Quanto tempo era passato dalla sua ultima apparizione?

Lambiti dagli spruzzi d'acqua, si fecero strada sulla superficie delle rocce piena di crateri, ormai completamente fradici; Lucy fu estremamente lieta del cappello di lana e dell'impermeabile super-efficiente che Hekla aveva insistito perché portasse con sé.

Il fragoroso scroscio della cascata che si abbatteva sulla pietra rendeva impossibile sentire, ma Alex sillabò le parole, così che Lucy potesse leggere i movimenti delle labbra. «Stai bene?».

Lei sollevò un pollice, nonostante non riuscisse a decidere se era terrorizzata o euforica. Quando tirò fuori il telefono dalla tasca per scattare qualche foto, lo schermo si ricoprì di gocce d'acqua in pochi secondi, così decise subito che non valeva la pena rischiare.

Sulla roccia, tanto vicini all'acqua, era come essere nell'occhio del ciclone. Acqua, tuoni, furia. Scrosci e cascate, rivoli e torrenti d'acqua si riversavano sulle pietre. Si sentiva circondata da una potenza assoluta, che riverberava sotto i suoi piedi, mentre i fini spruzzi s'insinuavano nelle cuciture dell'impermeabile e le lambivano il viso. Era meravigliata, aveva il cuore a mille e, nonostante l'umidità dell'aria, la bocca le si era seccata. Lucy si tenne ben distante dal bordo, dove un'unica corda verde segnava la fine della zona sicura e l'estremità della roccia. Se l'avessero superata, sarebbero stati spacciati. Non sarebbe stato possibile tornare indietro. Era facile immaginare che si venisse trascinati nelle profondità della terra. Da lì la cascata scendeva di un centinaio di metri fino a un'altra sporgenza, poi il flusso dell'acqua cambiava angolazione e c'erano altre rocce sottostanti, prima che il fiume precipitasse in un profondo canale roccioso per poi sfociare nel mare.

Lei e Alex rimasero in piedi, fianco a fianco, a fissare il possente spettacolo della natura. Lui le scoccò un'occhiata, scosse la testa e sillabò: «Wow. Incredibile». Lei annuì di rimando. Guardando quella cascata, i suoi problemi sembrarono insignificanti. Il mondo, la natura, erano molto più grandi di tutto il resto. Era come se qualcosa si fosse allentato dentro di lei, liberandola dalla rete di angoscia che l'aveva avvolta.

Sollevò la testa e inspirò a lungo, godendosi l'acqua sul viso e il rombo nelle orecchie. Alex colse la sua espressione e un'ombra di preoccupazione sembrò velargli lo sguardo.

Lucy gli rivolse un sorriso brillante e sentì la bocca incurvarsi involontariamente all'insù. «Sto bene», gli urlò, volendo condividere con lui la deliziosa sensazione di liberazione. «Sto bene». Quando lui rispose con un dolce sorriso, la colpì un'inaspettata fitta al petto, che suscitò in lei un acuto desiderio di cui Lucy non capì l'origine. Forse fu la sensazione di essere così piccoli di fronte al vortice della potenza della natura che li circondava, forse invece la discreta solidarietà che avevano condiviso davanti a un'esperienza unica… non lo sapeva, ma qualcosa tra loro era cambiato. Lui le mise un braccio intorno alle spalle e la tirò a sé; insieme rimasero a guardare la potenza dell'acqua che s'infrangeva intorno a loro.

Alla fine, il freddo avvolgente che si faceva strada sotto i loro vestiti li riportò sul sentiero, da cui si incamminarono verso il punto panoramico con le mani ancora intrecciate, parlando poco, come se la potenza dell'acqua avesse tolto loro la capacità di pensare ed esprimersi.

Una volta in cima, guardando il luogo in cui erano stati, Lucy si sentì come se stesse tornando sulla Terra.

«È stato bello», commentò quando si appoggiarono al parapetto di legno a guardare le piccole sagome delle persone che adesso si trovavano al loro posto. «Dirò a tutti gli ospiti che devono venire qui».

Alex rise. «Ma è il primo posto in cui sei stata. Potresti dire lo stesso della nostra prossima destinazione».

«Sul serio, di sicuro non c'è nulla che possa battere questo, mi ci gioco il...», strattonò il cappello di lana che aveva in testa. «Be', forse non letteralmente. Ma andiamo... come si fa a non rimanere impressionati? Non avevo idea che sarebbe stato così... Pensi che gli altri posti siano altrettanto sorprendenti?»

«La gente viene in Islanda per questo. Per le meraviglie naturali e geologiche. Suppongo che un geyser che spruzzi acqua bollente a trenta metri d'altezza ogni pochi minuti sia altrettanto incredibile».

Lucy rabbrividì. «L'acqua bollente non suona poi tanto male. Ho un freddo…».
«Anch'io. Cerchiamo un caffè e qualcosa da mangiare al centro visitatori? Hekla ha detto che dobbiamo provare il brodo di carne».
Lucy tese le labbra in un sorriso ironico. «Sei messo male quanto me. Quello che dice Hekla è legge. Ci tiene molto a farci innamorare dell'Islanda».

Dopo essersi asciugati e riscaldati con un caffè e una deliziosa ciotola corroborante di zuppa d'agnello e verdure, risalirono in macchina e si diressero a vedere le sorgenti geotermiche dei geyser, di cui Lucy aveva letto su un opuscolo che aveva preso al centro visitatori. Sentendo di non essere stata sufficientemente preparata per venire in Islanda, lesse l'opuscolo dalla prima all'ultima pagina, prima di tempestare Alex di informazioni mentre guidavano. Che fine aveva fatto la regina di TripAdvisor, quella che doveva per forza pianificare ogni cosa, come Chris l'aveva accusata di fare (e non era un complimento)?
«Sapevi che l'ultima volta...».
«Basta, basta», la prese in giro Alex. «Fai una pausa, Miss Guida Turistica. Ne so talmente tanto sui geyser che potrei battere chiunque a qualsiasi quiz».
«Quando arriveremo lì me ne sarai grato», replicò Lucy con tono altezzoso, affondando di nuovo il naso nell'opuscolo con finta indignazione, prima di aggiungere con un rapido sorriso malizioso: «Lo sapevi che una volta mettevano il sapone nel geyser per farlo eruttare?»
«Davvero?». Alex le scoccò un'occhiata incredula.
«Davvero».
Il tempo era completamente cambiato quando arrivarono al parcheggio, e prima di scendere dall'auto abbandonarono gli impermeabili.
«È molto più tranquillo qui», fece notare Lucy, allargando le braccia, accogliendo il calore dei raggi del sole e il silenzio

dopo il continuo scroscio dell'acqua che, per un po', le aveva fatto fischiare le orecchie.

«E più asciutto», aggiunse Alex passandosi una mano tra i capelli scompigliati.

«È bello stare all'aperto», osservò lei, rendendosi conto che da quando era arrivata era rimasta troppo spesso chiusa tra quattro mura. Attraversarono la strada principale per raggiungere il sito del campo geotermico, che non aveva bisogno di alcuna indicazione. Le nuvole di vapore che si innalzavano erano una segnalazione più che sufficiente.

«Andavi spesso in giro quando stavi a Manchester? C'è un bel paesaggio da quelle parti, non è vero? La brughiera. Nemmeno troppo lontana dal Distretto dei laghi».

«Ecco la parte scozzese di te che parla», disse Lucy. «Sono quasi due ore di strada».

«Quindi vicinissimo», ribatté lui, enfatizzando il proprio accento.

«Sì, forse hai ragione», disse Lucy con tristezza. «Ma non mi è mai sembrato di averne il tempo».

Passeggiarono lungo il sentiero e Lucy alzò la testa per prendere il sole sul viso.

«Sembra che tu abbia lavorato molto a Manchester. Cosa ti ha spinta a trasferirti qui? Prendere in gestione l'hotel? È un cambiamento piuttosto radicale». Chissà perché Alex le aveva preso di nuovo la mano, e la cosa non le parve affatto strana.

Nonostante si sentisse a suo agio con lui, la familiare bugia le scivolò via facilmente dalle labbra, perché non poteva sopportare di vedere la delusione sul suo volto. «Avevo voglia di cambiare aria. Ero un po' stanca. Ero stufa di lavorare per una grande azienda senza volto. Volevo...». Guardò verso il punto in cui una grande folla si era riunita in semicerchio. Tutti fissavano un piccolo cratere al centro dello stagno, con l'acqua che ribolliva e rumoreggiava. Lei sapeva come ci si sentiva. Quando pensava al suo vecchio lavoro, la stessa rabbia spumeggiante saliva in superficie. Staccò la mano da quella di lui e se le infilò entrambe in tasca, costringendo il viso a una maschera di calma e serenità che di certo non provava.

«Volevi…?», chiese Alex mentre si dirigevano verso le persone assembrate.

Distratta dalla folla, Lucy riconsiderò quello che stava per dire. Da quando era arrivata in Islanda, aveva imparato a memoria una frase banale sul desiderio di riallacciare i rapporti con gli ospiti e di conoscere i suoi colleghi. Per un attimo le mancarono le parole, come se non se la sentisse di rovinare la giornata con delle bugie. Fissò lo specchio d'acqua calma che copriva la cupola al centro del cerchio di persone. La superficie cominciò a muoversi e ci fu un sussurro di frenesia tra i presenti: l'acqua sembrò respirare, inspirando prima di espirare e poi, con una forza onnipotente, ci fu un sussulto, e Lucy sobbalzò quando una colonna d'acqua fumante schizzò in aria, prima di ridiscendere bagnando le persone lungo il tragitto.

«Wow, mi ha sorpreso, anche se me lo aspettavo», mormorò Lucy, mettendosi una mano sul petto, ancora un po' scioccata. «La sua forza è davvero spaventosa». E piuttosto catartica, si rese conto. Il rollio e il ribollire rabbioso prima dell'esplosione e la serenità dopo. Forse tenersi tutto dentro non era una buona idea.

«Sai, c'è molto da dire sul ridimensionamento dei propri obiettivi», riprese, abbandonandosi alla rabbia. «Non sono venuta qui per scelta». Si girò verso di lui, con il volto teso e i denti serrati. «Tanto vale che tu lo sappia». Tacque un istante, prima di dare alle parole il veleno che spettava loro. «Sono stata licenziata». Quella confessione simile al geyser, che sgorgava con cruda onestà, portò un'esplosione di libertà.

Ora si rendeva conto di quanto si sentisse arrabbiata per questo. Furiosa. Prima era stata troppo stordita e frastornata dalla decisione e dall'opprimente senso di impotenza.

Alex sembrava sinceramente scioccato.

«E non voglio parlarne», ringhiò. «L'Islanda era l'ultima spiaggia».

Alex non disse nulla, era bravo in queste cose. Invece la lasciò sbraitare.

«Ultima possibilità. Perché sono stata fregata alla grande». Lucy cadde nel silenzio, aspettando che il geyser eruttasse di nuovo. Tra la folla in attesa volavano sussurri silenziosi, seguiti da un sussulto collettivo quando eruttò un'altra doccia esplosiva.

«Posso farti una domanda?». Alex parlò una volta placatosi il geyser. La calma voce della ragione.

Sorpresa che il suo breve scatto d'ira l'avesse fatta sentire meglio, lei annuì.

«Se questa è l'ultima spiaggia, hai davvero a cuore l'hotel? O è solo un altro lavoro?».

La domanda pacata di lui la spinse a riflettere attentamente sulla risposta. Aggrappandosi alla staccionata di fronte a loro, intrecciò le dita intorno alla corda, osservando la superficie vitrea della pozza d'acqua di fronte a sé. Le ci volle un po' per riflettere, ci furono altre due eruzioni del geyser e nemmeno una volta Alex la incalzò per avere una risposta o si arrese iniziando un nuovo argomento di conversazione. Emanava una forza tranquilla, in piedi accanto a lei, senza fare pressioni o sollecitazioni.

Alla fine Lucy si voltò verso di lui, provando un inaspettato senso di liberazione. «Credo che tu sia una specie di mago o che sappia leggere il pensiero».

Intorno agli occhi di Alex si crearono alcune piccole rughe, e il cuore di Lucy si strinse quando si scambiarono un lungo sguardo.

«Grazie per avermi portata fuori oggi. Mi sento come se mi fossi resettata, di nuovo un po' più me stessa».

«Al tuo servizio».

«È di questo che si tratta, no? Servizio. Anche se "essere al servizio di qualcuno" non è proprio una bella situazione, no? Ma io sono sempre stata orgogliosa del mio lavoro».

«Ai vecchi tempi era una questione di classe e servitù», commentò Alex. «E tutto si basava sulla mancanza di scelta, credo. Oggi c'è più libertà, per alcune persone».

Lei lo prese a braccetto e cominciarono a camminare con decisione lontano dal geyser, lungo il sentiero. «Sì, certamente la carriera segue un certo percorso, esiste la scalata gerarchica, ma io provo un senso di soddisfazione quando un ospite mi dice quanto gli è piaciuto il soggiorno o quanto è stato buono il servizio. C'è qualcosa che m'intriga nella capacità di allontanarli dalla loro vita quotidiana, dalle faccende domestiche, dal lavare e dallo stirare... Concedere loro una pausa. E ogni giorno è diverso, mi piace la meccanica di come tutto funziona insieme e si unisce come un puzzle».

Avevano salito una leggera pendenza, passando accanto ad altre pozze d'acqua gorgogliante.

«Pensavo che venire qui fosse un declassamento. Che fosse al di sotto delle mie competenze. Ma mi sono resa conto che, in realtà, è un ritorno alle origini. Mi sta rendendo più consapevole delle cose. Mi fa apprezzare di più ciò che ho. Potrà apparire pretenzioso, ma sono molto più conscia delle mie capacità».

Gli strinse il braccio. «A ben pensarci, mi hai fatto realizzare che non sono qui da tanto tempo, ma già mi piace molto lavorare all'hotel. Comincio ad avere diverse idee su come migliorare l'esperienza degli ospiti. Quando lavoravo nell'altro hotel ero così impegnata che mi limitavo ad andare col pilota automatico. Avevo dimenticato perché fossi entrata nel settore dell'ospitalità e del turismo».

Quando si fermarono davanti all'ennesimo paesaggio lunare, con il vapore bianco che sbuffava dalle pozze gorgoglianti sparse, Alex sembrava pensieroso. «Sarebbe?»

«Perché fondamentalmente mi piace prendermi cura delle persone».

Alex annuì, incrociando il suo sguardo. «Mi piace l'idea. È molto importante, pensa che quando... anche io, quando verso i drink, voglio assicurarmi che il cliente sia felice». Le rivolse un rapido sorriso e lei distolse lo sguardo, concentrandosi su una pozza azzurra sul lato opposto della distesa, prima di chiedere: «Quindi non pensi che stia dicendo sciocchezze?».

Non aveva bisogno di guardarlo in faccia, l'entusiasmo nella sua voce fu sufficiente. «Niente affatto, adoro lavorare nel settore del turismo. Non sono sicuro di riuscire a spiegarti esattamente il perché. Non ci ho mai riflettuto a fondo».

Lucy si rilassò, continuando a camminare fino al punto più alto del sentiero ghiaioso. «La gestione di un grande albergo è come una macchina ben oliata, con tutti i componenti che lavorano all'unisono per sostenersi a vicenda. E quando tutto va bene, non c'è niente di più soddisfacente». Lucy emise un piccolo sospiro. «E non mi sentivo così sul lavoro da molto tempo. Avevo perso di vista questo aspetto della carriera... e quando me l'hanno strappata... quando ho perso il lavoro...». Fece una smorfia.

«Ah», mormorò Alex con una smorfia. «Mi dispiace che tu abbia perso il lavoro».

Avevano percorso tutto il sentiero a cerchio ed erano tornati al primo geyser, dove un nuovo gruppo di persone si era riunito per assistere allo spettacolo.

Ancora una volta Lucy strinse la corda tra le mani. «Non dispiacerti. È stata colpa mia». Le sue labbra si arricciarono per l'amarezza. «*Perdere* il lavoro. Che buffo modo di dire. Non si perde un lavoro, vero? Ti viene portato via. Come un tappeto: se te lo tirano via da sotto i piedi, finisci a terra, sulla schiena».

«È questo che è successo?», domandò Alex, con voce ferma.

«Sì. Mi hai vista la prima sera. Era una scena piuttosto patetica, ma ti assicuro che in quel momento, ai miei occhi, era la fine del mondo». Fissò pensierosa la superficie calma dell'acqua. «Non mi sarei mai immaginata di lavorare in un posto molto più piccolo». Tacque, stringendo la corda mentre la superficie cominciava a eruttare e a ribollire di nuovo. Lucy fece un passo indietro proprio al momento dell'eruzione e alzò la testa quando il potente getto d'acqua schizzò verso l'alto. Scoppiò a ridere. «E ora mi rendo conto che comincia a piacermi».

Capitolo 10

«Abbiamo bisogno che tutto il personale firmi queste liberatorie, nelle quali afferma che acconsente a essere ripreso e che i contenuti vengano mostrati in televisione», disse Clive, facendo roteare un doppio whisky sul fondo di un bicchiere.

La giornata trascorsa fuori casa aveva schiarito le idee a Lucy, che si era sentita molto più pronta ad affrontare Clive.

Anche se Alex si era offerto di unirsi a lei e al regista per la cena, Lucy aveva rifiutato. Doveva cavarsela da sola. E non avrebbe lasciato che quel tizio presuntuoso, con il suo entusiasmo infantile e la sua spensierata noncuranza per la realtà, prendesse tutte le decisioni. Rifiutando la cena, aveva organizzato un incontro al bar alle nove. Sembrava più adatto agli affari.

Erano le nove e cinque e già rimpiangeva di essersi seduta con Clive. Prima di partire con Alex quella mattina aveva inviato un'e-mail all'assistente del signor Pedersen per chiedere maggiori dettagli sull'accordo e al suo ritorno aveva ricevuto una scia di messaggi che confermavano la visita della troupe. Si trattava di un accordo inattaccabile, al quale sembrava non ci si potesse sottrarre.

Clive aveva insistito per prendere posto in una piccola nicchia lontano da tutti gli altri perché sarebbe stato più tranquillo, soprattutto ora che anche il resto della troupe si trovava al bancone, che diventava più chiassoso a ogni bevuta. Chiaramente non erano loro a pagare il conto, ma nemmeno lei, notò Lucy cupamente. Le e-mail erano state molto chiare: il soggiorno comprendeva solo vitto e alloggio.

Lucy bevve un sorso della sua vodka, a cui aveva fatto aggiungere molta acqua tonica perché voleva essere estremamente lucida per questa discussione.

«Signor Tenterden...»

«Chiamami Clive».

Lucy agitò una mano come per dire che non le importava come lo chiamasse, voleva solo sbarazzarsi di lui e purtroppo non sembrava una possibilità immediata. Voleva anche prendere il controllo della conversazione. Quello era il suo albergo.

«Non ero al corrente del vostro arrivo e nessuno mi aveva detto nulla del documentario».

«Non devi preoccuparti dei dettagli. Con il signor Pedersen è tutto rose e fiori», rispose Clive sorridendo, sistemandosi i sottili capelli biondi da bambino che aveva in testa. Si guardò intorno nella stanza. «È un posto incredibile... e non è quello che mi aspettavo, a dire il vero».

«Ah, no?». Lucy inclinò la testa con aria interrogativa e un po' sulla difensiva.

«No, pensavo ai soliti blocchi di cemento. Un'Ikea più semplice, senza i colori primari. Dormitori e mense. Sai, tutto molto funzionale. Invece l'hotel è piuttosto bello. Ha un'atmosfera accogliente».

«Grazie», disse Lucy, pensando a quanto avrebbe voluto aver già trovato quelle coperte e quei cuscini di cui era a caccia.

«Sì, il posto perfetto per girare un paio di scene in più. Gli ospiti si rilassano. Bella vista. Faremo vedere agli spettatori un po' di dietro le quinte… Meno male che abbiamo accesso ovunque».

«Pardon? Cos'avete?». Lucy gli scoccò un'occhiata inorridita. Purtroppo le e-mail non erano state così specifiche.

«Oh sì, certo. Ufficio amministrativo, cucina... alloggi del personale. Accesso a tutte le aree». Clive colse la sua espressione raggelata.

«Cosa significa esattamente?»

«Quello che ho detto! Chiunque si trovi in questo edificio è un bersaglio facile. Significa che in qualsiasi punto dell'edificio, se qualcuno si muove, noi lo filmiamo; tu parli, noi lo registriamo. In modo semplice e veritiero. Non proviamo nulla. Abbiamo tempi stretti per inviare il filmato nel Regno Unito per uno show settimanale. Montiamo i diversi pezzi qui, li inviamo e il giorno seguente escono, come parte di un nuovo programma di viaggi su *Channel Four*».

Lucy deglutì a fatica.

«Ehi, non devi preoccuparti. Ti prometto che non ti accorgerai nemmeno che siamo qui». Clive sorrise, radioso e terribilmente rassicurante. Lucy però non si sentì affatto rassicurata. «Quello che vogliamo fare è un mini documentario sui tour che hanno come attrazione principale l'aurora boreale: gli alti, i bassi e le delusioni. E abbiamo pensato che ci sarebbe stato molto più spazio per il lato umano, se avessimo filmato anche lo staff. Per esempio, riprenderli mentre controllano le previsioni del tempo per gli ospiti, mentre parlano con loro a colazione». Fece una smorfia cospiratoria. «Fondamentalmente, ci serve una storia di riserva, nel caso in cui l'aurora boreale non si presti al gioco. Abbiamo alcune attrazioni da vedere, ma diavolo, è già stato fatto un miliardo di volte. Vogliamo un po' di dramma umano, quindi abbiamo deciso di fare un documentario su un luogo con persone che inseguono le luci in cielo. Geniale, no? E tutti vogliono apparire in TV. Filmeremo il personale, il cibo e tutte le stanze. Sarà un'ottima pubblicità per questo posto. Farà schizzare», proseguì alzando le mani e Lucy si guardò intorno, mentre l'uomo mimava la salita in cima a una scala, «il Northern Lights Lodge alle stelle». Lucy deglutì e si agitò sulla sedia, pensando che quest'idea di promozione fosse un'arma a doppio taglio. Se avesse fatto troppe storie sul fatto di non volere quella pubblicità, lui avrebbe potuto iniziare a domandarsi il perché e a fare delle ricerche, e questa era l'ultima cosa che lei voleva. E se qualcuno l'avesse vista e riconosciuta? D'altra parte, le prenotazioni attuali erano in calo, ma se fossero migliorate sarebbe stato un bene per la sua posizione, e per i nuovi proprietari sarebbe stato più difficile sbarazzarsi di lei. Cominciò a sfiorare con i denti la ferita sul labbro e si bloccò con un leggero sorriso. Alex l'avrebbe rimproverata di nuovo.

«Sul serio, Luce, questo è un potenziale sogno per le pubbliche relazioni». Il volto di Clive si irrigidì e aggiunse: «Se giochi bene le tue carte». In quel breve momento vide, sotto la bonarietà e il falso fascino, l'ombra di una minaccia implicita.

Lucy si guardò intorno e notò che ora la stanza si presentava molto meglio di prima: Elin e il suo team avevano lavorato sodo nell'ultima settimana. Il salone aveva un'atmosfera accogliente che prima mancava del tutto, e nonostante i prezzi del bar fossero esorbitanti, la sera gli ospiti venivano attirati qui. Quella sera il bancone era popolato, le braci del fuoco a legna brillavano mentre il legno si spezzava e crepitava nell'enorme griglia. Prevaleva una bella atmosfera conviviale. Un nuovo trio di ospiti inglesi chiacchierava con entusiasmo con due norvegesi, della cattedrale e della sala concerti di Reykjavik, mentre una coppia di danesi condivideva gli scatti di alcuni ghiacciai che aveva visitato con una coppia di giovani neozelandesi, che sembravano escursionisti incalliti. Dannazione. L'hotel meritava di avere il suo momento di gloria. Lei non c'entrava nulla. Non era qui da molto tempo, ma aveva già capito da Hekla, Kristjan, Olafur e Brynja che erano fieramente orgogliosi del loro Paese. Per quanto detestasse la cosa, avrebbe dovuto sopportare quell'intrusione nella loro privacy, anche se si sarebbe assicurata di mantenere un profilo molto basso.

«Ok, signor T...».

«Clive, Luce. Clive».

«Mi chiamo Lucy», lo corresse lei, sforzandosi di sorridere per scacciare l'irritazione dalla sua voce, «Clive».

«Certo. Allora, domani faremo delle riprese generali del posto, dei panorami, eccetera eccetera, a seconda del tempo, naturalmente. E avremo bisogno di un bel blocco di liberatorie fotocopiate per gli ospiti e il personale».

«Posso vedere?». Lucy riuscì a mettere un dito sull'angolo del foglio di carta che lui aveva tirato fuori dalla borsa del portatile.

«Ah, non devi preoccuparti più di tanto. Sono documenti standard. A dire il vero, li abbiamo presi dalla BBC. Standard del settore».

«Vorrei comunque vederli», insistette Lucy, lanciandogli uno sguardo implacabile.

Lui spinse il modulo sul tavolo e lei lo scorse rapidamente; una clausola in particolare la fece inspirare con un sussulto.

... accetta che la casa di produzione possa modificare, adattare o tradurre i nostri contributi e rinuncia irrevocabilmente a qualsiasi "diritto morale".

Cosa sarebbe successo se si fosse rifiutata di firmare? Avrebbero evitato di includerla nelle riprese?

«Ho bisogno che il personale e gli ospiti che filmiamo ne firmino uno. Puoi occupartene?»

«Sì, lo farò fare a Hekla».

«Oh, la bionda vichinga statuaria. Sarà bellissima davanti alla telecamera».

«Ah, sì? E in che contesto? Mentre vi mostra come si usa una fotocopiatrice?», chiese Lucy.

«Bella questa, Luce, divertente». Si scolò il bicchiere di whisky e lo spinse verso di lei. «E gradirei un altro bicchiere mentre parliamo della caccia all'aurora boreale. Sarà una parte fondamentale del filmato».

Nell'angolo, la troupe stava diventando più rumorosa, tanto che dal loro gruppo provenivano persino occasionali grida chiassose. Lucy notò che Alex, dietro il bancone, lanciava loro alcune occhiate pensierose, tenendo d'occhio la situazione e osservando gli altri ospiti per assicurarsi che non venissero disturbati da un comportamento francamente inaccettabile. I loro sguardi si incrociarono e Lucy abbassò la testa con un gesto discreto. Alex fece un cenno, come per dire che aveva tutto sotto controllo e poi le rivolse un'occhiata che diceva: "Lascia fare a me".

Con un sorriso ironico per il fatto che lui sapesse leggerle così bene nella mente, Lucy si rivolse di nuovo a Clive. «Già che stiamo discutendo dei dettagli, mi confermi che è stato convenuto che l'hotel fornisca vitto e alloggio, mentre le bevande non sono incluse?»

«Questo è un incontro d'affari a cui mi hai invitato tu, se non ricordo male», replicò Clive con quello che sicuramente lui stesso reputava un sorriso accattivante.

«Bene», acconsentì Lucy con un sorrisetto abbastanza cordiale, pronta a concedergli quella piccola vittoria. «Questo lo offre la casa». Guardò il gruppo chiassoso. «Spero che i tuoi colleghi siano consapevoli che le bevande sono a carico dell'azienda e non del Lodge. Qui l'alcol è tremendamente caro».

Clive arrossì guardando il menù delle bevande sul tavolo. «Credo che glielo ricorderò».

«Potrei cercare di capire se Olafur è disponibile a parlare con te mentre aggiorni la tua troupe, che ne dici?», propose Lucy sentendo di aver vinto una piccola schermaglia. «Organizza i tour dell'aurora boreale. Vedrò se Alex può fare a meno di lui per un momento. Se riesci, potresti chiedere loro di fare un po' meno rumore?».

Lucy andò al bar portando con sé il bicchiere. Alex venne a servirla. «Un altro doppio?».

Lucy alzò gli occhi al cielo. «No, può benissimo berne uno solo, quello sfacciato».

«E tu? O è meglio non bere? Sembri sul punto di sventrarlo da un momento all'altro».

«Il mio vichingo islandese interiore credo si stia risvegliando. Quel tizio è insopportabile», commentò Lucy sottovoce. «Ti dispiace se Olafur viene a parlare di come organizza i tour dell'aurora?»

«Non è un problema. Posso dire io qualcosa ai ragazzi, che stanno diventando un po' chiassosi?».

Lucy lanciò loro un'occhiata. «Ho chiesto a Clive di calmarli e di ricordare loro che i drink non sono offerti dalla casa. Sono sicura che non paghino loro, ma devono essere consapevoli che nemmeno noi lo facciamo. L'ho già detto a Clive».

«Non ci sono garanzie che vedremo le luci», spiegò Olafur poco dopo. «Dipende dalla giusta combinazione di fattori meteorologici, ma per fortuna siamo in una posizione unica in questa zona. Abbiamo bisogno di una buona oscurità, delle nuvole giuste...».

«Smettila di cercare di vendermi il tour, Olaf», lo interruppe Clive. «Pensi che riuscirai a farci fare delle riprese dell'aurora questa settimana?».

Il barbuto islandese aveva un'aria feroce. «Dipende dal tempo», ripeté. «Serve una notte limpida e buia, senza nuvole e con la giusta attività solare, che non possiamo prevedere con più di qualche giorno di anticipo». Rivolse uno sguardo serio a Clive. «Non si possono fare previsioni precise sull'aurora. A volte le luci si possono vedere qui dalla finestra, altre bisogna guidare per trovare degli sprazzi di cielo tra le nuvole, ed è per questo che organizziamo i tour in jeep».

«È un sì o un no?», insistette Clive.

Olafur non cedette, si accarezzò la barba e continuò a guardare Clive con occhi cupi. «È la natura. La vita nella natura non è prevedibile. Seguo le escursioni da molti anni e ho vissuto qui per quasi tutta la vita. Non ci sono garanzie».

Lucy avrebbe voluto rincuorare il cupo islandese.

«Ho capito... quindi c'è la possibilità che si esca per niente. Diavolo, credo che potremmo creare un po' di dramma. Alloggia qualche vecchio qui?»

«Come, scusa?», chiese Lucy.

«Sai, i tipi da lista dei desideri. L'ultima occasione per vedere l'aurora boreale. Lo sento già, chissà se riusciamo a far fare la voce fuori campo a Jo Lumley: la sessantenne Val ha portato con sé la mamma ottantaseienne per esaudire un ultimo desiderio... vedere l'aurora boreale. Questa è la loro ultima notte in Islanda... Avete presente il genere di cose. Grande televisione».

«Sai chi ha prenotato i tour questa settimana?», domandò Lucy al collega.

Olafur la guardò. «C'è un elenco in ufficio», scrollò le spalle. «Domani sera c'è una partenza».

«Fantastico», esclamò Clive. «Pensi che ci sia qualcuno che possa fornirci una buona storia, qualcosa con un po' di spessore umano?».

Lucy trasalì. «Più che altro credo che potrebbe essere un'invasione della loro privacy. Non lo so, quindi non vorrei fare ipotesi».

Clive sorrise. «Tesoro, hai vissuto in una caverna? Al giorno d'oggi tutti vogliono apparire in TV o su YouTube per i loro cinque minuti di fama. La maggior parte delle persone non vede l'ora di finire davanti a una telecamera».

Lucy buttò giù il resto del suo drink, posò il bicchiere con un colpo deciso sul tavolo di legno e si alzò in piedi. «Posso assicurarti che non è affatto così. Alcuni di noi non desiderano assolutamente la fama o la popolarità. Devo augurarti buonanotte, perché ho alcune cose da fare. Ho un albergo da gestire». Detto ciò, si allontanò con il mento alzato e uscì dal salone passando davanti al bar. Alex le rivolse un rapido cenno di approvazione, e il luccichio di ammirazione nei suoi occhi le fece alzare il mento di un altro centimetro. In quei giorni cominciava a sentirsi più se stessa.

Capitolo 11

Grazie al cielo l'area comune del personale era molto lontana dagli alloggi degli ospiti, pensò Lucy, sorridendo mentre porgeva il suo bicchiere a Brynja, che stava in piedi sul tavolino con degli strani e spessi calzini di lana, dispensando vodka a getto continuo.

Accolta da una rumorosa acclamazione, Lucy e la sua bottiglia di vodka del duty-free al gusto di ciliegia erano state rapidamente assorbite dall'atmosfera di festa chiassosa: un enorme sollievo dopo il fastidioso incontro con Clive.

L'abbraccio esuberante di Hekla, il saluto entusiasta di Elin e il benvenuto gridato a squarciagola da Brynja dall'altra parte della stanza le fecero capire che lì non c'erano formalità, così, senza pensarci, si tolse le scarpe, sfilò la camicetta di seta dalla vita della gonna a tubino blu navy e sciolse lo chignon ordinato, rilassandosi immediatamente.

Quello era un posto che Clive e il suo accesso a tutte le aree potevano scordarsi. Il personale doveva lasciarsi andare quando non era in servizio, non preoccuparsi di quelle maledette telecamere.

«Non rovesciarlo, non rovesciarlo», urlò Freya, tendendo il bicchiere verso la collega. Brynja annuì beffarda, ondeggiando leggermente sul posto.

«Nuh-uh», esclamò la ragazza, e subito dopo risollevò la bottiglia con una rotazione decisa, prima di ricominciare a versare nel bicchiere pronto di Freya. Era chiaramente il suo numero per le feste, a giudicare dal modo in cui Gunnar la tempestò di baci dopo che ebbe finito. Hekla lanciò con disinvoltura verso di loro un paio di bottiglie di acqua tonica, mancando di poco la testa di Brynja, tra gli applausi di Gunnar e Dagur.

Versando l'acqua tonica nel bicchierino di vodka, Lucy si sedette su uno dei divani sconnessi, tra Elin e Hekla. «Hai chiesto a Eyrun dei cuscini?», chiese Hekla, andando subito dritta al punto.

Dopo aver posizionato il bicchiere tra le ginocchia, Lucy alzò entrambe le mani in segno di finta resa. «Ieri non c'era. Davvero».

Hekla strinse gli occhi, le sue folte sopracciglia bionde quasi si incontrarono al centro della fronte, con un'aria comicamente sospettosa, quando Elin intervenne ridendo: «Ieri era il giorno libero di Eyrun».

Lucy diede una gomitata a Elin e sussurrò a voce abbastanza alta perché Hekla potesse sentirla: «Uff, grazie. Non sono sicura che Hekla volesse credermi, e questa vodka mi sta già dando alla testa. Non sono sicura di poter reggere anche gli shot».

«Non preoccuparti, Hekla ha davvero paura di Eyrun», scherzò Elin. «E tra poco passeremo agli shottini. Ci sono dei giochi in arrivo».

«No, non è vero, non ho paura», si difese Hekla, con le guance più rosee che mai. «Ok, forse un po', ma anche Lucy ne ha».

«Siete entrambe pazze», asserì Brynja unendosi alla conversazione. «Sei tu che comandi».

«E tu diresti a Eyrun cosa fare?», chiese Hekla.

Brynja rise. «Certo che no, correrei più lontano possibile molto velocemente, ma non è il mio lavoro».

Si unì Elin. «Per questo voi due guadagnate un sacco di soldi e noi siamo gente comune».

«Gente comune?». Lucy aggrottò un sopracciglio. «Ho sentito che stai scrivendo un romanzo». Sembrava una cosa impegnativa e creativa, per niente comune. Non aveva mai incontrato nessuno che stesse scrivendo un libro. Di certo non era il genere di cose che lei o i suoi genitori avrebbero mai preso in considerazione, nella loro ordinata casa a schiera di

Portsmouth. Lavorare in un ospedale o in un albergo era un lavoro "comune".

«*Ja*», confermò Elin, illuminandosi. «Lo sto facendo».

«Sarai un'autrice famosa un giorno», commentò Brynja alzando il bicchiere per brindare. «E troppo importante per bere con noi».

«Mai, parlerò sempre con te», rispose Elin, facendo tintinnare il suo bicchiere contro quello di Brynja. «Con Hekla forse no», aggiunse con un'alzata di spalle insensibile e una maliziosa piega delle labbra.

Hekla le diede una gomitata. «Sì, lo farai», la corresse con fermezza. «E io comprerò tutti i tuoi libri per la mia famiglia e li metterò sotto l'albero».

«Allora il tuo sarà un bestseller», esclamò Brynja.

«Magari», sospirò Elin, tornando ad appollaiarsi sulla sedia, piegando le sue gambe chilometriche. Con gambe come quelle, Lucy pensò che fare la modella sarebbe stata una valida alternativa. «Mi servirebbe una pausa. Solo qualcuno che dica di sì».

«Elin ha scritto cinque libri», spiegò Hekla, sollevando la mano e alzando cinque dita con grande orgoglio. «In Islanda abbiamo una bella tradizione narrativa. Raccontiamo storie folcloristiche intorno al fuoco nelle notti buie e fredde».

«Erano i nostri nonni a farlo», aggiunse Brynja, con quella che Lucy riconobbe essere una delle sue tipiche raccomandazioni a non dire sciocchezze.

Hekla la fulminò con lo sguardo.

«Sì», continuò Elin, tornando alla conversazione iniziale, «e sono stati tutti rifiutati. Potrei tappezzare la strada da qui a Reykjavik con tutte le lettere».

«Cinque?», chiese Lucy, impressionata. «Hai scritto cinque interi libri? E hai proseguito?».

La ragazza annuì. «Esatto».

«È incredibile. Non sono sicura che avrei avuto la capacità di resistere dopo uno, figuriamoci dopo due, tre, quattro e cinque». Non più, ormai.

Elin si lasciò sfuggire una risata sprezzante e divertita. «È la maniera islandese. Alla fine ci arriverò. Continuerò ad andare avanti o mi farò strada verso la cima, uccidendo un editore alla volta».

«Sembra un po' estremo», commentò Lucy, i cui occhi si spalancarono al pensiero di corpi martoriati in pozze di sangue.

«Scrive noir islandesi», spiegò Brynja, «e sono molto belli. Li ho letti tutti. Ma ogni volta che riceve un rifiuto, assegna il nome di chi l'ha scartata al personaggio che poi fa morire».

«È un modo per affrontare il rifiuto». Lucy ridacchiò, la vodka stava facendo effetto. Non era meglio che raggomitolarsi e piangere sul divano della tua migliore amica per un mese?

Elin strinse le labbra. «Non preoccuparti, piango la prima volta, quando apro l'e-mail. Poi, un'ora dopo, penso "ti faccio vedere io"». Il suo volto si tese in una feroce determinazione. «Noi islandesi siamo abituati alle avversità, ci prosperiamo».

Le sue parole e il modo in cui il suo profilo elegante riverberò di determinazione, insieme al mento sollevato, le labbra serrate, risvegliarono un ricordo nella mente di Lucy. Una volta era nota per la sua mentalità estremamente rigida, per il suo rimboccarsi le maniche e portare a termine il lavoro. Per la sua attitudine al fare.

«Credo di dover diventare islandese», asserì Lucy con voce malinconica, desiderando di non dover avere a che fare con Clive e le sue telecamere. Appoggiò i gomiti sulle ginocchia, affondando il mento tra le mani.

«Ehi, Lucy». Hekla le passò un braccio intorno alle spalle, dandole una pacca sulla schiena. «Hai già fatto la differenza». I suoi occhi azzurri scintillarono. «La nuova macchina del caffè è fantastica».

Brynja diede a Hekla un colpetto di rimprovero prima di dire: «Intende dire che l'hotel è molto più bello. I quadri hanno riscosso molto interesse. E i folletti si sono comportati bene». Rivolse un occhiolino furtivo a Lucy prima di guardare la collana di unicorno appesa a uno dei lampadari alla parete. «E Hekla non ha dovuto pulire una camera da letto per almeno tre giorni».

«E l'applicazione sul telefono per gestire i nostri turni è ottima», si aggiunse Gunnar, agitando con entusiasmo il suo cellulare verso di lei. Lucy annuì. Pur essendo assolutamente sessista, era una cosa palese: da sempre gli uomini amano la tecnologia. Presentare l'applicazione per telefono, *Sortmyshift*, era stata una vittoria facile. Alex era stato molto utile nel caricare le informazioni sul sistema per il personale di sala e del bar. Con un po' di fortuna, sarebbe stato disposto a insegnare a Elin, risparmiandole altro lavoro.

«Non sono tanto preoccupata per l'hotel. È la troupe cinematografica», rispose lei, con la vodka che le scioglieva la lingua. «Ho visto questi documentari di vita reale, vanno in cerca di storie sensazionali dietro le quinte, di qualsiasi scandalo tra il personale». Come i manager che tengono una cattiva condotta nelle suite d'albergo. Sarebbe stata una grande storia. Una storia che, secondo lei, non avrebbe mai più dovuto vedere la luce del giorno ma, purtroppo, con i social media, una volta che una notizia era online, ci sarebbe rimasta per sempre.

Elin, Hekla e Brynja sembrarono non capire e rimasero in silenzio, finché Freya non sciorinò un torrente di parole islandesi che fecero annuire Hekla, la cui espressione grave era in contrasto con il suo volto, solitamente solare. «Non permetteremo che scoprano cose brutte. Non preoccuparti Lucy. Tutto nell'hotel sarà perfetto».

«Siamo dalla tua parte», pronunciò Brynja nel suo tipico modo solenne e serio, e le altre annuirono all'unisono, come se avessero fatto una promessa.

Con un improvviso tuffo del cuore, Lucy guardò ognuna di loro. Nonostante la sua breve permanenza, sapeva già che Hekla era fedele e affidabile al cento per cento. Su Brynja, la corretta, si poteva sempre contare per avere consigli concreti, buon senso e assoluta onestà. Elin, pur apparendo un po' svampita, era in realtà organizzata e una gran lavoratrice. Freya stava ancora cercando di capirla, ma finora sembrava una persona semplice e solidale. Dagur sembrava essere l'anima gemella di Brynja, e Gunnar un tizio stravagante e diligente, con un'aria dolce e senza pretese.

«Grazie», mormorò lei, raddrizzandosi. Erano una buona squadra, e con l'impegno di tutti loro le cose sarebbero filate lisce durante la permanenza della troupe cinematografica. E – incrociò le dita sotto le cosce – forse i nuovi proprietari sarebbero rimasti abbastanza impressionati da lasciarle il lavoro.

«E ora è il momento di giocare», annunciò Elin tirando fuori un mazzo di carte, e Lucy fu rapidamente coinvolta in un indisciplinato gioco di gruppo. Chi perdeva doveva bere uno dei bicchierini della bevanda, la Brennivin, che Elin aveva allineato lungo il focolare sopra la stufa a legna che sprigionava molto calore.

Per fortuna Lucy, che aveva sorseggiato lentamente la sua vodka, riuscì a mantenere intatta la sua lucidità e fu ragionevolmente veloce, altrimenti sarebbe stata del tutto ubriaca quando sopraggiunsero Alex e Olafur, che finalmente avevano chiuso il bar per la notte. Hekla ed Elin erano sul palco a cantare, a braccetto, incitandosi a vicenda, Brynja dormicchiava sulla spalla di Gunnar e Dagur aveva la testa sulle ginocchia di Freya. Olafur alzò gli occhi al cielo e prese il bicchiere di Brennivin che Hekla gli aveva offerto. Lo sollevò per brindare e sorrise mentre Elin ripeteva un altro coro entusiasmante, aprendo le braccia e invitandolo a unirsi a lei e a Hekla. Lui scolò il bicchiere e scosse la testa.

«Ma sei un cantante così bravo, Olafur», piagnucolò Hekla.

Lui rise. «E io sono dieci bicchieri dietro di te. Credo sia ora di andare a letto».

«*Gleispillar*». L'insulto contenuto in quella parola fu attenuato dal sorriso confuso di Elin.

«Guastafeste», sussurrò Hekla, traducendo per Lucy.

Dando una pacca sulla spalla a Elin, Olafur rispose in islandese e, con un allegro saluto, lasciò la stanza.

Lucy sospettava di essere l'unica sobria, avendo diluito il suo drink con frequenti rabbocchi di acqua tonica, e Alex la guardò mentre Hekla ed Elin cantavano più forte. Si mise accanto a lei.

«È una bella serata?»

«È decisamente migliorata», replicò Lucy, sentendosi molto più leggera. «Sono tutti pazzi, ma adorabili». Ok, forse non era così sobria, ma in quel momento li amava tutti e si sentiva carica di gentilezza umana. Avrebbe potuto abbracciare ognuna di loro, il che era davvero poco da Lucy, ma le ragazze l'avevano fatta sentire come una nuova amica piuttosto che come una collega di lavoro. Nonostante i frequenti messaggi, Daisy le mancava davvero. Con un sospiro felice, proseguì: «Non mi divertivo così tanto da molto tempo. Peccato per la troupe. Grazie per il tuo aiuto con Clive. Si sono fermati a lungo al bar?»

«Diavolo, sì. La troupe mi ha sfiancato», spiegò. «Pensavo che non sarebbero mai andati a letto. Solo quando ho dato a Clive il conto del bar... è diventato di una strana tonalità di rosso e li ha radunati tutti».

Lucy emise un sospiro. «È un furbacchione. Credo che si aspettasse di bere gratis per tutto il viaggio, ma questa era una cosa che era stata chiarita negli scambi di e-mail originali».

«Devo andare a letto», si intromise Brynja, sbattendo le palpebre e ondeggiando mentre Gunnar la tirava in piedi e poi la sollevava di peso sulla spalla tra gli strilli della ragazza. Hekla ed Elin fischiarono e fecero quelli che Lucy sospettava fossero commenti molto sconci in islandese, e li seguirono fuori dalla stanza. Freya e Dagur si erano già allontanati.

La porta si chiuse dietro il rumoroso gruppo e rimasero solo loro due, improvvisamente immersi in un silenzio scandito solo dal crepitio del fuoco che si spegneva nella stufa a legna.

«Te la caverai?», domandò Alex, con tono incerto. «Ho notato che la troupe ti mette a disagio».

«Dovrò cavarmela. Questi reality sono tutt'altro che veritieri, sappiamo tutti benissimo che c'è un sacco di finzione. Clive ha già deciso cosa vuole».

«Lo immaginavo». Fece un'espressione comprensiva. «Alla fine si tratta solo di intrattenimento».

«Sì, ma se avessi voluto entrare nel mondo dello spettacolo sarei salita sul palcoscenico». Lucy rabbrividì.

«La penso come te, è la mia idea di inferno. Forse puoi convincerli a concentrarsi su Hekla, senza offesa ma ha proprio l'aspetto giusto».

«È vero», disse Lucy ridendo, per nulla risentita. «La nostra principessa vichinga dai capelli biondi è così alla mano che probabilmente non le dispiacerebbe. Oppure c'è Freya, l'attrice».

«Vedi, problema risolto. Puoi smettere di preoccuparti».

«Preoccupazione è il mio secondo nome al momento».

«Lo so», mormorò Alex, con un sospiro, sollevando un dito e toccando il corrugamento sopra il naso di Lucy, massaggiandolo delicatamente.

Si bloccarono entrambi, lui come se si fosse di colpo reso conto di ciò che aveva fatto e lei per quel tocco inaspettato.

«Scusa, io... ti preoccupi troppo. Oggi è comparsa quella piccola ruga».

Lui la studiò e si fecero a vicenda un timido sorriso. All'improvviso Lucy fu terribilmente consapevole che la coscia di lui era poggiata accanto alla sua e del fatto che era così vicina a lui da riuscire a vedere l'ombra della barbetta ruvida sulla sua mascella e un paio di piccole lentiggini scure alla destra delle labbra. E poi si rese conto che sembrava che stesse fissando la sua bocca. Deglutendo, alzò rapidamente la testa.

«Volevo...».

«Vuoi...».

«Prima tu», la fermò Alex, gentiluomo come sempre, con uno sguardo leggermente divertito. Accidenti, sembrava che fosse in grado di leggerle nel pensiero in qualsiasi momento.

«È vero che mi preoccupo, ma oggi... avrei dovuto dirlo

prima, grazie per avermi convinta a uscire dall'ufficio e per avermi portato a Gullfoss. Credo di essere stata troppo in imbarazzo per ringraziarti come si deve. Gli attacchi di panico non sono frequenti per me». Stava cercando di sembrare professionale e sbrigativa, nel tentativo di compensare il fatto che l'alcol l'aveva ammorbidita; stava facendo cose stupide come guardargli le labbra e lasciare che le occhiate si prolungassero per diversi secondi di troppo. E lo stava facendo di nuovo, stava lasciando ancora una volta che i suoi pensieri andassero alla deriva. Si ricompose. «In realtà, non credo di averne mai avuto uno prima. Mi hai tranquillizzata prima ancora che avessi la possibilità di dire qualcosa».

«Fa tutto parte del servizio». Il caldo sorriso spontaneo che lui aggiunse a quelle parole le fece battere un po' il cuore nel petto.

«Mi vuoi dire che il pronto soccorso e la miscelazione sono parte integrante della formazione del personale del bar?», domandò lei di getto. *Continua a parlare di affari, Lucy.*

«Qualcosa del genere», replicò Alex. «Devi essere pronto a tutto e», le rivolse un altro di quei sorrisi pacati prima di scostarle una ciocca di capelli dal viso, «sai cosa si dice dei barman. Siamo i confidenti di tutti. Stai meglio adesso?»

«Molto», disse lei, cercando d'ignorare l'eccitazione che quel fugace tocco sulla guancia le aveva procurato, «credo che mi abbia fatto bene uscire dall'albergo per un po'. E ora che l'ho fatto, ci ho preso gusto. Avevi ragione. C'è così tanto da vedere e da fare qui».

«In due è meglio. Ti va di uscire di nuovo con me?»

«Sarebbe...». Ok, come doveva comportarsi? Era la convenienza di essere due stranieri all'estero che li rendeva automaticamente compagni di viaggio? E Alex era solo un ragazzo simpatico e amichevole? O le cose erano come le suggeriva il suo cuore capriccioso? «Sarebbe carino», accettò lei risoluta, cercando di apparire disinvolta e scolandosi il contenuto del bicchiere anche se non venne giù altro che una goccia.

«Carino?». Alex fece una smorfia. «Posso fare di meglio.

Ricordati che faccio scintille!». Agitò le mani in un modo che fece scoppiare a ridere Lucy e le fece andare di traverso l'ultima goccia di vodka, facendole venire le lacrime agli occhi e un rantolo soffocato mentre si piegava in due tossendo.

Alex le diede delle pacche sulla schiena, finché a furia di tossire non tornò alla normalità e le pacche si trasformarono in massaggi rilassanti, che le fecero venire voglia di stiracchiarsi e raggomitolarsi come un gatto.

«Va meglio?», le chiese, concentrando tutta la sua attenzione su di lei.

Lei annuì, sussurrando rauca: «Sì».

«Per un attimo ho pensato che avrei dovuto farti la manovra di Heimlich. Stavo...». La sua voce si spense quando i loro occhi si incontrarono in uno di quei momenti tipo "il mondo ha smesso di girare". Nessuno dei due sembrava riuscire a non guardare l'altro. La mano di lui tracciò, vertebra dopo vertebra, la lunghezza della colonna vertebrale di Lucy, in una lenta e inesorabile ascesa, assaporando ogni punto, prima di posarle la mano sulla nuca. Tutte le terminazioni nervose della donna si accesero di un piacere improvviso quando le dita di Alex le sfiorarono la pelle nuda, stuzzicandole l'attaccatura dei capelli.

Poi le sue labbra sfiorarono quelle di lei con un tocco appena accennato.

Era una tentazione, e al contempo un pericolo. Non avrebbe dovuto farlo. La sua bocca si sollevò verso quella di lui, assaporando la deliziosa sensazione, il tenero tocco di pelle contro pelle. Alex lavorava per lei. Era già stata scottata in passato. La bocca di lui si modellò sulla sua. Questo era sbagliato. Ma era così bello. Il cuore le batteva forte in petto. Sospirò nella sua bocca, quasi sul punto di arrendersi. Le labbra dell'uomo sfiorarono ancora le sue e Lucy, con un altro sospiro, si tirò indietro.

«Non sono sicura che dovremmo farlo».

Con una smorfia di rancore sulla bocca, lui annuì. «Hai ragione». Le accarezzò la guancia. «Vorrei farlo, ma è tardi e», disse, aggrottando le sopracciglia e guardando il tavolino carico di bottiglie vuote, «ho il sospetto che abbiate fatto fuori una tonnellata di vodka».

Lucy sbatté le palpebre. Non era affatto quello che intendeva e, stupidamente, le piaceva ancora di più per questo.

Capitolo 12

«Lucy! Lucy!». Il sorriso le morì in volto quando vide Olafur venire verso di lei scendendo i gradini della reception con la sua fisicità massiccia, simile a quella di un orso. «Abbiamo un problema».

Le spalle di Lucy si tesero, mentre afferrava uno dei quattro nuovi quadri che lei e Alex avevano appena preso. Tutti i buoni sentimenti, generati dal caffè a Hvolsvöllur e dai troppi sguardi languidi scambiati con Alex, presero il volo come farfalle liberate da barattoli di marmellata. Non aveva programmato di uscire con Alex quel pomeriggio. Dopo la sera precedente aveva sperato di mantenere le distanze, ma Hekla aveva avuto altre idee e gli aveva chiesto di accompagnare Lucy a ritirare i quadri perché nessun altro era disponibile, o almeno così aveva detto.

«Cosa succede?», domandò con un po' di timore. Mentre rivolgeva un rapido sguardo bramoso alla macchina, sentì la mano rassicurante di Alex posarsi sulla sua schiena. Quel piccolo gesto discreto la fece indietreggiare leggermente, grata per quella silenziosa dimostrazione di solidarietà. Non era più sola. Olafur scosse la testa con rammarico. «Le jeep hanno i...». Mimò il gesto delle forbici con entrambe le mani, «*sprungio dekk*».

Lucy aggrottò la fronte. Lui indicò gli pneumatici dell'auto di Alex e poi agitò le mani, come a mimare qualcosa che viene schiacciato.

«Le gomme a terra?».

Lui annuì vigorosamente.

«Hai detto *le* jeep... intendi *entrambe* le auto?». Alex parlò prima che Lucy riuscisse a trovare le parole, ma si era chiesta esattamente la stessa cosa. Che fosse successo il medesimo inconveniente a entrambe le auto sembrava fin troppo improbabile, ma il cenno di assenso deciso di Olafur, con la barba folta che gli sfiorava il petto, lo confermò.

«Quindi, niente tour stasera», aggiunse con cupo disgusto. «E le previsioni sono molto, molto buone».

Certo che lo erano. Lucy si trattenne dall'alzare gli occhi al cielo, domandando invece: «Non avete delle ruote di scorta?», come se sapesse tutto di meccanica. A pensarci bene, le auto avevano le ruote di scorta al giorno d'oggi, no?

«*Ja*», rispose Olafur, con gli occhi che brillavano di rabbia improvvisa. «Ed entrambe sono... sparite». Sillabò un "puff" e lo mimò con le mani. «Due veicoli».

«Diavolo», commentò Lucy. «Come è successo? Sono state rubate?».

Olafur alzò le spalle. «La troupe cinematografica si aspetta di uscire stasera. Le condizioni sono buone».

Legge di Murphy, era ovvio che lo fossero.

«Com'è possibile che siano entrambe a terra?».

Olafur scosse la testa. «È un mistero. Forse c'erano dei vetri rotti».

«No», sbottò Alex. «Le probabilità che un pezzo di vetro fori la camera d'aria esterna dello pneumatico è improbabile. Ed è successo a due veicoli, non è un incidente».

«Grazie, Sherlock», replicò Lucy, che era già giunta alla stessa conclusione.

«Il che significa che è il...». Olafur tacque.

Lucy socchiuse gli occhi e lo guardò. Se avesse anche solo pronunciato la parola *huldufólk* l'avrebbe strangolato a mani nude.

«Intenzionale», disse Alex.

«Ecco!», esclamò Lucy, che aveva i suoi sospetti. Guardò velocemente l'ora. Le quattro e un quarto. Il cielo azzurro stava diventando sempre più scuro e un velo di nuvole rosa brillava per il sole basso che si tuffava verso l'orizzonte e sarebbe tramontato nei successivi quindici minuti. Quella notte si prospettava limpida. Condizioni meteo perfette.

«A che ora saresti dovuto uscire?»

«Alle nove, dopo cena».

«La troupe lo sa già? Gli ospiti sono stati informati?».

Olafur scosse la testa: «Non ho parlato con nessuno, tranne che con Hekla».

«Bene, non dire una parola per ora. Vieni con me». Si avviò verso l'hotel. Clive sarebbe stato entusiasta di quel dramma. Avrebbe fatto un'ottima figura in televisione.

Non appena varcò le porte dell'hotel, una telecamera si girò da dove era focalizzata – su una coppia che aveva appena concluso il check-in alla reception con Brynja – e passò su di lei.

Che palle, proprio quello di cui non aveva bisogno.

Dietro la telecamera, Clive fece un cenno di saluto, le fece segno di fermarsi e indicò con gesti frenetici l'uomo e la donna alla reception.

Non c'era modo di ignorarlo. Invece Lucy scosse la testa e agitò le mani con un movimento di forbice, come se questo potesse allontanarlo. Inoltre, di certo non avrebbe voluto riprenderla in quello stato: il suo aspetto fuori servizio era più simile a quello di una senzatetto che non a una manager professionista. I capelli erano schiacciati dal berretto e i ciuffi biondi che ne fuoriuscivano erano crespi a causa dell'aria umida del pomeriggio. Era una magra consolazione il fatto che, senza il trucco pesante, la lingerie orlata di piume di marabù e lo sguardo alterato dall'alcol, nessuno l'avrebbe mai riconosciuta.

Clive non ci fece caso e puntò la telecamera su di lei, che si bloccò all'istante. Ogni muscolo si tese. Oddio, stava per vomitare. Aveva la mascella paralizzata con quell'orribile sensazione di dover rimettere da un momento all'altro. I movimenti e i cenni del capo di Clive si fecero più entusiasti. L'unica cosa a cui riusciva a pensare era il freddo sguardo malevolo della telecamera puntata su di lei come un mostro in attesa, pronto a inghiottirla.

Sforzandosi, fece un paio di passi in avanti, ogni muscolo del suo corpo rigido e inflessibile. Sicuramente al cameraman non sarebbero sfuggiti i movimenti a scatti e il suo volto raggelato. Clive era raggiante e continuava a mimare e a danzare intorno al cameraman. Un sudore freddo la attanagliò. I ricordi della sua stupida faccia sorridente nell'obiettivo della telecamera, mentre si inumidiva le labbra rosse orribilmente lucide in un ridicolo modo allusivo, le riempirono la testa. E insieme a essi, la doccia fredda della vergogna.

Vicina alle lacrime, si costrinse a mantenere un'espressione impassibile mentre faceva un passo avanti.

«Io... Ehm... Buongiorno. Sono Lu... la direttrice. Del Northern Lights Lodge».

Il cameraman vestito di nero le girò intorno e lei si sentì come una preda messa all'angolo.

Deglutì e cercò di ignorare la telecamera che la seguiva passo passo, da quello che riusciva a vedere con la coda dell'occhio. Non c'era modo di sfuggirle.

«Vorrei... darvi il benvenuto». La donna alla reception sembrava un po' nervosa, e Lucy capì di essere lei il motivo. Incollandosi in volto un fragile sorriso finto, trovò le parole giuste. «È la vostra prima visita in Islanda?».

Il viso della donna si illuminò di sollievo: «Sì», esclamò, con gli occhi castano scuro che brillavano per l'improvviso entusiasmo. «Era nella mia lista dei desideri da sempre. Peter», fece un cenno verso il marito, «preferisce il caldo. Ma ha prenotato qui come sorpresa per il mio cinquantesimo compleanno». Lo guardò con un'espressione così felice che Lucy sentì qualcosa muoversi dentro di lei, soprattutto quando Peter alzò gli occhi al cielo e le baciò la punta del naso.

«Che meraviglia. Spero che il vostro soggiorno sia piacevole e, se avete bisogno di qualcosa, fatelo sapere a me o al personale». Lanciò una rapida occhiata ad Alex, che, con sua grande sorpresa, sembrava inorridito e si era nascosto dietro Clive, inarcando le spalle e abbassando la testa quasi a volersi nascondere. «Assicuratevi di chiedere a qualcuno di noi qualche suggerimento sui luoghi da visitare. Io consiglierei la cascata di Gullfoss e il Parco Nazionale di Thingvellir».

«Non si preoccupi», replicò Peter con un sorriso paziente. «Jane si è documentata su questo viaggio da quando le ho dato i biglietti aerei. Quante guide hai comprato, tesoro?»

«Oh, smettila, caro», gli diede una gomitata. «Non vogliamo perderci nulla».

«Be', lascio a Brynja il compito di registrarvi e spero che il vostro soggiorno sarà molto piacevole».

«Taglia!», esclamò Clive. «Fantastico. Grazie, Peter e Jane. Siete stati fantastici. Ottimo lavoro, Lucy. Ti chiederemo di farlo di nuovo, così potremo fare dei tagli. Per eliminare i balbettii, gli "ehm" e gli "uhm". Siete stati naturali. Lucy, credo che i nervi abbiano avuto la meglio su di te. Mettiti lì e ripeti quello che hai detto prima».

Olafur e Alex aspettarono, mettendo così sempre più a disagio Lucy, che dovette riprendere lo straziante segmento più e più volte. Lo stomaco le si serrava sempre più, avrebbe voluto che non la guardassero.

«Ti abituerai alla telecamera», disse Clive. «Molte persone sono tese all'inizio».

«Non sono tesa», replicò Lucy fulminandolo con lo sguardo; le sue parole gracchiarono di cupo furore sentendo di nuovo, nella mente, le frasi di Chris. E anche se fosse stata tesa, cosa importava agli altri, e oltretutto, come si permetteva di fare supposizioni? Non la conosceva.

«Bene, Bob. Penso che sia tutto pronto. Sarebbe bene fare qualche ripresa generale del lavoro quotidiano prima di andare a cena e poi a caccia dell'*aurora borealis*». Pronunciò le parole in latino con grande entusiasmo. «Sarà un'esperienza epica. Ma per il momento, Lucy, se tu, Alex e Olafur poteste andare in ufficio a parlare di ciò di cui stavate parlando quando siete entrati, sarebbe fantastico».

La testa di Jane si girò di scatto e diede una gomitata a Peter, che era impegnato ad aiutare Dagur a raccogliere i bagagli;

sembrò che stesse per dire qualcosa, ma Dagur stava già accompagnando il marito nella loro stanza.

«Preferirei di no», replicò Lucy, cercando di essere decisa e professionale, mentre dentro di sé avrebbe voluto urlare loro di lasciarla in pace. «Siamo un po' occupati al momento. Ho delle cose da fare». Alex, dannazione a lui, si era già precipitato in ufficio come se le sue scarpe fossero in fiamme. Le sarebbe servito il suo sostegno per respingere quel regista entusiasta.

«Lucy, Lucy, Lucy. Non preoccuparti, sarai bellissima davanti alla telecamera».

I suoi occhi si assottigliarono. Non le importava nulla di come sarebbe apparsa, sapeva già che aspetto avesse davanti alla telecamera e non voleva essere ripresa, punto e basta.

«Non badare a noi. E tanto meglio se hai delle cose da fare, sembrerà più naturale. Procedete come al solito». Diede una rapida occhiata all'orologio. «Ricordami, a che ora usciamo stasera, Olafur?».

Olafur rivolse a Lucy un'occhiata di panico, aprì la bocca e la richiuse con un terrore da cartone animato.

«Cazzo. Cazzo. Cazzo», sussurrò Lucy tra sé e sé mentre faceva strada verso l'ufficio. Come diavolo avrebbe fatto a risolvere la questione mentre quella maledetta telecamera le alitava sul collo?

Nel bell'ufficio caldo, Lucy si sedette alla scrivania e si tolse il pile, sollevata di poter far riposare le gambe tremanti, mentre Olafur si appoggiò al muro con l'aria rigida di uno spaventapasseri. Alex aveva già iniziato a preparare il caffè e aveva un'espressione preoccupata, come se qualcosa lo turbasse. Il suo comportamento la confondeva: un attimo prima sembrava che volesse evitare di farsi vedere e un attimo dopo si era tuffato nell'ufficio su richiesta di Clive.

Il regista passò cinque minuti a sistemarli in modo che sembrassero "naturali", il che era difficile con sette persone in uno spazio destinato al massimo a quattro.

«Allora», cominciò Lucy facendo del suo meglio per sembrare brillante e normale, cercando disperatamente di non guardare il grande riflettore che il macchinista teneva alla sua sinistra. «Se dobbiamo far revisionare le jeep, dov'è l'officina più vicina?». I suoi occhi indugiarono su Olafur, sperando che cogliesse il messaggio.

Bob zoomò su Lucy, puntandole la telecamera dritta in faccia, e lei strinse il pugno sotto la scrivania resistendo a fatica all'impulso di spingerlo via.

«Ce n'è una a Hvolsvöllur... ma adesso sarà chiusa».

Lucy chiuse gli occhi e si pizzicò il dorso del naso tra pollice e indice.

Se la troupe cinematografica avesse scoperto che il loro viaggio, proprio quando le condizioni meteorologiche erano perfette, era stato annullato, non sarebbe stato piacevole.

«E quali altri veicoli sono a disposizione dell'hotel, che potrebbero aver bisogno di manutenzione? Il personale ha auto che...». Oddio, stava annaspando e suonava legnosa come una tavola. *Per favore, fa' che non debba ripeterlo.*

Olafur scosse la testa, con un'espressione confusa.

«E gli altri hotel della zona? Usano lo stesso garage per i loro veicoli che partecipano ai tour».

Olafur aggrottò la fronte.

Lucy ci riprovò. «Sono sicura che altri posti hanno bisogno di veicoli adatti a portare gli ospiti in giro. Forse potremmo unirci a loro, se le nostre jeep sono in revisione».

«Sì», intervenne Alex. «Ci devono essere altri alberghi locali con cui potremmo collaborare. Ne conosci qualcuno, Olafur?».

Olafur sbatté lentamente le palpebre, facendo segno di aver capito, e poi si strofinò la barba, non sembrando minimamente entusiasta dall'idea. «Il più vicino è la Pensione Skelland».

«Ok, se abbiamo un numero di telefono, magari possiamo sentire come stanno le cose. Sai, per la prossima volta che capiterà una revisione».

Scosse la testa. «Non servirà a molto».

Clive sollevò la mano, alzando gli occhi al cielo. «Taglia. Voialtri. È stata una lunga giornata. Ho bisogno di qualcosa di più... non so... un problema. La manutenzione delle auto è... fottutamente noiosa, se capite cosa intendo».

Bene, con un po' di fortuna se ne sarebbero andati e l'avrebbero lasciata in pace a sistemare le auto.

«È quello che è», replicò Lucy. «Alcuni lavori sono così. Le minuzie quotidiane sono un po' noiose perché dobbiamo prestare attenzione ai dettagli».

«Certo», Clive sospirò pesantemente come se fossero una terribile delusione per loro. «Be', faremo solo un paio di scatti generali prima di chiudere la faccenda per ora. Speriamo che le luci ci offrano un bello spettacolo».

«Bob, facci qualche ripresa dell'ufficio e del lavoro».

Bob mise giù la videocamera e guardò l'ufficio, poi di nuovo Lucy.

«Allontanati dalla scrivania ma rimani sulla sedia. John, porta il riflettore da questa parte». Bob sorrise come una volpe che sta per mangiare un pollo. «Così avremo una bella silhouette». Nelle sue parole c'era qualcosa che fece accapponare la pelle a Lucy.

«Ora, facci un sorriso, Lucy», la invitò da dietro la videocamera da cui poi fece capolino. «E siediti un po' più dritta». Lucy aggrottò le sopracciglia e poi si rese conto che la telecamera stava risalendo le sue gambe e tutto il corpo.

Arrossì, la nausea le attanagliò lo stomaco. «Sei una bella ragazza, sorridi».

L'uomo le fissò palesemente il torace, dove il rigonfiamento dei seni premeva contro il tessuto stretto della polo che indossava sotto il pile. Inorridita, Lucy incrociò le braccia sul petto e accostò la sedia alla scrivania, dove si chinò in avanti per guardare lo schermo del computer.

Trascorsero altri strazianti venti minuti a filmare Lucy che lavorava alla sua scrivania, facendo una "telefonata" e intavolando una finta conversazione con Alex.

Alla fine Clive, il macchinista e Bob il cameraman si diressero verso la porta. Proprio mentre stavano per andarsene, Bob si girò e puntò lo sguardo sul volto di Lucy, con un'espressione viscida e meditabonda negli occhi.

«Ti ho già vista da qualche parte».

«Non credo».

«Sì, hai un aspetto familiare. Hai fatto una pubblicità o qualcosa del genere?».

Lei lo fissò di rimando, con la schiena dritta e il mento sollevato, con una finta audacia che celava il dolore che le serrava lo stomaco.

Arricciando la bocca per negare con nonchalance, scosse la testa. «No, mai».

Quando lui se ne fu andato, lei si alzò e chiuse la porta alle loro spalle e vi si appoggiò pesantemente contro, non desiderando altro che andare a farsi una doccia calda e chiudersi in stanza per il resto della notte. Purtroppo, non era un'opzione possibile. Doveva ancora risolvere questo pasticcio, ma non appena l'avesse fatto... avrebbe concluso quella pessima giornata.

«Olafur, puoi chiamare la pensione?»

«Non ti aiuteranno».

«Non capisco».

«Dovrei dire: Jan Leifsen non ci aiuterà».

«Perché no?»

«Sua moglie è incinta e ha avuto le doglie questo pomeriggio. Tutti i loro ospiti sono stati portati in altre pensioni».

«Oh, merda». Lucy si prese la testa tra le mani e si sfregò gli occhi. «Qui si conoscono tutti?», chiese, mordicchiandosi il labbro coi denti. Alex le rivolse uno sguardo preoccupato. Lucy assottigliò gli occhi, ma smise di tormentare il labbro.

L'inutile ticchettio dell'orologio le ricordò che avevano poche ore per trovare una soluzione prima di dover dare la notizia a Clive.

Olafur annuì, ma fu lento a rispondere. «Più o meno, oppure conosciamo qualcuno che conosce qualcuno».

Lucy chiuse momentaneamente gli occhi e poi li riaprì di scatto. «Dov'è Hekla?».

La confusione offuscò gli occhi dell'islandese, mentre quelli di Alex avevano un'aria accorta.

«Ha finito per oggi».

Certo, aveva finito, aveva coperto Lucy dopo mezzogiorno. Arricciò il naso, non voleva disturbarla, ma... era una specie di emergenza.

«Pensi di poterla trovare? E poi, sai che tipo di pneumatici ci servono?».

Lui annuì, scrisse le informazioni su un pezzo di carta e si affrettò a uscire come se fosse sollevato all'idea di andarsene.

«Ecco a te». Alex le fece scivolare davanti una tazza di caffè. «Cos'hai in mente?». La sua voce calda e cospiratoria fece bloccare Lucy. Il suo cuore, che galoppava, saltò un battito al timbro profondo della sua voce, mentre ricordava il tocco morbido delle sue labbra della sera precedente.

Strinse gli occhi. Le distanze, Lucy. Mantieni le distanze.

«Mi sto solo chiedendo se gli *huldufólk* potrebbero darci una mano e prendere a martellate quella telecamera nel cuore della notte. Sono sicura che odiano la tecnologia moderna», esclamò lei, evitando di guardarlo e prendendo invece un foglio di carta sulla scrivania, a cui dedicare tutta la sua attenzione.

Alex le rivolse un sorriso comprensivo. «Clive è piuttosto singolare. Non sono sicuro che riesca a provare empatia. Non ti è piaciuto molto essere ripresa, vero?»

«No». Lucy ringhiò quella parola, continuando a non guardarlo. Non aveva intenzione di approfondire. Improvvisamente tutti i ricordi del tradimento di Chris tornarono a galla. Alex sembrava tanto gentile e disponibile, ma era già stata scottata in passato. Ricordava di averlo beccato a intrufolarsi in lavanderia. Avrebbe dovuto tenere alta la guardia.

«Quando darai la notizia che non ci sarà nessun tour stasera?».

Lei alzò di scatto la testa e rispose, con uno sguardo determinato e una deliberata freddezza: «Quando avrò esaurito ogni altra possibilità».

Le sopracciglia di Alex si inarcarono e lei lo vide, metaforicamente, fare un passo indietro. Bene. Quel pomeriggio, tutti quei sorrisetti le avevano fatto dimenticare che fidarsi di qualcuno era pericoloso. L'essere ripresa dalle telecamere le aveva fatto tornare in mente tutta l'agonia e l'amarezza.

Per quanto si pensasse di conoscere bene una persona, questa poteva sempre deluderci.

Hekla varcò la soglia. «Hai ricevuto i quadri? Com'era Hvolsvöllur?». Rivolse un ampio sorriso ad Alex.

«Bella» disse Lucy, bruscamente. «Hai saputo delle gomme bucate e delle ruote di scorta mancanti?»

«*Ja*». La donna aggrottò la fronte. «Chi farebbe una cosa del genere?».

Lucy si accigliò. «Non lo so, ma deve essere stato qualcuno che serba un po' di rancore verso l'hotel. Non so cosa fare. Ma dobbiamo risolvere la questione prima che la troupe televisiva se ne accorga. Questo è il tipo di imprevisto che adorerebbero».

Alex fece un cenno d'assenso.

«Davvero?», chiese Hekla. «Ma perché?»

«Hekla, tu conosci molte persone a Hvolsvöllur», proseguì Lucy, evitando di guardare Alex, per nulla pronta a provare a spiegare i capricci dei media scandalistici inglesi.

La collega annuì. «*Ja*».

«Conosci qualcuno che gestisce l'officina?».

Hekla spalancò gli occhi. «Il fratello di Elin andava a scuola con Viktor, il cui fratello minore lavora lì, o forse era il fratello maggiore. Oppure entrambi potrebbero...».

«Pensi di poter trovare un numero di telefono e scoprire se è possibile che ci apra l'officina per prendere delle gomme di ricambio? Queste sono quelle che Olafur dice che ci servono. Possiamo andare a prenderle in macchina». A testa alta, Lucy lanciò uno sguardo speranzoso ad Alex, anche se pochi minuti prima aveva cercato di mettere una barriera tra loro.

Sorprendentemente, lui sembrò divertito, con un mezzo sorriso sulle labbra e un cenno di assenso.

«Ok», replicò Hekla, tirando fuori il telefono e componendo immediatamente il numero. In pochi secondi stava chiaramente riferendo la storia a qualcuno con la sua bella voce cantilenante. Prese una penna, scarabocchiò un numero e fece una seconda chiamata.

Lucy teneva gli occhi puntati sullo schermo del computer ignorando Alex, anche se moriva dalla voglia di guardarlo di sottecchi; nel frattempo Hekla fece cinque telefonate prima di riagganciare con un sorriso. «Aron, il proprietario dell'officina, dice che non ha questi prodotti in magazzino, ma ne ha alcuni che andranno bene lo stesso. E andrà subito a recuperarli».

«Sei sicuro che non ti dispiaccia guidare di nuovo fino a Hvolsvöllur?», Lucy chiese ad Alex dopo che Hekla ebbe dato loro le istruzioni per trovare l'officina. Con un pesante sospiro, scosse la testa. «Mi sento come se ti stessi imponendo qualcosa». E sembrava anche che facesse troppo affidamento su Alex.

Un lampo di qualcosa che Lucy non colse riempì gli occhi del barman, quasi come se avesse capito. Lei deglutì. A volte era un po' troppo perspicace, come dimostrava lo sguardo che le rivolse, pieno di pacata comprensione e di quella gentilezza che lo contraddistingueva. «Se mi dispiace?», chiese lui, con tono stuzzicante. «Figurati. Anzi, mi sembra di essere una specie di supereroe che corre in aiuto. È la cosa più elettrizzante che abbia mai provato da secoli».

La fece sentire subito meglio, e le fece capire che non lo stava affatto infastidendo.

«A parte stare in piedi in quella che sembrava la bocca di una cascata», gli ricordò Lucy, sorprendendosi ancora una volta della propria loquacità.

Alex le rivolse un'occhiata altrettanto sorpresa e, per un breve istante, si scambiarono un sorriso privato: quello di lei di scuse, quello di lui consapevole, come se potesse vedere dentro il suo turbamento e capirlo. «Sì, è stato piuttosto emozionante». La voce bassa di Alex le provocò un formicolio allo stomaco.

Voltandosi in tutta fretta, disse a Hekla: «Sei un tesoro, grazie. Io e Alex andremo a prenderli. Posso chiederti un altro favore?»

«Certo», rispose lei a Lucy con il suo sorriso dorato e solare.

«Puoi far sapere a Olafur che abbiamo i ricambi e chiedergli di essere pronto a montarli non appena torniamo?».

Capitolo 13

Lucy era alle prese con una pila di fatture quando sentì delle voci concitate provenire dalla reception. Si passò una mano sulla fronte con fare stanco: nonostante i giorni di lavoro, non sembrava essere ancora riuscita a sconfiggere la montagna di scartoffie dell'ufficio, che in compenso era un ottimo posto per nascondersi dalla troupe cinematografica, e ora prese coscienza con orrore che aveva trascurato il resto dell'hotel.

La troupe era in agguato, come tigri in gabbia. Nonostante l'altra notte le jeep fossero state messe in strada e avessero guidato per diverse ore, Olafur e la squadra non erano riusciti a rintracciare l'inafferrabile aurora boreale. Altri tre viaggi notturni avevano comportato altre delusioni, e Clive era decisamente stanco e irritabile. Lucy si sentiva un po' compiaciuta per aver visto l'incredibile spettacolo di luci proprio la prima notte. Anche se le dispiaceva per l'adorabile coppia formata da Jane e Peter, che era uscita ogni notte sulle tracce dell'aurora boreale e non aveva ancora avuto fortuna.

Le voci si fecero più animate, e Lucy uscì per trovare Hekla che sorrideva cupamente a una coppia americana che stava facendo check-out.

«Mi rifiuto di pagare per una camera senza vista. Questa doveva essere la stanza migliore dell'hotel. Non ho mai visto nulla».

Il viso solare di Hekla oggi aveva più l'espressione di quello di un guerriero norreno, irrigidito da uno sguardo severo.

Non c'era traccia del suo solito calore amichevole. Con i piedi ben piantati a terra, emanava più un'atmosfera da "vichingo incazzato nero", solo che mancavano l'ascia e l'elmo cornuto.

«È la nostra stanza migliore, signor Wainwright, e io...».

«Devo occuparmene io?», intervenne Lucy con disinvoltura, stampando un sorriso sul viso e mettendosi di fronte a Hekla, con l'intento di disinnescare la situazione e pregando che la troupe cinematografica non si trovasse nei paraggi. Aveva incontrato questo tipo di ospiti migliaia di volte: decisi a trovare un difetto e a ottenere uno sconto. Minacce di esporre l'hotel sui social media, di fare recensioni negative su TripAdvisor.

Hekla le lanciò un'occhiata stupita e arrabbiata. «Stavo...».

«Buon pomeriggio, sono la direttrice. Posso aiutarla?». Lucy la interruppe con un sorriso professionale, desiderosa di calmare tutti. Vedeva che Hekla era furiosa e non aveva intenzione di rischiare che gli animi si scaldassero ulteriormente.

«Sì, può farlo, signorina». L'uomo sbatté le mani sul bancone. «Ho pagato un extra per una camera deluxe con vista sulle montagne e sul mare. Non ho avuto nessuna delle due. Non pagherò l'intero importo».

«Mi dispiace sapere che è rimasto deluso. In quale camera si trovava?»

«Ero nella deluxe con vista sulle montagne e sul mare».

«Numero di camera?»

«Quattro, nove», ringhiò Hekla al suo fianco, fomentata da un'inutile indignazione.

Lucy aggrottò la fronte cercando di ricordare tutte le suite deluxe.

Hekla sibilò: «Tutte le nostre suite hanno la vista sia sul davanti, quindi sul mare, che sul retro, dove ci sono le montagne».

Lucy le scoccò un rapido sguardo di gratitudine, ma fu sorpresa dall'occhiataccia che la collega le rivolse.

«Mi dispiace, signore, ma non capisco. Ci sono finestre che si affacciano sia sul mare che sulle montagne».

Alle spalle dell'uomo vide apparire Alex. Ottimo, perché in quel momento aveva davvero bisogno di un pubblico.

Oh, meraviglioso, proprio dietro di lui Lucy scorse anche la troupe cinematografica. «Sì, ma non è accettabile pubblicizzare una stanza con vista quando non si vede nulla». La voce del signor Wainwright aveva fatto brillare gli occhi di Clive con una gioiosa aspettativa. La telecamera si diresse verso di lei.

Lucy si concentrò sul suo cliente furioso, modellando i suoi lineamenti in un sorriso comprensivo, ma ancora non capiva. Improvvisamente le vertebre del collo sembrarono essersi fuse, i suoi movimenti divennero impacciati come se indossasse un collare.

L'uomo si voltò e indicò le finestre della reception. «Riesce a vedere qualcosa?».

La telecamera seguì il suo gesto. Sebbene la giornata precedente fosse iniziata con un sole splendente, all'ora di pranzo il tempo si era guastato e da allora la baita era stata avvolta da una nebbia grigia e torbida, con una leggera pioggia che spruzzava le finestre. C'era un detto che Hekla le aveva riferito: "Se non ti piace il tempo, aspetta quindici minuti e cambierà".

Sul serio, questo tizio si stava lamentando perché le condizioni meteo avverse gli avevano oscurato la vista?

La telecamera le fece perdere la lingua, la rese stupida e impacciata. Avrebbe dovuto dire: «C'è qualcosa che non va nella vostra stanza?». Invece aprì la bocca e disse, con il più ridicolo dei sorrisi di scusa: «Posso solo scusarmi per il tempo».

Hekla imprecò sottovoce.

Lucy rabbrividì dentro di sé, cercando disperatamente di pensare a un modo per salvare la situazione. Perché si stava scusando per il tempo? Era completamente fuori dal suo controllo. Che cosa stupida da dire, persino la moglie dell'uomo sembrava leggermente imbarazzata. La telecamera stava riprendendo tutto questo. Il sorriso di Lucy si consolidò sul suo volto. Poteva farcela. Era una professionista. Aveva già avuto a che fare con persone come lui. A volte gli ospiti erano impossibili e bisognava sorridere e sperare che la ragione potesse magicamente reinsediarsi nella loro mente. In quell'occasione, sotto l'obiettivo maligno di quella maledetta telecamera, non riuscì a pensare a nessun'altra strategia. «Temo che sia piuttosto mutevole».

Tacque e osservò l'uomo, chiedendosi se riuscisse a rendersi conto di quanto fosse ridicolo o se sua moglie potesse dargli uno schiaffo in testa e farlo ragionare.

Il tizio accarezzò il lato della carta di credito che teneva in mano, prima di batterla sul bancone. Vedendo la telecamera, si gonfiò, pronto e disposto a combattere, con un lieve sorriso presuntuoso sul viso, come a dire: "E adesso cosa farai?".

«Non pagherò per una camera con vista, quando non l'ho avuta», sbottò, rivolgendosi alla telecamera. Per ottenere un buon effetto, lanciò un'occhiata a Lucy e sbatté una mano grassoccia sul banco della reception. Lucy vide Clive che accennava a Bob per assicurarsi che avesse ripreso tutto. La tensione le schiacciò le spalle, il collo era più rigido che mai, mentre si girava in modo legnoso per guardare la stampa sulla scrivania sottostante, con un sorriso finto incollato alle labbra. Dentro la cassa toracica il cuore le batteva così forte da farle quasi tremare le ossa. La telecamera che vedeva con la coda dell'occhio era come un corvo nero, appollaiato sulla spalla di Bob, che osservava e aspettava di piombare sul suo scivolone.

Lucy guardò di nuovo la fattura, registrando l'indirizzo dell'uomo e facendo un rapido calcolo. Forse poteva offrirgli uno sconto su una delle serate… ma poi si bloccò. Cosa c'era che non andava in lei?

Respira Lucy. Respira. Ricordò la mano di Alex che le premeva il diaframma. Alzò lo sguardo e incrociò quello di lui. Premette la mano sullo stesso punto. *Respira. Respira.*

«Io... io... ehm... ehm... capisco, signor...». *Gestione del conflitto. Ricorda la formazione. Empatizza. Ascolta attivamente.*

Linguaggio neutro. Non andava bene, non riusciva a ragionare.

«Wainwright. John Wainwright Terzo», rispose lui gonfiando il petto tarchiato come un piccione presuntuoso e sfoggiando un sorriso di autocompiacimento verso la troupe. Lo spirito competitivo che l'aveva animata per la maggior parte della sua carriera si accese improvvisamente come un razzo. Sollevando leggermente il mento, sorrise a John Wainwright Terzo.

Quel sorriso richiese tutta la sua capacità di recitazione e anche di più. Si sforzò di allargarlo ancora. Pensava che si sarebbe arresa senza combattere, vero?

«Americano?», domandò Lucy. La sua improvvisa sicurezza e il suo sorriso allegro resero l'ospite diffidente. «Ora capisco». Gli occhi di Lucy scintillarono e fece appello al proprio fascino, aggiungendo calore nella sua voce. Non era una performance da premio Oscar, ma non se la stava cavando male. «È abituato a standard molto elevati negli Stati Uniti. Immagino che il clima favorevole sia uno standard lì?», chiese, come se fosse del tutto ragionevole, mantenendo un'espressione comprensiva. «Vedo che venite da Seattle». Dietro la coppia sentì Alex tossire. Clive fece un verso di derisione.

La moglie dell'uomo serrò forte le labbra per trattenere una risata o un sorriso.

«Be'… No… Be'…». Il petto tronfio dell'uomo cominciò a sgonfiarsi davanti a lei.

«John», disse la donna accanto a lui, piantandogli un gomito nelle costole. «Tesoro, non è colpa della signorina se c'era troppa nebbia per vedere qualcosa. Ti avevo detto che saremmo dovuti venire d'estate».

«Mpf», borbottò il signor Wainwright. Senza un'altra parola, consegnò la carta di credito.

Mentre Hekla prendeva la carta di credito con una cortese inclinazione della testa verso il cliente, lanciò a Lucy un'occhiata piuttosto feroce e accettò il pagamento, prima di consegnargli la ricevuta.

L'inatteso astio di Hekla non alterò il sorriso fisso di Lucy, anche se dovette impegnarsi molto per mantenerlo, anche per via di Alex che, dietro la coppia, era piegato in due da risate silenziose, assieme a Clive che le mostrava il pollice e sorrideva. Se la telecamera non fosse stata ancora puntata su di lei, avrebbe scoccato un'occhiataccia a entrambi. Non avevano ritegno. Lei cercava di essere professionale. Sia lui che la troupe rimasero nei paraggi fino a quando la coppia americana non lasciò la reception, portando le valigie fino alla scalinata d'ingresso.

Non appena se ne furono andati, Hekla lanciò a Lucy un'altra occhiata furiosa, entrò nell'ufficio e sbatté la porta con un colpo secco.

Lucy si ricompose e si apprestò a seguirla, ben contenta di sfuggire alla telecamera, ma fu interrotta da Alex, che si lasciò sfuggire la risata che aveva trattenuto. «Impagabile, Lucy Smart. Impagabile».

Le sue labbra si contorsero in una smorfia mentre gli lanciava un'occhiata di rimprovero, prima di aggiungere in tono spocchioso: «Il cliente ha sempre ragione».

Oh, Signore, questa storia sarebbe finita su tutti i canali televisivi, se ne rendeva conto. Voleva disperatamente seguire Hekla in ufficio.

Alex inarcò un sopracciglio. «Tranne quando è un idiota e ha torto».

«Non potrei mai commentare», replicò Lucy, serena e immobile. Gli occhi scuri di Alex brillavano di divertimento e qualcosa che le fece sentire un calore dentro di sé. Non potendo farne a meno, gli rivolse un sorriso smagliante, poi sentì Clive dire "taglia" e si rese conto che la dannata telecamera era ancora in funzione.

«Bene, bene, bene. Lucy Smart. Sapevo di aver già sentito questo nome». Lucy si bloccò. Bob, il cameraman, era fermo sulla soglia del piccolo magazzino lungo il corridoio che portava alla lavanderia, i grigi occhi languidi ricolmi di divertimento.

«Cosa ci fai qui sotto?», chiese lei, infastidita dal tremolio della sua voce. Aveva lasciato la troupe alla reception con Brynja che progettava una gita al faro di Arkranes, a due ore di distanza. Aveva pensato che li avrebbero lasciati in pace per il resto della giornata.

«Sto solo controllando le possibili location per altre scene. Sai, accesso...». Il suo sguardo strisciò lungo il corpo di lei, «a tutte le aree». Le salì la nausea in gola mentre lui la fissava proprio lì. Si sentiva terribilmente nuda, voleva accavallare le gambe e coprirsi il pube con le mani. Con un'insolente alzata di sopracciglio, lui la guardò in faccia.

«Non credo che questa sia particolarmente interessante». Lucy macinò le parole, costringendo i denti a non battere per la paura.

«Oh, non lo so. Tresche furtive nei meandri nascosti dell'edificio... cosa succede davvero ai piani interrati, cose del genere».

«È un hotel, non *Downton Abbey*», sbottò lei.

«Non importa». Il suo sorriso compiaciuto era trionfante, come quello di un ragno che si avvicina alla preda intrappolata nella sua tela. Era stata catturata in fretta e lo sapeva. «C'è sempre un po' di scandalo e qualche pettegolezzo sui posti di lavoro». Si fermò con le mani grassocce sui fianchi larghi e morbidi, prima di aggiungere con voce roca e beffarda: «Tu lo sai meglio di chiunque altro».

Va' dritto in prigione. Senza passare dal via. Il cuore di Lucy si trasformò in piombo.

Con un sorriso crudele si avvicinò, le sue scarpe da ginnastica sporche non fecero rumore sul pavimento di pietra.

«Lucy Smart», mormorò, chiaramente super soddisfatto di sé per aver capito tutto. «Ex vicedirettrice della più importante struttura del Forum Group di Manchester, The Citadel». Si guardò intorno nel minuscolo magazzino. «Questa è una bella caduta in basso rispetto a un hotel a cinque stelle e con cinquecento camere da letto. Ho fatto qualche ricerca su di te. Un buon curriculum su LinkedIn. Un account

Facebook privato, così come quello di Instagram. Ma poi, YouTube», sorrise, «...bingo».

Lucy chiuse gli occhi, la pelle le formicolava. Quando li riaprì per l'esasperazione e la rabbia crescente, come un angelo piangente, Bob si era avvicinato di nuovo, con lo sguardo compiaciuto e trionfante. Sentì l'odore di sigaretta e di un dopobarba scadente e stucchevole.

«La telecamera ti ama». Lui sorrise e abbassò gli occhi sul suo petto. Lei avrebbe voluto coprirsi i seni con le mani, ma così facendo, avrebbe lasciato che lui vincesse. «Hai tutto quello che serve».

«Devo andare», cercò di superarlo.

Lui mise un braccio sul telaio della porta, bloccandole la strada. «Non così in fretta, signorina. Ho una proposta da fare».

«Non sono interessata».

Nel sorriso di Bob c'era una sfumatura di crudeltà. «Non sono sicuro che tu sia nella posizione di decidere, tesoro».

«Per favore, lasciami passare». Il suo tono pacato nascondeva la sua disperazione.

Di sicuro se fosse stata risoluta con lui, l'avrebbe lasciata in pace.

«Ho sentito che l'hotel è in vendita. Non deve essere facile trovare un lavoro con un video del genere in rete».

Lucy sentì le lacrime pungerle gli occhi, e le sue mani si strinsero in pugni impotenti.

«Non credo che i tuoi nuovi capi ne sarebbero favorevolmente colpiti, e nemmeno i tuoi colleghi. Inoltre, quell'Alex sembra piuttosto interessato a te».

«È solo un collega», replicò Lucy un po' troppo in fretta, e Bob colse il guizzo di incertezza sul suo volto.

«Hai molto da nascondere Lucy Smart... e molto da dare. La pubblicità paga bene sui canali YouTube».

Lucy si spostò per nascondere il tremolio delle gambe.

«Con i tuoi... attributi e le mie capacità di ripresa, sono sicuro che potremmo trovare un accordo vantaggioso per entrambi».

«Non sono interessata», ripeté Lucy, nauseata da ciò che le stava proponendo.

«Ah, sei timida?». Bob rise. «Il tuo primo tentativo non è stato poi così male, con un po' di editing avrebbe potuto essere davvero notevole. Questa volta possiamo farti apparire molto meglio».

«Non mi interessa», disse ancora una volta.

«Perché non ci pensi su? Alla posta in gioco? Sono sicuro che ti ricrederai». Bob si fece da parte per permetterle di passare. Lucy lo superò a testa alta, ma trasalì quando sentì il tocco fugace della sua mano sul sedere.

Capitolo 14

«Erik si è rotto una gamba», esclamò Hekla, facendo irruzione senza fiato nell'ufficio come un personaggio dei cartoni animati. Lucy quasi si aspettava di vedere i segni delle sgommate impressi sul pavimento di legno,

Brynja la seguiva come un ansioso cane da guardia.

Anche se portava cattive notizie, era un sollievo che Hekla si rivolgesse davvero a lei. Negli ultimi due giorni aveva recitato la parte del gatto Macavity, scomparendo non appena Lucy entrava in una stanza ed evitandola in ogni occasione.

«Com'è successo?».

Hekla si schiarì la voce.

«C'è stato un incidente. La scopa era caduta, il manico era tra due armadi...». La voce di Hekla vacillò. Lucy la fissò. Dopo l'incidente dello pneumatico, aveva detto chiaramente che se qualcuno avesse anche solo pronunciato la parola *huldufólk* si sarebbe beccato i turni peggiori per il mese successivo.

Lucy guardò l'orologio. Erano già le quattro. «E Kristjan?». Il secondo di Erik, che sembrava avere circa dodici anni, a occhio e croce.

«È il suo giorno libero, e ho già provato a chiamarlo. Non risponde al telefono. Gli piace pescare, credo sia in barca da qualche parte», spiegò Brynja.

Lucy fece qualche rapido calcolo nella sua testa. Accidenti. Nessuna delle altre opzioni avrebbe funzionato. «E quanti ne abbiamo per la cena di stasera?», domandò stancamente, con la voglia di appoggiare la testa sulla scrivania. Non appena risolveva un problema, ne saltava fuori un altro. Non c'era da stupirsi che si fossero susseguiti dieci manager negli ultimi dodici mesi. Era un miracolo che non ce ne fossero stati quarantotto.

«Oggi siamo tranquilli. Sono solo ventitré».

«Merda», mormorò Lucy, alzandosi in piedi. Il problema di essere in mezzo al nulla era che non potevi nemmeno mandare altrove i commensali.

«Brynja, tu resta qui e continua a cercare di contattare Kristjan».

Con Hekla che la seguiva, si diresse verso la cucina, perché almeno così le sembrava di fare qualcosa; bastò però un'occhiata al menù di quella sera, stampato il giorno prima e presentato sul leggio di legno fuori dalla sala da pranzo, per far sì che le sue speranze di salvare la giornata prendessero il volo e svanissero nell'aria.

Bistecca di halibut alla griglia con olivello spinoso, carote baby e glassa

Insalata di scampi e salsa di crostacei

Filetto d'agnello alla griglia, purea di carciofi caramellati, crauti e glassa ai funghi

Bistecca di arachidi vegana

«Non so nemmeno cosa siano l'olivello spinoso o l'halibut, per non parlare di come cucinarli... E per quanto riguarda la bistecca di arachidi, non ne ho mai sentito parlare prima», sospirò Lucy, guardandosi intorno come se l'ispirazione potesse saltare fuori dal nulla. Possibilità scarsa.

«Lucy!». La voce di Clive la salutò e quando lei si voltò vide lui e la troupe che avanzavano nel corridoio. Evitò deliberatamente di guardare Bob, ma il brivido che le percorse il corpo le disse che era lì.

«Ho sentito che c'è un problema. Il vostro chef è stato portato in ospedale stamattina».

Come diavolo aveva fatto a saperlo? Lucy e Hekla si scambiarono una rapida occhiata allibita.

«Sì, ma non è un problema», spiegò Lucy, con voce soave e rassicurante, come se si trattasse di un ostacolo da tutti i giorni e non si sentisse male sotto lo sguardo inquietante di Bob. «Abbiamo i rinforzi pronti. Kristjan, il nostro sous chef». Incrociò le dita e sperò che Clive non avesse sentito il sussulto di Hekla per l'oltraggiosa bugia.

«Fantastico, il sous chef alla riscossa», commentò Clive con gusto, battendo le mani e sfregandole con l'allegria di Fagin, il personaggio dei racconti di Dickens. «Una storia perfetta. Bob, puoi sistemarti in cucina. Possiamo filmare Crispin che arriva e gli viene detto che deve entrare subito in azione. Taglio sulla sua faccia colpita dall'orrore. Poi su Luce che gli dice che può farcela». Fece un gesto col braccio come se fosse pronto a salvare il mondo. «E poi lo riprenderemo mentre fa un disastro dopo l'altro. Riesco già a immaginarlo. Poi tutto si risolve alla fine». Il volto di Clive risplendeva animato, tanto che fece venire in mente a Lucy una rana toro entusiasta. Avrebbe dovuto esserci lui davanti alla telecamera.

Alle sue spalle Lucy scorse Alex che veniva verso di loro, quasi come se avesse saputo che aveva bisogno di rinforzi. La sola vista di lui le fece sollevare il mento e adottare un sorriso pseudo-comprensivo, ma deciso. «Temo che non sarà possibile. Non possiamo avere le telecamere o la troupe in cucina durante il servizio. L'ufficio d'igiene ci farebbe chiudere».

«Lucy, Lucy, tesoro, siamo sperduti in mezzo al nulla. Quante possibilità ci sono che vengano a fare un controllo? Pensi che quei piccoli ispettori sanitari verranno fin qui per fare una visita a sorpresa? E», gli occhi di Clive brillarono, mentre la sua testa si agitava come quella di un cobra impazzito, «diamo una sferzata di energia alle nostre vite. Balliamo in barba alle regole». Gli occhi di Lucy si spostarono su quelli di Bob, preoccupata che Clive potesse essere parte della messinscena; fu però grata di vedere lo sguardo di Bob abbassarsi, come a negare qualsiasi coinvolgimento.

«Non sono preoccupata per un'ispezione». Non rientrava nemmeno nella lista delle cose di cui doveva preoccuparsi:

«Sono preoccupata che uno di voi possa farsi male. Che si avvicini ai fornelli e faccia cadere una padella di olio bollente. Che si trovi all'estremità sbagliata di un coltello affilato». Il suo sorriso saccente fece sì che Alex e Hekla tendessero le labbra per non ridere. «Oppure un pezzo della vostra attrezzatura potrebbe danneggiarsi. Il pavimento diventa molto scivoloso, la condensa, il grasso... E durante il servizio sarà difficile tenersi fuori dai piedi. Non vorrei che una padella potesse inavvertitamente rompere l'obiettivo», mentì. In effetti, forse era una buona idea.

Clive aggrottò le sopracciglia e annuì saggiamente. «Mmm». Si girò verso Bob, accarezzandosi il pizzetto pretenzioso, ma rado. «Cosa ne pensi?».

Bob le rivolse un'occhiata riflessiva, poi scosse la testa. «Se roviniamo l'attrezzatura qui, siamo fregati».

Con una smorfia Clive concordò.

«Speriamo che l'aurora boreale faccia il suo dovere stasera. Ieri sera è stato un altro fallimento totale. Anche se quella Jane è un bel personaggio. Se solo avesse una malattia mortale, sarebbe oro puro in prima serata».

«Che rompiscatole», sbottò Lucy sottovoce causando il divertimento di Alex, mentre Clive e Bob si allontanavano. Come Lucy fosse riuscita a celare la disapprovazione scioccata dal suo volto, Alex non lo sapeva; era però completamente d'accordo con la sua valutazione del carattere di Clive, ma aveva un suo problema da affrontare. Quando Clive aveva menzionato di nuovo l'ospite, Jane, gli si era accesa la lampadina, mandando il suo stomaco in tilt. Parigi. Era lì che li aveva conosciuti. Era lì che li aveva incontrati. Avevano aiutato Nina in pasticceria. Erano all'inaugurazione ufficiale. Un vero inferno. Quante possibilità c'erano?

Aveva fatto una lunga chiacchierata con lei e Peter, il suo nuovo marito, in pasticceria, mentre mangiavano i fantastici dolci anglo-francesi di Nina. Gli era tornato in mente tutto. Nina li adorava entrambi, e anche quel brontolone di

Sebastian era sembrato molto affezionato a Jane. Avrebbero potuto facilmente rivelare chi fosse veramente: non certo un barman.

Con una smorfia, seguì Lucy in cucina, dove diversi frigoriferi industriali ronzavano silenziosamente nell'ambiente luminoso, accanto a scaffali e superfici in immacolato acciaio inossidabile.

Nei giorni seguenti avrebbe dovuto mantenere un profilo basso e tenersi fuori dai loro piedi e, lanciando un'occhiata a Lucy, anche dai suoi. Il senso di colpa gli attanagliava lo stomaco. Doveva ricordare che stava lavorando per Quentin e che il suo capo aveva delle buone ragioni per mandarlo in incognito. E, come gli aveva ricordato Quentin, *i bravi ragazzi arrivano in coda*. Dopotutto si trattava di affari.

Senza perdere tempo, Lucy aprì la dispensa e vi sbirciò dentro prima di sbattere la porta. «Immagino che non riusciremo a convincere nessuno che i fagioli sul pane tostato sono una prelibatezza islandese».

Hekla la guardò con aria assente, ma Alex, che la seguiva nella stanza, forzò una risata che non sentiva affatto.

«Bella idea. Ma non credo che funzionerà. Peccato, perché li adoro».

«Davvero?»

«Soprattutto con l'haggis».

«Ti credo sulla parola. Suppongo che tu non sappia cucinare».

Alex fece una smorfia alle sue parole. Aveva passato la maggior parte della sua vita a lavorare in alberghi e cucine dove c'era sempre del cibo pronto. Conosceva le basi, e quando si trattava di sapori e combinazioni ne sapeva molto, ma cucinare non era una cosa che aveva fatto molto. «Mi dispiace, no. Non ho mai avuto bisogno di cucinare».

«E tu?», chiese Lucy. Entrambi si voltarono verso Hekla, che alzò entrambe le mani in segno di orrore. «Nrr».

«Allora è un no», sospirò Lucy, dando loro la schiena. Alex la osservò mentre le sue spalle si afflosciavano e apriva un paio di armadietti prima di tirare fuori un grosso sacco di pasta.

Dove troveremo un altro chef con così poco preavviso?, pensò Alex tra sé e sé. Lui per allora si sarebbe già messo al telefono con Reykjavik, cercando di trovare del personale per sostituirlo. Guardò l'orologio.

Lucy lo raggiunse. «Reykjavik è a un'ora e mezza di distanza, anche se riuscissero a trovare uno chef con così poco preavviso. Ho telefonato a due agenzie».

«Oh!». Poteva leggergli nel pensiero?

«Avevi quell'espressione tutt'altro che contenta», spiegò lei, convincendolo ancora di più che doveva avere il potere della chiaroveggenza. «Mi hai ricordato un vecchio capo. Sempre in attesa di cogliermi in fallo».

Le sue parole furono il perfetto promemoria del fatto che quello era esattamente il tipo di scenario su cui Alex avrebbe dovuto fare rapporto: come gestiva le cose, come rispondeva a una crisi e come gestiva il suo staff.

Dovette distogliere lo sguardo e aprì il frigorifero, che era completamente rifornito. A volte era spaventosamente perspicace. Lo stomaco gli si rivoltò, serrandosi in un duro nodo di disagio. Il fatto che non le avesse mentito apertamente non rendeva meno grave il suo inganno. Ma Quentin era il suo capo, ed era stato categorico sul fatto che non voleva che nessuno dello staff sapesse chi era Alex in realtà. Una parola sbagliata da parte di Jane o Peter e il piano sarebbe saltato.

«Non vorrai mica provare a cucinare?», esclamò, inarcando un sopracciglio. Era un'idea folle.

«Cosa proponi?», domandò Lucy dolcemente.

«Qualche snack semplice. Panini. Grigliamo qualcosa. Una pizza».

Lucy gli rivolse un'occhiata sdegnosa. «La gente viene qui in vacanza. Si aspettano di mangiare cibo vero, non porcherie da pub».

«Hai intenzione di cucinare tu?», chiese Alex cercando di mascherare l'incredulità nella voce. Era pazza.

Lei lo guardò, con un'improvvisa e acuta intelligenza negli occhi. Alex la fissò mentre si sfilava l'elastico dalla coda di cavallo allentata sulla nuca e si raccoglieva di nuovo i capelli, reclinando il mento. Per un attimo fu nuovamente colpito dalla pelle bianca e liscia del suo lungo collo. Non riuscì a trattenersi e osservò le sue mani veloci, mentre raccoglieva i capelli in una nuova coda di cavallo più alta e li tirava con uno strattone deciso. Quella pettinatura metteva in risalto il suo viso di profilo, gli zigomi alti e affilati e il leggero rigonfiamento delle labbra piene. Labbra? Perché le stava guardando le labbra? Non avrebbe dovuto baciarla l'altra sera. Diavolo, non sarebbe dovuto andare a prendere un caffè con lei dopo, ma Hekla aveva forzato la mano, insistendo sul fatto che la sua macchina era l'unica libera e che Lucy doveva ritirare i quadri quel giorno.

Maledizione. Farsi coinvolgere dal suo obiettivo non faceva parte delle sue mansioni. E sentitelo un po'. Obiettivo? Adesso si credeva forse Jason Bourne?

«Hai qualche suggerimento?». La voce acuta di lei interruppe i suoi pensieri. Nel frattempo, Lucy si rivolse a Hekla. «Puoi andare a prendere il mio portatile?». La donna fece un sorriso cupo. «Dobbiamo semplificare il menu. Fare cose che possano essere preparate in anticipo e riscaldate su richiesta. Devo cercare su Google alcune idee di ricette».

«Lucy, non credi che...». L'improvviso accenno di determinazione nella postura di lei fece morire le parole in gola ad Alex. Con un sospiro, tirò fuori il telefono dalla tasca. «Ho qualcosa di meglio di Internet. Ho un Sebastian».

«È una specie di Alexa?», chiese Lucy, i denti che torturavano il suo labbro, in contrasto con la sua voce vivace.

Senza pensarci, lui sollevò un dito e lo spinse delicatamente contro il suo labbro inferiore. «Continui a farlo. Lo farai di nuovo infiammare». Per qualche assurda ragione, che non avrebbe saputo spiegare nemmeno se ci avesse provato, le accarezzò il labbro con il polpastrello, come se cercasse di lenire il dolore. Lei si paralizzò, schiuse la bocca e quando lui sentì il tocco rapido e caldo del suo respiro, sussultò per l'eccitazione. Doveva smettere di toccarla inavvertitamente. L'aveva fatto l'altra sera con quel piccolo corrucciamento sopra il naso.

«È già infiammato», lo corresse Lucy. I suoi occhi si spostarono su quelli di lui, allargandosi leggermente, poi i denti tornarono subito nello stesso punto, sfiorando il dito di Alex. Come se si fosse scottato, lui tirò indietro il dito.

«Scusa», mormorò lei, sfregandosi la bocca e abbassando la testa, «è un brutto vizio. Non riesco a farne a meno. Ti prego, dimmi che il tuo Sebastian sa teletrasportarsi e che può essere qui in cinque minuti».

Alex rise del suo improvviso umorismo, sollevato dal fatto che il momento potenzialmente imbarazzante fosse finito.

«Niente di tutto ciò, ma è un amico e per di più un cuoco».

«Vuoi ancora il portatile?», chiese Hekla, la cui testa si spostava a destra e a sinistra, seguendo la loro conversazione come se stesse assistendo a una partita di tennis.

«Sì, sarebbe fantastico, perché dovremo preparare un nuovo menu. Dovrà essere un menu fisso. Alex ti dispiacerebbe telefonare al tuo amico mentre io faccio un inventario completo di quello che abbiamo?».

In un attimo Lucy si mise all'opera, spingendo un taccuino e una penna verso di lui mentre chiamava Sebastian.

A metà della sua conversazione, che Alex stava riportando a Lucy, disse: «Pensa che l'insalata di scampi sia ancora valida. Suggerisce di preparare un'insalata di asparagi, piselli, fave e crostini. E abbiamo dei germogli di piselli?».

Lucy si lasciò sfuggire un "pfft". «Sta scherzando? Lo sa che siamo in Islanda? Il supermercato più vicino è a più di un'ora di macchina, e mi stupirei se si riuscisse a trovare un germoglio di pisello senza un preavviso di 48 ore».

Fu sorpreso quando Lucy si mise di fronte a lui.

«Posso?».

Senza aspettare la sua risposta, gli prese il telefono. «Sebastian, ciao, sono Lucy Smart».

Mentre ascoltava la conversazione tra lei e Sebastian, si rese conto che Lucy evidentemente di cucina ne sapeva un po' più di quanto avesse immaginato. Tuttavia, aveva visto un numero sufficiente di episodi di *Masterchef* per sapere che cucinare in una cucina professionale era molto diverso dal farlo a casa.

Dopo aver terminato la chiamata con Sebastian, gli restituì bruscamente il telefono e iniziò a scarabocchiare innumerevoli appunti, borbottando tra sé e sé, con qualche piccola eccezione rivolta a lui e a Hekla, che era tornata con il portatile. «Alex, per favore, puoi contare quanti scampi ci sono?», «Hekla, puoi pesare l'agnello?». «Qualcuno può contare le carote?». «C'è più di un sacchetto di riso?». «Qualcuno può iniziare a raccogliere tutte le cipolle?»

«Bene», concluse poi, alzandosi in piedi con l'aria militare di un generale che va in battaglia. «Ci siamo. Offriremo alla gente una scelta di antipasti. Una tradizionale zuppa di pesce islandese con pane di segale o formaggio di pecora tostato con noci e coulis di mirtilli. Poi un sostanzioso stufato di agnello o uno stufato di pesce con carote e rape al forno e patate alla dauphinoise. E per dessert, Skyr con frutta o formaggio e biscotti. Con l'eccezione del formaggio di pecora abbrustolito, ogni cosa può essere preparata in anticipo. Faremo servizio al tavolo per gli antipasti, se riuscite a farcela tra voi due. E io mi occuperò della cucina». Lucy fece una rapida smorfia. «Credo che possa funzionare». E poi aggiunse con più fermezza. «*Dovrà* funzionare».

Le due ore successive furono un susseguirsi di tagli, fritture e lavaggi, mentre Lucy dirigeva lui, Hekla e Dagur, che erano stati radunati per aiutare. Alex decise di non voler mai più vedere in vita sua gli scampi, che erano dei veri e propri ossi duri da sgusciare, ma dovette ammettere che il brodo che cuoceva sul fornello aveva un profumo delizioso. Lucy si era concentrata per prima cosa sul mettere in forno il suo stufato di agnello, ed era così attenta e minuziosa da sembrare un'altra persona. Organizzata, metodica, controllava costantemente i progressi suoi e di Hekla, assaggiando e mescolando come una professionista.

«No, taglia le cipolle un po' più piccole». «Affetta le patate in modo più sottile». «Più succo di limone».

Alla fine, l'agnello cuoceva nel forno e gli ingredienti per lo stufato di pesce, che non avrebbe richiesto altrettanto tempo, erano tutti tagliati e preparati.

«Uff», esclamò Lucy, asciugandosi le ciocche di capelli umide attorno al viso. «Siamo quasi pronti. Volete fare una pausa veloce e indossare la divisa per il servizio?»

«E tu?», domandò lui, doveva essere esausta. Non si erano mai fermati e lei aveva lavorato con una dedizione unica, che lo aveva messo in soggezione.

«Non posso. Devo fare una prova generale con gli antipasti, per vedere se riesco a renderli presentabili. E poi non mi vedrà nessuno». Rivolse una rapida occhiata incerta ai cerchi di sudore sotto le braccia e poi, con aria preoccupata, disse: «E dovrai sopportare la puzza. Se ho tempo faccio un salto a mettermi una maglietta pulita».

Anche con i capelli sciolti, il sudore che le imperlava la fronte e l'ampia camicetta che ora le si appiccicava addosso, rivelando una figura snella e aderendo ai seni, Lucy sprizzava un'energia che lo fece sentire di colpo un po' inquieto e impaziente, come se volesse dare un calcio a qualcosa. Afferrò uno strofinaccio e ripulì una chiazza d'acqua, voltandole le spalle e frenando l'improvviso impulso di portarla a letto e baciarla con passione. Da dove diavolo gli era uscito? Sicuramente era solo una specie di sindrome di Stoccolma; erano sopravvissuti insieme a una crisi, ed era per via dell'alleanza psicologica post-traumatica.

Lucy si lasciò andare a una serie di maledizioni e si premette la mano sulla fronte. Non avrebbe mai funzionato. La coulis era un disastro assoluto, il suo secondo lotto di mirtilli era sul fuoco e ci era voluta un'eternità per tagliare una piccola quantità di noci per la prova.

Ben le stava per essere stata così testarda. Chi l'avrebbe mai detto che abbrustolire i tondi di formaggio di pecora sarebbe stato così difficile? Non riusciva nemmeno a tagliarli in modo uniforme, e per quanto riguardava far aderire le noci, non c'era proprio verso. La terza infornata che aveva tirato fuori si era dissolta in quello che adesso sembrava vomito. Non c'era modo di servirlo.

Appoggiandosi contro il bancone di acciaio inossidabile, fece un paio di respiri profondi e si guardò intorno in cucina, alla disperata ricerca d'ispirazione. Santo cielo, ma cosa aveva pensato? Alex aveva ragione, come sempre, dannazione. Avrebbe dovuto limitarsi ai fagioli sul pane tostato. Non era una chef.

«Posso aiutarvi?».

Si girò di scatto e trovò Kristjan, il sous chef, sulla porta, con il viso da bambino illuminato dal divertimento mentre scrutava la scena della devastazione. Accanto al lavandino c'erano mucchi di panni da lavare, pezzi di noce erano sparsi sul pavimento e l'odore di bruciato riempiva l'aria.

«Oh, merda». Cercò di afferrare la padella dimenticata dei mirtilli rappresi che, invece di essere viola intenso, erano diventati quasi neri.

«Ho ricevuto i messaggi di Brynja e sono tornato subito».

«Oh, Kristjan, è bello vederti. Erik ha avuto un incidente e...». Fece un cenno ai piatti di formaggio di capra.

«Li stai cuocendo troppo a lungo e a una temperatura troppo elevata, e le fette devono essere più spesse», disse, andando subito al forno e abbassando i gradi. «E dovresti passare il formaggio intero nelle noci prima di affettarlo. È più veloce», le scoccò un sorrisetto, «e più pratico».

Nel giro di pochi minuti lui prese in mano la situazione, tritando le noci con un movimento rapido, facendovi rotolare sopra il formaggio prima di affettarlo in proporzioni ordinate e uniformi, e lasciando lei a tenere d'occhio i mirtilli. Faceva sembrare tutto facile e veloce, e in fondo era per questo che era lo chef. In appena mezz'ora, dopo che lei gli aveva spiegato il menu proposto, lui l'aveva guidata nella preparazione della coulis, mentre riempiva diversi vassoi con fette perfettamente uniformi di formaggio ricoperto di noci. Lucy aveva anche avuto modo di lavare i piatti e di riordinare la cucina, mentre lui assaggiava lo stufato di agnello e, aggrottando la fronte per un istante, vi aggiunse altro condimento, modificando il sapore con una generosa manciata di rosmarino e di alloro.

Il ragazzo prese in mano senza problemi la cucina, affettando le patate in tocchetti sottili, modificando lo stufato di pesce proposto in un pesce in padella con delle capesante che aveva tirato fuori dal freezer.

«Ok, e il dessert?», chiese Kristjan.

«Stavamo per offrire Skyr, formaggio e biscotti», rispose Lucy con timidezza.

Alla sua smorfia affranta, lei rise. «Accetterò qualsiasi cosa tu possa proporre».

Lui diede una rapida occhiata all'orologio. «Posso fare delle meringhe e, con i tuorli d'uovo, delle crostatine alla vaniglia». Sorrise. «Devi dare il tuo permesso. Erik ha fatto incetta dei suoi speciali baccelli di vaniglia del Madagascar».

«Hai il mio pieno permesso di fare tutto ciò che vuoi».

«Ho un sacco di idee... Erik», il suo volto si velò con una traccia di frustrazione, «non ama sperimentare. Il menu non è cambiato in cinque anni».

«Sentiti libero, purché gli ospiti siano nutriti. Oggi hai carta bianca».

Le fece un sorriso e si sfregò le mani con evidente gioia.

«Stasera gli ospiti del Northern Lights Lodge mangeranno i migliori dessert di questa parte di Reykjavik».

Lucy inarcò un sopracciglio. Nonostante la sua arrogante affermazione, sembrava piuttosto modesto.

«Fidati di me».

Alex portò l'ultimo piatto per concludere la serata, pensando che era stato uno dei servizi migliori da quando era arrivato all'hotel, tenendo sempre presente che avrebbe dovuto gestire il bar e non servire i tavoli. Avrebbe dovuto recarsi al bar proprio in quel momento. Lucy, con sua grande sorpresa, stava sfrecciando per la cucina impilando i piatti nella lavastoviglie con un ampio sorriso sul volto, prendendo in giro un Kristjan accaldato ma felice. Non appena lui posò i piatti, lei alzò una mano per dargli il cinque.

«Ce l'abbiamo fatta. Credo che i clienti abbiano apprezzato». Sospirò e si chinò in avanti. «E non voglio farlo mai più. È da pazzi».

«Ma tu sei stata bravissima».

«No, Kristjan è stato bravissimo. Incredibile. Anche se non voglio mai più vedere un piatto di formaggio di pecora».

Kristjan rise. «Un altro paio d'ore e credo che te la saresti cavata». Le fece l'occhiolino. «Anche se avremmo potuto finire i mirtilli se avessi continuato a bruciarli».

«Non ricordarmelo. Ma grazie per aver interrotto il tuo giorno libero. Non ce l'avremmo fatta senza di te».

«Quindi sono promosso?», chiese Kristjan, con il volto di colpo serio.

All'improvviso, tutti guardarono Lucy.

Lei aprì la bocca e si bloccò, non gradendo la sensazione di essere messa all'angolo, ma che scelta aveva? Erik sarebbe stato fuori uso per almeno sei settimane. Avevano bisogno di uno chef.

«Be'... stasera ce la siamo cavata, ma devo...». Era così giovane e lei aveva già capito che aveva voglia di sperimentare e aveva molte idee. Che esperienze aveva?

«È stato davvero bello là fuori, vero, Alex?», aggiunse Hekla, con un'occhiata insolitamente timida a Kristjan. «Eccome. Il cibo è piaciuto a tutti. Ci sono stati molti commenti di apprezzamento». Alex annuì con entusiasmo.

Un nodo le si strinse nello stomaco. Il servizio di una sera non significava che potesse dirigere una cucina e gestire i menu di un'intera settimana. Non bastava cucinare per essere uno chef responsabile, e lei non aveva il tempo di supervisionarlo. Sospirò, avrebbe dovuto trovare il tempo.

«*Ad interim*, sì», mormorò con riluttanza, «ma per il momento manterremo invariati i menù».

La bocca di Kristjan si storse in un breve lampo di disappunto per la sua risposta poco convincente.

«Ma sono bravo». Piantò i piedi in un gesto di ostinazione. Quel ragazzo era brillante e non era colpa sua se Lucy faticava a fidarsi delle persone. Forse era arrivato il momento di rischiare.

«Ok Kristjan», sorrise, «incontriamoci domani mattina e mi parlerai di quello che vorresti fare».

Capitolo 15

«Stai bene? Mi sembri un po'...», chiese Alex entrando nell'ufficio, dove trovò Hekla che studiava il suo caffè con uno sguardo pensieroso.

«Sono arrabbiata», disse la ragazza con un sorriso ironico. «Mi ci vuole molto per arrabbiarmi e poi...», aggiunse ridendo, «faccio il botto!».

«Davvero?». Alex sollevò un sopracciglio, incredulo.

«*Ja*. Puoi chiedere ai miei genitori. Perché pensi che mi chiami Hekla?».

Lui scosse la testa, senza capire.

Lei rise di nuovo. «Il mio nome deriva da un vulcano. Hekla, non è lontano da qui. È un vulcano che erutta ogni dieci anni. Quando ero piccola sono stata molto brava per le prime settimane, poi ho avuto un lungo periodo di pianto e di rabbia, e poi sono stata di nuovo tranquilla per altre settimane, così mi hanno chiamata come il vulcano».

«Hanno aspettato due mesi per scegliere un nome?»

«*Ja*, è molto comune in Islanda. I genitori aspettano di conoscere i loro figli prima di dargli un nome».

Alex annuì: «Direi che è piuttosto sensato, credo». Sua madre aveva scelto il suo nome non appena era stato concepito, e se fosse stato una femmina sarebbe stato "Alexandra". Nella sua famiglia c'erano sempre stati degli Alexander McLaughlin negli ultimi duecento anni, e da oltre cinquanta possedevano l'albergo di famiglia, il *McLaughlin's*, che gestiva sua madre.

«Dai, sputa il rospo, cosa ti ha fatto arrabbiare così tanto?», chiese Alex appollaiandosi sul bordo della scrivania di

Hekla. Era il tipo di impiegata che ascoltavi con attenzione, il tipo di persona che aveva sempre la situazione sotto controllo, che ne fosse consapevole o meno. Hekla era la spina dorsale dell'hotel.

«Lucy».

«Lucy? Pensavo che voi due andaste d'accordo». Era sinceramente sorpreso. Tra tutte le persone dell'albergo, Lucy era riuscita a far arrabbiare Hekla? La cosa non quadrava.

«Perché ti ha fatta arrabbiare?».

Il volto cordiale di Hekla si rabbuiò all'improvviso, e la sua bocca si appiattì in una linea rancorosa: «Non si fida mai di me. Controlla tutto. È una tale maniaca del controllo». Serrò le labbra e proseguì: «Stavo trattando con quell'americano, quel Wainwright, e lei ha preso il sopravvento. Si è messa davanti a me. Mi ha fatto apparire come un'incapace davanti alla telecamera».

Alex le diede una pacca sul braccio. «Hai considerato che forse stava cercando di aiutare, che pensava che sarebbe stato meglio se la colpa se la fosse presa lei e non tu? Il compito di un manager è quello di proteggere il proprio personale, di sostenerlo in caso di problemi. Forse Lucy stava semplicemente facendo il suo lavoro».

Hekla gli rivolse uno sguardo riflessivo. «Tu ci vedi troppo lungo, è quasi come se fossi tu il manager».

Alex si paralizzò.

«Saresti una pessima spia». La ragazza sorrise, gettando le trecce dietro le spalle. «Ti ho visto in posti dove non dovresti. Guardavi delle cose».

«Sono un inguaribile ficcanaso, mi piace sapere come funziona tutto».

Hekla sembrò non credere a una sola parola di quello che aveva detto. Proprio come sapeva sarebbe andata, era un disastro in questa faccenda dei sotterfugi; dentro di sé maledisse Quentin, che all'improvviso era scomparso dalla faccia della Terra, proprio adesso che Alex voleva aggiornarlo sui progressi di Lucy e sulla graduale trasformazione dell'hotel.

«Agnello affumicato?».

Kristjan annuì, il suo volto da ragazzino molto serio e cupo, poi spinse un piatto verso Lucy insieme a una piccola brocca fumante che aveva un profumo paradisiaco. Lei gli avrebbe certamente dato dei voti per la presentazione e l'intraprendenza. Aveva temuto che potesse diventare sperimentale, soprattutto quando le aveva detto che la dieta base degli islandesi comprendeva pesce marcio e teste di pecora bollite. Immaginate cosa ne avrebbero pensato gli ospiti. Due pezzi di agnello tenero e rosa erano poggiati su un lato del piatto, con una decorazione a forma di virgola di purè di patate, una piccola pila di carote e pastinaca tagliate alla julienne, per finire con un tocco di quello che avrebbe potuto essere cavolo o alga. L'aspetto era davvero impressionante e molto in stile *Masterchef*. In effetti, stando lì seduta con lo sguardo famelico di Kristjan che osservava ogni sua mossa, si sentiva come uno di quei giudici gastronomici che si alternavano di quando in quando, soprattutto perché era seduta all'unico tavolo della sala da pranzo che era stato splendidamente apparecchiato con posate eleganti e bicchieri di cristallo a stelo lungo, che lei non aveva mai visto prima.

Versò il pentolino di salsa sull'agnello e, sentendosi un po' in imbarazzo sotto lo sguardo intenso di Kristjan, tagliò un piccolo boccone di carne e raccolse un po' di verdure.

La ricchezza dolce e tagliente della salsa la colpì per prima, seguita dalla sottile affumicatura dell'agnello, tenero e profumato, dal gusto delicato ma che non veniva coperto dal sapore delle verdure. *Semplice ed elegante* fu il suo primo pensiero, e per poco non sputacchiò fuori il boccone per quella descrizione in pieno stile John Torode.

Il volto di Kristjan si corrugò per l'ansia.

«No, no, è favoloso. Scusa se sono stata...». Sarebbe stato troppo lungo da spiegare. Prese un altro boccone e sospirò, chiudendo gli occhi per mostrargli quanto fosse delizioso il suo cibo.

Era davvero... «Assolutamente fantastico». Aprì gli occhi. Sorprendentemente buono. Divino.

«Posso metterlo nel menu?», chiese Kristjan.

Lucy gli rivolse una serie di domande. Era colpita, ma la sua naturale cautela la spinse a verificare che fosse all'altezza del compito.

«Lucy», indicò il proprio viso, «sembro giovane ma conosco il mio lavoro».

L'espressione del ragazzo rivelò un accenno di frustrazione.

«Sì, puoi metterlo nel menu», disse in tutta fretta, prima che potesse cambiare idea.

Kristjan saltò in piedi e le afferrò la mano, stringendola e agitandola su e giù, sorridendo da un orecchio all'altro e pronunciando promesse audaci. «Porterò il Northern Lights Lodge alle stelle. Questo sarà il ristorante di punta della zona. Vi renderò orgogliosi. Ora devi provare i miei panini alla cannella».

Un solo morso la fece gemere di piacere. «Sono buonissimi». Si raddrizzò sulla sedia. «Già lo so, sarebbero perfetti da offrire col tè del pomeriggio e il caffè del mattino». La sua mente era già partita.

«Potremmo mettere un cartello alla fine della strada. Stavo pensando a come attirare clienti anche se non alloggiano all'hotel. Potremmo proporre un bel tè, una specialità, servito in graziose tazze di fine porcellana, con torte e biscotti. Al mattino potremmo offrire caffè aromatizzati con pasticcini. E la cioccolata calda...», si interruppe per sorridere a Kristjan che annuiva eccitato. «Adoro la cioccolata calda».

«Anch'io, con tanti marshmallow e panna».

«Oh, sì, e servita in grandi tazze di terracotta che bisogna tenere con due mani». Lucy alzò le mani per mimare ciò che intendeva e rise. «E non so da dove mi vengano tutte queste idee, ma credo che dovremmo farlo. Tu cosa ne pensi?»

«Mia zia fa...», lui alzò le mani imitandola, «ceramiche».

«Eccellente, puoi prendere qualche campione?».

Lo chef annuì.

«Sto anche pensando che... potremmo organizzare una cena a tema, un banchetto islandese. Una sorta di serata promozionale». Lucy inclinò la testa da un lato. «Credo che tu abbia messo qualcosa in quella salsa». Il suo cervello faceva davvero faville quella mattina. «Non ci sono molti ristoranti qui intorno, sarebbe bello che la gente ci raccomandasse. Magari potremmo invitare i VIP locali».

Kristjan iniziò subito a dare suggerimenti, e nel giro di cinque minuti avevano elaborato un menù completo.

«Dove hai imparato a cucinare così?», domandò Lucy mentre finiva l'ultimo boccone del suo rotolo alla cannella.

«Mio padre ha lavorato a Londra prima di venire in Islanda. Lavorava all'Hotel Rangi, qui vicino. Sono famosi per la buona cucina. Ho lavorato lì per qualche estate, ma ho sempre cucinato con mia madre».

«Sei di queste parti?».

Kristjan rise. «La mia famiglia viveva dall'altra parte della collina. D'estate venivo ad aiutare Olafur, mio cugino, alla fattoria, prima che fosse venduta a Tomas».

«Tomas?»

«Tomas Pedersen. Lo conosci».

Lei alzò le spalle, sapendo che il ragazzo stava esagerando. «Non l'ho mai incontrato, ma ho parlato con il suo assistente via Skype. Allora, che genere di fattoria era questa prima di diventare un albergo?».

Kristjan rise. «Tu cosa ne dici?». Indicò fuori dalla finestra i puntini bianchi sulla collina.

«Pecore».

«Molto bene. Faremo di te un'islandese. Lucy... come si chiama tuo padre?»

«Mio padre?».

Il ragazzo annuì, con un sorriso sulle labbra.

«Bryn».

«Faremo di te un'islandese, Lucy Brynsdóttir».

Lucy fu sorpresa dall'improvviso calore delle sue guance e dal bisogno di sbattere rapidamente le palpebre. Per un minuto si accorse di non riuscire a parlare. Quando finalmente ritrovò la voce, si scoprì piuttosto commossa. «È... è... mi piace Brynsdóttir». Si sentì come se fosse qualcuno, parte di qualcosa di più grande di lei. Anche se suo padre era a centinaia di chilometri di distanza, sentì un legame con lui, le parve che le sue radici si facessero sentire. Raddrizzandosi, si rese conto che Lucy Brynsdóttir era qualcuno, qualcuno che aveva un po' di orgoglio, che poteva ricominciare da capo. Serrando la mascella, sollevò il mento. Qualcuno che doveva trovare un modo per tenere testa a quel viscido di Bob. Non avrebbe permesso a una persona come quella di rovinare la sua occasione per ricominciare.

Capitolo 16

Alex bloccò Lucy in sala da pranzo mentre lei usciva dalla cucina con l'aria un po' colpevole, le dita nascoste sotto un panno, appoggiato sopra il piattino che portava con sé.

«Stai assaggiando la merce?»

«No, sto solo controllando Kristjan», disse lei con aria disinvolta.

Lui le rivolse un sorriso provocatorio e si chinò in avanti per togliere lo zucchero a velo bianco che le impolverava il labbro superiore. Non appena il suo dito sfiorò la pelle di Lucy – doveva smetterla di farlo –, gli occhi sbigottiti di lei incontrarono quelli di Alex, e una fitta di lussuria gli fece tremare il polso. E adesso lo fissava in un cauto silenzio, come se da un momento all'altro potesse tornare verso la sicurezza della foresta come un timido cervo.

«Tu... tu hai mangiato un po' di...», fece un cenno col capo, guardandole le labbra. Grosso errore. La piccola lingua rosa fece capolino fuori per leccarle, e per un folle istante lui avrebbe voluto baciarla di nuovo.

«Dolcetto alla cannella», spiegò lei, con voce roca.

Lui deglutì. Con forza. La sua voce bassa provocò un brivido di consapevolezza che gli fece stringere lo stomaco.

«Kristjan sta facendo degli esperimenti. Voleva che ne provassi uno». Lucy sollevò il piatto e alzò il panno, per rivelare una pasta danese zuccherata e luccicante. «Ne porto uno a Hekla». Aggrottò la fronte. «Un'offerta di pace. Sembra turbata da qualcosa, ma... mi evita. Non so cos'ho fatto».

Alex deglutì di nuovo, molto sollevato di poter affrontare un altro argomento.

«Potrei essere in grado di aiutarti».

Uno sguardo attento e rassegnato si posò su di lui, poi lei sospirò e serrò le labbra. «Avrei dovuto sapere che avrebbe parlato con te».

Lui si irrigidì per il suo tono. «Che cosa significa?»

«Per essere un barista, sembra che tu sappia molto di quello che succede in giro».

«Non è sempre così?», ribatté lui alzando le spalle.

«Nei film sì, ma nella vita reale non tanto. Di solito è il portiere».

«Ah be', allora», rise, allargando le mani.

«Già, dimenticavo che di tanto in tanto fai anche l'uomo bagagli».

«Credo che si chiami facchino... "Uomo bagagli" sembra il nome di un supereroe davvero scadente».

Le sfuggì un'inaspettata risata, e gli occhi di Lucy si accesero di divertimento, mentre la sua bocca si incurvava in un lento sorriso. «Potresti avere un'uniforme molto carina, con un mantello».

«Non indosserò mai una calzamaglia. E di sicuro non leggings di lycra lucida». Alex rabbrividì.

Lucy gli lanciò un'occhiata alle gambe e poi, come scottata, riportò gli occhi in alto, con una leggera sfumatura di rossore sugli zigomi.

«Allora», ricominciò con decisione. «Hekla. Sai cos'ha che non va?».

Alex annuì. «Vuoi saperlo?»

«Certo che sì. Oh», fece una pausa. «Ho fatto qualcosa di sbagliato. Mentre mi ci scervellavo, ho sperato si trattasse di qualcos'altro». Fece un respiro profondo e spinse in fuori il petto. «Allora forza, dimmi».

«Pensa che non la ritenga brava nel suo lavoro».

Lucy si lasciò sfuggire una risata amara. «Mi stai prendendo in giro. È bravissima, anche se non so a quale lavoro ti riferisci. Sembra che sia lei a mandare avanti questo posto. Si occupa dell'accoglienza, lavora in ufficio, serve ai tavoli, ha... be', l'altro giorno ha persino riparato un water difettoso. Penso che sia fantastica. Non so cosa avrei fatto senza di lei». I suoi denti cominciarono ad avvicinarsi al solito punto sul labbro.

«Non farlo».

Lucy si accarezzò la bocca. «Scusa». Fece un altro lungo respiro. «Non capisco davvero».

«Hekla sente che non ti fidi di lei».

«Certo che mi fido di lei. Ci sono molti soldi nella cassaforte dell'ufficio. Un sacco di scorte in tutto l'edificio. Mi fido di lei».

«Non credo che sia questo il motivo per cui è arrabbiata. È perché non ti fidi che faccia bene il suo lavoro».

Alex vide Lucy irrigidirsi.

«Non capisco cosa intendi... o cosa c'entri tu». Alex quasi rise per il modo in cui lei sollevò il mento, di colpo bellicosa, ma quel movimento attirò l'attenzione sul suo turgido labbro inferiore.

«Ricordi quando quell'americano si è lamentato?»

«Sì». La sua fronte si aggrottò in segno di concentrazione.

«Hekla se ne stava occupando e tu...».

«Merda», Lucy si batté la mano sulla fronte. «Mi ricordo. Mi sono intromessa tra lei e John Wainwright Terzo. Ho preso il suo posto».

Lui annuì.

«Lo faccio spesso». Lucy si portò una mano alla bocca, inorridita. «Non vuol dire che non mi fidi di lei... era un problema e volevo risolverlo. Avrei dovuto lasciare che se ne occupasse lei».

Poté quasi vederla passare mentalmente in rassegna gli ultimi avvenimenti, mentre trasaliva e il suo volto s'incupiva. «Oh, merda. E sto facendo lo stesso con Kristjan, solo che lui non ha ancora abbastanza esperienza per incazzarsi con me».

Fece un'altra smorfia di disappunto.

«Sei un asso nell'auto-critica, vero?».

Lei lo guardò con occhi grandi e seri. «A differenza tua, io ho bisogno che questo lavoro vada bene. Tu puoi andartene quando vuoi. Io devo convincere i nuovi proprietari a farmi restare. Devo restare qui per almeno un anno».

Ad Alex si seccò la bocca. Merda. Era leggermente preoccupante che Quentin non avesse risposto a nessuna delle sue ultime e-mail, non da quando aveva riferito in modo più favorevole sui progressi dell'hotel. E se Quentin avesse deciso di assumere un'intera nuova squadra? Era quello che faceva di solito.

Hekla si alzò appena Lucy entrò nella stanza, ma questa le posò una mano sulla spalla e la fece tornare a sedere, mettendole davanti il dolcetto alla cannella. «Caffè?».

Perplessa, Hekla la guardò con diffidenza, annuendo.

Spostandosi alla macchina del caffè dell'ufficio, che era sempre accesa, Lucy ne preparò due tazze veloci, nero per sé e forte con aggiunta di latte per Hekla.

«Ti devo delle scuse», cominciò Lucy, appollaiandosi sul bordo della scrivania di fronte a Hekla.

La ragazza bevve un rapido sorso del suo caffè guardando ovunque tranne che verso Lucy. Con un senso di vergogna, si rese conto di aver davvero ferito i sentimenti della sua collega.

Si sporse in avanti e toccò il braccio di Hekla, di colpo consapevole che era la prima volta che la toccava volontariamente. Quell'idea la fece sentire fredda e inadeguata. Hekla la toccava sempre, abbracci, pacche, spinte rassicuranti: includeva Lucy nel suo calore incondizionato fin dal primo giorno. Non era stata altro che generosa, gentile e solidale.

Meritava una spiegazione adeguata, o quanto più Lucy potesse condividere.

«Hekla, mi dispiace davvero». Fece una mezza risata. «Userò la vecchia frase "non sei tu, sono io"».

Hekla sollevò la testa e i suoi occhi azzurri si riempirono di compassione.

Lucy si chinò in avanti e l'abbracciò. «Mi hai aiutato molto. Ero in... Prima di venire qui ero...».

Scuotendo la testa, l'altra ragazza iniziò a dire qualcosa.

«No, va tutto bene», la fermò Lucy. «Voglio raccontarti. Prima di venire qui avevo un lavoro importante, ero l'assistente del direttore di un hotel a cinque stelle con cinquecento stanze nel centro di una grande città dell'Inghilterra».

Gli occhi di Hekla si spalancarono.

«Già. Abiti eleganti, molto personale, un grande ufficio. Tutto quanto. Sono stata licenziata».

«Tu? Licenziata?»

«Sì», Lucy sollevò le spalle fino alle orecchie con una smorfia. «Ho fatto una cosa stupida». Scosse la testa. Il bel viso innocente di Hekla che la fissava la fece bloccare, pensando che non poteva rischiare la delusione che avrebbe visto se le avesse detto la verità. «Ho commesso un errore». Affrettò le parole in modo che Hekla non potesse interromperla. «Sono stata licenziata. Sono venuta qui perché non riesco a trovare un altro lavoro da nessun'altra parte... e ho bisogno di far funzionare questo hotel. Dopo quello che mi è successo, ho poca fiducia e molta paura. Ho paura di fare un pasticcio e di non essere confermata dopo i due mesi di prova. Quando sono arrivata, non sapevo che l'hotel fosse in vendita. Quindi ora ho ancora più paura. Potrebbero non assumermi. E allora che ne sarà di me? Sto cercando di assicurarmi che tutto sia perfetto, così dovranno per forza tenermi».

«Oh, Lucy». Con un sorriso comprensivo, Hekla si alzò e abbracciò la manager con affetto. «Hanno fatto un grosso errore. Sei una brava direttrice. Le cose vanno già meglio. E sei una brava persona. Non credo che tu possa davvero aver fatto qualcosa di male».

«Non è stato qualcosa di male, solo una scelta molto stupida». Qualche volta, ripensandoci, Lucy non riusciva a credere di averlo fatto davvero. «Essere licenziata è stato il più grande shock della mia vita. Non avrei mai pensato che mi sarebbe successo. Sono sempre stata brava nel mio lavoro. Sempre la migliore. Quindi ora... sono... spaventata, cauta. Mi dispiace se non mi sono fidata di te. Avrei dovuto farlo.

Tu sei fantastica. Sei tu che hai tenuto in piedi questo posto, nonostante tutti i cambiamenti di personale. E sei stata così gentile con me. Sarebbe stato molto facile liquidarmi come l'ennesimo manager e procedere come al solito, ma tu non l'hai mai fatto».

Hekla scrollò le spalle. «Eri diversa. Sapevo che volevi restare».

«Quella era disperazione». La risata cinica di Lucy precedette la sua rapida confessione. «Ma... tu e la tua *petta reddast*, Elin, Brynja e Freya, mi avete fatto sentire parte di qualcosa. Nel mio ultimo lavoro, l'hotel era solo un edificio e io ne ero la custode. Qui è diverso». Prese Hekla sottobraccio. «Io... No, *noi* faremo di questo hotel il migliore d'Islanda, e i nuovi proprietari manterranno tutto il personale, me compresa».

«Ma certo», replicò Hekla, con un altro scintillio negli occhi azzurri.

«E in futuro, se ti farò arrabbiare, dimmelo invece di sparire».

Hekla le strinse il braccio. «Promesso».

«Siamo una squadra, e non potrei fare questo lavoro senza di te».

Il suo modesto cenno di diniego col capo fece sorridere Lucy. «Anche se potresti pentirtene, perché comincerò a delegare e a consultarti molto di più. Che ne dici se organizziamo uno speciale banchetto islandese?».

Gli occhi di Hekla si spalancarono per l'improvviso interesse e per il consueto entusiasmo.

Lucy spiegò la sua idea. Si sarebbe trattato di un evento volto a celebrare il cibo islandese, al quale sarebbero stati invitati i dignitari locali e gli ospiti dell'hotel.

«Sarebbe un bello spettacolo per la troupe cinematografica», osservò Hekla.

«Vero», concordò Lucy facendo una smorfia. «Ce li toglierebbe dai piedi, tanto per cambiare». Si voltò a ispezionare l'ufficio. «E intendo liberarmi di tutte queste maledette scartoffie...». Lucy alzò gli occhi al cielo di fronte alle pile di carta che non sembravano essere diminuite da quando aveva cominciato. «A partire da ora, va tutto nel cestino».

Le due riempirono quattro sacchi neri di carta, che Dagur e Olafur portarono al punto di riciclaggio sul retro dell'hotel, dopodiché Lucy rivolse la sua attenzione a un altro problema che la preoccupava. «Puoi dare un'occhiata a questo?». Fece segno a Hekla di guardare lo schermo del computer, su cui comparve una pagina web. «Guarda tutte queste foto su TripAdvisor. Guarda tutti i cuscini, le coperte, gli ornamenti. Hai idea di che fine abbiano fatto?».

Hekla storse la bocca. «È molto strano. Ci stavo pensando. E poi mi sono ricordata. Un giorno c'era tutto, il giorno dopo non c'era più. Ricordo che Eyrun disse che il direttore voleva metterli via. E il direttore se ne andò in quel periodo... e noi eravamo troppo occupati a sistemare tutto per cercarli di nuovo».

La piccola donna scura agitò le mani verso Lucy mentre entrava nella lavanderia fumante, ed Hekla cercò di nascondersi dietro di lei, il che era ridicolo, visto che con i suoi geni vichinghi torreggiava su Lucy.

«Ciao Eyrun. Mi chiedevo se potessi aiutarmi». Lucy esordì con un grande sorriso cordiale, anche se la donna ora la guardava con una cattiveria tale da spaventare un piccolo esercito.

Eyrun scosse la testa come se non capisse e si lasciò sfuggire un fiume di parole in islandese.

L'ansia di Hekla si manifestò nei suoi occhi spalancati e nella sua traduzione nervosa. «Vorrebbe... ehm... che ce ne andassimo».

«Difficile», replicò Lucy, adottando di nuovo il suo sorriso amabile, pur sentendo che forse serviva a poco. «Eyrun, saresti in grado di dirci cosa è successo ai cuscini e alle coperte?».

Hekla tradusse, anche se Lucy era abbastanza sicura che la donna avesse capito ogni parola.

«Nrr», borbottò Eyrun con un ringhio scontento, mentre

continuava a piegare gli asciugamani senza guardarle negli occhi. Lucy colse la rapida occhiata che la donna rivolse al lungo e alto armadio nell'altra stanza, che era appena visibile attraverso la porta aperta.

Dopo cinque minuti di domande infruttuose, Lucy ammise la sconfitta, nonostante la governante sapesse cos'era successo a quei complementi d'arredo. Non aveva intenzione di ammettere nulla, tanto meno aiutarle cercando da qualche parte.

«C'è un altro posto dove potrebbero essere?», chiese Lucy mentre lei e Hekla tornavano verso l'ufficio.

«No», ribatté Hekla.

Lucy le sorrise. «Allora dovremo fare un'incursione in stile ninja, a mezzanotte».

«Un'incursione a mezzanotte?», ripeté Hekla, con aria confusa.

«Ho una valida idea su dove potremmo trovare alcune delle cose». Lucy le diede una pacca sulla mano. «Non preoccuparti. Tutto quello che devi fare è trovarmi degli attrezzi». Al cipiglio perplesso di Hekla, Lucy aggiunse: «Sai…». E mimò un martello e un cacciavite. Sfortunatamente, lo scassinamento delle serrature era un'abilità che doveva ancora acquisire. Era troppo sperare che potesse esserci un mazzo di chiavi a portata di mano in un cassetto della lavanderia e che lei fosse così fortunata.

«Vieni in camera mia, e quando tutti saranno a dormire ci metteremo al lavoro. Ho ancora della vodka alla ciliegia».

«Per la vodka, verrò», rispose Hekla.

Capitolo 17

«Cosa state combinando voi due?», chiese Alex quando le sorprese a ridacchiare, mentre cercavano di nascondere diversi cacciaviti sotto i cappotti.

Da dove diavolo era sbucato fuori? Lucy avrebbe giurato che aveva riordinato e chiuso il bar almeno mezz'ora prima.

«Niente», disse Hekla con un'esagerata serietà, che fece subito capire il loro gioco.

Lucy alzò gli occhi al cielo mentre il volto di Hekla si accendeva in un sorriso malizioso. «Stiamo facendo irruzione», spiegò Lucy enunciando con cura le parole, che all'improvviso le sembrarono un po' complicate. La sua lingua le parve un po' sconnessa e sciolta, come se volesse andare in un verso e lei in un altro.

La fronte di Alex si aggrottò in rughe deliziosamente perplesse, che per qualche motivo Lucy ebbe l'impulso di spianare. Era davvero molto carino, soprattutto con quella barba incolta che negli ultimi due giorni si era infoltita. «Nel vostro albergo?»

«Stiamo seguendo il caso degli accessori scomparsi», raccontò Lucy con un ampio gesto delle mani, sentendosi leggermente traballare.

«Oggetti scomparsi, questo sì che sembra un crimine, detective Smart». La bocca di Alex fremette per il divertimento.

«Vuoi unirti a noi?», chiese Lucy inarcando entrambe le sopracciglia in segno di invito, apprezzando alquanto il suono dell'appellativo "detective Smart". «È un nome davvero azzeccato per risolvere i crimini, non credi?».

«Avete bevuto?», chiese l'uomo.

Gli occhi di Lucy si allargarono oltre ogni immaginazione.
«Solo un bicchierino, sai, ci serviva un po' di coraggio russo», confessò, pronunciando ogni consonante con grande attenzione, mettendo in chiaro che era del tutto sobria.
«Coraggio russo? Non dovrebbe essere il coraggio islandese, in questo caso?»
«Hai mai sentito parlare della vodka islandese?», chiese Lucy con un'aria di superiorità. «Credo di no».
Alex storse la bocca. *Non guardargli la bocca. Non guardargli la bocca.*
Era impossibile: fissò le sue labbra che si contraevano in una risata trattenuta.
«Vieni con noi o intendi restare lì a sogghignare?», domandò con grande dignità, chiedendosi se "sogghignare" fosse un verbo ancora in voga.
«Smetterò di sogghignare con effetto immediato, detective Smart, e mi unirò alla sua banda d'élite di detective ninja. A proposito, bei vestiti».
Lucy strinse gli occhi. Stava prendendo in giro il calzino nero legato intorno alla sua testa?
«Ci stiamo mimetizzando», sussurrò Hekla, mettendo un dito davanti alle labbra. «Shh». Cominciò a camminare in punta di piedi lungo il corridoio. Lucy scoccò ad Alex uno sguardo di rimprovero. «Vieni?»
«Non me lo perderei per nulla al mondo», replicò Alex allegramente, mettendosi dietro di loro.
Perché doveva essere così allegro?

La lavanderia era buia come la pece, ma Hekla aveva procurato a ciascuno di loro una torcia, e i fasci di luce ondeggiavano mentre attraversavano la prima stanza, riflettendosi sui vetri delle enormi asciugatrici, che sembravano buchi neri in attesa di risucchiarli. Lucy accelerò il passo e le superò.
Passarono nell'altra stanza, silenziosa e immobile, senza il solito rumore dell'acqua nelle lavatrici. Lucy inspirò il confortante odore di pulito del detersivo e dell'ammorbidente.

I grandi elettrodomestici bianchi erano posizionati sul lato opposto della stanza come tozze sentinelle vigili, e Lucy immaginò che i loro oblò di vetro fossero come occhi che li osservavano, per poi andare a riferire a Eyrun. Oh, merda, avrebbe voluto non aver bevuto così tanta vodka. Hekla di sicuro la reggeva meglio di lei. Lucy non era arrivata neanche lontanamente a eguagliarla, in realtà non ne aveva bevuta poi così tanta, ma a stomaco vuoto le aveva dato alla testa.

Lucy indicò con la torcia l'alto armadio a due ante nell'angolo della stanza. Armeggiò con il mazzo di chiavi che aveva preso dall'ufficio, facendo brillare la torcia sul mazzo mentre Hekla teneva il fascio di luce fisso sulla serratura. Era complicato destreggiarsi tra la torcia, le chiavi e il cercare di capire come funzionassero. Nessuna sembrava essere la chiave giusta.

La stanza fu improvvisamente inondata di luce. Sia Hekla che Lucy si girarono di scatto e puntarono le loro torce su Alex, che era in piedi vicino all'interruttore della luce.

«Cosa stai facendo?», Lucy urlò il più silenziosamente possibile.

«Davvero?». Lui inclinò la testa, con un filo di divertimento nella voce. «Hai dimenticato chi comanda qui?».

Lucy si tirò su con un accenno di dignità, che fu un po' difficile dal momento che Alex cominciava a ondeggiare un po', o forse era la stanza. «Be', certo che no... è solo che...».

«Ha paura di Eyrun», intervenne Hekla con fare amichevole, il che non fu affatto d'aiuto.

«Spaventata è un po' troppo», protestò Lucy. «Ragionevolmente diffidente sarebbe un modo migliore di dirlo». Dire "ragionevolmente" fu piuttosto complicato. «Ragionevolmente», ripeté, sentendo le labbra incollarsi sull'ultima sillaba.

«Giusto», annuì Alex.

Avrebbe voluto che lui stesse fermo, era così difficile concentrarsi in quel momento.

«Sì, quindi... l'armadio». Si voltò a guardare l'alto armadio bianco. «Credo che nessuna di queste chiavi entrerà. Accidenti». Guardò Hekla. «E adesso?»

«Potremmo forzarlo con i cacciaviti», propose Hekla, appoggiandosi alla parete e iniziando a scivolare lungo di essa.

Lucy annuì, abbassando la testa mentre seguiva la discesa di Hekla. «Potremmo, ma se poi non c'è niente lì dentro? Come lo spieghiamo a Eyrun?»

«Abbiamo avuto una... un'emergenza», suggerì Hekla, colpendo il pavimento con un tonfo improvviso. Con le gambe rigide e lunghe come pali tese in avanti sembrava una bambola di legno d'altri tempi.

«Che tipo di... mergenza?», Lucy chiese, accigliata. Parlare stava diventando più difficile.

«Emergenza lavaggio, problemi di macchie sulle tovaglie».

«Sì, è vero». Lucy annuì saggiamente. «Avevamo bisogno di uno smacchiatore. Cercavamo uno smacchiatore, è vero, e non siamo riusciti a trovarlo negli altri armadi perché non so leggere l'islandese. Non sei mai stato qui. Le piaci. Non vogliamo rovinare la tua copertura. Quindi, shono stata io. Shtavo cercando lo smacchiatore per fare un grosso carico di bucato, molto bucato, molto velocemente, e shtavamo cercando lo smacchiatore».

«Oh, santo cielo», mormorò Alex, secondo Lucy in modo piuttosto sgarbato. Non è che fosse stato invitato a quella missione.

Si mise davanti a lei per dare un'occhiata all'armadio. «Dammi il cacciavite», mormorò, strappandoglielo di mano con delicatezza.

«Hai intenzione di forzarlo?», chiese Lucy. «Il nostro eroe», gli sorrise. Caspita, era proprio un bell'uomo. Quei capelli scuri un po' troppo lunghi e il mento ricoperto da una barbetta che non faceva da qualche giorno: le piaceva molto. Lo faceva sembrare un pirata pericoloso che poteva portarla via in qualsiasi momento.

Oddio, le stava dicendo qualcosa. Lucy sbatté le palpebre e sorrise con un sospiro ebete.

«No», fece lui alzando gli occhi al cielo. «Voglio togliere i cardini da una delle porte». Indicò le cerniere di ottone lucido sopra e sotto le porte. «E rimuoverò l'anta».

«È così intelligente», commentò Hekla ammirata, inclinando la testa verso l'alto, ancora appoggiata al muro. «Non è ingegnoso, Lucy?»

«Geniale, non ci avrei mai pensato nemmeno in un milione di anni. Perché si dice così? Perché non milione di mesi. Sarebbe un'alliter... alliter... alliterzazazione». Lucy si arrese.

«Voi due siete proprio ubriache». Alex scosse la testa, il divertimento gli danzava negli occhi. Erano occhi molto belli. «Passatemi un cacciavite, anche perché non credo che nessuna di voi sia in grado di farlo».

«Sì, io... e inveshe no». Lucy consegnò il cacciavite e si appoggiò al muro, aspettando che la stanza smettesse di vorticare.

Togliere le viti dalla porta non fu affatto difficile, ma ci volle un po' di attenzione, e Alex era preoccupato che i cardini sul lato opposto non fossero abbastanza forti per reggere il peso di entrambe le ante, oltre al fatto che anche la serratura avrebbe dovuto tenere insieme le due porte.

Rivolse uno sguardo alle due ragazze. La testa di Hekla si era abbassata e ciondolava come se si stesse addormentando. Non sarebbe stata affatto d'aiuto. Lanciò un'occhiata a Lucy, che lo guardava con grandi occhi da civetta e un sorriso sciocco in volto. Ubriaca fradicia e piuttosto carina. Era bello vederla sorridere finalmente. Non lo faceva abbastanza spesso. Riportava alla luce un'altra Lucy Smart, molto diversa, e faceva tornare in mente un ricordo magico della giornata a Gullfoss. Quando sorrideva, tutto il suo viso si illuminava.

«Lucy, pensi di potermi dare una mano?». Si rese conto che poteva concludersi con un disastro e che affidarsi a lei probabilmente non era la scelta più saggia, ma non aveva molte opzioni. «Quando avrò tolto queste viti, avrò bisogno del tuo aiuto. Devi tenere le ante in posizione e sostenere il peso qui, dove si uniscono alla serratura».

«Ok, sei tu il capo». Si rimboccò le maniche, saltellando sulle punte dei piedi come un pugile pronto a salire sul ring. «Facciamolo». Con un mezzo accovacciamento, sporgendo il sedere, fece un paio di passi in avanti, quasi danzando intorno a lui per raggiungere il punto indicato.

«Che cosa stai facendo?», domandò Alex.

Lucy si raddrizzò e gli rivolse quello sguardo altezzoso che aveva visto un paio di volte, e che adesso trovava divertente. «Stai sminuendo le mie migliori mosse ninja?»

«Oh, ecco cos'erano. Scusa». Serrò le labbra per non ridere dell'espressione seria e semi-indignata di lei.

«Sappi che ho fatto karate», lo informò lei sollevando il mento in aria.

Alex le sorrise, e qualcosa nel suo petto si strinse quando lei lo guardò con occhi leggermente vacui, ma seri e determinati. Nonostante la sua spavalderia, c'era una certa vulnerabilità in lei. Da quando era arrivata non aveva mai chiesto aiuto. Le iniziali letargia e lentezza nell'agire erano state sostituite da una determinazione incredibile e quasi ostinata a portare a termine il lavoro.

«Hai le fossette». Sollevò la mano e gli accarezzò la guancia. «Sono belle», respirò, il viso si addolcì, gli occhi improvvisamente caldi.

Sentì propagarsi un calore mentre quel tocco inaspettato lo sconvolgeva, scatenando il desiderio di prenderla tra le braccia e baciare quella bocca, a pochi centimetri dalla sua, che si incurvava verso l'alto in un misterioso sorriso femminile.

«Sì», confermò Alex bruscamente, «ero un bambino davvero carino. Ora mi aiuterai o no?».

Il suo cuore ebbe un tuffo. Che diavolo ci faceva lì? In un universo parallelo, a Parigi, avrebbe chiesto a Gustave, il responsabile della manutenzione, di andare ad aprire la porta dell'armadio e non avrebbe dovuto fare rapporto a Quentin sulle prestazioni di Lucy Smart.

La donna gli girò intorno e rimase in attesa, mentre lui iniziava a svitare con cautela le viti della cerniera in alto a sinistra, affidandosi a Lucy per tenere le ante in posizione.

«Dovrai far scorrere il piede sotto quella piccola fessura per evitare che l'anta di sinistra cada e faccia girare i cardini di destra», le spiegò. Ci vollero venti minuti buoni per togliere tutte le viti e staccare le porte dal telaio, ma alla fine funzionò benissimo.

«Tu prendi quel lato», fece cenno al bordo destro delle due porte, «io prendo questo e ci spostiamo in avanti. È questo che stavate cercando?», domandò, mentre il varco si allargava per rivelare una cabina armadio piena di scaffali che contenevano una colorata serie di cuscini, coperte ordinatamente piegate e scatole piene di uccellini decorativi in legno, i cui becchi e le zampe spuntavano dalla parte superiore degli scatoloni come bizzarri bastoncini da Shangai.

«Bingo!», esclamò Lucy sbirciando dietro la porta. Esattamente quello che stavano cercando. «Hekla! Hekla. Oh». Lucy si voltò a guardare la collega addormentata sul pavimento. «Questo mi ha fatto passare la sbornia in fretta». Guardò Alex sbattendo le palpebre. «Pensavo che avremmo trovato un paio di cose, ma non l'intero maltolto».

«Cosa vuoi fare adesso?», chiese Alex.

«Tu cosa faresti?».

Alex trasalì. Era lì per valutare il suo operato. Era lì per quello. Sapeva esattamente cosa avrebbe fatto lui. Ma Lucy come avrebbe affrontato la cosa? Da brava manager, doveva essere in grado di gestire questo genere di cose. «Non ne ho idea».

«Be', io sì», disse lei, con la bocca che si serrava mentre lo guardava. «Non avrei dovuto ricorrere a questo comportamento ridicolo». Il suo modo di fare imperioso era leggermente in contrasto con il movimento ondeggiante della sua testa mentre cercava di indicare le ante dell'armadio. «Voglio tirare fuori tutto e ridecorare il salotto e la biblioteca come si deve. Sono davvero contrariata dal fatto che sia stato tutto messo sottochiave. Cos'aveva in mente Eyrun?»

«Va bene, ma dovremo appoggiare le porte laggiù mentre tu tiri fuori le cose. Vuoi fare tutto adesso? E dopo? Vuoi lasciare le ante staccate o rimetterle?».

Lucy pensò per un attimo e poi gli rivolse un'occhiata calcolatrice.

«Non devo dare spiegazioni a Eyrun. Se per lei è un problema, può venire a cercarmi domani. Le ho chiesto notizie di questi pezzi d'arredo e ha negato di saperne qualcosa. Ora sono sul piede di guerra».

Alex sorrise e provò un senso di sollievo.

«Ma», proseguì Lucy con un sorriso malizioso, «sarebbe piuttosto divertente se rimettessimo la porta».

«Ah, sì?»

«Oh sì». Ora aveva un'aria decisamente machiavellica. «Se entra nella cabina armadio e la trova vuota, non potrà dire nulla, vero? Perché allora dovrebbe ammettere che gli oggetti erano tutti qui».

Alex tese il pugno e Lucy ci batté contro il suo, in segno di vittoria. «Credo che d'ora in poi ti chiamerò "genio del male"».

«Genio del male e regina ninja, per favore», lo corresse Lucy con un regale cenno del capo.

Insieme lavorarono come una squadra per togliere l'anta dell'armadio e, una volta rimossa e appoggiata alla parete, Lucy si chinò per dare un colpetto a Hekla. «Svegliati».

L'islandese si riprese pian piano e guardò con aria assonnata Lucy e poi, alle sue spalle, gli scaffali stracolmi.

Hekla si alzò lentamente in piedi, aggrappata al muro con la mano per tenersi in piedi. «*Fokk*», mormorò, con gli occhi così spalancati alla vista del bottino nascosto da risultare quasi comici. «Li avete trovati».

«Sì, li abbiamo trovati. Ora dobbiamo tirarli fuori. Perché non vai a letto? Alex mi aiuterà a caricare tutto su un paio di carrelli della lavanderia, e per stanotte li metteremo in ufficio».

In seguito mormorò anche qualcosa di incomprensibile, a

parte il nome “Eyrun”, che Alex interpretò come *Porca puttana, a Eyrun verrà un colpo*, o qualcosa del genere.

«Vai, vai», insistette Lucy.

«Sei sicura?», chiese Hekla con aria un po’ confusa.

«Sì, così non sarai neppure coinvolta. Sarà come se non fossi mai stata qui».

«Ma io c’ero», rispose Hekla, ancora più confusa.

«Non hai visto quello che abbiamo fatto. Non hai toccato nulla. Se Eyrun lo chiede, tu *non sai nulla*», mormorò Lucy in un familiare accento spagnolo.

Alex scoppiò a ridere e lei gli lanciò un’occhiata di rimprovero. Sembrava davvero una scena della sit-com *Fawlty Towers*. «Vai a letto, Hekla. Poi potrai dichiararti innocente con Eyrun. Così potrai dare la colpa di tutto a me».

Hekla sembrò finalmente capire e annuì solennemente. «Ok. Se sei sicura…».

Lucy la spinse verso la porta.

«Invece sembri ben felice di dare *me* in pasto ai leoni», la prese in giro Alex, mentre la porta si chiudeva alle sue spalle.

«Anche se sospettasse che sei coinvolto, con quel bell’aspetto e quelle fossette potresti facilmente incantarla», gli fece notare lei accarezzandogli la guancia, in un gesto che tolse il fiato ad Alex.

Capitolo 18

«Alex, vero?».

Accidenti. Era il suo primo turno di colazione da un po' di tempo, dato che quel giorno Olafur e Dagur non c'erano e, nella fretta di alzarsi e andare in sala da pranzo, aveva completamente dimenticato il rischio di imbattersi in Jane e Peter.

«Salve. È un piacere vedervi», disse senza problemi, nascondendo il fatto che l'adrenalina gli aveva fatto salire il battito cardiaco a velocità di curvatura. «Jane e Peter. Com'è piccolo il mondo! Cosa vi porta in Islanda?»

«Siamo venuti a causa tua, in realtà. Nina ci ha detto che eri stato spedito in Islanda».

Alex si guardò cautamente alle spalle, grato che non ci fosse nessuno a portata d'orecchio.

«E mi è sempre piaciuto venire qui. Così Peter ha deciso di farmi una sorpresa. Ti ho visto l'altro giorno, ma sei sparito prima che potessimo parlarti. Ti abbiamo cercato e stavo per chiedere alla reception che turni facessi. Sono sicura che, essendo direttore, sarai molto impegnato».

Ad Alex venne la pelle d'oca. Poteva andare peggio di così? Come poteva spiegare che in realtà non era lui il responsabile, senza far saltare la propria copertura?

«Be', è stato un piacere vedervi. Io devo...». Indicò con un cenno del capo la caffettiera che teneva in mano e un tavolo dall'altra parte della sala da pranzo.

Jane gli rivolse un sorriso comprensivo. «Mi piace che continui a dare una mano anche se sei il capo».

«Si fa quel che si deve», replicò lui, asciugandosi il sudore freddo che gli si era formato sulla fronte.

Appena consegnato il caffè, si precipitò in cucina e si accasciò contro un tavolo, massaggiandosi la fronte.

«Stai bene?», chiese Gunnar, entrando con le braccia cariche di stoviglie sporche.

«Sì, tutto bene». Alex sorrise debolmente e si raddrizzò mentre la sua mente vorticava. Quante possibilità c'erano che Jane e Peter dicessero a Lucy di averlo incontrato? Nina aveva detto loro perché lui si trovasse in Islanda? Era quasi certo che sapessero che era il direttore dell'hotel di Parigi. Ricordava che Nina aveva accennato al fatto che aveva permesso a Sebastian di soggiornare in una delle sue suite. Ne avrebbero parlato?

Come l'avrebbe spiegato a Lucy? Cosa avrebbe detto lei una volta scoperto che le aveva mentito per tutto quel tempo? Se fosse stato nei suoi panni si sarebbe infuriato. Ma non poteva dirglielo. Non ancora. La vendita era ancora in corso, e sebbene tutto il personale sapesse che l'hotel sarebbe stato venduto, nessuno sapeva chi fosse l'acquirente. Quentin non voleva far sapere ad anima viva che era coinvolto finché l'affare non veniva concluso. Non era un segreto che spettava ad Alex condividere.

«Alex, il tavolo cinque è in attesa di essere servito», esclamò uno degli altri camerieri.

«Grazie». Costringendosi a non pensarci più, tornò al ristorante.

«Buongiorno», disse a Clive, il regista, che sfortunatamente si trovava al suo tavolo.

«Oh, sei tu. Cameriere?»

«Barman. Cameriere. Ovunque abbiano bisogno di me». Mantenne un sorriso cordiale, anche se la falsa bonarietà e la simpatia forzata di Clive lo facevano incazzare e non gli piaceva il modo in cui aveva insistito perché Lucy partecipasse alle riprese, nonostante fosse chiaramente a disagio.

«Puoi portarci un caffè?». Clive non si preoccupò nemmeno di guardarlo, perché lui e Bob erano entrambi presi a sistemare un portatile sul tavolo.

Quando Alex tornò con due tazze, stavano guardando sul portatile il servizio che avevano girato. Stava per andarsene quando vide il filmato della sera precedente. La vista del volto evidentemente teso di Lucy lo fece bloccare. La piccola ruga che le solcava una guancia lo infastidì.

Mentre fissava lo schermo, la scena cambiò, l'inquadratura si allontanò prima che la telecamera risalisse il corpo di Lucy, zoomando sul gonfiore dei suoi seni costretti nel top attillato. Rimase lì... Alex contò i secondi – uno, due, tre, quattro, cinque, sei –, prima di passare al suo viso pallido e teso.

Che coglioni. Alex strinse i pugni, un'ondata di rabbia lo invase. Lanciò un'occhiata di disapprovazione al tarchiato cameraman, che aveva in viso un sorrisetto che Alex desiderò cancellare subito.

Clive, avvertendo la sua presenza, si girò e si mosse percettibilmente sulla sedia di fronte all'espressione di Alex. Bene.

«Alex! Non ti avevo visto lì».

Il sorriso di Bob si allargò. Il cuore che batteva all'impazzata faceva pulsare la vena sulla tempia di Alex. Si chinò lentamente verso il cameraman, facendo notare all'altro uomo la sua altezza, visto che lo sovrastava.

«Immagino che tu stessi per tagliare quella scena», sibilò, quasi toccando il naso del piccolo idiota.

Bob deglutì, cercando di allontanarsi, e i suoi occhi da squalo scivolarono verso Clive.

«Ehi, amico, stai calmo», esclamò Clive, mettendogli una mano sul braccio con fare allegro, come se fossero tutti amici. Alex la scrollò via, serrando le labbra.

«Come ho detto, tagliare quella scena sarebbe vantaggioso per la tua salute e per il benessere della tua attrezzatura».

«Levati dalle palle», disse Bob, ritrovando improvvisamente il coraggio e sollevando il mento in direzione di Alex. «Abbiamo la liberatoria. Possiamo filmare quello che ci pare. E un cameriere spocchioso non ci fermerà».

Alex inarcò un solo sopracciglio e lo fissò senza battere ciglio. Tutti i presenti del ristorante si erano ammutoliti e guardavano verso di loro, nonostante nessuno avesse alzato la voce. Era come se la minaccia incipiente avesse percorso la sala in onde silenziose, sconvolgendone l'equilibrio.

Bob deglutì. «Vogliamo vedere?», chiese Alex a bassa voce, con un tono minaccioso e una rabbia a malapena contenuta.

Clive cercò di sorridere, ma la sua voce rivelò un leggerissimo tremolio. «Come ha detto lui, abbiamo le liberatorie e abbiamo il permesso della direzione di filmare».

«La stessa direzione che state molestando sessualmente in quel video?». La voce di Alex irradiò disgusto.

L'assistente di produzione seduta di fronte a loro fece una smorfia e scoccò un'occhiata di avversione a Bob.

«Io penserei molto bene a quanto volete rimanere in questo hotel, e vi consiglio di tenere a mente che c'è sempre qualcuno che ha più potere di voi e può mettervi i bastoni fra le ruote». Serrò la mascella. «Cancellalo subito». Intimidire quei due non fu difficile. Alex aveva avuto a che fare con clienti stronzi, scomodi e arroganti negli ultimi dieci anni: in confronto quei due erano pesci piccoli.

Clive sgranò gli occhi. «Ok, calmati, calmati. Sono sicuro che possiamo...».

«Sei sposato? Hai una ragazza?», sbottò Alex.

Clive sprofondò leggermente nella poltrona e annuì con un gesto impercettibile. L'assistente di produzione si scostò la coda di cavallo sulle spalle e incrociò le braccia, osservando con avido interesse. Alex quasi sorrise, perché non gli sarebbe piaciuto essere nei panni di Clive.

«E saresti contento se un pezzo di merda riprendesse il suo décolleté e lo trasmettesse sulla TV nazionale?».

E sì, gli occhi della ragazza si assottigliarono, mentre si chinava leggermente in avanti.

Clive ebbe la grazia di assumere un'espressione di vergogna per dieci secondi. «Bob, potresti... cancellare il filmato che il signor Sensibilità ritiene offensivo?».

Bob, che irradiava risentimento, iniziò a rintracciare i file dal portatile e a battere sui tasti con furioso disappunto.

«È necessario che mi assicuri che non si ripetano cose del genere?». La voce di Alex poteva sembrare ragionevole, ma era chiaro cosa intendesse.

La bocca di Clive si tese in un ghigno. «Stai attento, cameriere. Potresti scoprire di aver fatto il passo più lungo della gamba». La sua ragazza alzò gli occhi al cielo per quella patetica esibizione.

Alex gli rivolse un sorriso privo di divertimento. «Non ci scommetterei». Appena uscito di lì, si sarebbe messo subito al telefono con Quentin e con il capo della casa di produzione, oltre a controllare se Lucy avesse firmato la liberatoria. Non si fidava né di Clive né di Bob.

«Davvero, davvero fantastico!». Sentì Lucy gridare mentre entrava in ufficio. Forse non era il momento giusto.

«Buongiorno», disse, varcando la soglia e trovando Lucy che si teneva la testa e Brynja in piedi, che si torceva le mani.

«Non ci posso credere». Lucy si girò verso di lui. «C'è una pecora nella vasca idromassaggio».

«Cosa? Adesso?»

«Sì, adesso. Non ho la più pallida idea della procedura da seguire in questo caso, ma so che qualcuno dovrà entrarci e prenderla». Fece una smorfia di disappunto. «E naturalmente Magnus oggi non c'è. Olafur è andato a Hvolsvöllur per far sistemare le gomme di scorta. Non poteva capitare in un momento peggiore. E se la maledetta troupe cinematografica lo viene a sapere...», rabbrividì. «Immagino che meraviglioso scoop sarebbe. Sinceramente, credo che siamo maledetti». Mentre parlava, stava già prendendo il cappotto e infilando un paio di scarpe da ginnastica che erano sotto la scrivania.

Alex credeva che fosse qualcosa di più e sospettava che lo pensasse anche lei. Il nome Lucy Smart le si addiceva alla perfezione. Non era una sciocca.

«O forse gli *huldufólk* esistono davvero». Lanciò una rapida occhiata a Brynja. «Mi dispiace».

«È così che succede», rispose Brynja. «Pensi che sia una favola, ma poi...». Scrollò le spalle, con gli occhi spalancati che si muovevano da Lucy a lui, come quelli di un gufo. «Non vuoi crederci».

«L'unica cosa che so è che devo portarla via da lì al più presto e poi scoprire se i ragazzi della manutenzione possono venire qui per fare quel che serve».

«Non ci sono volontari?», domandò Alex.

«Non ho ancora chiesto a nessuno. Perché? Ti stai offrendo come volontario?»

«Non è in cima alla mia lista di cose divertenti da fare oggi, ma se non c'è nessun altro, sono a disposizione. Vuoi una mano?»

«Davvero?», lei lo guardò e il suo viso si addolcì. «Speravo di aiutarla a uscire da sola. Non voglio assolutamente entrare in piscina con una pecora, che tra l'altro non ho nemmeno idea di quanto possa pesare».

La pecora si dimenava su e giù nella piscina belando i propri lamenti.

«Almeno non è fredda», notò Lucy.

«E sembra che sia in grado di nuotare», aggiunse Alex. «O di galleggiare».

«Ma come diavolo ha fatto a entrare qui dentro?». Socchiuse gli occhi e scrutò la recinzione intorno alla proprietà. «Sembra una coincidenza un po' esagerata».

«Quindi pensi che sia intenzionale?», chiese Alex. «Me lo sono chiesto anche io».

«Senti, le pecore sono preziose da queste parti e la zona è ben recintata per evitare questo genere di cose. Non è possibile che sia arrivata fin qui e sia caduta dentro. Qualcuno ha aiutato la povera Dolly».

«Sta lanciando dei messaggi chiari... chiunque sia stato».

«Sì, ma chi e perché?». Lucy gli rivolse un'occhiata sagace senza abbassare lo sguardo.

Alex non aveva motivo di sentirsi in colpa... sì, ce l'aveva. Assolutamente sì, ma non per questo.

«Sono un cameriere. Non ho motivo di andare in giro a costringere le pecore a entrare in una vasca idromassaggio».

Un leggero sorriso le sfiorò le labbra, e lui si rese conto che forse era stato un po' sulla difensiva, quando non ce n'era davvero bisogno.

«Mi chiedevo», riprese lei, riportando l'attenzione sulla pecora che galleggiava nell'acqua, «se si tratti di un ex dipendente o di qualcuno che serba rancore. L'unico modo per scoprirlo è fare qualche domanda. Hekla sembra sapere tutto, ma se comincio a farle domande potrebbe pensare che non mi fidi più di lei. L'ho già turbata abbastanza in passato, non voglio farlo di nuovo».

«Vuoi che provi io?», chiese lui. «Sarebbe facile fare due chiacchiere su quanto successo e chiedere la sua opinione».

«Sarebbe fantastico», replicò Lucy con una rapidità tale che rese evidente agli occhi di Alex quanto lei l'avesse manovrato.

Lui rise. «Compito delegato alla perfezione».

«Scusa, era così ovvio?». Il sorriso cospiratorio di lei le illuminò il volto, gli occhi attenti e brillanti erano pieni di intelligenza. Lo sguardo di Alex si soffermò sul suo viso. Una persona intelligente. Eppure c'era una vulnerabilità in lei che teneva ben celata. Questo lo rendeva doppiamente felice di aver rimesso al loro posto Clive e Bob quella mattina. Non si meritava quella merda.

Le fece l'occhiolino. «Solo perché è esattamente quello che avrei fatto io al tuo posto».

«Sei sprecato come cameriere». Non appena lo disse, Lucy si mise una mano sulla bocca. «Scusa se sono stata scortese. Non volevo dire questo... non c'è niente di male a fare il cameriere, è solo che...». La donna fece una faccia agonizzante, e una parte di Alex moriva dalla voglia di porre fine alle sue sofferenze, ma cosa mai avrebbe potuto dire? Mentire era già abbastanza brutto, indorare la pillola lo avrebbe fatto sentire molto peggio. Ciononostante, un'altra parte di lui si stava divertendo a vederla sconcertata, con le guance arrossate.

«Comunque», proseguì lei, tornando a concentrarsi sui belati, di nuovo piena di senso pratico, «dobbiamo far uscire Dolly. Penso che potremmo cercare di attirarla verso il bordo, anche se non sono sicura che stia nuotando o galleggiando».

«Sai che è una femmina?». Era colpito.

«Non ne ho idea!». Scosse la testa. «Ma ha bisogno del nostro aiuto, e mi sembra più gentile riferirmi a lei come a un essere umano, piuttosto che considerarla carne da macello», sentenziò Lucy alzando il mento in aria, come se lo sfidasse a non essere d'accordo con lei.

Qualcosa si smosse dentro di lui alla vista di quell'aria di sfida e della sua difesa a cuore aperto della pecora, facendogli pensare che forse, tanto per cambiare, fosse Lucy ad avere bisogno di aiuto e gentilezza. Sembrava che pensasse di dover fare tutto da sola.

Lucy si chinò su un ginocchio a bordo vasca. «Non so se verrà da noi. Cosa mangiano le pecore, a parte l'erba? E come facciamo a portarla fuori?».

Con in mente l'immagine di Lucy che le porgeva manciate d'erba, scrollò le spalle. «E l'attrezzatura della vasca idromassaggio? Sai, quei grossi retini che usano i manutentori delle piscine, forse potremmo usare qualcosa del genere per spingerla verso il bordo e tirarla fuori».

«È un'ottima idea. Diamo un'occhiata al capanno, vediamo cosa c'è». Fece cenno ai capannoni che si trovavano sul leggero pendio alle loro spalle, ai confini del terreno. «Pensi che uno di noi debba restare con lei?».

Alex guardò la pecora, che, a parte il belato, non sembrava troppo angosciata. Non si agitava e non sembrava in preda al panico. Non che lui fosse un esperto. «Be', non sembra rischiare di annegare, penso che potremo lasciarla qui per qualche minuto».

«Quello che mi preoccupa è l'arrivo di un ospite o della

troupe cinematografica». Si mordicchiò il labbro e tornò a guardare le grandi finestre che riflettevano il cielo azzurro del mattino e le colline di fronte. Era impossibile capire se qualcuno stesse guardando verso di loro.

Lui le diede una lieve gomitata. «Gli ospiti sono tutti impegnati a uscire per la giornata, e la troupe sta rivedendo le riprese fatte. Andiamo. Se siamo veloci, dovremmo riuscire a portarla fuori prima che qualcuno ci veda. E comunque non credo che possano vederla dall'albergo».

Lucy si avvicinò con passo rapido alla dependance e, appena aperta la porta, entrò per accendere delle luci che li aiutassero a orientarsi nel buio; in quel capanno si trovavano molti attrezzi e apparecchiature per la manutenzione del terreno.

«Perfetto», commentò Lucy avvicinandosi alla parete più lontana e afferrando un retino a forma di triangolo con il manico lungo; lo sollevò in aria, portandolo in trionfo come una principessa guerriera con la lancia. Alex sorrise all'immagine che Lucy aveva creato, con la rete sollevata in alto e la bocca che si tendeva in una linea determinata. «Con questa possiamo portarla verso il bordo».

«Hai mai catturato una pecora prima d'ora?», la prese in giro.

«No, c'è una prima volta per tutto». L'improvviso sorriso spensierato di lei lo abbagliò e, per qualche motivo, gli si bloccò il respiro in gola.

«Sul serio, questo lavoro può essere così bizzarro, ma è per questo che amo...», fece una pausa e inclinò la testa come se l'avesse colpita una rivelazione sorprendente. «È per questo che lo amo. Amo il mio lavoro. L'avevo solo dimenticato». Si stava già girando verso la porta.

Inspirando rumorosamente, Alex si voltò per ritrovare l'equilibrio, perché qualcosa nel sorriso di quella donna l'aveva privato del baricentro. Ebbe l'impulso di abbracciarla e di dirle che andava tutto bene, ma lei era indaffarata quella mattina e un suo gesto affettuoso forse avrebbe potuto essere una distrazione per entrambi. Sconcertato da quelle emozioni contrastanti, Alex distolse lo sguardo. Ma che diavolo...?! Emise un lungo e basso fischio.

«Cosa?». Lucy si girò e guardò nella direzione in cui lui indicava.

«Be', guarda lì. Vicino al generatore. Immagino che ne abbiano bisogno qui, il tempo può essere alquanto rigido e siamo piuttosto isolati». Sapeva di parlare a vanvera, ma la netta conferma dei loro primi sospetti e la necessità di combattere la sua inclinazione a consolare Lucy gli avevano scombussolato il cervello.

Lucy seguì con lo sguardo la direzione del suo dito. Due pneumatici erano appoggiati a un grosso generatore di elettricità. «Porca miseria», mormorò lei, la cui gioia si spense di colpo quando si avvicinò e diede loro un leggero calcio disgustato. «Come pensi che siano arrivati qui? Quegli *huldufólk* devono essere molto forti e intelligenti». La sua bocca si contorse per il sarcasmo prima di aggiungere, scuotendo la testa: «Houston, abbiamo un problema».

Sempre col retino stretto tra le dita, mise le mani sui fianchi ed emise un pesante sospiro. «Dannazione. Speravo fosse solo una coincidenza. Che stupida, eh?».

Lui fece una smorfia e scosse il capo.

Lucy gettò la testa all'indietro disgustata, prima di sollevare di nuovo il mento con quell'aria risoluta che lui non poté far altro che ammirare.

«Nel frattempo, abbiamo una pecora da salvare».

«Oh cavolo», borbottò Lucy quando Alex si sporse in avanti il più possibile per cercare di spingere Dolly verso il bordo, in modo che lei potesse afferrare la pecora. Era peggio che fare il gioco delle mele, quello in cui con la bocca si pescano più mele possibile da un catino pieno d'acqua. Non appena cercò di sfiorare l'estremità posteriore dell'animale, la stupida creatura si tuffò in avanti e si allontanò dalla sua portata, fluttuando verso l'altro lato della lunga vasca rettangolare. Alex però non intendeva arrendersi. Stupido animale. Non si rendeva conto che stava cercando di aiutarlo? E del perché lo stesse facendo?

Per quella che gli sembrò la millesima volta, si mise a camminare intorno all'estremità della vasca idromassaggio per raggiungere l'altro lato, con Lucy che lo seguiva. Era ridicolo. Dovevano sembrare entrambi ridicoli. Ma lui non aveva intenzione di gettare la spugna. Non quando Lucy lo guardava come se fosse una specie di eroe. Ora la pecora galleggiava proprio al centro della vasca, appena fuori portata. Se fosse riuscito ad allungarsi quel centimetro in più. Per un attimo si dimenò sul bordo, ma venne attraversato da una scarica di adrenalina quando per poco non ci cadde dentro.

Cosa stava cercando di dimostrare?

«Lasciami provare», propose Lucy, lanciando un'altra occhiata alle sue spalle. Si capiva che era ansiosa che qualcuno potesse accorgersi delle loro buffonate. Erano in ballo da venti minuti.

«Cosa? Pensi di poter fare di meglio?», ribatté lui un po' stizzito. Ok, era infantile, ma era dannatamente fastidioso. Quanto poteva essere difficile accerchiare quella dannata bestia? Gli occhi vitrei della pecora sembravano accesi di un'allegria malvagia, come se si divertisse a farsi inseguire. Lui strinse gli occhi e ricambiò lo sguardo. Quella pecora fortunata era al caldo lì dentro, mentre lui cominciava ad avere seriamente freddo, perché gli schizzi d'acqua gli avevano inzuppato i vestiti. Infilò il retino in piscina, cercando di creare delle onde per far sì che la pecora tornasse dall'altra parte.

«No», mormorò Lucy serrando le labbra, come se cercasse di trattenere le risate.

«Stai ridendo di me?», domandò Alex avvicinandosi a lei.

Gli occhi di Lucy si spalancarono di colpo in un'espressione innocente che non avrebbe ingannato nessuno. Strinse di più le labbra. «Non sto ridendo. No. No...». I suoi occhi scintillarono un po'. «Ma», continuò ridacchiando, «è un po' tipo uomo contro bestia. Tu sei deciso a non farti battere».

Raddrizzando la schiena, Alex guardò la pecora e poi la

donna. Stava per lanciarle il retino con un infantile "Be', allora provaci tu", quando si rese conto di quanto fosse ridicola l'intera situazione.

«Dovresti vedermi giocare a Fifa sulla Xbox», disse con un improvviso sorriso.

«Molto competitivo?», chiese lei, e le sfuggì una risatina mentre lo guardava.

«Diavolo, sì. E sono determinato a liberare questa pecora». Con un'altra spinta, allungò la mano verso la pecora, consapevole del piccolo sorriso che le si era stampato sulle labbra. Il retino ondeggiò nell'acqua e lui si sporse ulteriormente in avanti. Il barman parlò tra sé: «Stai calmo, Alex». Non voleva cadere davanti a lei, ma sembrava che Lucy lo avesse sfidato e lui non aveva intenzione di arrendersi. La pecora si dirigeva ora verso il lato opposto. Se avesse fatto una rapida corsa intorno alla vasca, avrebbe potuto tirarla di lato e ripescarla.

Scivolando sul ponte bagnato, fece un rapido e goffo giro in tondo, rimanendo a malapena in piedi come un imbranato dei cartoni animati ed evitando per poco di cadere. Quando raggiunse il lato in cui la pecora ora si stava scontrando contro il bordo, si piegò sulle ginocchia per afferrarla, ma la creatura belò e, con le zampe che andavano a mille sotto l'acqua, si allontanò a nuoto.

«Accidenti!», imprecò Alex, e Lucy scoppiò a ridere.

Lui la guardò, incapace di vedere il lato divertente della cosa. Invece, strinse più forte il retino e si avvicinò di nuovo all'animale, riuscendo ad agganciarlo dalla testa. Gli striduli belati indignati dell'animale riempirono l'aria.

«Vieni qui, stupida cosa, sto cercando di aiutarti», esclamò a denti stretti, aggrappandosi alla rete e cercando di tirare la pecora verso di sé.

Lucy rise di nuovo, le solite rughe d'espressione tese sul suo volto svanirono come se non ridesse così apertamente e spontaneamente da un po' di tempo. Si fermò, stringendo le dita gelide intorno al manico del palo, rendendosi conto dell'assurdità della scena. Se il suo staff di Parigi l'avesse visto in quel momento. Non poté fare a meno di sorridere. Erano abituati a vederlo in un abito costoso e su misura, calmo e con il pieno controllo dell'affollato hotel, come un capitano al timone.

«Mi fa piacere che trovi il lato divertente della cosa, ma hai qualche suggerimento?», chiese con un sorriso storto.

Lei strinse le labbra, i suoi occhi vagavano mentre guardava l'acqua.

«E no, non entrerò».

«Non mi aspettavo che lo facessi», mormorò lei allegramente con una smorfia. «Questo è un problema mio». Si scostò i capelli dalle spalle. Con un movimento improvviso, si liberò del cappotto, facendolo cadere a terra.

Lui, incredulo, la guardò mentre si tirava sopra la testa il maglione e la maglietta con un'unica mossa.

«Lucy?». Ma prima che Alex potesse aggiungere altro, si era tolta gli stivali e si era sfilata la gonna e i collant.

Come un idiota, rimase a bocca aperta vedendola con addosso solo reggiseno e mutandine. Era senza parole. Wow, era bellissima. *Sguardo basso, Alex. Tieni lo sguardo basso.* Ma non riuscì a trattenersi e rivolse un'occhiata furtiva ai seni alti e tondeggianti che facevano capolino da un reggiseno bianco di pizzo, alla pelle bianca e lattiginosa che seguiva il pendio della vita stretta. Poi, scuotendosi rapidamente, come se si stesse preparando, Lucy si tuffò in acqua.

Avanzando con decisione in avanti, nuotò verso la pecora.

«Che cosa stai facendo?», chiese stupidamente.

Lei gli lanciò un evitabile sguardo come a dire: "Secondo te cosa sto facendo?". La pecora, come uno spettatore neutrale sul campo, agitò la testa da una parte all'altra con un forte belato, ma Lucy si mise subito al suo fianco, alzandosi in piedi e spingendola verso Alex. Ci volle meno di un minuto perché lei la dirigesse verso di lui, che si chinò e risvegliò il proprio spirito di pastore australiano, afferrando la massa di lana bagnata e tirandola fuori. Quella dannata cosa era più pesante di quanto pensasse, ma con Lucy che gli sorrideva con sguardo soddisfatto di sicuro non l'avrebbe lasciata andare. Non appena la pecora posò le zampe sul bordo, quell'ingrata creatura schizzò via dalla piattaforma con gli zoccoli che ticchettavano sul legno, senza nemmeno voltarsi indietro; sgattaiolò nel campo verso il recinto, emettendo altri belati.

«Ovvio, c'era da aspettarselo», ringhiò Alex mentre Lucy rideva di nuovo, con gli occhi scintillanti di gioia trattenuta.

«È divertente», ridacchiò lei, scrollando le spalle e facendo scivolare l'acqua sui suoi seni.

Lui strinse gli occhi e poi, incapace di trattenersi, le rispose ridendo. «Questo era uno dei modi in cui si poteva affrontare la situazione. Vuoi una mano?». Ancora in ginocchio, si chinò in avanti e allungò una mano, chiedendosi se lei potesse tirarlo dentro. Essendo un gentiluomo, cercò di non bearsi della vista della sua scollatura. Lucy si scostò i capelli dal viso, e quel movimento spinse i seni sodi verso l'alto.

I loro sguardi si incrociarono e Alex si rese conto che, nonostante le sue buone intenzioni, le stava fissando il décolleté, e che tutto il sangue del suo corpo era andato dove non avrebbe dovuto; infatti, in quel momento i jeans gli parvero incredibilmente stretti. Peggio ancora, sembrava che gli occhi di Lucy fossero proprio all'altezza della cerniera dei suoi pantaloni.

Con fare disinvolto si sistemò i jeans. Quando guardò Lucy, una decisa sfumatura rosa le aveva incendiato gli zigomi, ma aveva gli occhi bassi, come se il pavimento fosse all'improvviso diventato interessante. C'era una vulnerabilità fuori dal comune in lei che faceva emergere in Alex l'acuto e intenso desiderio di avvicinarsi e avvolgerla con le sue braccia.

Lei lo guardò, incerta e timida. Il cuore gli si strinse nel petto e mancò il battito successivo.

«Adesso ti tiro fuori di lì». Le tese una mano e l'aiutò a tirarsi su dal bordo. Quando l'aria fredda incontrò la sua pelle, Lucy si tese immediatamente, ripiegandosi su se stessa e incrociando le braccia sul petto. Senza pensarci, lui aprì la cerniera del cappotto e lo avvolse intorno a lei, tirandola a sé.

Non appena premette il corpo morbido e umido della donna contro il suo, non riuscì a pensare ad altro che a volerla baciare. Proprio lì, baciare quelle labbra rosa pallido. Lucy sollevò la testa, lo sguardo circospetto si posò sulla bocca di lui. In quel frangente sembrava incredibilmente vulnerabile, così diversa dal suo normale atteggiamento pratico e deciso. Alex chinò il capo e le sfiorò le labbra con estrema delicatezza, sentendo il suo respiro sorpreso e affannato. I campanelli d'allarme suonavano nella sua testa, consigliandogli di procedere con cautela; Lucy, però, inclinò la testa come fosse un girasole, e un sorriso tremulo le raggiunse gli occhi. Così, Alex la baciò di nuovo, tirandola più vicino, al riparo nel cappotto. Le sue labbra incontrarono quelle di lui in una cauta esplorazione e, nonostante lui volesse approfondire il bacio si trattenne, percependo una certa fragilità in quella donna.

Quando si ritrassero per guardarsi, gli occhi di lei erano di nuovo confusi e circospetti, così Alex la tirò a sé in un rapido abbraccio istintivo. Lei ricambiò il gesto, rimanendo per un minuto tra le sue braccia.

«Dobbiamo portarti dentro e farti riscaldare. Non è proprio il tempo adatto per nuotare».

Lei sospirò e lui sentì la sua esile figura rabbrividire. «Grazie Alex».

Non era sicuro del perché lo stesse ringraziando, ma si sentì come un eroe vittorioso, infatti le sorrise come un idiota. Cosa c'era di sbagliato in lui? Quello era il suo solito comportamento da bravo ragazzo, ma che fine aveva fatto quello formale e professionale? Doveva valutare lei e l'hotel. Tuttavia, qual era la linea aziendale riguardo al ripescare un ovino da una vasca idromassaggio? O all'innamorarsi di qualcuno che il proprio capo avrebbe potuto licenziare entro un paio di settimane...

Capitolo 19

Hekla esplose. Diamine se esplose: un fiume di imprecazioni proruppe dall'ufficio, mentre Lucy parlava con Brynja e Kristjan alla reception. Nonostante la differenza di lingua, la veemenza del suo tono rese evidente che non fosse particolarmente in vena di complimenti.

Ci fu un silenzio scioccato, poi i tre sbirciarono oltre la porta dell'ufficio.

«*Ónytjungur*», ringhiò Hekla, strappando dalla stampante un foglio di carta già maciullato.

«Tradotto approssimativamente come…?», chiese Lucy a Brynja, che stava cercando di trattenere le risate. Era piuttosto comico, la dea vichinga alta e bionda contro una grossa scatola di plastica nera e tozza, la prima che girava intorno alla seconda come se potesse finirla da un momento all'altro. Le mancava solo un grosso pugnale coperto di rune. Brynja fece una smorfia e sussurrò. «Inutile sacco di merda».

A dire il vero, la stampante era diventata sempre più intrattabile negli ultimi giorni, anche se era da sempre la nemica giurata di Hekla. Ora stava causando troppi problemi, visto che ci si affidava a essa per stampare le ricevute degli ospiti alla fine del loro soggiorno. Poiché aveva preso a rosicchiare un foglio sì e uno no, faceva tardare le persone quando cercavano di fare il check-out ed erano già impazienti di prendere l'aereo.

«Ehi Hekla». Kristjan le lanciò un pesante libro. «Perché non le dai il colpo di grazia?».

Lei lo prese al volo, e Lucy pensò che l'avrebbe invece usato per colpire il collega.

Kristjan chinò le spalle e fece una precipitosa ritirata verso la cucina, mentre Hekla si scatenava in un altro flusso di invettive rabbiose e tornava alla sua scrivania, dove iniziò a martellare la tastiera del portatile.

«Ehi», disse Lucy. «Time out. Qual è il problema?»

«Sto cercando di stampare l'itinerario del giro del circolo d'oro per la comitiva arrivata ieri. La compagnia turistica verrà a prenderli alle dieci. E la...», usò una parola di cui Lucy avrebbe potuto indovinare la traduzione, «stampante non funziona. Saranno qui tra un minuto».

«Ok». Lucy guardò la pila di carta sbocconcellata e prese una rapida decisione. Con una mossa che non avrebbe mai fatto nel suo ultimo albergo, mise un braccio intorno a Hekla e le diede una stretta alle spalle. «Perché non usiamo l'inserimento manuale per adesso? Finiamo il lavoro e poi andiamo a Reykjavik a comprarne una nuova. Brynja, non abbiamo molte prenotazioni per stasera, puoi coprirci tu. Avremo i telefoni accesi».

«Ma...». Il labbro inferiore di Hekla tremò.

Lucy le diede un'altra stretta. «Dai. È da un paio di giorni che non esci. Scommetto che ti farebbe bene cambiare aria. Possiamo andare a pranzo. Potresti mostrarmi qualcosa della città e potremmo prendere una nuova stampante».

«Nuova stampante». Hekla lanciò un ghigno trionfante a quella attuale. «Ah! Sì. Una nuova stampante». Stava già prendendo il piumino appeso allo schienale della sedia. «Chiederò a Olafur le chiavi della jeep. Non gli dispiacerà, purché torniamo in tempo per accompagnare la troupe stasera».

«Bene. Dammi dieci minuti. Devo... ehm...». Lucy diede un'occhiata furtiva all'orologio e poi arricciò il naso, avvertendo un piccolo morso di delusione. Il servizio della colazione era terminato da mezz'ora. Il personale di servizio se n'era di sicuro andato da un pezzo. Quella mattina era di turno Alex. Rivolse a Hekla una specie di cenno d'intesa e sgattaiolò verso la reception. Non lo vedeva dalla mattina del giorno prima, ma aveva occupato la maggior parte dei suoi pensieri. Quel bacio. Santo cielo, quel bacio. Il primo bacio di quella sera, nella stanza del personale, le aveva fatto battere il cuore, ma quello vicino alla vasca idromassaggio aveva oltrepassato ogni limite. Le guance le si scaldarono al ricordo. E cosa le era saltato in mente di spogliarsi in quel modo? Dio, non aveva imparato la lezione? Era il suo capo, per l'amor del cielo.

E poi, come se l'avesse evocato, eccolo lì, ad attraversare l'atrio e venire dritto verso di lei, con ancora indosso l'uniforme da cameriere; aveva un aspetto incredibilmente affascinante, con un paio di eleganti pantaloni neri e una camicia bianca sbottonata fino a metà petto, come se si fosse cambiato e all'improvviso gli fosse venuto in mente qualcosa. Gli mancava solo un papillon aperto che gli penzolasse dalla mano e sarebbe stato il perfetto sexy uomo in smoking dopo una notte in città. A Lucy si seccò la bocca.

«Ehi Alex», la sua voce uscì innaturalmente alta.

«Ciao Lucy», le sorrise lui. «Niente crisi da pecore oggi?»

«No, grazie al cielo. E grazie mille per l'aiuto di ieri». *Mantieni un tono professionale*, disse a se stessa.

«Non c'è di che». Gli occhi di Alex scintillarono e si posarono sui suoi. Lucy deglutì a fatica, ed ecco che la professionalità andò a farsi benedire. Una vampata di calore le percorse la pelle mentre ricordava, per quella che le sembrava la millesima volta nelle ultime ventiquattro ore, i suoi baci delicati. Ci era voluta tutta la sua forza di volontà per non fare un salto in cucina quella mattina durante il servizio solo per vederlo. Dal giorno prima aveva cercato di convincersi che lui le aveva solo offerto conforto in una situazione di stress. Lei era il suo capo. Baciarlo era sbagliato. Volerlo baciare ancora, era *sbagliaterrimo*... esisteva quella parola? Ecco quant'era scombussolata dalla sua sola presenza.

«Kristjan non ha preso la copia stampata del menu del giorno». La voce di Alex fece irruzione tra i suoi pensieri. «Ho pensato di passare e ritirarla al posto suo».

Aggrottò la fronte. «Ma Kristjan se n'è appena andato»,

fece notare, voltandosi indietro verso l'ufficio. Il giovane chef sapeva che la stampante era fuori uso.

«Oh. Io... io...», balbettò Alex.

Lucy strinse le labbra, intrigata da quell'imbarazzo per nulla tipico di Alex; ma lui si riprese in fretta, e i suoi occhi caldi e marroni con sprazzi d'ambra si fissarono in quelli di lei.

«Be', ora sono qui». Ed ecco che era tornato il normale e controllato Alex. «Sto organizzando una camminata sui ghiacciai e so quanto ti è piaciuta l'escursione a Gullfoss. Vuoi venire?».

Il cuore di Lucy ebbe un sussulto. «Sarebbe bellissimo», rispose, cercando di imitare il tono calmo dell'uomo e tentando di mascherare l'entusiasmo all'idea di passare del tempo con lui. Il cuore le batteva all'impazzata, ignorando completamente la voce dura nella sua mente che le ricordava cose noiose, come i limiti da non superare e i diritti dei dipendenti.

Il viaggio verso Reykjavik seguì praticamente lo stesso percorso del viaggio che Lucy aveva fatto con Alex, anche se con Hekla alla guida era un po' diverso. Mentre lui era stato prudente e attento sulla strada, Hekla non conosceva il significato della parola "prudenza". Prendeva le curve a tutta velocità, toccava spesso i bordi sterrati e girava la testa quando parlava con Lucy, distogliendo di continuo lo sguardo dalla strada.

Aggrapparsi al sedile e tenere d'occhio la strada di sicuro distrasse la mente di Lucy dal rimuginare su Alex e sulla sua reazione negativa a lui e, quando scorse la città in lontananza, si sentì sollevata.

«Parcheggeremo vicino al porto, da lì si può vedere la sala concerti Harpa e il Sun Voyager, una bellissima scultura. È una delle cose che preferisco vedere qui, anche se la città non mi piace molto», spiegò Hekla mentre attraversava il centro.

Lucy si rese conto che, sebbene prima non le fosse mancata la vita di città, ora che era qui i suoi sensi si erano risvegliati. Anche se sembrava più un piccolo paese che una città, con le sue strade aperte e le case così belle, bianche con tetti dai colori vivaci; quando attraversarono un'altra parte del centro abitato, le case divennero rosso brillante, verde, uno splendido blu, arancione e persino verde lime.

Il cielo si era schiarito rispetto alla mattina, e ora nuvole leggere erano sparse in un cielo azzurro, che si rifletteva nell'enorme facciata di vetro dell'imponente Harpa, la sala concerti e centro conferenze, che Hekla aveva spiegato essere la sede dell'Orchestra sinfonica islandese e dell'Opera islandese. Sembrava incredibilmente moderna, arroccata come un pezzo di ghiaccio frastagliato sul bordo del vecchio porto, con le sue insolite tassellature di vetro che ricordarono a Lucy un gigantesco nido d'ape ghiacciato.

«Visto che non abbiamo molto tempo, ti porterò alla Hallgrímskirkja, la chiesa più grande d'Islanda. È molto bella, o almeno, per me lo è. È stata costruita nel modo in cui si forma un vulcano». Sorrise, il suo viso bonario solare e felice, come se l'esplosione di prima non fosse mai avvenuta. «E sai che mi piacciono i vulcani».

«Direi che hai una certa affinità con loro», commentò Lucy con un sorriso ironico.

Hekla prese Lucy a braccetto e la condusse per alcune strade, finché non raggiunsero una lunga via, Skólavörðustígur. Era ampia e pulita, con molti negozi di artigianato e di articoli da regalo e bar interessanti. Lucy insistette perché si fermassero in quello chiamato *The Puffin*, perché era molto affascinata da quegli uccelli dall'aspetto iconico.

«Sai che li mangiamo, vero?», le ricordò Hekla, con i suoi grandi occhi azzurri pieni di tristezza.

«No!», esclamò Lucy. «È terribile».

«In realtà, sono più i turisti che gli abitanti del luogo».

«Be', posso dirti che al Northern Lights Lodge non ci sarà mai la pulcinella di mare sul menu», dichiarò Lucy.

Fare shopping a Reykjavik fu molto divertente. Certo, per alcuni versi era molto turistico, ma allo stesso tempo era chiaro che qui la gente avesse un vero occhio di riguardo per il design e il comfort. Per una persona abituata alle stesse infinite catene di negozi fu una rivelazione. Si fermarono davanti a un'esposizione particolarmente suggestiva nella vetrina di un negozio di gioielli, e l'occhio di Lucy fu catturato da un semplice anello d'oro con una grande pietra dalla forma irregolare di colore blu-verde chiaro.

«Sai quanto sono piaciuti i quadri?». Ne avevano venduti tre a degli ospiti nell'ultima settimana. «Che ne pensi se mettessimo in mostra più arte e design locale al Lodge?», chiese a Hekla.

«*Ja*. È un buon piano. Alla reception. Potremmo mettere degli scaffali in un angolo e dei quadri nel bar».

«Proprio come pensavo. Andiamo». Fece un cenno con la testa verso l'ingresso della gioielleria e, senza aspettare, si fece strada all'interno.

Il proprietario, entusiasta dell'idea di una mostra in hotel, si mise a chiacchierare dei dettagli con Hekla mentre Lucy si aggirava tra gli espositori, attirata più volte dallo stesso anello in vetrina. Era terribilmente costoso, ma d'altra parte non aveva toccato il suo stipendio da quando era lì. E solo sei settimane prima non avrebbe nemmeno osato comprarsi un caffè da Costa. Quanto erano cambiate le cose? Guardò Hekla. Si era fatta nuovi amici, aveva iniziato a innamorarsi del paesaggio e il Northern Lights Lodge stava cominciando a trovare la sua strada. Anche le recensioni di TripAdvisor erano migliorate ma, dannazione, c'era ancora molto da fare. Non era pronta a lasciare il Lodge.

«È un'amazzonite», esclamò Hekla, avvicinandosi a lei mentre guardava ancora una volta l'anello. «Dovresti comprarlo. Per festeggiare».

Lucy ricambiò lo sguardo. «È esattamente quello che stavo pensando». Mentre uscivano dal negozio, con un accordo per l'allestimento di un'esposizione nella settimana successiva e una piccola scatola bianca in tasca, Lucy chiese: «Hekla, sai qualcosa di più sulla vendita dell'hotel?».

Sembrava che sapesse sempre tutto prima degli altri. «No, è strano. Non ci sono state notizie. Magari non lo venderanno più. Le recensioni sono sempre più positive. Forse il signor Pedersen cambierà idea».

Lucy incrociò le dita in tasca. Sfortunatamente, proprio quelle recensioni positive avrebbero potuto rendere i potenziali acquirenti ancora più entusiasti.

La Hallgrímskirkja era forse l'edificio più suggestivo che Lucy avesse mai visto, una moderna torre gotica in cemento che le fece venire in mente la torre bianca del *Signore degli Anelli*. Non riusciva a decidere se le piacesse o meno. Una parte di lei apprezzava la semplicità e l'eleganza delle linee, ma l'altra la trovava spoglia e fredda.

«La vista dalla cima è fantastica», le spiegò Hekla. «C'è un ascensore se vuoi salire».

«Aggiudicato». Lucy le sorrise. «Mi piacerebbe vedere il panorama, poi che ne dici di pranzare? Dopo faremmo meglio ad andare al negozio di elettrodomestici».

«Forse potresti comprare un'altra macchina del caffè per la sala del personale», suggerì Hekla. «Così magari riusciremo a lavorare».

L'ufficio era diventato molto più frequentato dopo l'arrivo della macchina del caffè, il che ricordò a Lucy che doveva fare scorta di altre cialde, soprattutto di quelle per la cioccolata calda che si erano rivelate molto popolari.

Lucy scosse la testa. «Mi piace che gli altri vengano in ufficio a prendere il caffè, così almeno ci vediamo tutti». Rivolse un sorriso complice a Hekla. «E Kristjan ha una buona scusa per venire a trovarti».

Il volto di Hekla si illuminò di un sorriso timido. «Gli piace il caffè e basta».

«Gli piace Hekla».

Lei cominciò ad armeggiare con la cerniera del suo spesso cappotto rosso imbottito.

Risparmiandole l'imbarazzo, Lucy aggiunse: «E averlo in

ufficio è un buon modo per sapere cosa sta succedendo. Per esempio, Elin si lamentava che il portasciugamani si era rotto di nuovo in una delle stanze e che Magnus lo aveva riparato per la terza volta».

«E questa nozione come può essere d'aiuto?»

«Perché ho capito che quei portasciugamani non sono adatti allo scopo. Se Magnus deve continuare ad aggiustarli, dobbiamo prenderne altri».

«È un'ottima cosa. Non ci avrei mai pensato», replicò Hekla ammirata. «Imparo così tanto. Sei molto abile nel tuo lavoro. Credo che abbiano commesso un errore. Ma...», il suo viso si illuminò di un sorriso solare che fece subito ridere Lucy. «È un bene per noi perché ora sei qui a migliorare il nostro hotel. E perché stai ridendo?»

«Perché... adesso stai sorridendo, e non riesco a credere che prima fossi così arrabbiata».

Gli occhi di Hekla scintillarono. «Te l'ho detto, mi hanno chiamata come il vulcano».

La vista dalla cima della chiesa era stupenda e Lucy scattò molte foto con il cellulare, mentre Hekla la intratteneva indicandole i punti di riferimento. Il monte Esja, che dominava la città, il porto e la cima a cupola del Perlan, un centro commerciale e di intrattenimento che, a quanto pareva, un tempo erano torri idriche a servizio della città. Dopo aver lasciato la magnifica chiesa e aver dato una rapida occhiata alla statua di Leif Eriksson, un vichingo dall'aspetto piuttosto imponente, Hekla guidò la collega verso il Café Loki, il suo locale preferito in città.

«Servono cibo tradizionale islandese e un gelato al pane di segale davvero delizioso».

Lucy tenne per sé i suoi pensieri, ma chiaramente il suo viso raccontava una storia diversa. Hekla rise. «Lo è, credimi...». La sua voce si affievolì.

Lucy le mise una mano sul braccio: «Mi fido di te».

«Ma qualcuno non...». Il suo inglese incespicò, e la preoccupazione le segnò il volto. «Ho parlato con Alex. Pensa che ci sia una... una persona cattiva. Non mi piace pensare che qualcuno faccia queste cose di proposito».

«Invece è così. Io e Alex abbiamo trovato le gomme di scorta, sai? Qualcuno le aveva nascoste».

«No!». Con gli occhi spalancati Hekla aveva l'aspetto di un bambino sorpreso.

«I topi. Le gomme tagliate. Suppongo anche la pecora nella vasca idromassaggio. La telefonata che diceva che avevo cambiato i miei piani. La porta dell'hotel chiusa a chiave». Lucy non voleva pensare che si trattasse di una questione personale, ma sembrava che fosse così. «A qualcuno non piaccio».

«No, non è vero», la contraddisse Hekla in fretta, posandole una mano sul braccio. «Prima che tu arrivassi sono successe delle cose. Piccole cose. C'è stato un problema con la compagnia di taxi che doveva portare qualcuno in aeroporto. Non si sono presentati. Gunnar ha dovuto accompagnare gli ospiti personalmente. La compagnia di taxi... era molto arrabbiata, e ha detto che la corsa era stata cancellata per telefono».

«Pensi che sia stato intenzionale?»

«So che è stato così», disse Hekla infuriata. «Il tassista è mio cognato. Mia sorella si occupa di tutte le prenotazioni».

«Be', questo mi fa sentire meglio», mormorò Lucy. «Almeno un po'».

Quando furono a metà del pranzo – Lucy aveva preso il piatto islandese Freya che comprendeva un'incredibile torta di trota, insalata e il famoso gelato – le sovvenne un pensiero improvviso.

Agitò la forchetta verso Hekla. «Riesci a pensare ad altre cose che sono andate storte e che potrebbero essere state intenzionali?».

Hekla rifletté per un minuto prima di scuotere infine la testa. «No, la cancellazione della prenotazione del taxi è l'unica cosa che mi è venuta in mente».

Masticando lentamente, Lucy pensò ancora un po', ripetendo tutto nella sua testa prima di dire: «Quindi quella è stata la prima cosa. Riesci a ricordare quando è successo?».

Hekla stava mangiando una zuppa di carne dall'aspetto sostanzioso e dall'odore ricco e affumicato, con un contorno di pane e il tradizionale pesce salato essiccato – che aveva insistito perché Lucy provasse. Non era un'esperienza che Lucy aveva intenzione di ripetere a breve.

«Circa tre settimane prima del tuo arrivo».

Lucy si era scervellata per capire perché qualcuno potesse voler danneggiare l'hotel, e continuava a tornare alla stessa domanda.

«È stato prima o dopo che Pedersen ha iniziato a parlare di vendere l'hotel?»

«Subito dopo. Oh!». Hekla batté la mano sul tavolo facendo tintinnare le posate.

«Non sono una detective, ma immagino che qualcuno non voglia che l'hotel venga venduto, o meglio, che venga venduto alla persona che ha fatto un'offerta».

«Penso che tu abbia ragione».

«Sai se qualcun altro era interessato all'acquisto dell'albergo?»

«Il signor Pedersen non ne ha mai parlato, quindi non ne ho idea».

Lucy inclinò la testa: «Appena torniamo, gli manderò un'e-mail».

«Potremmo risolvere il mistero». Hekla sembrava eccitata. «Siamo come Miss Marple».

Lucy sgranò gli occhi. «Preferirei le Charlie's Angels. Miss Marple era vecchissima». Bevve un sorso della birra lager che aveva ordinato.

«Sì, una di noi dovrebbe cambiare colore di capelli, perché ce n'era solo una bionda e Brynja è l'altra, mentre Alex è Charlie».

Lucy quasi sputò la sua birra. «Sono sicura che ad Alex piacerà». Alex era quanto di più lontano ci fosse dalla figura di affettuoso zio di mezz'età.

«Gli piaci», aggiunse Hekla, inarcando maliziosamente le sopracciglia.

Lucy cercò di fare spallucce, ma la ragazza rise.

«Gli piaci. E a te piace? È beeeeello», commentò con evidente apprezzamento.

«È molto carino». Lucy trasalì, sembrava una zia anziana.

«Non lo caccerei dal mio letto in una notte fredda». Hekla mosse le sopracciglia con fare sornione. «È un figo di prima categoria».

Lucy aveva le guance in fiamme. «N… non l'avevo notato».

Hekla emise una risata fragorosa, attirando gli sguardi degli altri commensali.

«Bugiarda! Ricorda che le bugie hanno le gambe corte».

Lucy strinse gli occhi, incapace di trattenersi dal sorridere. «Sai che il tuo inglese è fin troppo buono, vero?».

Dall'altra parte del tavolo, Hekla la guardò con un sorriso. «Cosa hai intenzione di fare?»

«Niente», rispose Lucy. «Sono il suo capo». Accavallò le gambe sotto il tavolo, raddrizzandosi sulla sedia come se questo potesse fermare il ricordo del bacio deliziosamente morbido sul ponte. Il modo tenero in cui lui le aveva scostato i capelli dal viso.

«E quindi…», continuò Hekla.

«Sono il suo capo».

Hekla alzò le spalle. «E…?».

Lucy pensò a tutte le cose che potevano andare storte.

«Sei una brava persona, Lucy». Il volto di Hekla mostrò un improvviso divertimento. «Ti preoccupa il pensiero di approfittarti di Alex».

Lucy ridacchiò e poi entrambe scoppiarono a ridere al pensiero.

«No, piuttosto che gli altri membri del personale si sentano a disagio».

«Brynja sta con Gunnar, Freya dorme con Dagur. Siamo a mille miglia da qualsiasi posto. Con chi altro hai intenzione di andare a letto?»

«Be'...». Lucy fu un po' presa alla sprovvista dal suo approccio diretto. «Non *devo* andare a letto con nessuno».

Arricciando il naso, Hekla agitò una mano in cenno di rifiuto. «Non è divertente».

«E poi ho dei precedenti. La mia ultima relazione non è andata troppo bene».

«Il modo migliore per dimenticare qualcuno è tornare in sella», commentò Hekla.

Lucy sollevò le sopracciglia in risposta all'ottimo accento americano.

«Ho vissuto a Washington per un anno».

«Dato che l'ultimo cavallo mi ha disarcionato per bene, sto facendo più attenzione». Avrebbe dovuto mantenere le distanze. Gli occhi scuri di Alex vedevano troppo e le piacevano troppo, soprattutto il modo in cui si erano addolciti prima che la baciasse. Se lo avesse evitato, forse si sarebbe dimenticato della proposta di andare al ghiacciaio. Avrebbe sempre potuto dirgli che era troppo impegnata per andarci. Era a metà del suo contratto e voleva davvero fare una buona impressione per sperare che i nuovi proprietari lo prolungassero.

Capitolo 20

«Mi stai evitando».

Accidenti, quanto la fece sobbalzare. Probabilmente aveva aspettato che lei uscisse dalla riunione settimanale con Elin. Erano trascorsi sette giorni dall'episodio della vasca idromassaggio, che aveva dovuto essere svuotata e pulita.

«Sono stata occupata». Ed evitarlo aveva richiesto un lavoro notevole: assicurarsi di tornare al suo alloggio prima che lui chiudesse il bar la sera, controllare quali turni facesse la mattina e passare molto tempo chiusa nell'ufficio contabilità piuttosto che nell'ufficio generale, sostenere di aver bisogno di pace e tranquillità per rivedere alcune cifre.

«E sono impegnata anche adesso», aggiunse mentre si dirigeva verso il corridoio di vetro per controllare le camere dell'albergo. Era un lavoro extra che doveva fare ogni giorno, ma non aveva nessun altro che lo facesse. Era importante che le stanze fossero ispezionate correttamente, ma nonostante avesse appeso l'elenco per Eyrun, la governante insisteva che era troppo impegnata con la lavanderia per farlo ogni giorno. Lucy prevedeva che le cose sarebbero precipitate se non avesse preso in mano la situazione. Elin stava facendo un ottimo lavoro, programmando i turni delle altre ragazze oltre a pulire tutte le aree comuni, ma aveva già abbastanza da fare.

«Ti stai tirando indietro dalla passeggiata sul ghiacciaio?». La domanda di Alex nascondeva un doppio significato, mentre le si metteva a fianco. Lei deglutì, lo stomaco le si agitò e poi si fermò, voltandosi verso di lui. Nessuno l'aveva mai accusata di essere una fifona.

«Quando pensi di andarci?», chiese, e alzò la testa in risposta alla sfida.

Gli occhi di lui scintillarono e Lucy si chiese se fosse stata ingannata. «Domani o dopodomani. Non hai avuto un giorno libero da quando sei andata a Reykjavik».

«Li stai contando?». Un piccolo brivido di calore le serpeggiò nel petto. Lui non rispose. Era una buona tecnica, perché ora si sentiva in dovere di riempire il silenzio. I nervi le solleticavano la pelle.

«Potrei venirci dopodomani», propose lei, prima di aggiungere, in modo che entrambi sapessero esattamente come stavano le cose: «Mi farebbe bene un po' d'aria fresca e un cambio di scenario».

Se anche Alex aveva colto le sue parole non ne diede alcun cenno, ma con uno sguardo d'intesa disse: «Ottimo, prenoterò il tour. Ti farò sapere a che ora».

Si allontanò, e lei lo guardò andare via. «Spero che tu sappia quello che stai facendo, Lucy Smart», mormorò tra sé e sé, pensando a quanto avrebbe preferito che lui non fosse così bello e che il cuore smettesse di batterle all'impazzata ogni volta che lui le rivolgeva quel sorriso caldo e intimo.

Clive e la troupe stavano filmando un'intervista con due ospiti nel corridoio di vetro, mentre lei attraversava l'hotel per dirigersi verso la lavanderia. Il cuore di Lucy mancò un battito e pregò che non si mettessero in testa di pedinarla per tutta la mattina, come avevano minacciato negli ultimi giorni. Non voleva un pubblico mentre si incontrava con Eyrun.

«Lucy, cercavamo proprio te», esclamò Clive mentre terminavano l'intervista. «Stiamo cercando disperatamente di ottenere delle riprese decenti. Non c'è traccia delle inafferrabili luci dell'aurora e, a dire il vero, voi ragazzi siete tutti un po' troppo tranquilli. Mi aspettavo un po' di litigi, risse, sai, la nuova direttrice che fa la voce grossa. Devi darci qualcosa».

Lucy si irrigidì. «Be', stiamo organizzando un tradizionale banchetto islandese. Potrebbe essere interessante».

Clive era raggiante. «Sì! Ora che mi ci fai pensare riesco già a immaginarlo: tipo *Il trono di spade*, torce infuocate, fuochi all'aperto, mantelli di pelliccia». Mentre si voltava e cominciava a blaterare entusiasticamente con la troupe, Lucy si fece da parte e si allontanò in tutta fretta per cercare Eyrun.

Reggendo la cartellina come uno scudo, Lucy entrò in lavanderia, che era sempre come infilarsi in un caldo bozzolo. Eyrun, che stava tirando fuori dalla grande asciugatrice una pila di soffici asciugamani bianchi, si fermò e guardò la direttrice mentre entrava, poi proseguì, mettendoli da una parte. Quando iniziò a piegarli, Lucy posò la cartellina.

«Lascia che ti aiuti».

Eyrun la fissò, ma non disse nulla e continuò. Lucy prese un asciugamano caldo, quasi tentata di seppellirvi il viso. Invece guardò Eyrun piegare l'asciugamano a metà sulla lunghezza maggiore e poi piegarlo in tre parti uguali. Imitandola, piegò il suo primo asciugamano e poi un altro.

Il ritmo di piegatura fu regolare e il viso di Eyrun perse un po' della sua tensione sospettosa.

«Eyrun, continui a non fare le ispezioni», cominciò Lucy senza guardare la governante. «C'è qualche motivo per cui non lo fai?».

Eyrun si rifiutò di incrociare il suo sguardo. Lucy sospirò.

«E avevi tutte le coperte e i cuscini nell'armadio, anche se te li avevo chiesti».

«Mi è stato detto di metterli via finché l'hotel non fosse stato venduto». La mascella di Eyrun era serrata in segno di ribellione, i suoi capelli grigi erano messi in risalto dalla forte luce del soffitto sotto cui si trovava.

Nonostante avesse provato nella sua testa il discorso di avvertimento formale in vista di quella conversazione, le parole l'abbandonarono. La tattica di temporeggiare guardandosi intorno non servì a nulla. Come prima, qualcosa le puzzava. Cosa c'era che non andava qui? La bacheca era ancora vuota, a parte la solitaria lista di controllo che aveva appeso prima. Strano, vista l'antipatia di Eyrun si aspettava che sarebbe stata strappata via. Vederla così, tutta sola sulla bacheca, la sconvolse. Nel suo ufficio aveva appeso di tutto, e si affidava ai post-it per ricordarsi le cose. Poi le si accese una lampadina. Le tornò in mente il primo albergo in cui aveva lavorato, e la sua governante.

«Non sai leggere, vero?».

La testa dell'altra donna scattò in alto, gli occhi impauriti. Accidenti, Lucy non aveva intenzione di dirlo così, ma le era venuto in mente di colpo. Tutto aveva senso, la mancanza di qualsiasi tipo di promemoria o informazione appesa e Eyrun che non guardava nemmeno i documenti che aveva cercato di darle.

Con orrore di Lucy, gli occhi di Eyrun si riempirono di lacrime.

«È per questo che non vuoi fare le ispezioni? Perché non sai leggere la lista di controllo?».

La mascella di Eyrun si serrò e fece un cenno quasi impercettibile col capo, mentre una lacrima le scivolava lungo la guancia.

«Oh no», mormorò Lucy, percependo l'angoscia dell'altra donna. «Vorrei che me l'avessi detto, avremmo potuto...».

Eyrun tirò su col naso e sbatté le palpebre. «Non sono andata molto a scuola. Le lettere si spostano. Sono dislessica. Non leggo nulla. Ma so fare il mio lavoro».

«Questo lo so bene», disse Lucy, afferrando le mani della governante mentre prendeva un altro asciugamano. «E sei molto brava». Tutti sapevano che la lavanderia era efficiente come un orologio.

«Ogni direttore mi dà dei fogli. Mi dicono che è tutto scritto lì, che mi hanno fornito le liste». Inspirò con un brivido e sollevò entrambe le mani per asciugarsi gli occhi. «So fare il mio lavoro», ripeté con forza, ma Lucy colse la rigidità della sua mascella.

«Sì, certo. E ora so», replicò Lucy mettendosi le mani sui

fianchi, «che andrà tutto bene». Stava pensando alla *petta reddast* di Hekla.

Eyrun sollevò il viso rigato di lacrime per guardarla. Lucy riconobbe fin troppo bene quell'espressione diffidente e sospettosa, l'aveva vista allo specchio.

«Vieni», fece cenno a Eyrun di entrare nell'altra stanza. «Ho qualche idea. Forse possiamo usare le immagini invece delle parole. Fotografie?».

Quando lasciò la lavanderia, mezz'ora più tardi, con suo grande stupore Eyrun l'aveva abbracciata e le aveva dato una pacca sulla testa; quest'ultima cosa era stata un po' imbarazzante, ma Lucy era sicura che avesse buone intenzioni. Era felicissima di essere riuscita a risolvere il problema di Eyrun e di averla portata dalla sua parte. Non c'era da stupirsi che fosse così arrabbiata e poco collaborativa. Per la prima volta dopo secoli, Lucy si concesse un momento di autocompiacimento. I bravi manager si prendevano cura dei loro collaboratori. Quella mattina sentì di aver fatto la differenza.

Capitolo 21

Mentre attraversava il parcheggio in direzione dell'auto di Alex, Lucy si calcò il cappello in testa e si strinse la sciarpa più stretta intorno al collo, grata per i guanti che si era ricordata di prendere mentre uscivano. Era un miracolo che si fosse ricordata di qualcosa quando l'aveva visto aspettarla alla reception, appoggiato con disinvoltura alla scrivania e intento a chiacchierare con Brynja, entusiasta dell'aurora boreale che fortunatamente aveva fatto la sua comparsa la sera precedente. La troupe cinematografica ne aveva parlato a colazione.

Quando lui si era tirato su, con le labbra incurvate e gli occhi contornati da piccole rughette, per camminarle accanto, una calda luce si era accesa dentro di lei, illuminando le farfalle che le svolazzavano come pazze nello stomaco da quando si era svegliata al mattino.

Non si trattava di un appuntamento, ricordò a se stessa mentre si allacciava la cintura di sicurezza. Aria fresca e un cambio di scenario. Un giorno libero. Con un collega. Per quante volte se lo ripetesse, quelle maledette farfalle la ignoravano.

«Allora, dove andiamo?», chiese, cercando di mantenere il tono leggero e disinvolto, dopo che avevano guidato per dieci minuti. «E grazie per avermi accompagnato nel tuo giorno libero. È bello uscire. Prendere un po' d'aria fresca. Sai, cambiare panorama». Pronunciò quelle frasi di getto, in modo secco e tagliente.

«Siamo diretti a Sólheimajökull». Alex si voltò verso di lei mentre guidava, scoccandole una lunga occhiata che la colpì dritta al petto. Quel giorno si era sbarbato e sembrava più bello che mai. «E volevo che venissi non perché sono preoccupato per la tua salute e il tuo benessere, ma perché mi piace passare del tempo con te».

Le maledette farfalle si agitarono ancora una volta.

«Grazie», mormorò lei e, rendendosi conto che si trattava di un ramoscello d'ulivo per la sua precedente irruenza, prese la guida e gli opuscoli nello zaino. «Allora, cosa vuoi sapere sul Sólheimajökull?».

Lui rise. «Raccontami tutto, guida turistica Lucy».

Lucy testò le sue nuove calzature, sentendosi un po' instabile per il peso sconosciuto dei ramponi attaccati agli scarponi da trekking. Adesso che era novembre inoltrato, l'aria esterna era gelida e le faceva formicolare la pelle, mentre il respiro le usciva fuori in sbuffi di vapore bianco. Sollevò la piccozza nella mano destra e fece una smorfia, non sapendo ancora cosa diavolo avrebbe dovuto farci, nonostante il lungo e impegnativo discorso sulla sicurezza.

Alex le sorrise, dopo averla pungolata senza sosta in macchina mentre lei sciorinava numerose informazioni sul ghiacciaio.

«Sembra che stiamo per andare in battaglia», disse lui, tenendo in mano un'ascia e imitando i gesti della collega.

«Purché torniamo vittoriosi», commentò Lucy, rilassandosi subito e sorridendogli, incoraggiata dalla sua sicurezza. Non sembrava minimamente nervoso.

«Stai bene?», chiese.

«Stavo bene, ma quel discorso sulla sicurezza mi ha fatto venire una fifa blu». Lucy fece una smorfia, guardando il ghiacciaio che scendeva lungo il fianco della montagna. La guida aveva sottolineato l'importanza di seguirlo e di non deviare dal percorso, perché c'erano profonde fessure e crepacci nel ghiaccio. Non doveva preoccuparsi, Lucy avrebbe seguito alla lettera le sue parole.

«Fanno così perché tu segua le loro istruzioni. Non ci farebbero scendere se non fosse sicuro».

«Hai ragione. Credo che le calzature mi stiano un po' spaventando. Mi sembra di indossare l'equivalente delle scarpe di Megatron, il malvagio Transformer». Sollevò il rampone metallico affilato che racchiudeva il suo scarpone da trekking. «Ho paura di perdere il controllo e di fare a pezzi qualcuno».

Alex rise. «Non preoccuparti, sono abbastanza sicuro che Optimus Prime sarà in agguato nelle vicinanze». Entrambi guardarono il ghiaccio. Era facile immaginare che si trovassero in un altro mondo o su un pianeta lontano. Davanti a loro si ergevano gelidi picchi striati, simili a una catena alpina; il loro misterioso e lattiginoso color blu acqua era punteggiato qua e là dalla cenere nera dell'eruzione vulcanica di Eyjafjallajökull, avvenuta non molto tempo prima e famosa per aver bloccato per diverse settimane la maggior parte del traffico aereo europeo nel 2010. Quell'episodio faceva parte del discorso di Sven, la guida.

«È così stranamente bello», sospirò Lucy. «Non ho mai visto un blu così». Inspirò profondamente, il naso le pizzicava. «E l'aria è così fresca».

Reclinando la testa all'indietro, guardò il cielo. Nuvole bianche e corpose attraversavano rapide il cielo, giocando a nascondino con le macchie di azzurro. Era difficile credere che più tardi fosse prevista neve. Un sorriso ironico le incurvò le labbra. Una cosa che si imparava subito in Islanda era quanto il tempo potesse essere mutevole. Per una persona che era stata così schiava della routine a Manchester era buffo rendersi conto che ora le piaceva la volubilità del tempo. L'aveva accettata. Le piaceva non sapere quali sarebbero state le condizioni meteo la volta successiva che avrebbe guardato fuori da una delle grandi finestre di vetro dell'hotel. Le piaceva vedere i diversi paesaggi marini ogni mattina, i giorni limpidi in cui il sole scintillava sulle onde agitate o quelli più cupi in cui le nuvole cariche di pioggia tingevano il mare ondeggiato di un verde intenso. E poi c'era l'orizzonte, dove la differenza di luce cambiava drasticamente l'aspetto delle sagome scoscese;

i dolci tramonti le trasformavano in terre fatate dalle punte rosa e coperte di neve, mentre le giornate buie e nuvolose rivelavano le cupe montagne di Mordor.

Un brivido di emozione percorse il gruppo quando la guida turistica s'incamminò. Alex batté la sua piccozza contro quella di Lucy. «Ci siamo».

Il suo entusiasmo giovanile era contagioso e lei sorrise di nuovo, allungando il passo per stargli dietro mentre camminavano per raggiungere il ghiacciaio.

Con un po' di esitazione mosse il primo passo sul ghiaccio, tastandone la superficie scivolosa e simile al vetro di una pista di pattinaggio, ma quando i ramponi si conficcarono nel suolo gelato con uno scricchiolio soddisfacente, ruotò i piedi verso l'esterno per camminare come un pinguino, come le era stato ordinato di fare.

«Ok», esclamò con un'improvvisa risata spensierata, «ho cambiato idea, credo che questi potrebbero essere i miei nuovi migliori amici». Facendo un altro paio di passi sicuri, allungò le mani in movimenti simili a quelli delle pinne mentre esagerava la sua camminata da pinguino. «Sono piuttosto fighi».

Alex rise di lei. «Quindi siamo passati dai *Transformers* al pinguino di *Happy Feet*?»

«Oh, sì». Lucy si dimenò un po' di più e lo guardò raggiante, mentre lui scuoteva la testa divertito.

Seguendo la guida in fila indiana, il gruppo avanzò per un po' sul ghiaccio.

«Hai un talento naturale», esclamò Alex da dietro di lei.

«Mi sto concentrando molto», replicò lei a voce alta, desiderando che lui fosse davanti a lei, e non con la visuale del suo fondoschiena coperto dall'ampio impermeabile nero.

Dopo venti minuti si fermarono per riprendere fiato e ammirare l'incredibile vista del ghiaccio che si estendeva davanti a loro, la cui superficie sembrava un'enorme lastra di marmo irregolare, venata di nero.

«Incredibile, vero?». Alex si avvicinò al suo fianco, mettendole una mano sulla spalla.

«Sì, e poi è così tranquillo». L'aria era immobile e sottolineava la sensazione di isolamento e di essere molto lontani da qualunque luogo.

«Ti fa pensare. Altra gente in questo momento è sugli Champs-Élysée, o a Broadway o a Oxford Street, e noi siamo qui. È difficile immaginare macchine e persone, rumore, traffico».

Lucy si lasciò sfuggire una pacata risata di assenso. «Soprattutto quando è tutto così calmo. È bellissimo ma anche piuttosto intimidatorio, il che fa parte dell'emozione. Si ha quasi la sensazione che la natura possa rivoltarsi contro di noi da un momento all'altro. La cenere è un promemoria importante. Quei vulcani eruttano con una certa frequenza».

«Hai detto bene». Alex la guardò a lungo, con la bocca leggermente tesa in un accenno di sorriso. «Sento che è un luogo per resettare. Per capire cosa sia cosa. Cosa conti davvero».

Lucy annuì concorde. «Resettare è il termine perfetto. La dimensione di tutto questo mette le altre cose in prospettiva. Ti fa capire cosa è importante... o meglio, cosa *non* è importante».

Lei si voltò nello stesso momento in cui lo fece Alex, e i suoi occhi si concentrarono sull'incavo piatto del labbro inferiore di lui, prima di passare ai suoi occhi marroni. Il cuore di Lucy mancò un battito di fronte all'espressione che vi lesse: l'allegro divertimento era stato sostituito da uno sguardo intenso e caldo, serio e molto deciso. Sentì il fruscio del cappotto di lui mentre si avvicinava e avvertì una rapida ondata di calore quando lui le accarezzò la pelle gelida della mascella per sollevarle il viso, prima di abbassare la bocca per baciarla.

Labbra fredde, respiro caldo, nasi ghiacciati, aria rovente, il fruscio degli impermeabili, il battito del suo cuore e il lento scivolare di pelle contro pelle mentre la bocca di Alex si modellava sulla sua, in una delicata e piacevole esplorazione. Non era sicura di chi si fosse tirato indietro per primo, forse lei, perché aveva bisogno di riprendere fiato, ma anche quello del barman formava piccoli sbuffi di vapore nell'aria. Come se fosse riluttante a interrompere il contatto, la mano di lui si avvicinò per accarezzarle il viso. Il bacio era durato pochi secondi, ma l'energia e l'eccitazione le ronzavano nel ventre.

«Non dovremmo...», sussurrò Lucy, dando voce al nodo d'ansia che si era fatto strada nella sua gola. Nessuno degli altri turisti sembrava guardare verso di loro o essere affatto interessato alla scena. Lui le sfiorò le rughe della fronte aggrottata.

«Stai pensando troppo».

Sospirando, lei gli rivolse uno sguardo attento e diretto. «Sono il tuo capo. Non dovremmo...».

«Oppure», fece una pausa e la sua mano scivolò a sfiorarle la mascella, un dito sul labbro, «potremmo dimenticarci dell'hotel. Essere solo Lucy e Alex, che ne dici? Per oggi. Goderci tutto questo». Con un gesto del braccio indicò il vasto paesaggio con la sua natura incontaminata. «Un reset?»

«Ok», replicò lei, e di colpo la vita le parve molto semplice.

La bocca di Alex si arricciò e apparve quella fossetta sfuggente.

«Selfie», propose Alex sollevando il telefono.

«Vai, scatta», disse lei. Lui le passò un braccio intorno alla spalla tirandola vicino, la pelle morbida e fredda della guancia di lui toccò la sua, mentre teneva il cellulare in alto. «Sorridi».

Insieme rimasero a guardare la piccola fotocamera rotonda, Alex la strinse a sé mentre premeva il pulsante sul lato del telefono con il suo dito lungo ed elegante, che le fece pensare alle volte in cui l'aveva toccata.

«Devi mandarmi quel selfie». Lucy cercò di fare del suo meglio per sembrare normale, per riportarli in un territorio sicuro, ma le sue parole uscirono affannose e sensuali, il che fece sorridere Alex, che le diede un altro rapido bacio all'angolo della bocca.

«Certo...». Fu interrotto da Sven, che iniziò a parlare del ghiacciaio, che a quanto pareva era la propaggine di un ghiacciaio molto più grande, uno dei più grandi d'Europa.

Parlava con quella sicurezza coinvolgente che le guide turistiche spesso hanno. Camminarono, salendo verso l'alto per altri venti minuti, finché Sven si fermò su un altopiano levigato che si estendeva a perdita d'occhio, fino alle cime innevate all'orizzonte.

«E ora vi mostrerò uno dei crepacci. Due alla volta. Il resto di voi rimanga qui. Non allontanatevi. Se volete fare delle foto, vi guiderò verso punti sicuri».

Lucy ascoltava il chiacchiericcio multilingue che li circondava, i toni pacati e rispettosi di un gruppo di giapponesi piuttosto anziani, la cui età non li ostacolava di certo, la sfacciataggine di un uomo piuttosto sgradevole che dominava il suo gruppo di quattro persone, le consonanti gutturali di quattro entusiasti fotografi tedeschi che volevano andare per primi e il lento strascicare delle parole di alcuni canadesi di circa vent'anni.

Quando fu il loro turno, Sven li condusse sul bordo del crepaccio largo un metro, come un taglio netto nel ghiaccio con i lati a strapiombo di un blu acqua intenso.

«Ti tengo io, se vuoi guardare o fotografare», esclamò, afferrando il cappotto di Alex per permettergli di sporgersi in avanti e sbirciare oltre il lato.

«Wow», disse Alex impressionato, «quant'è profondo?»

«È difficile da dire, il ghiacciaio è in costante stato di flusso. Si muove ogni giorno, in minima parte, ma possono aprirsi nuove crepe. Ecco perché è importante avere una guida».

Poi fu il turno di Lucy. Sbirciò oltre il bordo per vedere l'incredibile blu del ghiaccio antico quasi incandescente. Era terrificante e ipnotico allo stesso tempo. Tirandosi indietro, Lucy ebbe un piccolo brivido.

Alex le sorrise. «Ti fa pensare, non è vero?»

«È così. Non riesco a credere che la gente sia tanto folle da venire qui da sola e provare a camminare senza una guida».

Hekla aveva raccontato delle lunghe ricerche e del successivo ritrovamento di un corpo dopo che un giovane turista era scomparso sul ghiacciaio qualche anno prima.

Sven scosse la testa e la luce danzante dei suoi occhi azzurri si spense con un'improvvisa serietà. «Può essere molto pericoloso quassù. Ho studiato molto e mi sono allenato a lungo per essere al sicuro in questi luoghi. Non vogliamo altri incidenti mortali. Se il tempo peggiora, torneremo indietro. I rischi sono troppo elevati».

Sven radunò tutti e si rimisero in marcia, sfidando il vento che si era alzato e che rese il percorso un po' più difficile. Gli sbuffi di vapore sottolineavano il respiro pesante di Lucy. Si fermarono ancora un paio di volte e lei ne fu grata, così riprese fiato e riuscì a massaggiarsi le cosce doloranti; intanto, una delle minute signore giapponesi, che aveva il doppio della sua età, le sorrideva con fare comprensivo.

Il tempo mutevole li raggiunse, con spesse nuvole che si avvicinavano minacciando neve, e Lucy sorprese Sven, la guida, a controllare l'orologio un paio di volte e parlare con il personale di terra nel parcheggio. Girando l'angolo di un muro di ghiaccio, fece segno a tutti di fermarsi. L'improvviso cambiamento del paesaggio, da un ampio spazio aperto a grotte e tunnel di ghiaccio, fece immaginare a Lucy di essere in un gioco per computer e di aver raggiunto un nuovo livello. Si trovavano in una piccola area al chiuso, con una grande parete cristallizzata dal freddo davanti a loro che digradava verso destra, con una piccola piattaforma di ghiaccio sulla sinistra, che scendeva per meno di due metri fino a un livello inferiore, dal cui bordo Sven li esortò a stare lontani.

«Qui faremo un po' di arrampicata su ghiaccio. Non avremo molto tempo perché il temporale si sta avvicinando. Chi vuole provare?».

Ci furono diversi "sì" entusiasti, tra cui quello di Alex, e Lucy stava per dire di no quando si rese conto che quella parola era diventata la sua risposta automatica.

Quando aveva smesso di provare cose nuove? Il primo anno a Manchester aveva girato la città, camminando, andando in bicicletta, esplorando. Poi aveva incontrato Chris e lui, riconobbe con un'espressione di rammarico, non era il tipo che usciva dalla sua zona di comfort. Era più uno da pub o da Netflix sul divano.

Sven diede loro istruzioni chiare e precise, distribuendo caschi e corde, e gli escursionisti si affollarono a guardare la sua dimostrazione, mentre sollevava la piccozza con un impressionante colpo deciso sul ghiaccio, prima di sorridere al suo pubblico entusiasta.

Alex incrociò lo sguardo di Lucy e le fece l'occhiolino. Fu il primo ad arrampicarsi, salendo sulla parete di ghiaccio con un'andatura disinvolta e naturale, posizionando i piedi con rapidità e sicurezza e colpendo con forza il ghiaccio con la piccozza, come Sven aveva mostrato a tutti loro. Anche i canadesi sembravano tutti professionisti, uno dei fotografi tedeschi era entusiasta ma goffo, gli altri irrimediabilmente scoordinati, come anche Lucy sospettava sarebbe stata.

E poi fu il suo turno. Sven fu molto scrupoloso, controllò il casco, tirò la cinghia e allacciò l'imbracatura. Dal fondo della parete di ghiaccio a strapiombo, salire sembrava un'impresa impossibile, ma quando si guardò nervosamente alle spalle, Alex le rivolse un sorriso caloroso e un pollice in su.

Dondolare la piccozza per prendere quota era molto più difficile di quanto sembrasse, ma i ramponi erano i suoi nuovi migliori amici e pian piano si fece strada verso l'alto, godendosi il senso di soddisfazione dei muscoli tesi e del duro lavoro a ogni pezzo di ghiaccio che superava.

Quando raggiunse la cima respirava a fatica, ma agitò la piccozza in aria verso Alex. La discesa in corda doppia fu, decise, molto più divertente. Lucy stava sganciando l'imbracatura quando Sven disse: «Mi dispiace gente, questa sarà l'ultima della giornata, dobbiamo tornare indietro e interrompere il tour».

«Cosa, non riuscirò a fare la mia scalata sul ghiaccio?», protestò Brad, un uomo robusto di un metro e novanta. Dal suo leggero accento europeo con forti sfumature americane era difficile stabilire la sua nazionalità, ma una cosa era certa: di sicuro era pieno di sé. Per la maggior parte del viaggio, la sua voce squillante aveva commentato ininterrottamente la sua bravura come allenatore sportivo e quanto fosse in gamba a gestire una squadra. Nozioni di cui Lucy avrebbe potuto fare tranquillamente a meno.

«Ma è per questo che sono venuto in questo tour. E ora siamo qui. Dai, amico, dacci un altro paio di minuti».

«Mi dispiace molto, ma il maltempo si sta avvicinando prima del previsto. Dobbiamo tornare indietro».

L'uomo guardò il cielo. «A me sembra tutto a posto. Quelle nuvole sono lontane chilometri».

Sven gli rivolse un educato sorriso a denti stretti. «Dobbiamo partire subito. La base ha detto che la perturbazione avanza velocemente. I venti si stanno alzando e stanno portando con loro la neve».

Incrociando le braccia sul petto, Brad scosse la testa. «Non mi muovo. Ho pagato per un'escursione e una scalata su ghiaccio. Sono un alpinista esperto». Guardò il resto del gruppo.

Lucy sospirò, lottando con il sottogola del casco e cercando di allentare la clip di plastica.

«Non fare il pazzo», disse una ragazza finlandese, mentre un canadese borbottò «Stronzo» e i quattro fotografi mormorarono in tedesco, ma dal linguaggio del corpo era evidente che stavano dicendo: "Chi è questa testa di cazzo?".

«Sul serio, gente. Questa è una stronzata. Abbiamo pagato per un tour a piedi e una scalata sul ghiaccio». Si guardò intorno sperando di reclutare sostenitori.

Alex si fece avanti dal cerchio degli escursionisti. «È lui l'esperto, dovreste ascoltarlo. Ed è anche il responsabile della nostra sicurezza».

«Già», ribatté Brad, «e si sa che questi tizi sono sempre fin troppo cauti. Altri venti minuti non uccideranno nessuno».

Si avvicinò alla parete e mosse la piccozza con un gesto ampio e rabbioso. Presa alla sprovvista, Lucy indietreggiò, scansando la lama con una manovra alla *Matrix* che probabilmente avrebbe funzionato se fosse stata una ginnasta olimpionica, ma che non andò come previsto per la comune e fuori forma Lucy Smart. Sbilanciata, con i piedi ancorati a quegli stupidi ramponi, dimenò le braccia a mulinello come un personaggio dei cartoni animati, prima che la gravità prendesse il sopravvento e lei cadesse all'indietro, in quello che sembrava un perfetto momento comico al rallentatore; finì dritta oltre il bordo della piccola piattaforma di ghiaccio da cui Sven li aveva avvertiti di stare lontani.

Nonostante non si trattasse di una grande caduta, non più di due metri e mezzo, lei li sentì tutti. Una volta oltrepassato il bordo non c'era modo di recuperare terreno sul ghiaccio e Lucy scivolò giù, con gli arti che si agitavano e il casco ancora in testa; sbatté e venne sballottata per tutta la discesa, finché non si fermò sgraziatamente con un tonfo e un'ultima botta in testa. Tutto diventò nero.

Quando Lucy si risvegliò, sentì che qualcuno le tastava delicatamente gli arti. Aprendo gli occhi, fece una smorfia mentre una luce la investiva. Un'immagine spettrale e sdoppiata di Alex aleggiava sopra di lei.

«Lucy! Lucy». Lui le toccò delicatamente il viso con due dita.

«Hai frequentato il mio stesso corso di primo soccorso», disse lei, ma le uscì fuori «Hafrettatosteocossopriosccoso». La sua testa era annebbiata dal ricordo confuso di un insegnante che faceva quel *tap tap* su un collega che fingeva di essere un paziente in stato d'incoscienza.

Erano a un corso di formazione? Era per quello che era sdraiata sul pavimento? Faceva freddo lì sotto.

Alex aggrottò le sopracciglia e si chinò indietro sui talloni mentre Sven compariva nel suo campo visivo. Si sforzò di mettersi a sedere, ci riuscì per metà e subito si sentì male. Con un gemito si accasciò, le spalle riuscivano a malapena a sostenerle la testa, che stava per esplodere.

«Riesci a muovere le gambe?», chiese in fretta la guida, guardando l'orologio.

Cosa c'era? Doveva prendere il treno? C'erano treni che scendevano dal ghiacciaio? Forse poteva chiamare un taxi. Chiuse gli occhi e pensò che sarebbe svenuta di nuovo quando si sentì afferrare le spalle.

«Lucy».

Aprì gli occhi e trovò gli identici volti preoccupati di Alex uno e Alex due che la scrutavano.

«Ciao. Ciao», disse a entrambi, con la voce che le risuonava nella testa come un'eco. «Ciao, ciao», sussurrò, ma le faceva ancora male la testa e la nausea le chiuse la gola.

«Credochevomiterò», borbottò, rotolando di lato. Tutto le faceva male, ma riusciva a muoversi. Mentre fissava la superficie cristallina, le tornò in mente l'immagine di lei che ruzzolava e sbatteva con la faccia sul ghiaccio; così si ricordò di essere caduta.

Sforzandosi di tirarsi su a sedere, agitò le gambe. «Non c'è niente di rotto», disse, e in un attimo le tornò tutto in mente. Era consapevole della platea di volti inorriditi che scrutavano da sopra la sporgenza qualche metro più in alto. Era imbarazzante. Non era caduta poi così in basso.

Ansiosa di rassicurare Alex e Sven che non si era rotta nulla, si mise in piedi e ondeggiò sul posto, con il mondo che le girava intorno. Accidenti, era peggio che stare sulle giostre. Avevano entrambi un'aria così preoccupata che non osò dire loro che ci vedeva doppio o del tremendo mal di testa che minacciava di spaccarle il cranio in due. Il vento si era già alzato e i piccoli frammenti di ghiaccio che volavano nell'aria e preannunciavano la neve le sferzavano la pelle.

«Sto bene. Un po' ammaccata».

Sollevato, Sven la prese in parola, con una rapidità poco comprensiva, raccolse la sua piccozza e indicò un percorso che li avrebbe condotti per un sentiero parallelo, prima di ricongiungersi qualche metro più avanti. Prese il suo walkie talkie e intrattenne una conversazione ansiosa con la base nel parcheggio.

«Sei sicura di stare bene?», chiesero Alex uno e due, inclinando la testa da un lato come se cercassero di vedere nella sua.

Lei non riuscì ad annuire, era troppo doloroso. Si morse invece il labbro. Entrambi gli Alex le presero le mani, stringendole in modo rassicurante, come a dire: "Sono qui".

Poi la voce di Sven la raggiunse. «Dobbiamo iniziare a scendere dal ghiacciaio».

Lucy riuscì a percepire una sorta di scambio tra Alex e Sven nel pesante silenzio che seguì la sua affermazione.

«Pensi di poter scendere a piedi?», chiese Alex.

«Sì. Ho un po' di difficoltà... Ma starò bene. Sono solo ammaccata», mentì ancora. Si accorse che gli uomini che le stavano intorno si stavano ancora scambiando delle occhiate eloquenti.

«Devo portare tutti giù, e dobbiamo fare in fretta perché il maltempo si sta avvicinando. Il vento sta diventando più forte». Il volto rilassato di Sven era ora segnato dalla preoccupazione.

«Me la caverò», ribadì lei, consapevole di averli già trattenuti fin troppo.

«Va tutto bene, mi prenderò cura di lei». Le parole di Alex risuonarono con ferma determinazione.

Sven risalì il pendio con la sua piccozza, con il rinnovato e severo avvertimento che tutti dovevano rimanere sul sentiero; intanto Lucy e Alex camminarono su un sentiero parallelo fino a raggiungere il gruppo principale.

Il gruppo uscì dalla strettoia per trovarsi in una distesa di picchi di ghiaccio, il vento li colpì in pieno viso, sbeffeggiandoli come un bullo al parco giochi, spingendoli e strattonandoli da una parte all'altra mentre si mettevano in fila per due.

Lucy inciampò, e subito sentì la voce di Alex alle sue spalle e lui le prese il braccio.

«Ricorda quello che ha detto Sven quando siamo partiti. Fidati dei tuoi piedi. Andrà tutto bene». La sua voce risuonò con una convinzione che Lucy sapeva che non poteva provare, ma gli fu grata per aver cercato di rassicurarla.

Annuendo, tentò di calmarsi. All'improvviso scendere dal ghiacciaio le parve un'impresa titanica. I nervi si fecero sentire mentre nella fila si susseguivano voci sommesse. Poteva farcela. Non che avesse scelta: doveva farlo. Intorno a lei la macchia di figure si muoveva lentamente, scegliendo con cura la propria strada in una formazione ordinata. E poi cominciò a nevicare, con fiocchi vorticosi che prendevano velocità sopra di loro e scendevano sospinti dal vento.

Stringendo le labbra per non mettersi a piangere, avanzò accanto ad Alex, tenendolo ancora sottobraccio, il corpo di lui che la riparava leggermente da un po' di vento e dal morso della neve. Non le piaceva dover fare affidamento su altre persone. Si concentrò sui suoni intorno a sé. Lo scricchiolio dei ramponi, un piede dopo l'altro, in uno scalpiccio costante mentre attraversavano il ghiacciaio, il rumore del vento e l'eco inquietante del silenzio.

Impugnò la piccozza e mise caparbiamente un piede davanti all'altro, lottando contro la vista che duplicava ogni oggetto. Uno. Due. Uno. Due.

Dopo quelle che sembrarono ore, ma probabilmente erano solo minuti, arrivarono al punto in cui dovevano rimanere in fila indiana e seguire Sven. Alex abbandonò a malincuore il braccio di Lucy. Si ricordò dei crepacci dall'aspetto malvagio che correvano paralleli al loro percorso durante la salita, e degli avvertimenti di Sven.

Si bloccò. Le sue gambe si rifiutavano di muoversi. I piedi erano troppo pesanti per essere sollevati.

«Lucy. Forza, dobbiamo continuare a muoverci». Gli altri si stavano già incamminando in una confusa fila indiana, con la neve pesante che le distorceva ulteriormente la vista. Due Sven si voltarono indietro e fecero un gesto verso di loro con fervore. Il suo rauco grido d'impazienza fu spazzato via dal vento che stava aumentando.

«Io... non ce la faccio». La sua vista andava e veniva, un

attimo prima era doppia, l'attimo dopo era solo sfocata. Entrambe le cose la fecero sentire molto male.

«Certo che ce la fai, non manca molto. Sei arrivata fin qui. Metti la mano sulla mia spalla e seguimi».

«Quale spalla?», chiese lei, ondeggiando un po'... disorientata dalla sosta. Si era abituata alla routine ritmica di un piede dopo l'altro. Ricominciare da capo la confondeva. Con la mano guantata cercò di afferrare la spalla di lui, ma la mancò.

Alex aggrottò la fronte su entrambi i volti. Scrutò il suo, fissandola dritto negli occhi con una determinazione impersonale. «Lucy, riesci a vedere bene?»

«Più o meno», rispose lei con una smorfia. «Ci sono un paio di voi. Non sono sicura che se provassi a baciarti in questo momento colpirei il bersaglio». Il suo tentativo di leggerezza andò a vuoto. L'aria corrucciata di Alex si trasformò in un'espressione severa e rabbiosa.

«Perché diavolo non hai detto niente prima?», chiese con la ferocia di un coccodrillo infuriato.

«Perché non avrebbe fatto alcuna differenza. Dovevamo scendere e io... non pensavo che sarebbe stato così difficile». Chinò il capo e le lacrime le punsero gli occhi. La stanchezza, o forse la paura, minacciò di sabotarle i muscoli delle gambe, che sembravano sul punto di cedere sotto il peso degli arti che si rifiutavano di collaborare.

Poi fu avvolta in un abbraccio rassicurante, sentì il breve tocco di un bacio gelido sulla fronte già fredda. La neve si era accumulata a ciuffi, chiazzando la frangia che fuoriusciva dal suo cappello di lana.

«Purtroppo l'uomo bagagli non è all'altezza di Superman, quindi non posso offrirmi di portarti di peso». La strinse a sé. «Ma scenderemo insieme. Fidati di me».

Fidarsi. Oh, merda. Tutto dentro di lei si ribellò. Fidarsi di lui. Poteva?

Probabilmente il dubbio trasparì sul suo volto.

Alex le afferrò entrambe le mani. «Mi prenderò cura di te Lucy, te lo prometto. Scenderemo insieme».

«Tu... me lo prometti?», chiese lei con la più patetica delle vocine, già in imbarazzo sia per le parole che per il suo tono da pappamolla. L'indomani probabilmente sarebbe morta di vergogna.

«Ti porterò giù da qui». Il timbro basso della voce di lui, che aveva un'aria decisa, le si riversò addosso come melassa fusa. Era una promessa.

E Lucy sapeva, con una certezza che le penetrò fin dentro le ossa, che lui l'avrebbe mantenuta. Per un attimo, la donna vacillò. Fidarsi o meno.

«Ok», sospirò pesantemente. «Andiamo».

«Prendi l'altra estremità della mia piccozza e dammi un'estremità della tua. Fidati dei tuoi piedi e fai un passo alla volta».

Era una soluzione brillantemente pratica, proprio da Alex.

Crunch, crunch, crunch. Come un esercito di formiche, i passi avanzavano sulla neve ghiacciata e Lucy ascoltò con attenzione, cercando di seguire le impronte di Alex, ma il silenzio dell'aria, che sembrava opprimente, era anche disorientante. Cercare di affidarsi all'udito era più faticoso di quanto avrebbe mai potuto immaginare.

Finalmente arrivarono a quella che Lucy sapeva essere la penultima tappa. Sebbene non dovessero camminare in fila indiana, si trattava comunque di un tratto piuttosto impegnativo, aggravato dalla visibilità sempre più ridotta a causa della fitta neve. Alex prese entrambe le piccozze in una mano e con l'altra afferrò la collega.

«Ben fatto, Lucy. Non manca molto. Come va la vista?»

«Ora ci vedo meglio, c'è solo uno di voi, ma è più facile chiudere gli occhi e aprirli ogni tanto», disse. «Ho un gran mal di testa. Il bianco fa male».

«Ok, posso guidarti io. Stai andando benissimo. Ti terrò per mano e ti aiuterò parlandoti. Tu devi solo aprirli quando serve. Ok?».

Lei gli afferrò la mano. «Ok. Guidami. Sono nelle tue mani».

Un respiro caldo le accarezzò la fronte. Un tocco tentatore delle labbra di lui danzò sulla sua pelle.

«Bene, scendiamo lungo un piccolo pendio e giriamo a sinistra. Pianta i piedi con molta attenzione. Metti la mano sulla mia spalla». Irrigidita dalla tensione, seguì le sue istruzioni, sentendo la trazione sui polpacci mentre scendevano con cautela.

«Solo altri cinque passi e poi questa parte è finita».

Uno. Due. Tre. Quattro. Cinque. Lasciò andare il respiro che aveva trattenuto per tutti e cinque i passi. Il mal di testa le rendeva difficile concentrarsi.

«Fantastico. Ora c'è una leggera pendenza. Tieni la mia mano e ti aiuto a salire. Saranno circa dieci, dodici falcate. È ripida».

Contare rendeva tutto più facile, e Alex contava con lei. La sua voce divenne un faro, il suo faro personale, che non vacillava mai nelle istruzioni chiare e concise che trasmetteva.

Gradualmente i suoi muscoli cominciarono a rilassarsi. Seguire le istruzioni a bassa voce di Alex divenne naturale come respirare. Era più facile restare in silenzio per potersi concentrare e non perdere nulla di ciò che diceva.

«Qui possiamo camminare di fianco».

«Ok, qui il ghiaccio è fangoso, ricordi il ruscello dove ci siamo fermati per bere l'acqua? Ci stiamo arrivando. Quando te lo dico, dovrai fare un bel passo per attraversarlo».

L'ultima tappa era la parte che temeva. L'aperta distesa di ghiaccio che digradava verso il basso, senza nulla che li riparasse dal vento e dalla neve sempre più pesante, senza nulla che impedisse loro di precipitare in caso di caduta. Quando lasciarono il fianco della montagna, il vento s'infranse sul ghiacciaio, soffiando su di loro con tanta forza che Lucy temette di venire spazzata via, ma Alex era lì a tenerle il braccio e a stringersi contro di lei per sostenerne il peso mentre lei incespicava lungo il pendio.

L'ultima parte della camminata durò solo venti minuti anche se fu impervia, con il vento che li strattonava e ululava, conficcando loro in faccia la neve ghiacciata come fossero aghi.

Quando arrivarono barcollando al sentiero di ciottoli grezzi del ghiacciaio, Lucy tirò un enorme sospiro di sollievo. Intorno a lei sentiva gli altri che si affannavano a togliere i ramponi, che all'inizio del viaggio erano stati accolti con un senso di avventura e che ora venivano abbandonati in fretta e furia, visti più come un fastidio che come una novità eccitante.

Accovacciata, armeggiò con le chiusure.

«Lascia fare a me», disse Alex. «Non vorrai tagliarti le dita».

«Niente più *Happy Feet*», borbottò lei, troppo stanca per protestare e non più in grado di opporre resistenza.

Capitolo 22

Le tre e dieci del mattino. Lucy mosse delicatamente la testa sul cuscino, distogliendo lo sguardo dai numeri digitali che brillavano sulla sveglia del comodino.

La testa le faceva molto meno male, era più calma e meno confusa rispetto a quando Alex l'aveva ricondotta all'hotel. Aveva telefonato a Hekla dall'auto chiedendo del medico più vicino e, mentre tornavano a casa, ne avevano chiamato uno a Hvolsvöllur. Il medico, il migliore amico dello zio di Hekla, le aveva puntato una luce troppo forte negli occhi, dichiarando che aveva una lieve commozione cerebrale e che non doveva essere lasciata da sola per le successive quarantott'ore. Una notizia che Hekla accolse con seria preoccupazione quando tornarono all'hotel.

«Lucy, Lucy...», aveva esclamato, poi era scivolata in un addolorato islandese, prima di avvolgerla in un grande abbraccio.

«Ehi, Hekla, sto bene», aveva detto Lucy quando aveva sentito le lacrime dell'altra sulla sua guancia, commossa dalla sua preoccupazione.

Adesso Lucy sorrideva ricordando la scena nel salone degli ospiti, il fuoco che crepitava nel grande focolare mentre Hekla insisteva per portarla verso il divano più vicino.

«Vieni. Vieni. Siediti». Hekla aveva sfilato il cappotto di Lucy e lo aveva passato a Elin, appostata dietro di lei. Alle sue spalle, Brynja e Olafur erano in attesa. Brynja stringeva le mani, mentre Olafur sembrava teso e infelice.

Freya era balzata in avanti, inginocchiandosi per togliere a Lucy gli stivali sporchi e bagnati.

Ora che era a letto, gli occhi di Lucy si riempirono di lacrime improvvise al ricordo dei colleghi che si affannavano per lei.

«Siediti. Siediti», aveva detto Hekla, insistendo nel guidarla sul divano, ignorando i deboli tentativi di Lucy di dire che stava bene. L'unica cosa che avrebbe voluto fare era andare subito a letto, ma con tutti loro che sembravano così preoccupati non ne aveva avuto il coraggio, soprattutto quando Hekla aveva aggiunto: «Ci prenderemo cura di te», e con fermezza l'aveva spinta sul divano e le aveva rimboccato una delle morbide coperte, avvolgendola in un soffice abbraccio di cashmere.

«Vuoi qualcosa da bere?», le aveva subito chiesto Elin, sprimacciando un cuscino e porgendolo a Hekla, che lo mise dietro la testa di Lucy.

La manager scosse la testa da un lato all'altro il più delicatamente possibile, imitando il tentativo che aveva fatto per dire di no nel salotto. Non faceva più male come prima. Non che fosse servito a qualcosa, perché Hekla la ignorò comunque.

Lei e Brynja avevano avuto una breve discussione sui meriti della cioccolata calda vera e propria, che le sarebbe stata portata più tardi perché dovevano andare in cucina, contro la stessa bevanda dalla macchinetta in ufficio, che era più rapida. Hekla aveva vinto la discussione, ma era stata Elin a offrirsi volontaria per andare a preparare la cioccolata. Il tentativo di Lucy di far notare che anche quella della macchinetta sarebbe andata bene fu accolto dal dito alzato di Elin, che la fece sorridere. Elin era troppo eterea e flessuosa per minacciare qualcuno. Elin e Hekla si erano dirette in cucina, discutendo pacatamente. Pochi minuti dopo, era comparso Kristjan con un piatto di brownie, seguito da Hekla ed Elin con un vassoio di cioccolate calde fumanti nelle graziose tazze di terracotta smaltate di blu che la zia di Kristjan aveva iniziato a preparare per l'hotel.

«Ecco a te. La cioccolata ti piace, *ja*? Che cosa è successo? Sei caduta?»

«Sì, com'è successo?», chiese Brynja, appollaiata sull'orlo della sedia più vicina, affiancata da Freya e Olafur. Hekla ed Elin si accoccolarono sul divano ai lati di Lucy e Kristjan si mise ai suoi piedi, appoggiandosi alle gambe di Hekla.

Lucy chiuse gli occhi ricordando, mentre raccontava lentamente tutta la triste storia con regolari interruzioni da parte di Alex: tutti ascoltarono la narrazione con l'attenzione rapita degli islandesi. Quando arrivò alla fine, ci fu un silenzio soddisfatto, interrotto solo dal fuoco che scoppiettava allegramente nella griglia, finché Olafur non intervenne: «Sì, siete stati molto fortunati. Ricordate l'ospite che si è rotto la caviglia l'anno scorso. E lo svedese che è morto lassù. C'era anche...».

Lei era stata fortunata. Nessun osso rotto, anche se adesso che i lividi cominciavano a farsi sentire non si sentiva poi così fortunata. Il pulsare che sentiva in testa si era attenuato, ma girarsi era difficile. Per qualche secondo si dibatté, incapace di capire perché le sue gambe fossero bloccate dal piumone. Ci volle un po' di tempo prima che il suo cervello si riprendesse e si rendesse conto di cosa stesse succedendo.

Accanto a lei, completamente vestito, dormiva Alex, con le gambe incrociate alle caviglie e le braccia conserte sul petto, appoggiato su una pila di cuscini. Sentendosi leggermente in colpa per averlo spiato mentre dormiva, si girò e si sollevò su un gomito. Era bello essere in vantaggio per una volta, invece che in piena crisi.

La sua posa formale e tranquilla le ricordò uno di quei cavalieri medievali scolpiti nella pietra che aveva visto nella cattedrale di Winchester, come il cavaliere gentiluomo di Chaucer. La sua immobilità l'affascinava, e il fiato le si bloccò in gola mentre studiava il suo bel viso, cercando di scomporlo in tutti i suoi dettagli.

Era l'insieme a renderlo bello o la somma delle singole parti? Decise che era merito di quegli occhi color cioccolato fuso che sembravano vedere ogni cosa con una precisione sconvolgente, ma poi c'era la bocca, con il labbro inferiore più pieno e quella rientranza centrale che gridava sensualità. C'era anche una minuscola macchia di lentiggini scure su un lato della bocca, che guastava la perfezione generale ma rendeva il suo viso interessante. Il suo respiro si fece affannoso mentre osservava il dolce alzarsi e abbassarsi della sua cassa toracica, che si muoveva di pari passo con i brevi respiri leggeri che udì sopra il crepitio del fuoco dall'altra parte della stanza.

Assaporando il lusso di poterlo studiare, si prese il tempo necessario per continuare il suo lento inventario. Spalle larghe, corporatura snella ma tonica. I bicipiti che riempivano le maniche della maglietta blu sbiadita erano piacevolmente sodi. Aveva indossato jeans scoloriti e consumati, con uno strappo sulla coscia che lasciava intravedere uno stuzzicante scorcio di pelle abbronzata e puntinata di peli scuri, che le fecero pensare che sensazione avrebbe provato posandovi la bocca, come si sarebbe sentito lui se si fosse svegliato e l'avesse trovata a baciare quel piccolo lembo di pelle.

Distogliendo lo sguardo da quell'interruzione ridicolmente affascinante nel tessuto dei pantaloni, una lieve scarica di calore si diffuse nel suo petto al pensiero che lui fosse rimasto lì tutta la notte. L'aveva svegliata due o forse tre volte nelle ultime ore e lei ricordava a malapena cosa gli aveva detto, ricordava solo che lui era lì, con un leggero odore di legna bruciata e cioccolata calda. Si chinò in avanti, controllando di non aver immaginato quel profumo.

«Ti senti meglio?». Gli occhi di lui si aprirono.

«Sei sveglio», squittì lei, mentre il suo corpo s'irrigidiva e si tendeva come quello di un gatto spaventato dei cartoni animati.

«Sonnecchiavo». Il divertimento danzò nei suoi occhi scuri. «Come va la testa?»

«Meglio». La voce di Lucy era roca, la gola secca. «Non mi sento più come se Erik il Rosso avesse tentato di decapitarmi con un'ascia spuntata». Solo il resto del corpo sembrava avesse fatto a botte con un'implacabile superficie di ghiaccio. Scosse le spalle e gemette, con una smorfia. «Tutto il resto fa male».

«Hai fatto un bel capitombolo», commentò lui. «Sei stata fortunata a non romperti nulla».

«A parte il cranio».

«Il dottore non la pensa così, ma dobbiamo tenerlo d'occhio. Come ti senti? Nausea? Visione doppia?»

«Entrambe le cose sono passate, ho un po' di mal di testa, anche se non come prima».

«Puoi prendere un altro antidolorifico se vuoi, oppure puoi farti una bella doccia calda».

Ah, ora se lo ricordava: si era spogliata davanti a lui fino a restare con le mutandine e la maglietta, troppo esausta per preoccuparsi del pudore.

Con un altro gemito, Lucy fece scivolare le gambe fuori dal piumone per sedersi sul bordo del letto. "Una doccia calda". Ora che lui le aveva messo in testa questo pensiero, non riusciva a immaginare niente di meglio. Si girò verso Alex e lui distolse frettolosamente lo sguardo dalle sue gambe. Il rapido rossore che notò sulle sue guance la spinse a tirarsi il piumone sulle cosce, ignorando un'intima vanità femminile.

«Vuoi qualcosa da bere? Potrei andare a fare un'incursione in cucina mentre tu fai la doccia, che ne dici?»

«Sì», rispose lei, senza nemmeno considerare se avesse o meno sete.

Alex sorrise della sua prontezza. Non gli sfuggiva mai nulla. «Vuoi qualcosa di particolare o devo farti una sorpresa?», chiese.

«Qualsiasi cosa andrà bene», replicò lei, che ormai non vedeva l'ora che lui se ne andasse, in modo da potersi fare una doccia e tornare a letto prima del suo ritorno.

«Lasciami accendere il fuoco». Alex prese un paio di ceppi dal cesto di metallo e li mise nel camino.

Non appena lui lasciò la stanza, Lucy si alzò con un altro profondo gemito. In piedi, sotto il caldo flusso d'acqua, esaminò i propri lividi. L'inventario recitava: uno bluastro su ciascun ginocchio; uno viola scuro sul gomito destro; un mostro viola e ocra più grande della sua mano sulla scapola; una serie di lividi quasi neri grandi come una pigna che le costellavano il lato destro della colonna vertebrale e un segno di un rosso intenso su tre costole. Ahi, il corpo ora le faceva ancora più male, e tutta quella collezione di ammaccature era un ricordo sgradito della sua vulnerabilità e fragilità.

Con riluttanza uscì dalla doccia, ansiosa di asciugarsi e di indossare una maglietta e dei pantaloni puliti prima che Alex tornasse, tanto che mise da parte il desiderio di rimanere più a lungo sotto il getto d'acqua calda che le rilassava il corpo martoriato.

«Cioccolata calda», annunciò Alex, varcando la soglia con un vassoio e un grosso pacco regalo. «E altri brownie della scorta segreta di Kristjan, e anche un sacchetto pieno di gadget per gentile concessione di Hekla».

Lucy si tirò più su contro la pila di cuscini, trasalendo per il dolore sordo e pesante alla spalla, mentre Alex le porgeva una tazza fumante. «Oh, ho portato anche i marshmallow».

Si sedette sul bordo del letto e le mise accanto il sacchetto della collega.

Con un sorriso, posò le dita sulla superficie smaltata blu, stringendo le mani intorno alla spessa ceramica. Adorava davvero quelle tazze.

«Ti prego, dimmi che Hekla non è ancora sveglia a quest'ora».

«No, l'ha portato prima, mentre tu dormivi». Alex si accigliò. «Stai bene?»

«Sì», fece una smorfia. «Basta che non mi muova». Da quando era tornata a letto era come se qualcuno le avesse succhiato via tutta l'energia, ma ora, accoccolata sotto il piumone con la deliziosa cioccolata calda, si sentiva comoda e coccolata.

«Scommetto che...», lui assunse un'espressione sofferente, «hai qualche livido».

«Sì, qualcuno». Lucy serrò le labbra. Ora che l'aveva detto, era come se tutte le ammaccature si fossero risvegliate e si contendessero la sua attenzione.

«Non posso credere che tu non abbia...». Chiuse gli occhi e rabbrividì. «Quando sei caduta oltre quel bordo... Mi dispiace di averti portata... Io...».

«Ehi, Alex». Lucy posò la cioccolata e si chinò in avanti per accarezzargli il ginocchio. «Non essere sciocco. È stato uno strano incidente e... senza di te non sarei mai scesa».

Lui alzò le spalle. «Hekla è preoccupata per te. Dice che devi mettere il balsamo vichingo sui lividi, ti farà sentire meglio». Le porse il sacchetto.

Nonostante il cambio di argomento sembrava triste, quasi colpevole.

«Balsamo vichingo? Ti prego, dimmi che è una cosa vera», mormorò cercando di alleggerire l'atmosfera.

Frugò nella borsa e tirò fuori un piccolo barattolo rotondo.

«Oh, lo è. E...». Si tuffò di nuovo su tutto quello che la collega le aveva fatto portare e tirò fuori un romanzo giallo e un paio di calzini di lana pesanti. «Adoro Hekla», commentò, prendendo i calzini e strofinando il morbido tessuto di lana contro il viso. Chissà se era cashmere.

«Quindi è meglio che tu faccia come dice lei». Alex svitò il coperchio del barattolo, liberando un delicato profumo di mandorle e lavanda, e glielo offrì.

Aveva un buon odore, e Lucy immerse una mano nel balsamo. Con un po' di prodotto sulla punta delle dita, girò l'altro braccio nel tentativo di raggiungere il gomito che le pulsava, ma emise un gemito involontario quando roteò la spalla.

«Attenta», esclamò Alex, sedendosi sul bordo del letto al suo fianco. «Cosa ti fa male?»

«Cosa *non* mi fa male è più appropriato», si lamentò lei, lasciandosi cadere sul mucchio di cuscini, prima di aggiungere, sotto lo sguardo severo di lui: «Soprattutto la scapola». Indicò la spalla destra.

«Girati su un fianco».

Gli occhi di lei si sollevarono su quelli di lui, ma il suo volto era impassibile e fermo, come se si aspettasse obbedienza e non volesse sentire storie. Quella silenziosa autorità rese semplice la decisione, quindi Lucy si girò di schiena.

Dita delicate sfiorarono lo scollo della camicia da notte, scostandolo per vedere meglio. Il tocco freddo di Alex si posò sulla sua pelle ancora umida.

«Stenditi a pancia in giù, ti solleverò la maglia».

Silenzio. Lei serrò la mascella. Si stava comportando in modo ridicolo. Lui stava cercando di aiutarla.

Lucy si spostò rigidamente. Assicurandosi che il piumone rimanesse all'altezza della vita, lui le sollevò la maglietta esponendo la schiena. *Nuda*. Lucy strinse le labbra.

La tensione si annidò in ogni suo muscolo, irrigidendole le ossa e mettendo ogni nervo sull'attenti, contratto e pronto ad allontanare le mani di Alex da un momento all'altro. Lo sentì inspirare piano e aspettò, il silenzio tra loro che si prolungava mentre il fuoco scoppiettava e crepitava. Poi le lenzuola frusciarono mentre il peso di Alex si spostava. Lo stomaco le si strinse mentre i secondi passavano.

Il primo tocco fu esitante, un accenno di dita che saggiavano la strada come se non fosse sicuro da dove iniziare. Un altro prolungato respiro e un mormorio quasi impercettibile: «Oh Lucy». Con quelle parole angosciate, le arrivò una scarica di calore. Era l'uomo di cui si era fidata per portarla giù dal ghiacciaio. L'uomo che era rimasto con lei a ogni passo, nonostante la bufera di neve, parlandole con dolcezza e incoraggiandola, senza mai essere impaziente o esasperato.

Lo sentì esitare quando le sue dita tracciarono un cerchio intorno alla scapola. Scivolò lentamente, facendo penetrare con delicatezza il balsamo nella pelle. L'unguento si scaldava sotto i polpastrelli mentre lui strofinava con un regolare movimento circolare, aumentando gradualmente le dimensioni dei cerchi e appiattendo il palmo per massaggiare il muscolo teso sotto la scapola. Un sospiro involontario le sfuggì dalle labbra mentre il suo corpo infine si rilassava sul materasso. Con lui era al sicuro.

Il tocco attento di Alex continuò a sfiorare i lividi che le punteggiavano la spina dorsale. Poi le sue mani si fermarono. Lei chiuse gli occhi, sentendolo sporgersi in avanti. Un respiro caldo e poi il sussurro di un bacio sulla schiena, poi un altro e un altro ancora, mentre lui baciava ciascun ematoma. Lucy s'irrigidì. Poi, con mani attente, le tirò giù la maglietta, rimboccandole con delicatezza il piumino come se fosse deciso a farla sentire al sicuro. Le lacrime le punsero gli occhi per quel gesto delicato. Quell'uomo vedeva così tanto di lei. Lentamente si girò per guardarlo.

I suoi occhi erano dolci e preoccupati, ma anche velati da qualcos'altro. Nessuno dei due disse una parola.

Alex prese la sua cioccolata calda, si spostò dall'altra parte del letto e si sdraiò di nuovo sopra il piumone, appoggiandosi ai cuscini. Bevvero le loro bevande in silenzio.

Lucy continuava a pensare a quei dolci baci sulla schiena. La sua delicatezza nel toccarla, come se sapesse che era un cavallo imbizzarrito.

«Alex?», la sua voce spezzò quella quiete oscura, mentre teneva la pesante tazza in entrambe le mani, stringendola a sé come un talismano.

«Sì». Come se sapesse che aveva bisogno di conforto per superare la situazione, perché lei aveva deciso di raccontargli tutta la sordida storia di Lucy Smart, le cinse le spalle con un braccio. Anche se probabilmente non se lo meritava, Lucy si rilassò nell'incavo del suo braccio, con la testa accoccolata contro il suo collo.

Deglutì, restando in silenzio: il peso di tutto ciò era così ingombrante che sentì quasi il bisogno fisico di sollevarlo dal petto. Chiuse gli occhi, fece un respiro profondo e, senza alzare la testa, si buttò. «Sai che ti ho detto che sono stata licenziata».

«Sì», rispose Alex, la mano sulla sua spalla si appiattì e il palmo caldo circondò la parte superiore dell'osso sotto il tessuto della maglietta.

«Ho fatto un casino... grosso». Ebbe il coraggio di alzare la testa e guardarlo.

Gli occhi di Alex, pieni solo di un dolce incoraggiamento, la fissarono. Il suo sguardo limpido e fermo rimase immobile in quello di lei, prima di chiedere: «È morto qualcuno?»

«No!», rispose lei in fretta, scioccata da quella domanda così concreta.

«Non hai ucciso nessuno?», chiese lui.

«No!».

«Ok, hai tradito qualcuno?». L'angolo della sua bocca si sollevò.

Lei scosse la testa.

«Sei andata a letto con il partner di qualcun altro?».

Di nuovo, Lucy scosse la testa. Alex posò la tazza e prese l'altra dalle mani della donna.

«Hai rubato qualcosa?»

«No».

«Hai tradito la fiducia di qualcuno, gli hai rubato il lavoro, hai licenziato qualcuno deliberatamente e ingiustamente?»

«No».

«Ok». Intrecciò le dita alle sue. «Sto finendo le cose veramente brutte. Sono abbastanza sicuro che la maggior parte dei comandamenti siano stati rispettati, almeno quelli che ritengo importanti». La tirò più vicino a sé, il suo respiro caldo sul lato della guancia. «Non uccidere, non rubare e non commettere adulterio. Non sono particolarmente religioso, ma non dirlo a mia madre che è una presbiteriana scozzese, però questi sono i principi fondamentali per me. Quindi, qualsiasi cosa tu abbia fatto non può essere tanto grave».

Lucy si mordicchiò il labbro.

Le dita di Alex le sfiorarono la bocca. «Non farlo». Risalì poi dalle labbra fino a sfiorarle la guancia, mentre la pazienza e la comprensione scaldavano i suoi occhi di cioccolato.

Lucy si schiarì la gola, cercando disperatamente di non sembrare troppo emotiva. «Senza sembrare ridicolmente egocentrica, non credo tu abbia mai cercato su Google "Lucy Smart, direttrice d'albergo"».

«Strano a dirsi, ma non l'ho fatto».

«Meglio così». Sulla bocca di Lucy comparve una smorfia amara. «Sarebbe stato un bel colpo d'occhio».

Alex aggrottò le sopracciglia. «Ora mi hai incuriosito».

«Sì, la maggior parte delle persone lo è, quando lo sa. Non si può resistere a dare un'occhiata».

«Lucy». Il suo tono gentile la fece quasi crollare. «Non ti seguo più. Perché non cominci dall'inizio?».

Lucy si concentrò sul fuoco, osservando le braci che brillavano e si affievolivano in vampate rosse, arancioni e nere.

«C'era una volta una direttrice d'albergo. Si chiamava Lucy Smart ed era molto intelligente. Si era laureata in Management del Turismo, aveva fatto carriera fino a diventare assistente di direzione del Forum Group. Poi è stata licenziata per grave scorrettezza professionale e per aver screditato l'azienda».

L'espressione di Alex era un'immagine di calma e compostezza. Non c'era nulla che lo turbasse?

«Avevo un fidanzato, Chris. Ci siamo frequentati per quattro anni. Vivevamo insieme in un appartamento a Manchester. Lui lavorava per la stessa catena alberghiera, in un hotel dall'altra parte della città. Eravamo entrambi assistenti di direzione». Recitò le tappe fondamentali della sua vita con un tono monotono e piatto, riducendole a semplici fatti.

«Non c'è bisogno che tu me lo dica», disse lui con dolcezza, accarezzandole il pollice con il proprio.

Lucy fece una smorfia. «Ho iniziato, quindi finirò».

«Qualunque cosa tu mi dica non può essere così grave».

Lo stomaco di Lucy si annodò. Era più difficile di quanto pensasse, ma doveva dirglielo.

«Sono una frigidona», sbottò. Gli occhi di Alex si dilatarono per la sorpresa. «Non sono molto... avventurosa, ecco. Chris... mi comprò un completino sexy da Babbo Natale. Conosci il tipo: raso rosso a buon mercato e pompon bianchi.

Voleva che lo indossassi per lui. Mi prendeva in giro perché ero una puritana». Serrò le labbra. «Sono una di quelle che preferisce spegnere le luci a letto, se capisci cosa intendo». Le lacrime si fecero sentire. «E ho anche cominciato tardi. Chris è stato il mio primo vero ragazzo. Non ero molto brava a... a fare sesso».

Alex non disse nulla, ma la sua mascella si tese e il suo viso si tinse di una strana smorfia inespressiva.

«Oh Dio, questo è... imbarazzante». Lucy s'irrigidì. *Forza, finisci di raccontare*. Chiudendo entrambi gli occhi, continuò. «Era il nostro anniversario. Le cose tra noi erano diventate stantie... parole sue, anche se probabilmente aveva ragione. Lavorare con orari assurdi fa questo effetto a una relazione. Mi sono ubriacata». Non riuscì a sopportare di pronunciare quelle parole. «Mi sono vestita da Babbo Natale. Ho fatto un'orribile imitazione di Marilyn Monroe con tanto di canzone. Sai, *Santa Baby*».

Alex sollevò una mano sul labbro inferiore, dove i denti di Lucy stavano martoriando il tessuto cicatrizzato all'interno del labbro.

Questo gesto la fece fermare e un groppo le bloccò la gola. «Continui a fermarmi».

«Perché non voglio che tu ti faccia del male. Mi sembra che tu abbia sofferto abbastanza». Quelle parole dolci la colpirono, facendole serrare la mascella.

«Non essere gentile con me. Non me lo merito. È stato tutto autoinflitto», si accigliò. «Avrei dovuto essere più sveglia. Chris mi ha filmato. In quel momento sembrava una cosa divertente, anche se, in effetti, tutto fa ridere quando ti sei scolato un terzo di bottiglia di vodka. Coraggio liquido, sai».

«Non coraggio russo in quel caso?»

«Qualsiasi tipo di coraggio indotto dalla vodka è pericoloso». Fece una smorfia e rabbrividì. «Dio, è stato straziante».

«Non sai cantare?»

«Scusa?». Di tutti i commenti che avrebbe potuto fare, quello fu il più inaspettato.

«Non preoccuparti, anch'io canto come un gatto strozzato. Non c'è nulla di cui vergognarsi».

Lucy quasi si mise a ridere.

«Dovremmo fare il karaoke insieme, *Islands in the Stream* o qualcosa del genere».

Questa volta le sfuggì una mezza risata riluttante. «Non era tanto il cantare, quanto lo spogliarsi. È stato lo spogliarello». Lucy azzardò un'occhiata nella sua direzione. *Ti prego, non esserne troppo disgustato.*

«Spogliarello? Ah, non ho molta esperienza al riguardo. Una volta ho visto una lap dance. Un classico dell'addio al celibato, ma non è proprio la mia idea di divertimento. Se voglio vedere una donna nuda, preferisco che sia solo per me e che ci sia un certo livello di intimità». I suoi occhi incontrarono quelli di lei, scuri di significato. «Quindi, probabilmente non sono uno che giudica. Era amatoriale?». Il suo tono disinvolto e tranquillo la fece quasi ridacchiare. Avrebbe dovuto prendere la cosa sul serio. Non vederne il lato divertente. C'era un lato divertente? Non ci aveva mai pensato prima. Quella considerazione prese dimora in una piccola stanza in fondo alla sua testa.

«Molto», disse Lucy, dandogli una gomitata prima che lui iniziasse a sorridere. «Non sono molto brava a spogliarmi. Sai, cercare di togliersi le mutandine in modo sexy e farle roteare intorno alla testa quando sei ubriaca fradicia non è così seducente come lo era nella mia mente».

«Certo, perché era la vodka a parlare», commentò Alex, passandosi una mano sulla parte inferiore del viso, come se cercasse di scolpire fisicamente i suoi lineamenti in una parvenza di compostezza.

Lucy si lasciò sfuggire una risata. Le sue battute leggere avevano stemperato l'umiliazione. Era la prima volta che riusciva a trovare un po' di divertimento in tutto quel miserabile episodio.

«Sì, la responsabilità è dell'alcol. Non l'avrei mai fatto senza che nelle mie vene scorresse il quaranta per cento di vodka. Il burlesque non fa per me».

«Quindi, sei una cantante straziante e una pessima spogliarellista. C'è altro che devo sapere?»

«Tutto qui?», chiese lei.

Lui aggrottò la fronte. «Ma te l'ho appena chiesto io».

«Cosa? Pensi che non sia niente?»

«È quello che tu lasci che sia».

Lucy abbassò la voce in un sussurro. «La gente mi ha vista nuda».

Alex non disse nulla. Questa volta non ci fu alcuna risposta simpatica.

«Chis... l-lui…». Chiuse gli occhi per la vergogna. «Ha condiviso il filmato con alcuni amici al lavoro, che lo hanno condiviso con altri e così via». Deglutì. «Da un giorno all'altro sono salita alla ribalta sull'intranet aziendale».

«Oh Lucy», sospirò lui con il volto nascosto tra i suoi capelli, mentre la tirava a sé.

«Cinquemila visualizzazioni su YouTube», mormorò lei amaramente, il brivido nello stomaco le era terribilmente familiare.

«Mi dispiace tanto. È una merda, ma non è colpa tua». Lui le sfiorò lo zigomo con un dito, con la rabbia che gli lampeggiava negli occhi; questo sembrò riscaldare una piccola parte del suo cuore che Lucy credeva irrimediabilmente distrutta. «Non posso credere che qualcuno abbia fatto una cosa del genere».

Lucy sbatté le palpebre per trattenere le lacrime. «Era solo l'inizio». Lui la strinse a sé mentre le lacrime le scivolavano sul viso. «La gente... loro...». Rabbrividì. «Completi estranei hanno detto cose orribili. Uomini che conoscevo che alludevano... alcuni mi toccavano come se ne avessero il diritto. Le tette. Il sedere. E poi si arrabbiavano quando li mandavo a quel paese, come se non avessi il diritto di dir loro di no». Respirò a pieni polmoni, il petto le doleva a causa dei ricordi. «Anche le donne. Mi chiamavano *troia*, *vacca*, *puttana*. A volte sottovoce, mentre passavo. Persone con cui lavoravo. C'era sempre qualcuno pronto a riferirmi cosa diceva il tale o il talaltro. Persino i miei presunti buoni amici erano di colpo molto più freddi, come se non volessero essere più accostati a me. E poi...». Fece una pausa, riuscendo ancora a vedere l'espressione fredda della signora delle Risorse Umane. «C'è stata la ciliegina sulla torta». Fece una smorfia amara. «Sono stata licenziata».

Alex si irrigidì e la sua mano sulla spalla si strinse. «Per quale motivo? Non possono licenziarti per qualcosa che succede fuori dal lavoro. E se è stato messo sul gruppo aziendale, avevano il dovere di salvaguardarti. Avrebbero dovuto subito rimuovere quel video».

«Sì, magari. Persino i dirigenti hanno condiviso quella dannata cosa. No, sono stata licenziata perché era stato chiaramente filmato in una delle nostre camere d'albergo. Esiste un provvedimento disciplinare immediato se un dipendente usa una camera degli ospiti senza pagarla. Hanno istituito questa regola per un fatto accaduto molti anni fa: uno degli addetti alla portineria gestiva un servizio di escort nelle stanze vuote. Quella sera era il nostro quarto anniversario», deglutì ricordando vividamente la conversazione. «Dissi a Chris che avevo qualcosa di speciale per lui. Gli mandai via e-mail la foto di un cappello da Babbo Natale e gli dissi che Santa Baby sarebbe passata a trovarlo». Rabbrividì. «Che idiota. Avevo ceduto al suo continuo assillo e avevo deciso di... be', il resto lo sai. Chris mi raccontò che, in onore della serata e della mia promessa, aveva prenotato una suite attraverso il sito riservato ad amici e parenti dell'azienda, quindi era tutto regolare». Si massaggiò la fronte. «Si scoprì che aveva preso *in prestito*», Lucy sottolineò quelle parole facendo con le mani il gesto delle virgolette, «una chiave magnetica. Non c'era alcuna traccia ufficiale di pagamento. Nel video venivo ripresa in quella che era chiaramente una delle nostre stanze... non solo *una* stanza a caso, ma la dannata suite presidenziale. Sono stata licenziata per cattiva condotta».

«E lui?», chiese Alex.

«Ma dai! Stai scherzando, vero? La mia parola contro la

sua. Sebbene non vedessero di buon occhio il video, il fatto che io fossi in una posizione di responsabilità e che avessi screditato l'azienda, non si trattava di un reato passibile di licenziamento. Quello che invece era un reato disciplinare era l'uso di una stanza d'albergo. Io comparivo nel video, lui no. Quel verme bastardo ha affermato che non aveva nulla a che fare con lui e che non era lì».

«Stai scherzando?»

«Vorrei che fosse così. A sua difesa, mi disse che non valeva la pena di perdere entrambi il lavoro, visto che dovevamo ancora pagare il mutuo».

Alex inspirò rumorosamente, con gli occhi spalancati dal disgusto. «Che razza di idiota. Spero che tu gli abbia dato un pugno in testa».

«No». Lucy corrugò le labbra, vergognandosi della sua mancanza di spina dorsale in quel momento. «Me la svignai con la coda tra le gambe. Cercai di trovare un altro lavoro. Senza referenze. E la voce si diffuse. Rapidamente. Non riuscivo a trovare un altro posto da nessuna parte».

«Se non in Islanda».

«Se non in Islanda».

Alex sospirò con improvvisa comprensione. «Ora capisco perché sei così diffidente nei confronti della troupe televisiva».

«Oh Dio, certo. Ora lo capisci. Sto cercando disperatamente di mantenere un profilo basso, perché so cosa significa davvero la parola "virale". Stiamo parlando di un contagio mortale. Le cose su Internet si diffondono rapidamente. E poi arriva una maledetta troupe cinematografica, decisa a portare la mia faccia in televisione».

Gli occhi di Alex si fecero improvvisamente più attenti. «Bob lo sa?».

Lei annuì e si accasciò stancamente contro di lui. «Sì, Bob lo sa».

«Ti ha minacciata?».

Come faceva Alex ad arrivare così in fretta al punto ogni

volta? «Ha solo fatto proposte oscene di entrare in affari insieme».

Sentì i nervi di lui scattare sull'attenti, i muscoli flettersi mentre tutto il suo corpo tremava in preda alla rabbia. «Lo ucciderò quel pezzo di merda».

«Alex!», si tirò a sedere, sorpresa per l'inaspettata violenza che emanava.

«Sapevo che era uno stronzo, ma questo...».

«Ti prego, non dirgli nulla. Riferirà qualcosa a Clive. Lo diranno ai proprietari dell'hotel. I nuovi proprietari potrebbero scoprirlo. Ho davvero bisogno di questo lavoro». Lei lo guardò con occhi supplichevoli.

«Ma Lucy, non puoi permettere che se la cavi impunemente».

«Non se la cava in nessun modo. Lo evito. Mi assicuro di non essere mai sola. Ti prego, non dirgli nulla».

Alex si rilassò, ma l'espressione furiosa rimase a distorcergli il volto.

«Non appena capirò cosa ne sarà del mio lavoro, lo affronterò».

«Noi...». Una strana luce attraversò il volto di Alex. «*Noi* lo affronteremo».

Capitolo 23

«Buongiorno». Hekla entrò nella stanza portando con sé il delizioso profumo di pancetta. «Ho portato la colazione».

Lucy tentò di raddrizzare il corpo dolorante, ma la spalla protestò mentre si girava per tirare su i cuscini.

«Come ti senti?»

«Schiacciata. Come se un camion mi fosse passato sopra e poi avesse fatto retromarcia per finire bene il lavoro», gemette.

«Ahi». Hekla posò il vassoio e si appollaiò sul letto, nello stesso punto in cui Alex si era seduto la sera precedente. Lucy non lo aveva sentito uscire quella mattina.

«Alex dice che oggi devi restare a letto». Gli occhi di Hekla brillarono in modo complice e scivolarono verso i cuscini accanto a Lucy, che avevano ancora la forma del corpo del collega.

«L'ha detto sul serio?»

«È molto preoccupato». Hekla la stuzzicò con uno sguardo malizioso.

Lucy sgranò gli occhi. «È anche molto autoritario».

«Anch'io lo sono, e oggi dovresti restare a letto».

«A dire il vero mi sento molto meglio. La testa non mi fa più male. Mia madre diceva sempre che avevo una testaccia durissima. Credo che avesse ragione».

«È comunque bene che riposi».

Lucy fece una smorfia. «Ma c'è così tanto da fare. Dobbiamo organizzare il banchetto. Onestamente vorrei non aver mai detto nulla. Clive ha l'acquolina in bocca e si aspetta una pantomima in stile *Vikings*. Grazie a Dio ha il suo prezioso filmato dell'aurora boreale. Pensavo che l'avrebbe calmato ma no, è come un bambino la mattina di Natale. Stavo pensando a un menù a tema islandese». Rivolse a Hekla uno sguardo intenso. «Immagino che non mi porterai il mio taccuino e la mia penna dall'ufficio».

«Lucy».

«Il dottore ha detto niente stress. Mi stresserò se non inizio a pianificare».

Hekla strinse gli occhi e fece un verso simile a quello di un piccolo pony rabbioso, ma un quarto d'ora dopo tornò assieme a Brynja, che si offrì subito di arredare la sala da pranzo.

«Posso usare il tema della natura per i tavoli. Portare la spiaggia all'interno», suggerì. «Ti assicuro che ti piacerà».

«Sembra fantastico», commentò Lucy, che non era affatto brava in questo genere di cose. «Potremmo aggiungere un po' di storytelling», propose Hekla, mentre cercavano idee per ravvivare la serata, senza il sangue e le esagerazioni di una certa serie televisiva. «Racconti popolari islandesi. Freya potrebbe intrattenerci. È un'attrice. Potrebbe raccontare storie sugli *huldufólk*». Fece un occhiolino malizioso a Lucy.

«Penso che abbiamo già abbastanza storie per conto nostro», protestò Lucy. Negli ultimi tempi la situazione sembrava essersi calmata. Nessun altro disastro. Sperava che chiunque ci fosse dietro ai guai avesse deciso di rinunciare. Scambiò un'occhiata con Brynja, che sembrava più una vecchia civetta saggia, con la bocca tesa in una linea d'inquietudine.

«Hai qualche idea su chi possa essere stato?», chiese a bassa voce l'altra donna.

Lucy trasalì, non volendo dar voce ai suoi sospetti.

«Dev'essere qualcuno qui, non è vero?», rispose Brynja con amarezza alla sua stessa domanda.

Con un triste cenno del capo, Lucy disse: «Temo di sì».

«Mi fa arrabbiare», sbottò Brynja. «Perché qualcuno dovrebbe fare dei dispetti del genere?»

«Se lo sapessi, potremmo fermarli», replicò Lucy.

«È ingiusto», ribatté. «Abbiamo lavorato sodo. L'albergo non è mai stato così bello, gestito così bene e sempre... nella mia testa sto aspettando la prossima cattiva notizia. E l'orribile Bob. Anche lui sta aspettando. Lo vedo che ti osserva».

Toccata dal suo sfogo, Lucy si chinò e le strinse la mano. «E continueremo a lavorare sodo, come una squadra. Non potrei farcela senza di voi. Faremo di questo banchetto il nostro fiore all'occhiello».

«Sì», disse con vigore Hekla, la luce battagliera dei vichinghi negli occhi. «Facciamo in modo che Clive se la faccia addosso».

Lucy e Brynja scoppiarono a ridere. «Oh Hekla, ti adoro. Il tuo inglese è fantastico. Ma capisco cosa vuoi dire». Quando le due se ne andarono, il taccuino di Lucy era pieno di idee. L'ultima notte di Clive e della sua troupe sarebbe stata spettacolare, anche se forse sarebbe stata l'ultima cosa che avrebbe fatto, come riteneva alquanto probabile. Il tempo a sua disposizione in base al contratto stava per scadere: mancavano tre settimane e non si sapeva ancora nulla, non si sapeva se la vendita fosse andata in porto e se ci sarebbero stati dei nuovi proprietari.

Sonnecchiò fino all'ora di pranzo, quando Alex comparve con una ciotola di zuppa. I suoi occhi scuri che scintillavano con approvazione mentre attraversava la stanza.

«Be', qualcuno ha un aspetto migliore».

Sentendosi più leggera di quanto non fosse da molto tempo, si voltò e si guardò intorno nella stanza. «Chi?».

Alex rise. «Ho portato la zuppa per l'invalida».

«A parte i lividi, sto bene. Mi sento persino un po' a disagio a dormire mentre tutti gli altri lavorano». Lei rivolse uno sguardo ansioso alle occhiaie che contornavano gli occhi di Alex. Non aveva dormito molto la notte precedente.

«Approfittane, abbiamo avuto una marea di prenotazioni per la prossima settimana e un'infinità di richieste. Ci sono state una serie di recensioni su TripAdvisor che parlano di questo come un posto fantastico dove prendere un caffè. E una recensione entusiastica su un blog di viaggi. Hanno apprezzato il cibo, l'accoglienza del personale e l'*huggulegt*... qualunque cosa sia».

«È la versione islandese dell'*hygge*», spiegò Lucy, muovendo le dita dei piedi caldi nelle belle calze che Hekla le aveva regalato.

«Di cosa?»

«*Hygge*», ripeté Lucy, pronunciandolo "hooga".

«Non ne ho mai sentito parlare», rispose Alex. «Mi sono perso qualcosa?»

«Se hai intenzione di soggiornare nei climi del Nord, direi di sì. Ci sono diverse versioni del termine in tutta la Scandinavia, significa "essere accogliente", ma c'è di più. Essere *huggulegt* significa assaporare la comodità, prendersi il tempo necessario per godersi le cose semplici della vita che suscitano sensazioni di calore e benessere».

Alex storse il naso. «Mi sembra un po'... una cazzata new age».

Con una risata stentata, lei alzò gli occhi al cielo. «Devo ammettere che all'inizio ero anch'io della stessa idea, ma sai cosa? Dopo essere stata qui per un po' e aver trascorso del tempo con Hekla e gli altri, adesso lo capisco. Sai, le condizioni metro possono essere un po' pesanti».

«Pesanti è un eufemismo», la corresse Alex guardando fuori le nuvole grigie e la pioggia che scorreva sui vetri.

«Sì, ma è questo il punto, guarda com'è accogliente qui dentro». Fece un cenno con la mano alla stufa a legna che ardeva allegramente, alla luce soffusa delle lampade e alla coperta che aveva sulle ginocchia.

Indicò la ciotola di zuppa fumante sul vassoio sulle sue ginocchia.

«Le persone hanno bisogno di trovare un modo per superare il lungo inverno, quindi rendere le cose accoglienti e indulgere in piccoli rituali celebrativi è un modo per farlo. E stiamo parlando di *piccoli* rituali, ma si tratta di trovare il tempo per farli. Per esempio, fare uno sforzo consapevole per sedersi, godersi il crepitio del fuoco, illuminare la stanza con la luce rilassante di belle candele e lampade e leggere un buon libro con una deliziosa tazza di tè, non una qualsiasi, ma una miscela speciale, servita in una bella tazza di porcellana con un delizioso cioccolatino o un biscotto». La sua voce si scaldò mentre descriveva la scena.

Diede una gomitata ad Alex quando notò che aveva inarcato un sopracciglio.

«È bello. Te lo assicuro. Dovresti provare qualche volta»

«Mmm».

«Be', agli ospiti piace. Gli appuntamenti per il caffè mattutino e il tè pomeridiano hanno registrato il tutto esaurito».

«Devono essere le belle tazze di porcellana». Lui le fece l'occhiolino.

«Non prendermi in giro. Fanno la differenza».

«Be', mi dispiace che la zuppa sia in una ciotola normale, ma dovresti mangiarla finché è ancora calda».

«E tu hai mangiato?», chiese lei, prendendo il cucchiaio e gustandosi un gradito e caldo sorso di brodo di montone.

Alex sorrise. «Chi credi che abbia fatto i panini al bacon prima? È impossibile cucinare la pancetta per qualcun altro e non mangiarla anche tu. E dopo prendo un po' di zuppa».

«Com'è il libro?», domandò Alex, sollevando il tascabile appoggiato di lato, di cui lesse velocemente il titolo e che aprì poi per leggere la prima pagina, mentre lei continuava a mangiare la sua zuppa.

Era una strana sensazione di compagnia, lui che leggeva e lei che mangiava.

«Era deliziosa, grazie». Aveva raschiato la ciotola fino all'ultima goccia.

«Non ci sono danni permanenti al tuo appetito», commentò Alex mettendo da parte il libro e prendendo il vassoio dalle sue ginocchia. «Come va la spalla?»

«Dolorante», replicò Lucy.

«Diamo un'occhiata».

Senza pensarci, lei si sdraiò sulla pancia, cercando goffamente di sollevare la maglietta.

«Lascia fare a me». Senza fare storie o metterla in imbarazzo, Alex prese in mano la situazione. «Ahi. Oggi quei lividi sembrano peggiorati». Prese il barattolo di balsamo e svitò il coperchio. «Pensi che questo aiuti?»

«Io...». Non ne aveva idea, ma «è... profumato», sostituì le parole all'ultimo momento, chiedendosi cosa avrebbe detto lui, se avesse detto che era piacevole.

Non piacevole, meraviglioso, decise mentre le sue dita si muovevano sulla pelle, spalmando il balsamo sulla scapola con infinita delicatezza. Chiudendo gli occhi con un sospiro, Lucy assaporò il movimento della pelle sulle ossa, l'attrito del balsamo riscaldante e le lente attenzioni di Alex. Quelle mani magiche cercavano ogni ammaccatura e livido, erano delicate sui punti dolenti, più decise sui muscoli indolenziti. La sua pelle accaldata formicolava e lei si contorceva sul materasso, consapevole che i suoi capezzoli si erano inturgiditi.

«Mmm». Si abbandonò a un lungo e basso gemito quando lui toccò un nervo accavallato, sciogliendolo con un movimento ondulatorio che le fece sfregare i capezzoli contro la maglietta. Lucy allungò la schiena in segno di puro apprezzamento, perdendo la cognizione del tempo mentre le mani di lui mappavano ogni centimetro della sua pelle, prestando una lenta e dedita attenzione ai punti colpiti dall'incidente. Infine, Alex raggiunse l'incavo della spina dorsale, dove il piumone le copriva i fianchi, e per qualche delizioso secondo le sue dita accarezzarono quelle ossa, giocando con la pelle liscia. Nel suo stomaco si formò una sorta di aspettativa, un desiderio primordiale che le mani di lui scendessero più in basso, per accarezzarle il sedere e trovare le cosce. Si mosse involontariamente, allargando le gambe.

Quando le mani di Alex si sollevarono, Lucy ne sentì subito la mancanza, tanto che mosse i fianchi in segno di protesta.

«Niente baci oggi», mormorò sognante, e poi si raggelò

quando si rese conto di ciò che aveva detto. Le sue dita affondarono tra le piume del cuscino.

Alex non disse nulla.

Lucy si morse il labbro, combattendo l'impulso di nascondere la testa sotto le lenzuola.

Poi, uno dopo l'altro, lui sfiorò con cura i lividi, girando delicatamente intorno a ciascuno di essi. Un bacio a bocca aperta e la pelle di lei fremette sotto ogni lieve carezza.

«Scusa, il balsamo non ha un gran sapore».

Lei deglutì, con il viso improvvisamente rosso fuoco, mentre moriva per l'imbarazzo.

Alex ridacchiò e le rimise a posto la maglietta, poi le diede un bacio sulla nuca, il suo respiro caldo sull'orecchio mentre sussurrava: «Magari la prossima volta. Devo tornare al lavoro».

Quella sera non vide più Alex. Hekla arrivò con un pasto alle diciotto, con l'aria affannata.

Lucy, che aveva trascorso il pomeriggio in una sgradita solitudine con la compagnia di troppi pensieri e rimpianti, aveva un disperato bisogno di qualcuno con cui parlare, per distogliere la mente da Alex e dall'invito poco discreto, vergognoso e affrettato che gli aveva rivolto. Non sapeva cosa fosse peggio, se il fatto di aver pronunciato quelle parole o il fatto che lui aveva declinato.

«Puoi restare per un po'?», le domandò piuttosto pateticamente. Gli occhi azzurri di Hekla sembravano tormentati.

«Va tutto bene?», chiese Lucy, di colpo sospettosa.

«*Ja*. Tutto bene. Tutto bene».

«Il che significa che non va bene», esclamò Lucy bloccandola con uno sguardo penetrante.

Hekla sollevò le mani in segno di frustrata resa.

«Alex ha detto di non disturbarti».

«Sul serio?»

«E va bene... adesso sembra lui il capo, voglio dire, comanda. Ha tutto sotto comando. Voglio dire, sotto controllo».

«Hekla», la nota di avvertimento nella voce di Lucy fece apparire la ragazza bionda ancora più agitata.

«Mezz'ora fa è arrivato un pullman di quaranta persone. Per la cena. L'autista dice che c'era una prenotazione. Io non...». La sua fronte si aggrottò per la costernazione. «Non mi ricordo».

Lucy scacciò via le lenzuola, muovendo le gambe.

«No, no. È tutto a posto. Ora è tutto sistemato. Lucy, dico davvero. Io e Brynja stiamo aiutando Alex in sala da pranzo. Kristjan ha già elaborato un piano. Non c'è niente che tu possa fare. Ma non posso restare troppo a lungo».

«Sei sicura?».

Hekla annuì. «Alex se ne sta occupando. Come se fosse il direttore».

«Sì, è bravo».

Hekla sorrise, alzando le sopracciglia in modo sfacciato.

«A gestire le cose», terminò Lucy bruscamente, arrossendo ma non riuscendo a impedire alle labbra di piegarsi in un sorriso riluttante. «Dovremmo considerare di promuoverlo. Ridurrebbe il vostro carico di lavoro».

«*Ja*, sarebbe una buona cosa. Sarebbe più presente in ufficio con noi. Una bella visuale», scherzò Hekla.

«Non so cosa intendi dire», replicò Lucy con aria distaccata, stringendo le labbra.

«Lo sai».

Lucy sospirò e si sedette con la schiena contro i cuscini.

«Se ti senti meglio, ho un piano», esclamò all'improvviso Hekla.

«Mi sento meglio», replicò Lucy, sedendosi più dritta.

«Devo prendere alcuni accordi». Hekla sembrava piuttosto soddisfatta di sé. «Sarà una sorpresa», proseguì mentre, con passo saltellante, si dirigeva verso la porta.

«Non mi piacciono le sorprese», la informò Lucy, ma era troppo tardi, perché Hekla se n'era andata.

Capitolo 24

«Ti piacerà», esclamò Hekla mentre pagava l'ingresso alle sorgenti geotermiche Fontana, e sorrise felice alzando lo sguardo sui piccoli fiocchi di neve che erano caduti più volte a intermittenza durante il loro viaggio dal Lodge.

«Un po' di relax tra donne», aggiunse Elin con un sospiro felice. «Questo è il posto perfetto. Non c'è niente di meglio di una giornata alle sorgenti termali». Fece un occhiolino a Lucy, notando i suoi sguardi curiosi verso il cielo grigio e pesante. Le imminenti previsioni di neve per quel giorno non sembravano aver dissuaso nessuna di loro dal fare la gita. A Lucy non dispiacque quella sorpresa. Si scoprì che Hekla aveva fatto fatica a far quadrare i turni per liberare tutte. Alex e Dagur erano di turno alla reception, nonostante il primo non avesse praticamente dormito nelle ultime notti, e Gunnar stava aiutando Freya a cambiare i letti e a pulire i bagni, in modo che Elin e Brynja fossero libere di venire.

«Non vedo l'ora», commentò Lucy con convinzione. Dopo un'intera giornata a letto si sentiva molto meglio, anche se... stranamente le mancava già Alex. Non lo aveva più visto dall'ora di pranzo del giorno prima ma, pur assopita, si era resa conto che era passato a controllarla durante la notte. Le aveva posato un dito sulla guancia. Le aveva scostato i capelli dal viso. Le aveva sussurrato: «Buonanotte, dormi bene».

Quando Hekla aveva proposto la gita, il corpo indolenzito di Lucy aveva accolto con favore l'idea e Alex, che le aveva portato la colazione, aveva dato la sua cauta approvazione dopo che Hekla aveva promesso che la giornata sarebbe stata all'insegna del relax.

Infilò la borsa con l'asciugamano sotto la spalla buona e, insieme alle altre, seguì le indicazioni per gli spogliatoi. Molti ospiti parlavano delle loro visite alle varie sorgenti e piscine termali in Islanda, lei moriva dalla voglia di provarne una e questo posto sembrava super elegante e un po' alla moda.

«I turisti conoscono tutti la famosa Blue Lagoon», spiegò Elin, «ma questa è la mia preferita. Più tranquilla e meno costosa».

«Soprattutto ora, prima che arrivino i turisti in autobus», aggiunse Hekla, con un'aria un po' altezzosa che fece scoppiare a ridere sia Lucy che Brynja.

«Anche se abbiamo dovuto trascinarti fuori dal letto a un'ora ridicola», ironizzò Brynja. Era stata lei a insistere perché partissero presto.

Hekla sollevò le spalle in un gesto bonario e poi sorrise. Dalla borsa estrasse un fascio di morbidi accappatoi di spugna bianca dell'albergo, che venivano conservati per le suite deluxe. «Li ho presi in prestito per oggi».

«Ottima idea», replicò Elin.

«Farò finta di non averli visti», scherzò Lucy con un'espressione seria, accettandone volentieri uno.

Gli spogliatoi erano pochi, c'erano un paio di altre persone e, con orrore di Lucy, una grande doccia comune. Prima che avesse il tempo di chiedere se ci fossero altre docce, era già troppo tardi. Hekla, Brynja ed Elin si stavano spogliando allegramente, senza alcun senso del pudore. Lucy ebbe un sussulto. Tutto questo era ben al di fuori della sua zona di comfort! Per un attimo tentennò. Ma le altre avevano una tale noncuranza nel togliersi i vestiti e trotterellare verso la doccia che non poté non unirsi a loro.

«Avete visto questo neo?». Hekla ne indicò uno sotto il capezzolo, sollevando un braccio sotto il flusso dell'acqua per insaponarsi le ascelle.

«Wow, è vero? Sembra il monte Hekla», commentò Brynja con un'espressione stupita. «Cosa sei, la figlia di un elfo?»

«Lo so, ma quant'è bello? Chi ha bisogno di un tatuaggio quando puoi avere il tuo marchio personale?».

«Io voglio un tatuaggio», replicò Brynja. «Quello, per esempio, è bello». Indicò la farfalla che danzava sopra l'ombelico di Elin.

«Sì», sorrise Elin. «Soprattutto quando il mio ragazzo Roger lo bacia e poi scende verso il basso. Oh sì, baby».

«Vai Elin», la incitò Brynja scuotendo la testa, mentre l'acqua le scendeva sulle spalle larghe. «Gunnar è un po' timido in quel campo».

«Prova col miele, lasciagli una traccia», suggerì Elin. «Funziona sempre». Fece un occhiolino allusivo.

Lucy si spogliò rimanendo in mutande. Fece un respiro profondo e silenzioso, raddrizzò la schiena e, dando le spalle alle altre ragazze, le fece scivolare giù. Poteva farcela. Con un sorriso esagerato sul viso, sollevò il mento e si avviò con nonchalance verso le docce. Sì, ovviamente non si sentiva per nulla sicura come voleva dimostrare.

«Ehi, Lucy». Brynja si scostò per farle spazio mentre si insaponava il pube scuro e si voltò verso Elin. «Pensi che il Brennivin o la vodka possano andare bene al posto del miele?»

«Oppure potresti disegnare una freccia e scrivere "da questa parte per la caverna delle meraviglie"», suggerì Hekla.

«Ehi, potresti farti un tatuaggio con le istruzioni», propose Elin con un sorriso malizioso.

Scoppiarono a ridere, e Lucy prese una manciata di sapone liquido e sollevò il braccio.

«Ho bisogno di trovare qualcuno che si occupi della *mia* caverna delle meraviglie», esclamò Hekla con un cipiglio mesto, passandosi il sapone sulle lunghe gambe magre. «È passato troppo tempo».

«Cos'è successo con quel ragazzo molto sexy, il danese?», domandò Elin, gettando la testa all'indietro e lasciando scorrere l'acqua tra i capelli biondi tagliati corti.

«È tornato in Danimarca. Era qui in vacanza».

«Che peccato», commentò Lucy cercando di unirsi alla

conversazione, tentando di sembrare indifferente mentre si insaponava le braccia. Secondo i manifesti che illustravano ciò che si doveva fare prima di entrare nelle sorgenti termali, doveva essere piuttosto accurata altrove.

Hekla rise. «No, si può fare molto in due giorni. Era... come dire... bravo a letto».

«Due giorni?». Lucy cercò di non far trasparire la sua sorpresa.

«Non preoccuparti, non era un ospite. L'ho conosciuto a Reykjavik».

Hekla sorrise.

«Avete visto quel nuovo locale a Reykjavik?», chiese Elin, con una mano tra le gambe, insaponandosi. «Quello con le luci blu. È molto bello. Dovremmo andarci una sera dopo il giorno di paga».

«Vi ricordate quella sera al...», Brynja pronunciò un nome islandese che sembrava solo un mucchio di lettere e che Lucy non riuscì nemmeno a tradurre. Ci fu un coro di approvazione.

«Parlate tutte così bene l'inglese». La loro padronanza dei colloquialismi era incredibile. «Mi dispiace, se volete parlare nella vostra lingua...». Prese fiato e cominciò a pulirsi là sotto. Nessuno se ne accorse. Certo, non ci fecero caso. Qui era del tutto normale.

«No. Non c'è problema», la tranquillizzò Brynja. «Siamo abituate. Io ho vissuto per un po' negli Stati Uniti. Elin ha vissuto in Canada per quattro anni quando era piccola e Hekla, tu dove hai vissuto?»

«Londra, Washington DC, Auckland. Mio padre era un ambasciatore». Hekla scrollò le spalle. «L'inglese è una seconda lingua per noi». Uscì dalla doccia e si avvicinò alla panchina dove avevano lasciato le borse.

Quando Lucy uscì, completamente nuda di fronte alle altre tre che chiacchieravano mentre tiravano fuori i costumi dalle borse, con l'acqua che scorreva sui loro corpi, si rese conto che nessuna batteva ciglio. Era del tutto normale.

«Ecco a te Lucy, questo ti starà bene». Elin le porse il bikini più piccolo che avesse mai visto. Quando lo indossò, strattonò i minuscoli triangoli cercando di allungare il tessuto per coprirsi un po' di più, il che, dato che era appena stata nuda di fronte a loro, era assolutamente sciocco.

«Ehi», la ammonì Elin. «Smettila. Hai un fisico stupendo. Dovresti metterlo in mostra».

«Già», disse Brynja. «Lo stai nascondendo».

«Infatti», mormorò Hekla. «Adora i maglioni larghi. Me ne sono accorta, Lucy Smart. Perché lo fai?».

Lucy scrollò le spalle, adesso in imbarazzo di fronte ai loro sguardi.

«Sono... timida, credo».

«Be', non dovresti esserlo. Sei maledettamente stupenda». Hekla le sorrise. «Anche se credo che Alex lo sappia già».

Si avviarono verso l'area della piscina e Lucy arrossì furiosamente. «Ehm, no. Lui... ehm... ha passato la notte con me». Oh, diamine, sembrava qualcosa che invece non era.

«Quando un uomo così carino passa la notte con te, piccola, tutte vogliamo sapere i dettagli», disse Elin, schiaffeggiando la mano di Lucy che stava ancora giocherellando con il triangolo che copriva il capezzolo sinistro.

Lucy sperò che la rapida discussione sull'opportunità di andare in sauna, nella vasca idromassaggio, nel bagno turco o in una delle piscine fosse un utile diversivo, ma non ebbe fortuna. Non appena si sistemarono in una delle piscine, Hekla passò all'azione.

«Forza, allora. Dicci. Cosa sta succedendo? Si sta prendendo cura di te?». Hekla, accanto a lei, le accarezzò il braccio. «Perché tu hai bisogno di essere accudita». Spinse Lucy in avanti e delineò il grande livido sulla scapola.

«Va molto meglio. Grazie al tuo balsamo vichingo». Non alle tenere cure di Alex.

«Non intendevo questo», replicò Hekla lanciandole uno sguardo significativo. «Tu. Quando sei venuta qui. Eri malmessa e un po' giù di corda».

Le altre due ragazze annuirono all'unisono.

Lucy gemette, scendendo con le spalle sotto il livello dell'acqua. Se avesse potuto, si sarebbe immersa completamente. «Oh Dio, era così evidente?»

«Solo ai nostri occhi, perché sei migliorata», spiegò Elin, allungando le lunghe ed eleganti braccia ai suoi lati. «Ma, quando pensavi che non ti stessimo guardando, allora sì che sembravi ferita e spaventata da tutto. Abbiamo deciso di prenderci cura di te, ma quella sera in cucina, quando Erik si è rotto una gamba, hai dato il meglio di te. Hekla ha detto che eri super organizzata e», sorrise a Lucy dall'altra parte della piscina, «super autoritaria. Così abbiamo capito che forse non ne avevi bisogno».

Il cuore di Lucy ebbe un piccolo tuffo. «Be', sarò sincera. Ho avuto qualche problema». Sotto l'acqua mosse i piedi per un momento o due prima di prendere fiato e buttarsi nel racconto dell'intera storia.

Avendolo raccontato ad Alex di recente e riuscendo a trovare in quella storia un po' di divertimento, all'improvviso non sembrava più così grave e la vicenda pareva meno sordida, almeno finché Hekla non uscì dalla piscina e prese il telefono per cercare Lucy su YouTube.

Stare seduta a guardare se stessa dimenarsi mezza ubriaca mentre era in una vasca idromassaggio con la neve che scendeva sembrava un po'... surreale, soprattutto rispetto all'unica volta in cui aveva guardato il video, rannicchiata nel suo ufficio con le luci spente e la porta chiusa a chiave.

«Non sai proprio cantare, eh?», scherzò Brynja, che a metà video cominciò a ridacchiare. «Il mio gatto fa dei versi migliori».

Anche Elin cominciò a ridacchiare. «È davvero brutto. Ho paura che tu possa cadere da un momento all'altro».

«Credo di averlo fatto a un certo punto», disse Lucy.

«Oh, guarda», continuò Elin ridendo di nuovo indicando lo schermo mentre Lucy cadeva di faccia e il suo sedere riempiva lo schermo. «Brava, hai un bel sedere».

Lucy sbatté le palpebre. Le tre sembravano trovare il video divertente piuttosto che imbarazzante.

«È una mossa fantastica, Lucy. Riavvolgi, Brynja», Hekla, ridendo, cercò di strappare il telefono. «Voglio vedere come si è tolta le mutandine».

Ci furono molte altre risate e battute, ma nessuna delle tre sembrò minimamente sbigottita, scioccata o disgustata. Quando il video finì, Hekla la guardò dall'alto in basso e disse: «Voglio prendere in prestito quel vestito».

Lucy sbuffò ed emise una mezza risatina al pensiero della spigliata Hekla nel minuscolo costume rosso e bianco. «Saresti fantastica», replicò serrando le labbra. Hekla sarebbe stata in grado di indossarlo senza problemi, anzi, visto il loro atteggiamento disinvolto nei confronti della nudità, qualsiasi delle tre ragazze probabilmente lo avrebbe fatto.

«Che maiale, però», mormorò Elin. «Era una cosa privata. Capisco perché ti sei arrabbiata. Che cosa gli hai fatto? Io avrei minacciato di tagliargli il pene con un paio di forbici spuntate e di cucinarlo come una salsiccia». Affondò la mano nell'acqua con uno schizzo che le fece ridere tutte.

«Io avrei distrutto la sua macchina. Zucchero nel serbatoio. Olio d'oliva sui finestrini, che è una rottura da pulire, e un pesce nel motore», raccontò Brynja.

«Io l'avrei fatto ubriacare di brutto, avrei aspettato che si addormentasse e gli avrei scritto *kúkulabbi* in fronte con un pennarello indelebile», spiegò Hekla con entusiasmo, mimandolo sulla propria fronte mentre le altre due ragazze scoppiavano a ridere.

«Quando diciamo *kúkulabbi* intendiamo dire "canaglia"», chiarì Brynja vedendo il sorriso riluttante di Lucy, «ma la traduzione letterale è "cacca su due gambe"».

«Ti prego, dimmi che non l'hai mai fatto», esclamò Elin, voltandosi improvvisamente verso Hekla che stava ridacchiando tra sé e sé, con l'acqua che le si agitava contro il petto.

L'espressione innocente di Hekla, con gli occhi sgranati, non avrebbe ingannato nessuno.

«Mi ricorderò di non mettermi contro nessuna di voi», scherzò Lucy con un finto brivido.

«Cosa hai fatto?», chiese Hekla. «Ti prego, dimmi che hai fatto qualcosa».

Con un movimento della bocca, annuì. «Anche se niente di così brutale».

«Ma hai fatto qualcosa».

Lucy fece cenno di sì col capo, preoccupandosi del proprio labbro. Non aveva detto nemmeno a Daisy della sua piccola vendetta. «Il giorno prima di venire qui, lui era via e io sono andata a prendere alcune delle mie cose. Avevo le chiavi dell'appartamento che condividevamo, quindi...», sorrise al pensiero, «ho cucito dei gamberetti freschi negli orli delle tende del nostro appartamento».

«Eccellente», commentò Brynja.

«E molto puzzolente», aggiunse Elin, storcendo il naso.

«È una buona vendetta, credo», disse Hekla con un enorme sorriso. «Sottile e molto duratura».

Lucy immaginò Chris che cercava di identificare l'odore e la sua provenienza. Cominciò a ridacchiare. Non si era mai permessa di pensare a quello che poteva essergli successo da allora.

Hekla alzò una mano e tutte diedero il cinque a Lucy a turno.

«Non scherzate con Lucy», sentenziò Elin.

«Pericolosa e armata di un ago da cucito». Lucy sorrise.

«E non ci hai ancora detto di Alex», riprese Hekla qualche minuto dopo, sedendosi più dritta e sollevando le spalle dall'acqua.

Accidenti. Lucy pensava di averla fatta franca.

«Non c'è niente da dire», replicò. «Ha passato la notte con me, ma è stato...». Pensò ai baci sulla schiena. «È troppo presto».

«Ah, ma ora la tua testa è a posto», disse Brynja, fraintendendo clamorosamente.

«Io... lo vedrò stasera».

Le ali delle farfalle sbatterono contro le pareti del suo stomaco, la frenesia e l'emozione al pensiero, al ricordo della breve conversazione quando Hekla, dopo aver ottenuto il permesso per il viaggio, si era precipitata a prepararsi.

«Hai un aspetto migliore», aveva detto. «Ceniamo insieme qui, stasera quando torni. Non vorrai esagerare. Dirò a Kristjan di preparare un vassoio». Stranamente, per una persona abituata a prendere tutte le decisioni, le piaceva che fosse lui ad avere il controllo. Quando stava con Chris, lui era sempre così ambiguo su tante cose: dove mangiare, che film vedere… era diventato logorante dover sempre prendere una decisione, soprattutto perché spesso si imbronciava se il film o il pasto si rivelavano non proprio di suo gradimento.

«Lo vedrai stasera, quindi». Hekla si sfregò le mani.

«E quale parte di lui vedrai stasera?», chiese Elin, schizzandola con l'acqua.

«Già, è proprio un bell'uomo», aggiunse Hekla. «So io su quale parte vorrei mettere le mani».

Elin le diede una gomitata. «Hai bisogno di scopare, e anche in fretta».

«Lo so. I giocattoli non sostituiscono del tutto un uomo. E adoro guardare un ragazzo che si spoglia». Hekla emise un basso gemito. «Mi manca. Soprattutto quando sento la signorina Brynja che se la spassa con il suo uomo».

«Ti procurerò dei tappi per le orecchie», rispose Brynja, che sembrava del tutto indifferente.

«Non faremo...», protestò Lucy, grata del fatto che l'acqua calda l'aveva già resa piuttosto colorita in volto.

«Perché no?», chiese Hekla. «È sexy. È bellissimo ed è davvero un bravo ragazzo. Scommetto che a letto è premuroso. Non un egoista che pensa solo a se stesso». Sorrise e rivolse un sorriso a Elin. «Scommetto che lui conosce la strada per la caverna delle meraviglie».

Lucy deglutì. Ok, da quel bacio, quando aveva inavvertitamente schiuso le gambe, aveva avuto qualche fantasia intima sulle mani magiche di Alex, ma erano *molto* intime e di certo non così esplicite. Si abbassò nell'acqua come se potesse nascondere l'inadeguatezza che sentiva di fronte alle loro entusiastiche disinibizioni.

Con sua grande mortificazione, Elin e Hekla cominciarono ad approfondire i racconti delle migliori tecniche che avevano sperimentato.

Lucy sapeva di star arrossendo furiosamente.

«Si stanno mettendo in mostra», mormorò Brynja a bassa voce, notando il suo disagio. «Hekla vorrebbe un fidanzato fisso, desidera ardentemente che Kristjan si accorga di lei ed Elin adora Roger. Ma in Islanda siamo molto più aperti a parlare di sesso».

«Magari lo fossi anch'io. Forse se avessi potuto parlare... dopo Chris... non credo di essere molto brava nel sesso».

Brynja rise dolcemente. «Nessuno è molto bravo a fare sesso da solo. Bisogna essere in due, e bisogna che entrambi ci tengano abbastanza a farlo bene. Questo a Chris non credo importasse. Ti ha spinto a fare cose che non ti facevano sentire a tuo agio. Sii gentile con te stessa. Se Alex è quello giusto, non dovrai fare nulla che non vuoi. Siamo tutti diversi. Hekla è abbastanza orgogliosa e sicura di sé da condividere il proprio corpo con chiunque desideri. Nessuno la fa sentire in colpa. È un atteggiamento fantastico da avere... se ti si addice. Le donne non dovrebbero vergognarsi di godere del sesso... è qualcosa con cui cresciamo». Sorrise.

«A casa mia non è così. Credo di essere cresciuta con il linguaggio negativo, ovviamente tutto al femminile: troia, zoccola, puttana. E i miei genitori non hanno mai parlato di sesso». Lucy fece una smorfia. «Non riesco a figurarmi come sia stata concepita. Non credo di aver mai visto mio padre baciare mia madre».

«Questa è una buona cosa», esclamò Brynja con una rapida occhiata e un'alzata di spalle. «I genitori che non hanno freni in pubblico sono imbarazzanti. Te lo assicuro».

Risero insieme, mentre Hekla balzava in piedi. «Forza, andiamo in sauna».

Durante il resto della mattinata, la neve cominciò a scendere più fitta. Era una sensazione stranissima, pensò Lucy, sollevando il volto verso il gelido bacio dei fiocchi di neve, mentre il resto del corpo era al calduccio sotto l'acqua. A piedi nudi, con la pelle calda in contrasto con il legno ghiacciato, passarono per la sauna e da una piscina all'altra, prima di visitare il bagno turco. Lucy rimase un po' sconcertata da quest'ultimo, che aveva un pavimento ventilato su una sorgente calda gorgogliante, attraverso la quale si potevano sentire il ribollire e il sibilo sottostante. All'ora di pranzo indossarono gli accappatoi e si recarono al luminoso e ampio ristorante. Pane di segale cotto nella vicina lava calda insieme a un delizioso salmone affumicato che si scioglieva in bocca, il migliore che Lucy avesse mai assaggiato, innaffiato da un bicchiere di vino rosso.

Si sentiva piacevolmente spossata e davvero rilassata. Una giornata da ricordare. L'avrebbe rifatto volentieri.

«È stata una bella esperienza, grazie per avermi invitato», esclamò Lucy sorridendo a Hekla. «Dovrei trovare più tempo per questo genere di cose. Dovrei farmi le unghie, tagliarmi i capelli».

Hekla tirò fuori il telefono. «La migliore amica di mia sorella fa la parrucchiera a Hvolsvöllur». Era già impegnata a mandare messaggi. «Possiamo chiamarla mentre rientriamo nel pomeriggio».

Prima che Lucy potesse cambiare idea, sembrava che avesse già fissato un appuntamento.

«Grazie», disse, appoggiandosi alla sedia. «E grazie anche per oggi. Mi sento incredibilmente rilassata e i lividi non mi fanno più male. Le mie spalle erano talmente tese». E lo sapeva bene, grazie all'attento massaggio che le aveva riservato Alex. «Il getto di quella fontana ha fatto meraviglie». Aveva passato ore sotto quella cascata che si tuffava in una delle piscine. «Mi stavano uccidendo».

«Perché hai passato troppo tempo al computer».

Lucy fece spallucce. «C'è sempre così tanto da fare».

«Ed è un buon posto per nascondersi dalla troupe cinematografica». Il sopracciglio divertito di Hekla si inarcò di nuovo.

«È vero anche questo». Lucy cercò di suonare distaccata e non ci riuscì, così aggiunse: «Non vedo l'ora che se ne vadano».

«Non manca molto. Partono il giorno dopo la serata islandese». Hekla sorrise: «Sarà un grande successo. Verrà mezza Hvolsvöllur, visto che hai invitato il sindaco. Tutti fremono in attesa dell'evento. Ci sarà il pienone e ci sarà da divertirsi. E Freya racconterà le storie folkloristiche».

«Sì, speriamo che la telecamera sia puntata su di lei e non su di me che corro in giro come una squilibrata».

Hekla aggrottò la fronte, non comprendendo la parola.

«Una matta», spiegò Lucy.

«Ah, sì. Sembra che a quel Bob piaccia riprenderti», mormorò Hekla pensierosa.

«Sì», aggiunse Elin. «Ti guarda sempre. E quel Clive è così irritante. Parla sempre con troppo entusiasmo. È falso».

«Ma non è inquietante come Bob». Brynja arricciò il naso. «Ti ha infastidita?», chiese con sguardo attento. Lucy stava per fare spallucce, ma invece annuì cupa: «Sì. Sa del video. Ha minacciato di dirlo ai nuovi proprietari. Vuole che giri un filmato con lui».

«Che schifo», commentò Elin, con una furia indignata che le danzava negli occhi. Hekla mimò un conato di vomito.

«Sono riuscita a non incrociarlo mai da sola e presto se ne andranno. Ora, chi vuole il caffè?». Lucy incrociò le braccia sul petto facendo capire che l'argomento era chiuso.

Bob, il cameraman, era appostato in corridoio quando rientrarono, dirette verso la lavanderia in un turbinio di conversazioni, con i capelli spruzzati di neve e le borse piene di costumi bagnati e di accappatoi zuppi.

«Li metto in lavatrice», si offrì Lucy, tirando fuori l'accappatoio dalla borsa e ignorando fermamente Bob. «Grazie mille per la gita di oggi, Hekla. È stato meraviglioso».

«Siete state in qualche bel posto, signore?», chiese lui.

«Le sorgenti termali Fontana», rispose Elin, con quel tipo di sorriso educato che si riservava agli ospiti difficili.

«Bello». Sorrise lui. «Una cosa da *single ladies*». Fece una breve imitazione di Beyoncé che sporgeva il sedere in una malaccorta mossa di twerking.

«Oh Bob», Elin abbassò la voce fingendo un sospiro, prima di dire «che cattivone» e schiaffeggiare prontamente il tessuto molle dei pantaloni che penzolava dal sedere dell'uomo, così forte che una potente eco risuonò lungo il corridoio. La testa di Bob si alzò di scatto, le sue sopracciglia danzarono come rapidi bruchi. Stupito e insicuro, le rivolse un'occhiata diffidente, rendendosi conto che le altre due ragazze lo avevano accerchiato come un paio di iene; in qualche modo fu trascinato oltre la soglia della porta della lavanderia.

Elin cominciò a girargli intorno con una camminata esageratamente sensuale, incrociando le gambe con quell'andatura da modella, togliendosi il cappotto e lasciandolo cadere a terra. «Che ne pensate, ragazze? Credete che dovremmo portare fuori questo pony e cavalcarlo con forza?».

Gli occhi di Bob si spalancarono, Lucy trattenne una risatina rendendosi conto che Brynja aveva tirato fuori il telefono e stava riprendendo l'intera scena.

Elin, più alta di lui di qualche centimetro, si strinse al suo fianco, spingendo i seni in avanti mentre gli passava le dita sul viso paffuto prima di stringergli forte tra le dita il lobo dell'orecchio e sussurrargli qualcosa all'orecchio. L'uomo abbassò una mano sotto la cintura per proteggersi e intanto divenne pallidissimo.

«Ho sentito che vuoi fare un video», disse lei ad alta voce.

Bob deglutì, con gli occhi che saettavano per la stanza come se cercasse una via di fuga.

Con un movimento fluido, Elin si tolse il top.

«Ora tu, Bob».
Con gli occhi vitrei, tutto sudato, lui la fissò.
«Dai, unisciti al divertimento», esclamò Elin tirandogli la parte inferiore della maglietta. Lentamente Bob la sfilò dalla testa.
Poi Hekla fece un passo avanti e si tolse la maglia, spudorata e statuaria nel suo reggiseno a balconcino.
Bob non sapeva dove guardare, la sua testa faceva avanti e indietro tra Hekla ed Elin.
«Tocca di nuovo a te, Bob». Elin fece un cenno verso la fibbia della cintura.
«Vuoi una mano?», chiese poi, facendo un gesto osceno con la propria mano.
Lucy serrò forte le labbra. Elin era spietata, ignorava il terrore che gli imperlava la fronte. Gli stava già tirando la cintura.
«Posso...». Bob le allontanò le mani.
«Cosa stai aspettando?». Aveva slacciato la fibbia e gli stava tirando giù la cerniera.
Lei e Hekla lo stavano accerchiando.
«Io... io... non credo che questa sia... una buona idea». Si allontanò dalla loro portata, con le mani aggrappate ai pantaloni, scoccando un'occhiata avvilita a Brynja che teneva in mano il telefono, come se si rendesse conto, grazie all'esperienza come cameraman, di quanto ridicola dovesse apparire la scena. Due splendide bellezze bionde con un ometto basso e tarchiato.
«Il punto è, Bob», esclamò Elin, «che noi pensiamo che lo sia». Mise una mano sul fianco e gli spinse il seno sotto il naso.
«Non credo di volerlo fare», ribatté lui piagnucolando.
«Non vuoi». Elin girò la testa per guardare le altre, come un capo tribù che sta per chiedere un sacrificio.
«No, non voglio». Bob si sporse per afferrare la sua maglietta, le pieghe flaccide della pelle si concentrarono sulla cintura. Come un matador con il mantello, Elin gliela strappò di mano. «Ridammela».

Lucy si sentì un po' a disagio mentre Elin lo stuzzicava.

«Basta così». Guardò Brynja e annuì.

«Allora, Bob», Lucy fece un passo avanti. «Forse adesso capisci come ci si sente a essere alla mercé di qualcun altro. Non è molto bello. Non è un gran divertimento, vero?».

Lui diventò rosso scarlatto e si infilò la maglietta. «Io non... stavo... stavo scherzando sul fatto di fare un video. Devi aver... devi aver frainteso».

Hekla, Elin e Brynja si erano schierate a braccia conserte e lo guardavano con gelido disprezzo.

«Ah, giusto. Ho frainteso. Allora va bene», rispose Lucy. «Credo che adesso ci siamo capiti. Ma per essere sicuri, forse possiamo concordare che se tu mostri il mio video, io mostrerò il tuo».

Bob deglutì a fatica e annuì con veemenza mentre indietreggiava verso la porta, spostando ogni tanto lo sguardo su Elin come se fosse un cobra che poteva colpire da un momento all'altro.

Quando raggiunse la porta, Elin gli rivolse un sorriso crudele, un saluto con la mano e un occhiolino sfacciato.

A seconda della velocità con cui percorse il corridoio nella sua fuga, Bob avrebbe potuto sentire o meno le risate che si levarono esattamente cinque secondi dopo che se ne fu andato.

Capitolo 25

Rilassata, sciolta e trionfante dopo l'incontro con Bob, Lucy gironzolò per la sua stanza, accendendo candele con un gran sorriso stampato in faccia. Le giornate alle terme avrebbero dovuto essere obbligatorie, o almeno le vasche idromassaggio, no, anzi, gli idromassaggi nella neve.

Guardò fuori, i grossi fiocchi cadevano in un turbine di bianco, brillanti contro il cielo scuro della notte; ricordò, scossa da un rapido brivido, il loro tocco gelido sulla pelle nella piscina termale. Toccando il vetro freddo, guardò la scia di neve candida che cadeva fitta e rapida, quasi ipnotizzata mentre questa si posava in una silenziosa sconfitta, fondendosi alla coltre che già ricopriva la terrazza di legno. Il suo riflesso sembrava spettrale, così stagliato sullo sfondo innevato, ma sapeva di essere molto più bella di quando era arrivata, nonostante la vasta collezione di lividi che portava.

Indossava una comoda felpa, leggings e i calzini di Hekla e aveva abbandonato l'idea di truccarsi. Se non l'avesse inteso come un appuntamento, non avrebbe potuto restare delusa se non si fosse rivelato tale. "Ceniamo insieme stasera" non era un appuntamento, no? Un appuntamento significava uscire. Fare qualcosa. Alex si stava occupando di lei perché si sentiva responsabile del suo incidente e perché era il genere di cose che Alex faceva. O almeno così si era detta...

Ma le persone organizzate mettevano una bottiglia di vino in frigo per ogni evenienza e prendevano un paio di bei bicchieri dalla sala da pranzo perché non si sapeva mai quando sarebbero potuti servire. E accendeva un bel fuoco nel camino, perché in una notte come quella, con una tempesta di neve che imperversava fuori, era la cosa più ovvia da fare, e non necessariamente romantica. Guardò le fiamme che danzavano come diavoli feroci nella stufa a legna e l'alta pila di ceppi che sarebbe durata per il resto della serata, poi si costrinse a sedersi con un libro, di cui comunque non lesse molto. Con il fuoco e la neve da guardare, le era sufficiente starsene rannicchiata sul divano a osservare l'affascinante accostamento di fuoco e ghiaccio, picchiettando di quando in quando il piede sinistro.

«La cena è servita», esclamò Alex, entrando con un vassoio quando lei aprì la porta, dopo averlo sentito bussare. «Wow, che bello. La neve sta davvero scendendo. Sono felice di non dover andare da nessuna parte stasera. Clive e compagni non sono contenti. Speravano di fare altre riprese dell'aurora boreale, ma è improbabile che si veda qualcosa con questa neve».

Lucy fece un passo indietro, sorpresa dal suo inaspettato fiume di informazioni. Alex nervoso era piuttosto carino.

«Qualcosa ha un buon profumo», disse, sfiorandogli il braccio per metterlo a suo agio.

«Meno male, non ero sicuro di cosa ti piacesse». Lui le rivolse un sorriso imbarazzato e posò il vassoio ricolmo di piattini sul tavolino di fronte al divano. «Kristjan ci ha dato dei piccoli assaggi di tutto quello che c'è nel menu di stasera».

«Un picnic sul tappeto», constatò Lucy, battendo le mani. «E io ho del vino».

«Perfetto». Si scambiarono sorrisi entusiasti.

Fu facile poi: armeggiarono con piatti e posate, Alex aprì il vino e si sedettero sul pavimento l'uno di fronte all'altra, con il tavolino in mezzo. Fu facile fare due chiacchiere sul cibo e non fu affatto smielato quando si imboccarono l'un l'altra le varie portate: zuppa di pesce salata, carne di maiale dolce e marinata, fette di bistecca al sangue, patatine fritte in doppia cottura, pomodori arrostiti all'aceto balsamico e rosmarino, verdure saltate nel burro e carote glassate con semi di cumino. Ok, forse poteva essere un po' smielato, dati gli occhi scintillanti e la cura esagerata con cui si porgevano le forchette.

«Com'erano le sorgenti termali?», chiese Alex quando presero il vino per sedersi davanti al fuoco sul tappeto di pelle di pecora.

«Caldo e freddo. Un po' strano con la neve, ma il posto era favoloso. Molto elegante e alla moda. E le ragazze erano in gran forma». I suoi occhi scintillarono di colpo. «Abbiamo fatto delle conversazioni molto interessanti».

Lui brindò toccando il calice di Lucy col suo. «Non credo di volerlo sapere. Cin».

«Cin». Fece una pausa. «Ho detto loro del video».

Alex la guardò con attenzione. «E...?»

«Hanno voluto vederlo».

Lui fece una smorfia.

Rise. «No, sai, è stata la cosa migliore. Avrei dovuto farlo molto tempo fa. Non è stato poi così male come l'avevo costruito nella mia testa. Hanno tutte pensato che fosse davvero divertente. Non hanno i nostri stessi problemi con la nudità e il sesso».

«Parla per te», scherzò Alex. «Io sono un fiero scozzese che indossa il kilt».

Lei inarcò le sopracciglia, alludendo a ciò che lui avrebbe potuto indossare sotto il kilt... o *non* indossare.

«E non te lo dico, Sassone», disse lui marcando l'accento, mentre gli occhi vennero attraversati da un lampo di malizia.

«È come se mi fossi tolta un peso enorme. E non ero poi così nuda davanti alla telecamera come pensavo. Chris ha avuto un po' di pudore. Il mio ricordo della notte si è confuso con il filmato reale». Però l'approccio totalmente libero alla nudità delle ragazze l'aveva fatta riflettere. Non avrebbe mai potuto essere disinibita come loro, ma era il caso di sfidare quella timidezza, quella che suggeriva che il suo corpo era qualcosa di cui vergognarsi. Qualcosa che doveva essere coperto e tenuto all'oscuro.

«Ah, allora tutto risolto». Le parole di Alex furono pervase dal tocco tagliente di quella che avrebbe potuto essere gelosia.

«Non ho detto che l'ho perdonato», disse Lucy con un sorriso. «Ma mi sento molto meglio. Un giorno potrei anche mostrartelo».

«Solo se lo vorrai», replicò Alex con voce pacata, «ma ti prometto che non andrò a cercarlo».

«Lo so», commentò Lucy. Non c'era bisogno che glielo dicesse.

«Quindi ora puoi dire a quel viscido di Bob di fare un salto di corsa e di impalarsi sulla ringhiera di ferro più vicina».

«È un po' da sanguinari», mormorò Lucy. «Le ragazze hanno avuto una soluzione molto più soddisfacente», spiegò, e gli raccontò cos'avevano fatto.

«Ben gli sta», esclamò Alex quando lei confessò di essere un po' dispiaciuta per lui. «Non merita la tua compassione». Lui la tirò a sé e le mise un braccio intorno alla vita, facendo indietreggiare entrambi contro la parte anteriore della poltrona di pelle imbottita e retrò.

«Forse no, ma due torti non fanno una ragione. Non ho provato alcun piacere nell'umiliarlo. Forse perché ha provato una sensazione troppo simile a quella che ho provato io e so come ci si sente. Quel terribile senso di impotenza. Sapere che qualcun altro ha fatto qualcosa, che altre persone lo sanno e che tu non hai alcun controllo sulla situazione. Non voglio mai più sentirmi così».

Alex le strinse la vita e le diede un bacio sulla guancia. «Spero che tu non debba farlo».

Seduta accanto a lui, al bagliore dorato del fuoco, ben sazia di cibo e a sorseggiare il suo vino, chiuse gli occhi, sentendo il solido calore del corpo di Alex accanto a lei. Appagata, appoggiò la testa sulla sua spalla, felice di osservare il guizzo delle fiamme che si muovevano e volteggiavano attorno ai ceppi ardenti, sibilando e scoppiettando.

Si mosse e trasalì per la fitta alla schiena.
«Stai bene?», chiese Alex. «Come va la spalla?»
«Sta ricominciando a irrigidirsi di nuovo». Con un movimento della schiena, Lucy si voltò a destra e a sinistra, inspirando affannosamente mentre il suo corpo protestava. «I muscoli mi fanno più male ora che il primo giorno, ma i lividi cominciano ad attenuarsi».
«Vuoi che ti metta del balsamo?».
Nonostante il suo tono calmo, a Lucy si seccò la bocca.
«Sarebbe bello». Mentre lui si alzava per prendere il barattolo, lei gli voltò le spalle.
Quando lui tornò, sedendosi sul pavimento dietro di lei, Lucy sentì il cigolio del coperchio del barattolo e sentì l'odore della lavanda.
Incrociò le braccia davanti a sé, in silenzio. Con un respiro profondo e deciso, seguito da un movimento fluido e rapido, si sfilò la felpa dalla testa e portò via con essa anche il reggiseno. Alle sue spalle si udì una brusca inspirazione quando espose la schiena nuda. Un silenzio incredibile li teneva in pugno, scandito solo dal sibilo e dal crepitio del fuoco.
Le dita di Alex, delicate come ali di farfalla, sfiorarono la parte superiore della scapola. Lucy trattenne il respiro mentre lui esplorava ogni centimetro di pelle con scrupolosa attenzione. Il suo cuore accelerò quando il palmo si appiattì per accarezzarle la schiena in una lenta e morbida carezza possessiva. Una pausa. Le mani di Alex scivolarono lente lungo il percorso dei fianchi, tracciando con le dita il contorno di ciascuna costola, prima di arrivare a posarsi sulla morbida curva della sua vita. Stringendola con la delicatezza riservata alle porcellane preziose, lo sentì sporgersi in avanti. Lucy si irrigidì in attesa, consapevole delle sferzate con cui il calore del fuoco lambiva la sua pelle, il profilo dell'ombra di Alex che la schermava dall'eccessivo calore. Poi il tocco delle sue labbra, il lieve solletico dei suoi capelli che le ricadevano lungo la schiena. La bocca di Alex si spostò sulla scapola. Labbra morbide e il lieve pizzicore abrasivo della barba.

Lucy si contorse, flettendo le spalle. In risposta, Alex fece scorrere la bocca verso il basso, coccolando il suo livido con piccoli baci leggeri, prima di spostarsi con languida facilità sulla spina dorsale. Il tempo sembrò scivolare via.

Il tocco della sua lingua. Lucy inarcò la schiena in una risposta sinuosa. La sua pelle formicolava mentre, con la bocca su di lei, Alex tracciava la strada verso il basso.

Le dita si strinsero sulla sua vita, una pressione lieve che si rilassò non appena quella bocca riprese a esplorare deliberatamente la sua spina dorsale, le labbra che scendevano pian piano verso il basso, esplorando e assaggiando ogni rientranza della spina dorsale. Lucy gemette, inarcando la schiena in una curva flessuosa, invitando Alex a seguirla. Lui le leccò la pelle. Questo la fece sussultare. Il miele caldo e liquido della lussuria le si riversò tra le gambe. Gemette ancora quando lui le fece scivolare le mani sui fianchi, aggirando i seni, passando sulle spalle e sollevandole i capelli per posarle un lungo e delicato bacio sulla nuca.

Lucy sollevò le braccia e raccolse i capelli sopra la testa, tenendoli con le mani. Fuori imperavano la neve e l'oscurità, e la donna riuscì a vedersi riflessa nel vetro, con i seni fieri e pronunciati, i capezzoli che si inturgidivano e quasi facevano male per il desiderio. Sollevando il mento, il suo sguardo incrociò quello di Alex nel riflesso della finestra. Si fissarono, gli occhi scuri e concentrati di lui, quelli femminili e decisi di lei, l'immagine erotica che infondeva una curiosa combinazione di sensualità e sicurezza al tempo stesso.

Lei guardò nel riflesso mentre lui iniziava a sbottonarsi la camicia bianca, senza che i loro occhi si staccassero gli uni da quelli dell'altra. Lucy deglutì a fatica, osservò le sue spalle larghe e il petto coperto da una leggera peluria, più tornito di quanto si aspettasse. Dall'esterno Alex le era sempre parso così affascinante e raffinato, ma questo contrasto, mentre lui si faceva scivolare la camicia lungo le braccia, le fece battere il cuore un po' più forte. Oh, cavolo, continuando così, sarebbe crollata da un momento all'altro. Quando lui la tirò indietro contro il suo petto caldo e solido, con le braccia ad avvolgerla, Lucy sospirò e tutti i suoi muscoli si rilassarono. Per una volta si sentì femminile, fragile e deliziosamente protetta, e non le dispiaceva affatto. Se questo era il paradiso, era perfetto. Stretta a lui, con i peli di un braccio che le stuzzicavano il seno e l'altro che la stringeva possessivamente intorno alla vita, si sentì sicura di lasciarsi andare, di perdere il controllo per una volta.

Quando Alex abbassò lo sguardo e le baciò il lato del collo, Lucy rabbrividì e si lasciò scappare il piccolo gemito che le ribolliva in gola. Alex sfiorò con la lingua la pelle sensibile e tesa, e lei gemette di nuovo. Poi lui sollevò la testa e la guardò di nuovo nel riflesso, osservò la sua reazione mentre muoveva un braccio, la mano a palparle un seno in un caldo massaggio sensuale, con il pollice che accarezzava con indolenza un capezzolo, mentre l'altro palmo la teneva stretta contro di lui all'altezza della vita.

La bocca di Lucy si schiuse con un forte sussulto di piacere, gli occhi si chiusero, ma lui le strinse il capezzolo con un piccolo avvertimento. Li riaprì, e nel riflesso vide un sorriso soddisfatto tendere le labbra di Alex. Gli occhi di lui non abbandonarono mai il viso di Lucy mentre le accarezzava e massaggiava i seni con piccoli e lievi movimenti, tormentandola con una lenta arroganza che la fece gemere. Poi, prendendole un seno, con il braccio che le cingeva il petto, iniziò a sfiorarle la superficie del ventre con l'altra mano, le dita che massaggiavano e giravano intorno all'ombelico in lenti e stuzzicanti movimenti circolari.

La mano scese più in basso, scivolando sul tessuto dei leggings, e più in basso ancora, sfiorando il pube. Lei trattenne il respiro in una silenziosa attesa. Le terminazioni nervose, calde e desiderose del suo tocco, fremevano tra le sue gambe, facendole sbattere furiosamente le palpebre mentre cercava di combattere l'impulso di spingere i fianchi in avanti, verso il suo tocco. Alex sorrise come se sapesse esattamente cosa stava pensando. Cosa sperava. Le mordicchiò il collo e la guardò mentre faceva scivolare la mano fino a toccare il calore tra le sue gambe, tirandola verso di sé. Il riflesso nella finestra di quell'uomo che la stringeva, l'abbraccio possessivo e lo sguardo fisso nei suoi occhi le provocarono un altro gemito e Lucy, impotente, si abbandonò al fuoco che ardeva sotto le sue dita, poi si strusciò contro la sua mano, incapace di fermare il tormentato «Oh, Alex» che le sfuggì.

La mano si strusciò contro di lei, le dita sui capezzoli, le labbra a sfiorarle il collo. Lei si sentiva consumata, provava una miriade di sensazioni, mentre lui la osservava dal vetro.

Pressione, piacere, pressione, piacere. Stava crescendo, crescendo, crescendo.

«Alex», sussurrò lei, chiudendo gli occhi, incapace di resistere. La mano di lui continuava ad accarezzare, a tirare, a stuzzicare, i fianchi di Lucy spingevano contro i suoi movimenti, storditi e bramosi. Era lì, la sentiva, la sensazione che cresceva, il bisogno di cavalcare l'onda, lei spinse per raggiungerla e poi precipitò oltre il limite, cavalcando i deliziosi spasmi che vibravano in lei, gridando il suo nome in una litania senza fiato. Alexalexalexalex.

Frastornata e stordita, si accasciò all'indietro e lui la prese tra le braccia, trascinandola sul pavimento e voltandola in modo che si trovassero l'uno di fronte all'altra. Lo fissò con gli occhi spalancati, prima di allungarsi verso la cerniera dei suoi jeans e farla scorrere in basso.

Il respiro di Alex si fece affannoso quando Lucy infilò il palmo sotto la cintura dei jeans e dei boxer, sfiorando con le dita la sua dura lunghezza. «Dio», gemette, e lei sorrise tra sé e sé mentre si chinava in avanti e gli baciava il petto, con il ciuffetto di peli che le solleticava il naso.

«Luc... ahh... tu... n... mmm».

Leccando e mordicchiandogli il petto, Lucy mosse la mano su e giù lungo la pelle liscia dei suoi testicoli, stuzzicandolo delicatamente, massaggiandogli la punta dell'erezione con le dita, godendo dei suoi respiri rochi e dei gemiti prolungati.

Lei stessa cominciava ad avere il fiato corto, mentre sentiva il calore vellutato crescere di nuovo.

Poi Alex si scostò, appoggiando la fronte contro la sua. «Non dovremmo farlo».

Lucy lo ignorò e gli diede un bacio a bocca aperta, accarezzando con la lingua i contorni delle sue labbra. Ci vollero un paio di secondi prima che lui cedesse al bacio e lo approfondisse, con la bocca che si perse nella sua. Il calore del bacio cominciò a crescere, le loro lingue coinvolte in un duello sempre più aggressivo. I fianchi si unirono in una danza decisa, ruotando e strusciando l'uno contro l'altro.

«Ti voglio», esalò Lucy disperatamente. «Non sono mai stata così eccitata in vita mia».

Alex deglutì e la baciò con forza. «Dovrei... hai avuto una commozione cerebrale... dovresti... mmm, fermarti... dovresti riposare». Emise un suono incomprensibile quando lei gli afferrò di nuovo l'erezione. «Dovresti rilassaaaaarti».

Lucy, sdraiata sul tessuto vellutato del tappeto in pelle di pecora, gli rivolse un lento sorriso. «Sono rilassata, non preoccuparti».

«Lucy», provò di nuovo Alex, con lo sguardo attratto dai suoi seni nudi; la donna spalancò gli occhi in un seducente invito.

«Alex, shh», disse lei e lo baciò con forza. «Se dici di nuovo che non dovremmo farlo, forse dovrò ucciderti».

Lui rise. «È perché non ho niente con me e... ho tanta voglia di starti dentro».

Lo stomaco di Lucy si strinse, la sua intimità si contrasse al solo pensiero. «Mmm», gli accarezzò il collo. «Per fortuna ho un'amica che ha insistito perché non diventassi una vecchia zitella e mi ha fatto portare una scorta di preservativi». Fece per alzarsi, mentre Alex si lasciava ricadere sul tappeto con un accorato: «Grazie al cielo, cazzo».

La parolaccia inaspettata la fece ridere. Il sesso con Chris era sempre stato un affare serio e concreto, lo stupido video era stato il suo unico tentativo di essere la seduttrice che lui voleva. Questo, invece, era caldo, erotico, divertente, e lei aveva già avuto il suo primo orgasmo non autoindotto e, a giudicare dalla promessa negli occhi ambrati e pieni di desiderio di Alex, gliene avrebbe regalati altri.

Capitolo 26

«Buona giornata», la salutò Alex, scoccandole un bacio sulla tempia e sistemandole il piumone sulle spalle. «Ci vediamo alle quattro. Vestiti per stare all'aperto».

«Sembra un appuntamento galante», mormorò Lucy con un brontolio. «Un'escursione al buio?»

«Se te lo dicessi, non sarebbe una sorpresa, no?»

«Chi ha detto che mi piacciono le sorprese?». Lucy finse di infastidirsi, sexy e arruffata. Lui le tracciò il contorno della bocca imbronciata con un dito, divertito dal contrasto che aveva scoperto. Gli piaceva questa versione di lei in camera da letto, ma gli piaceva anche la direttrice d'albergo capace, spietata, autoritaria. Sapere che Lucy non aveva bisogno di lui rendeva ancora più forte il desiderio di proteggerla da tutte le cose brutte che erano successe. Al momento non riusciva a decidere chi fosse in cima alla sua lista, se Bob o quel miserabile coglione di Chris, che sembrava un vero e proprio ammasso di melma.

«Fidati di me».

Lei si fermò e qualcosa brillò nei suoi occhi, facendolo sentire come se avesse conquistato l'Everest.

«Mi fido», replicò, poi gli rivolse uno sguardo sensuale che gli fece rimpiangere di essere vestito di tutto punto e di essere atteso in sala da pranzo entro i successivi quindici minuti.

«Ti senti decisamente meglio», constatò lui, allontanandosi con rammarico.

«È tutto quel balsamo che mi hai spalmato sulla schiena». Lei sollevò le spalle, ma sotto le lenzuola mosse le gambe, con un sorriso sognante che le attraversò il viso. Accidenti, stava svegliando parti di lui che ormai avrebbero dovuto essere esauste dopo le ultime due lunghe e piacevoli notti e la breve pausa pranzo del giorno prima, quando erano stati quasi sorpresi da Hekla che stava arrivando per un incontro con Lucy. Come se gli leggesse nel pensiero, Lucy sollevò il viso verso il suo, con la malizia che le ardeva negli occhi.

«Hekla mi ha detto che la stessa azienda produce qualcosa che si chiama *Fuoco d'Amore*».

«Ah, sì?». La bocca di Alex si tese in un sorriso, mentre muoveva le gambe per nascondere il crescente rigonfiamento dei pantaloni. «Sembra divertente».

«Non che io abbia... sai, parlato con Hekla di... sai. Sapeva che avevi passato la notte qui e...».

Lui rise della sua timidezza. «Non preoccuparti. Mi ha già fatto il terzo grado avvisandomi di non fare lo stronzo, mi ha consigliato di trattarti bene e anche dove trovare una cosa chiamata *Fuoco d'Amore*».

«Oh no, dimmi che non l'ha fatto davvero». Lucy si mise una mano sulla bocca e ridacchiò, con un aspetto splendido e tanto invitante che ad Alex venne voglia di sgranocchiarla.

«Non è certo timida su queste cose». Col dito lui le accarezzò la clavicola, osservando gli occhi di Lucy che si facevano più scuri, poi fu scossa da un brivido ed emise un brusco sospiro. «Ero tentato di dirle che non avevamo bisogno di aiuto per infiammare le lenzuola».

Lucy ridacchiò di nuovo. «Non puoi dirle questo. Sono il suo capo».

«Devo andare. Ci vediamo alle quattro». Sarebbe stato bello allontanarsi dall'albergo per qualche ora e, grazie all'aiuto di Hekla, Alex aveva organizzato un appuntamento in un posto appartato che sperava fosse anche romantico. Era però leggermente preoccupato che una parte dell'idea di Hekla fosse un po' ambiziosa.

Doveva anche fare una telefonata.

Uscendo fuori verso la vasca idromassaggio e fermandosi

sulla piattaforma circondato dal vapore che saliva, tirò fuori il telefono con un senso di inquietudine. Quentin non aveva risposto a nessuno dei suoi recenti rapporti via e-mail sull'ottimo lavoro che Lucy stava svolgendo. Il problema era che adesso non poteva raccomandarla apertamente come nuova direttrice. Come sarebbe sembrato, ora che andava a letto con lei? Era importante che, dopo tutto quello che aveva passato, i meriti di Lucy fossero riconosciuti a pieno titolo. Non voleva che nessuno dicesse o insinuasse che aveva ottenuto il lavoro per qualsiasi altro motivo se non che era assolutamente la migliore, come lui sapeva.

«Ah, giovane McLaughlin. Ho buone notizie», esclamò Quentin senza preamboli non appena rispose alla chiamata. «Il tuo tempismo è impeccabile. L'acquisto è stato siglato dal mio team legale alle cinque e mezza, ora di Parigi, che credo sia a un'ora di fuso da te».

«È una buona notizia. Stai acquistando un gioiello. Questo posto è un vero bijoux e con ulteriori investimenti potrebbe diventare ancora migliore».

«Sì, sei stato molto accurato e sembra che il locale sia gestito in modo molto più efficiente. Mi è piaciuta l'applicazione per gestire i turni del personale, *Sortmyshift*. Dovremmo diffonderla».

«Sì, e per quanto riguarda il personale...». Alex tacque e strinse più forte il telefono. «Dovresti...».

«Sì, sì, sì. Ho ricevuto i tuoi resoconti. Ho capito il messaggio. Accontenterò tutti. Ma non renderemo pubblica la notizia finché i responsabili delle pubbliche relazioni non faranno l'annuncio ufficiale la prossima settimana, perché abbiamo presentato un'offerta per un altro posto simile a quello. Devo parlarti di questa grande idea, be', tua madre è davvero, davvero appassionata di questa roba dell'*higgy*».

«*Hygge*», corresse Alex, tirando un sospiro di sollievo. Era preoccupato per il lavoro di Lucy, dato che la procedura operativa standard di Quentin prevedeva l'inserimento di un proprio team di gestione non appena rilevava un hotel.

«Sì, quella roba lì. Allora ne hai sentito parlare». Alex smise di ascoltarlo quando Quentin cominciò a parlare dei piani per il lancio di una nuova catena di hotel più piccoli e accoglienti. Non vedeva l'ora di vedere la faccia di Lucy nel pomeriggio, quando sarebbe arrivata la sorpresa. Hekla gli aveva promesso che sarebbe stata la cosa più romantica di sempre.

Una volta che Alex se ne fu andato, Lucy si vestì, guardandosi alle spalle nello specchio e dando una rapida occhiata ai lividi che stavano svanendo. Ora erano macchie scure verdi e grigie.

Alzò lo sguardo sul suo viso. Il bagliore del sesso mattutino le illuminava la pelle e dagli occhi erano scomparsi gli scuri segni della stanchezza. Anche i capelli avevano un aspetto migliore, in parte grazie al taglio, ma sembravano essersi infoltiti. Non ne perdeva più a manciate, e il labbro era guarito.

A Hekla occhio di falco non sfuggì nulla e, appena entrata in ufficio, sorrise a Lucy. «Hai passato un'ottima nottata. Buongiorno».

Lucy sgranò gli occhi. «Sono il tuo capo. Non dovresti dire cose del genere».

«Pfft», ribatté Hekla muovendo le mani. «Vuoi un aggiornamento sulla lista degli invitati?».

Per il resto della mattinata parlarono dei piani per il banchetto, anche se Lucy si distraeva facilmente. Non appena qualcuno entrava in ufficio, la sua testa si alzava e il suo cuore faceva le capriole in un'attesa speranzosa.

«Hai proprio perso la testa», la stuzzicò Hekla.

Lucy arrossì. «Sono anche il *suo* capo. È una cosa brutta. Lo sanno tutti?»

«No, solo io». Arricciò il naso. «Ed Elin. Brynja. Dagur».

Lucy gemette e nascose il viso tra le mani.

«Non è molto professionale. E se i nuovi proprietari lo scoprono?»

«Come faranno?». Hekla mise le mani sui fianchi. «Questa

è l'Islanda. Ci sono solo 340.000 persone. Quando troviamo qualcuno, lo... prendiamo».

Lucy ridacchiò. «Sembra molto da vichinghi».

«*Ja*», Hekla gonfiò il petto in una posa orgogliosa. «Quando sei bloccato dalla neve da qualche parte, in un posto remoto, e trovi la chimica giusta, allora è bello. Penso che tra te e Alex ci sia chimica».

«Mmm», mormorò lei cercando di sembrare vaga, mentre il rossore le colorava il collo, partendo dalla pelle rovente del petto. Espirò forte. «Non so ancora se avrò un lavoro tra due settimane. Non ci sono notizie sulla vendita. Il signor Pedersen non ha risposto a nessuna delle mie e-mail». Con una pugnalata al cuore, pensò di doversene andare. Sicuramente il signor Pedersen si sarebbe fatto sentire se non fosse stato contento. Le recensioni miglioravano di giorno in giorno, le vendite avevano iniziato a salire e la troupe televisiva era entusiasta del banchetto.

E Alex? Il pensiero di dovergli dire addio le faceva stringere dolorosamente il cuore. Trovarlo era stata una tale meravigliosa novità. Forse – si lasciò sfuggire un'improvvisa risata che le valse un'occhiata sospettosa da parte di Hekla – se non le avessero rinnovato il contratto, avrebbe potuto rimanere come domestica o come cameriera. Avrebbe scambiato la sua lussuosa stanza con la camera singola per il personale di Alex. Con un piacevole brivido decise che ne sarebbe valsa la pena.

Nelle ultime settimane il team di Elin aveva fatto un lavoro fantastico per dare un tocco di classe alla biblioteca: i tavoli erano stati lucidati a specchio e i cuscini appena ritrovati erano sistemati sulle poltrone, posizionate in gruppetti conviviali. Lucy si affrettò a fare una delle sue ispezioni quotidiane e si appuntò mentalmente di congratularsi con Elin per i miglioramenti apportati alle aree comuni degli ospiti. L'albergo sembrava un posto molto diverso rispetto a quando Lucy era arrivata.

Erano cambiate così tante cose in poco tempo. Aveva preso l'abitudine di fermarsi nella sala degli ospiti per mettersi davanti a una delle grandi vetrate e vedere di che umore fossero quel giorno il cielo e il mare. Una spessa coltre di neve, per gentile concessione delle ultime due nevicate, giaceva al suolo, addolcendo i contorni aspri della terra, scintillando sotto il sole chiaro e luminoso di quella mattina, anche se era appena sorto sopra l'orizzonte. Le nuvole si erano ritirate per rivelare un brillante cielo zaffiro, di un blu infinito che si rifletteva nei toni quasi indaco del mare. Le onde correvano attraversate da riflessi dorati, colorati dal sole rosa-oro che sarebbe scomparso in poche ore. Lucy sorrise, incantata dai colori, dal contrasto tra il bianco e il blu, dalle ombre lunghe e dalla luce calda. Avrebbe potuto stare lì ogni giorno e non si sarebbe mai stancata di quel panorama.

«Luce».

Con riluttanza si allontanò dal panorama, con un tuffo al cuore sentendo quell'accento dell'Essex.

«Clive».

«Olafur dice che stasera abbiamo un'altra possibilità di vedere le luci. L'altra sera ne abbiamo avute abbastanza, ma voglio ancora un punto di vista d'interesse umano. Hai qualche nuovo ospite che possa fornirci una storia interessante?»

«In verità sì». Lucy tirò un sospiro di sollievo. Non si fece scrupoli a segnalare la lamentosa e rumorosa donna irlandese che era arrivata il giorno prima, dicendo a chiunque volesse ascoltarla che era un fottuto miracolo che fosse viva e che stava per andarsene, quindi doveva *solo* vedere le luci. «Moira Flaherty fa al caso vostro».

«Fantastico! E ci sono novità sul banchetto? Credi che riusciresti a convincere Björk a venire, o magari Heimir Hallgrímsson, l'allenatore di calcio che fa anche il dentista?»

«Come, scusa?»

«Pensavamo che un paio di celebrità avrebbero ravvivato un po' le cose. Sono i primi a cui ho pensato. O magari una rievocazione vichinga. Un po' di saccheggi e corse all'impazzata».

«Non sono molto sicura della parte vichinga, ma chiederò sicuramente a Hekla delle celebrità, sembra che conosca la maggior parte della gente», rispose Lucy composta, come se il fatto che le venisse chiesto di procurare un paio di tesori nazionali fosse del tutto normale. «Verrà il sindaco».

«Non è certo una cosa che ti fa andare a fuoco le mutande. Pensi che potrebbe indossare un elmo e portare un'ascia? Per aggiungere un tocco locale?».

Lucy aprì la bocca, troppo divertita per esprimere il dubbio che elmi e asce facessero parte della tenuta del sindaco. «Vedrò... vedrò cosa posso fare».

«Eccellente». Clive si grattò il rado pizzetto. «Perché anche se stasera vedremo l'aurora, il banchetto è l'unica cosa che fa sì che questa non sia un'altra pubblicità turistica di merda». Il disgusto gli inasprì i lineamenti. «Non c'è stato un briciolo di dramma in questo posto. Con tutto il rispetto, qui è noioso da morire».

Lucy trattenne un sorriso ironico pensando alle pecore nella vasca idromassaggio, agli pneumatici sabotati, all'inaspettato viaggio in pullman... e al suo rientro esangue dopo l'escursione sul ghiacciaio. Lucy fu lieta di sapere che Clive considerasse quel posto noioso.

Erano le quattro, era buio e lei era vestita con diversi strati, tutti indossati sotto la supervisione di Hekla, che saltellava sui gradini della reception al gelo, senza cappotto ma con un entusiasmo a malapena trattenuto. A Lucy ricordava un bambino tenuto prigioniero e desideroso di fuggire.

«Hai guanti, cappello, sciarpa?»

«Sì, Hekla. Mi manca solo un San Bernardo con una fiaschetta di brandy».

Per fortuna Hekla non la sentì, perché aveva drizzato le orecchie per un rumore fuori sul viale ed era impegnata a scrutare l'oscurità.

«Stanno arrivando. Stanno arrivando», gridò con gioia. «Oh, sarà così divertente».

Fuori, con il bagliore della neve sotto la luna piena, era luminoso come se fosse giorno, e Lucy vide due pony islandesi che trottavano lungo il vialetto, con gli zoccoli che ticchettavano sulla superficie sassosa, le criniere arruffate che si agitavano e il vapore caldo che sbuffava dai musi.

«Oh mio Dio, sono bellissimi», mormorò Lucy.

In mezzo a loro, un uomo teneva le redini in ciascuna mano, con un paio di caschi neri appesi a un braccio.

«Ciao».

«Anders», lo salutò Hekla, saltando giù dagli ultimi gradini e dandogli un grosso bacio sulle guance ruvide.

«E ciao anche a voi, Toto e Ilsa». Allungò la mano verso ciascuno dei cavalli, tenendo nel palmo una carota comparsa dal nulla.

Il soddisfacente scricchiolio della carota tra i denti dei cavalli riempì l'aria, mentre l'uomo e Hekla intavolavano una rapida conversazione.

«Ciao», disse Lucy, accarezzando il naso vellutato del cavallo grigio chiaro più vicino a lei, respirando il familiare odore dolce dell'animale. «Quanto sei bella». Accarezzò il folto pelo arruffato.

«Questa è Ilsa», disse Hekla. «Non è meravigliosa?»

«Eccome», confermò Lucy, lasciando che il cavallo le accarezzasse la mano vuota. «Hai altre carote?».

Con un rapido sorriso compiaciuto, Hekla gliene porse una manciata.

«Sei abituata a loro? Dobbiamo andare a cavallo insieme. In primavera c'è un bel sentiero per Seljalandsfoss».

Da bambina aveva cavalcato per anni nella vicina New Forest. «È passato un po' di tempo, ma sì». L'eccitazione salì alle stelle, facendole ribollire il sangue. «Io e Alex andremo a cavallo?»

«Sì». Sorrise Hekla. Ed ecco Alex.

Senza preoccuparsi di essere discreta, Hekla gli consegnò una chiave e gli mormorò qualcosa.

Ilsa toccò la mano di Lucy in cerca di altre carote e lei rise, accarezzandole il muso. «Temo che non ce ne siano più». Si voltò verso Hekla. «Sono così amichevoli».

Hekla fece una carezza sul naso alla cavallina. «I cavalli islandesi sono molto amichevoli. Sono stati allevati in purezza per mille anni e sono noti per il loro temperamento tranquillo. Sono perfetti per i principianti». Fece l'occhiolino ad Alex.

Alex arricciò il naso. «È quello che mi hai assicurato. E se Lucy sa cavalcare, può badare lei a me».

«Non ce n'è bisogno, questi animali sono a prova di bomba», esclamò Hekla con orgoglio. «Piccoli, forti e grandi lavoratori. Sono i migliori cavalli del mondo, non è vero Anders?».

Questi rispose in burbero islandese prima di consegnare loro i caschetti.

«Hai intenzione di dirmi dove stiamo andando?», chiese Lucy mentre si incamminavano lentamente sulla neve a cavallo, fianco a fianco.

«Lassù», indicò una luce lontana che brillava sul fianco della collina, a circa un chilometro e mezzo di distanza.

La sella ampia e larga, posta più indietro di quanto fosse abituata, le sembrò inizialmente poco familiare, ma si adattò rapidamente all'andatura ondeggiante di Ilsa, sedendosi comoda e lasciando che i suoi fianchi oscillassero in avanti con il movimento. Gradualmente si rilassò, lasciando la cavallina a briglie sciolte. Nonostante i suoi commenti, Alex aveva chiaramente già cavalcato una o due volte e, quando lei glielo chiese, ammise che suo zio aveva una fattoria dove aveva imparato a cavalcare insieme ai suoi cugini.

L'aria notturna era silenziosa e immobile, fatta eccezione per il costante scalpiccio degli zoccoli sulla neve immacolata. Avrebbero anche potuto essere le uniche persone al mondo mentre attraversavano l'ampia distesa bianca, con la luce della luna che danzava sulla superficie, trasformando i cristalli di ghiaccio in diamanti scintillanti. Lucy gettò indietro la testa ed espirò rumorosamente, guardando il pennacchio di vapore che si alzava nel cielo notturno pieno di stelle.

«Non ho mai visto così tante stelle», sospirò. Senza l'inquinamento luminoso a cui era abituata, la brillantezza e il numero delle migliaia e migliaia di stelle erano spettacolari. Il cielo scuro sembrava essere drappeggiato con un lontano merletto.

Alex indicò. «Si vede la Via Lattea».

«Fa sembrare tutto così piccolo e insignificante».

Entrambi sprofondarono in un silenzio riflessivo mentre i cavalli avanzavano con cautela sul prato coperto di neve.

«Vuoi aumentare un po' il ritmo?», chiese Alex dopo qualche minuto.

Il freddo cominciava a penetrare attraverso i suoi strati. «Sì».

Senza bisogno di troppe sollecitazioni, spinsero gli animali al galoppo; gli zoccoli fecero vibrare la neve mentre i cavallini correvano su per la collina con le criniere increspate dal vento. L'aria fredda le sibilò in faccia e lei alzò il viso, con la pelle che le formicolava. Alex la guardò da sopra le spalle, con un ampio sorriso sul volto. L'euforia la percorse, la gioia pura le ribolliva nelle vene. Non riusciva a ricordare l'ultima volta che si era sentita così inequivocabilmente felice e libera dalle preoccupazioni. Per il resto della sua vita avrebbe ricordato questo momento. La scena sarebbe rimasta impressa nella sua mente, il volto di Alex stagliato contro la neve, le criniere arruffate dei cavalli, l'universo pieno di stelle e la meravigliosa sensazione di essere a contatto con la natura.

«Guarda», gridò Lucy quando poco dopo tirarono un po' le redini sulla cresta della collina. Il respiro dei cavalli sbuffò in nuvole di aria bianca e vaporosa, mentre il metallo delle loro briglie tintinnava mentre si fermavano. In cielo, delicate lingue di verde s'insinuavano all'orizzonte, sottili fili di colore che ondeggiavano in onde serene e silenziose.

«Non credo che mi abituerò mai a vederla», mormorò Lucy,

osservando il cielo notturno. «L'aurora boreale. È davvero incredibile».

Alex si chinò e le prese la mano. «Lo è davvero».

Man mano che si avvicinavano alla capanna di legno arroccata sulla cima della collina, Lucy riusciva a sentire l'odore del fumo che usciva dall'alto camino di metallo e a vedere il vapore che si librava sopra una vasca idromassaggio arroccata proprio sul limite della veranda della capanna.

C'era un piccolo riparo per i cavalli, completo di sacchi di fieno già pronti.

Dissimulando a stento l'impazienza, Alex la trascinò dalla stalla su per le scale di pietra fino alla porta, estraendo la chiave che Hekla gli aveva dato.

Spinsero la porta e la bocca di Lucy si aprì in una "O" di stupore. Scoccò un'occhiata ad Alex.

«Wow, guarda qui, credo che gli *huldufólk* siano tornati in attività».

«Maledetti *huldufólk*, eh?», le sorrise lui.

«Chi l'avrebbe mai detto che fossero così abili con una scatola di fiammiferi e una tonnellata di candele». Rimase in silenzio e si guardò intorno nella capanna che odorava di legno bruciato e... di cioccolato. «Questo è molto...».

«*Huggulegt*?»

«Sì», si limitò a confermare lei, guardando le tante piccole candele contenute in barattoli di vetro colorati che tremolavano su ogni superficie. Delle lanterne con grandi ceri fiancheggiavano il camino aperto dove dominava un fuoco ruggente. Davanti a esso c'erano grandi cuscini da pavimento e sul focolare una fiaschetta e due delle sue tazze di terracotta preferite, insieme a una ciotola di marshmallow e a un barattolo di spiedini di metallo. «È magico», mormorò, passando davanti alla grande finestra panoramica. «Oh», disse quando vide la vasca idromassaggio fumante sotto la finestra, posizionata strategicamente sul bordo della collina per godere della magnifica vista sulla valle fino al mare.

Alex si portò accanto a lei. «È fantastico. Grazie».

«Ho avuto un po' di aiuto. Hekla, Elin e Brynja hanno voluto partecipare quando ho detto che volevo fare qualcosa di... carino per te».

«Carino», lo stuzzicò lei.

«Ok, romantico». Alex sollevò un dito e le accarezzò il viso.

Si liberarono dei giacconi, rannicchiandosi nei cuscini sul pavimento di fronte al fuoco. Lucy si tirò su le ginocchia fino al mento mentre Alex era impegnato ad abbrustolire un marshmallow e poi a offrirglielo.

Lei sorrise, lo sguardo serio.

«Stai bene?».

Lucy annuì. «La cavalcata fino a qui... mette tutto in prospettiva. Ti rende coraggioso».

«Non c'è bisogno di essere coraggiosi, basta essere se stessi».

Guardò il fuoco, le ombre che le tremolavano sul viso, mentre si contorceva sul cuscino come se stesse letteralmente cercando il coraggio di dire quelle parole.

«Questo è... veloce. Siamo caduti in un precipizio senza preavviso. È tutto... nuovo per me. Non conosco le regole. Prima del video», si sfregò la nuca. «Forse dovrei dividere la mia vita in *prima del video* e *dopo il video*. Prima del fattaccio, comunque, avevo tutto sotto controllo. Sapevo come comportarmi. Sono uscita con Chris per mesi prima che noi...». Sollevò le spalle e voltò il viso verso quello di lui, pieno di domande. «Credi che forse c'è voluto molto perché andassimo a letto insieme perché... non provavamo granché l'uno per l'altra? Ma io e te... i sentimenti... Non so, pensavo che sarei esplosa se non ti avessi avuto. Ma è... cos'è? Non so cosa sto facendo. Io sono andata a letto solo con lui. È successo tutto così in fretta. Come ho detto, non conosco le regole».

Lui rise dolcemente e le sfiorò la bocca con la sua, posandole un morbido bacio sulle labbra. «Lucy», dichiarò con tono solenne, portandole una ciocca di capelli dietro l'orecchio mentre le sue dita indugiavano sulla guancia di lei per mantenere il contatto. «Tutto questo è nuovo anche per me. Non conosco le regole, ma so che questo è più di quanto abbia provato con chiunque altra».

«Davvero?». Lei aveva un'aria così incredula che gli si strinse il cuore. «Ero un tale disastro quando sono arrivata». Si toccò i capelli in modo inconsapevole. «Cosa mai avrai pensato di me che uscivo dalla vasca idromassaggio bagnata fradicia?»

«Non eri un disastro. Solo un po' diafana». La tirò a sé e le mise un braccio intorno alle spalle mentre si accoccolavano contro i cuscini.

«Come un fantasma?»

«Sì», le accarezzò la mascella. «Esattamente così. Come se tu fossi presente, ma in realtà non ci fossi. Allora non me ne sono reso conto. Ma eri così triste e sconfitta. Volevo far tornare il sorriso sul tuo volto. Solo che...». Merda, doveva dirle chi era veramente e perché era all'hotel. Era da un po' che ci pensava. «C'è una cosa che devo dirti».

«Alex, lo so». Lei posò una mano sulla sua.

«Lo sai?»

«Sì. Non dovresti mai giocare a poker. L'ho capito dalla tua faccia. Credevi che fossi una totale incapace, un'inetta nel mio campo».

«Be'... io non...».

«Sì, lo pensavi», lo punzecchiò con un dito sulla coscia.

«Ok, non ero...».

«E avevi ragione. Mi ci è voluta un'eternità per rimettermi in sesto. Non c'è da stupirsi che tu abbia pensato che fossi un'incapace. Non che tu abbia detto qualcosa. Sei troppo un bravo ragazzo». Alex scosse il capo. Un bravo ragazzo. E i bravi ragazzi arrivano in coda. Non voleva essere uno di loro.

«E gentile», aggiunse lei con una nota decisa nella voce, come se sfidasse chiunque a contraddirla su questo punto. «Sei una delle persone più gentili che abbia mai conosciuto».

«No che non lo sono». Cosa avrebbe detto quando finalmente le avrebbe confessato di non essere affatto un barman? E che prima o poi sarebbe tornato a Parigi, anche se questo non era ancora stato stabilito.

«Sì, lo sei. Mi hai sempre aiutato e non hai mai detto quello che pensavi, anche se la maggior parte delle volte era lampante sul tuo viso. Davvero, perderesti una fortuna a carte. Quella prima mattina con la faccenda degli *huldufólk* era chiaro che pensassi che avrei dovuto dire loro di farla finita con le sciocchezze e tornare al lavoro. Eppure, quando ho proposto la folle soluzione dell'unicorno, mi hai appoggiato».

«Era un'idea così folle, come avrei potuto non farlo?»

«Mi sembrava che tu pensassi che ci stessi mettendo troppo tempo a sistemare le cose, ma mi era crollata la terra sotto i piedi. Avevo così paura di prendere la decisione sbagliata che nei primi giorni era più facile nascondersi in ufficio e non scegliere mai».

«Sapendo quello che hai passato, ti capisco perfettamente». Non aggiunse "adesso", cosa che avrebbe sottolineato come all'inizio non avesse una buona opinione delle sue capacità. Avrebbe voluto saperlo allora, prima di parlare con Quentin la prima volta.

«Ammettilo, pensavi di poter fare molto meglio. Dovresti dirigere un posto come questo. Sei così... saresti un ottimo manager. Se rimango, a seconda di quello che succede con i nuovi proprietari, forse potresti...».

S'irrigidì. Merda. Si stava preoccupando che lui potesse sentirsi insultato all'idea che avrebbe dovuto puntare più in alto dell'essere un cameriere.

«Non ti ho mai chiesto quali sono i tuoi progetti a lungo termine», proseguì Lucy martoriandosi ancora una volta il labbro con i denti. «Pensavo che saresti rimasto, ma... immagino che vorresti viaggiare e passare ad altro».

Alex aggrottò la fronte. Da Parigi all'Islanda c'erano tre ore e mezza di volo. Con un lavoro come il loro, una relazione a distanza era spesso inevitabile. La sua assistente di direzione a Parigi era riuscita a fare avanti e indietro dall'Austria per vedere il suo ragazzo nell'ultimo anno. Era una cosa fattibile.

«Lascia stare il labbro», ringhiò lui, «è guarito, e non potrai più baciarmi come si deve se ti fa male di nuovo».

«Questo significa che vuoi continuare a baciarmi?»

«Sei forse a caccia di lusinghe?».

Il suo sorriso si fece timido.

«Per quanto riguarda i baci, non devi preoccuparti». Gli si propagò un calore nel ventre. «Sei piuttosto brava a baciare». Accidenti, doveva ancora dirglielo. «Ma...».

«Non posso certo metterlo sul mio curriculum. Non dopo quello che è successo».

«Lucy, c'è...».

«Sai, ci ho pensato... mi sto chiedendo se avrei dovuto reagire diversamente». Alex riconobbe l'inclinazione combattiva del mento di lei, che si era tirata su a sedere e aveva infilzato un marshmallow spingendolo verso il fuoco.

«Lucy, devo...».

«Ti ho detto che il video non era così brutto come lo ricordavo. E ho riflettuto. Il mio capo non ha fatto nulla per impedire che si diffondesse tra i dipendenti. Era un dirigente del consiglio di amministrazione. L'ha saputo subito perché il giorno dopo che Chris l'ha pubblicato ha fatto un commento. Di fronte a un manager regionale e al mio diretto responsabile, entrambi uomini. Ha detto: "Forse dovremmo farti occupare del servizio in camera. Potremmo includere il video nella nostra prossima campagna di marketing"».

«Ha detto cosa?». Tutto il resto svanì dalla mente di Alex, spazzato via dal calore bianco della rabbia di fronte alle parole di lei. Alex non riusciva a capire come qualcuno potesse essere così spietato. Avrebbe licenziato quel bastardo immediatamente. «Che cosa hai fatto?»

«Ho lasciato la sala, sono andata in bagno e sono scoppiata a piangere. Con il senno di poi avrei dovuto andare dritta alle Risorse Umane e sporgere un reclamo, ma ero in un tale stato di shock per l'intera faccenda che non riuscivo a ragionare».

«E certo, capisco. Come ha osato? Dovresti comunque fare un reclamo. A, si è comportato in modo del tutto inappropriato e B, se era un dirigente del consiglio di amministrazione e sapeva del video, aveva il potere di far sì che qualcuno lo rimuovesse. Aveva il dovere di tutelarti in quanto dipendente». Alex avrebbe licenziato quel patetico coglione di Chris e avrebbe fatto una seria chiacchierata con tutti i membri dello staff al riguardo. «Ho un paio di amici nelle Risorse Umane a cui potrei chiedere».

«Ha senso?»

«Potrebbe farti ottenere una referenza, il che sarebbe giusto».

«Vero. Speravo di ottenerne una qui, ma non so come funzionerà. Non ho ancora avuto notizie dal signor Pedersen. Continuo a mandare e-mail e la sua assistente dice che mi farà sapere. Non so nemmeno se la vendita dell'hotel andrà in porto o se i nuovi proprietari potrebbero tenermi».

Alex ignorò la tentazione di guardare l'orologio, la data incisa nella piccola casella a destra.

«Non vedo perché non dovrebbero», disse a bassa voce.

«Potrebbero voler mettere i loro uomini dentro».

«Non quando hanno visto l'ottimo lavoro che stai facendo», esclamò Alex con un sorriso, sollevato di essere riuscito a parlare con Quentin nel pomeriggio. «Scommetto che ti terranno come direttrice».

Capitolo 27

Nell'ultima settimana, lei e Alex avevano sfruttato al massimo ogni minuto libero dal lavoro, rintanandosi nella stanza di lei o esplorando i luoghi più belli nei giorni di riposo. Nessuno dei due parlava dell'imminente scadenza del contratto di Lucy. Mancava solo una settimana alla scadenza e l'ultima e-mail che aveva ricevuto dal signor Pedersen diceva che la vendita era andata a buon fine e che il nuovo proprietario si sarebbe messo in contatto con lei per il contratto.

«Credo che le cascate siano le mie preferite», esclamò Lucy mentre tornavano in macchina dalla gita a Seljalandsfoss e alla meno conosciuta Gljúfrabúi.

«Pensi che dovremmo provare a visitarle tutte?». Alex guidava con una mano sul volante e l'altra appoggiata delicatamente sulla sua gamba.

Lucy rise e gli sventolò la guida. «Ce ne sono più di diecimila».

«Ah, forse no, allora. Mi chiedevo se ti andasse di fare un viaggio di una notte per visitare un paio di posti nel nord dell'Islanda».

Ora che erano quasi a metà dicembre, il sole era ancora più basso e le ore di luce si stavano accorciando.

«Alex... sai che potrei non essere più qui». Avevano evitato di parlarne fin dalla notte alla baita.

«Certo che ci sarai». Le sue mani si strinsero sul volante. «Dopo stasera, i nuovi proprietari sarebbero pazzi a non assumerti. La troupe cinematografica catturerà le tue fantastiche capacità organizzative, l'enorme successo del banchetto, e loro faranno di tutto per tenerti».

«Stanno facendo qualche taglio, ma non me ne preoccupo, sai».

«Cosa?» La testa di Alex si girò di scatto.

«Se il mio contratto diventasse permanente sarebbe fantastico. Adoro questo posto. Ma se così non fosse... non posso farci niente».

Alex si lasciò sfuggire un piccolo suono angosciato.

«Ma non significa che devo andarmene».

«Cosa vuoi dire?»

«Ci ho pensato. Potrei restare in Islanda. So che non voglio tornare in un grande albergo. Sarei felice per il momento, se tu restassi, di lavorare al fianco di Elin e Hekla». Dopo tutti gli anni passati a lottare e a spingere per una promozione, all'improvviso non le sembrava più così importante. Certo, sarebbe potuto risultare difficile lavorare per qualcuno che occupava il suo posto, ma non era troppo orgogliosa per servire ai tavoli o lavorare come cameriera. Sapeva che l'hotel aveva sempre bisogno di personale.

«Lo faresti?». Alex sembrava un po' preoccupato.

«Sì. Essere una manager non è il mio "tutto o niente". Se mi concedessero anche l'alloggio, potrei restare qui... se tu lo volessi». La voce di lei scemò. Lui non sembrava così entusiasta, anzi, sembrava un po' in preda al panico.

«Non dovrai farlo, te lo garantisco», esclamò lui, e quando lei sbirciò il suo profilo vide che il mento era rigido e che stringeva il volante con decisione. Lucy si voltò e guardò fuori dal finestrino. Le cose si erano evolute piuttosto in fretta tra loro, forse lei lo stava spaventando con la sua proposta di accontentarsi di una mansione minore e restare con lui. Non avevano mai parlato di ciò che lui voleva nella vita, sembrava soddisfatto della sua situazione, ma d'altronde non era qui da molto tempo, forse aveva in mente di passare ad altro. Aveva pensato di includere anche lei in quei progetti? E lei avrebbe voluto quel tipo di stile di vita nomade, che si sposta seguendo il lavoro?

Delle luci in lontananza li seguirono lungo la strada mentre svoltavano dalla strada principale verso l'hotel, e Lucy guardò dietro di loro.

«Taxi. Devono essere gli ospiti in arrivo», disse con un sospiro. «Ed ecco che si torna al lavoro. Grazie per questo pomeriggio. È stato bello uscire e fare una pausa prima di stasera. Mi ha davvero schiarito le idee».

«È stato un piacere», disse Alex rivolgendole un sorriso caloroso che la fece sentire un po' nervosa e irritata.

Si chinò in avanti e gli baciò la guancia mentre lui guidava. «Vorrei che non dovessimo tornare subito al lavoro».

«Anch'io. Se accosto, possiamo pomiciare in macchina per cinque minuti».

«Non mi tentare. Ma quella di stasera è una serata importante. Devo rientrare».

«Andrà tutto bene. Hai tutto sotto controllo, e ogni cosa andrà secondo i piani. Hai abbastanza lumini da riempire un magazzino Ikea. Kristjan ha ideato un menu da urlo, Freya è bravissima con le parole ed è perfetta nella parte di sexy sirena cantastorie».

«Vero?», domandò Lucy, raccogliendo la borsa e il cappotto mentre percorrevano l'ultima curva verso l'hotel.

«Sì, ed è un'idea brillante. Te l'ho già detto».

«Infatti», gli sorrise felice.

«Se non stai attenta, comincerò a chiamarti Lucy La Compiaciuta».

«Be', tutto dovrebbe andare secondo i piani, a patto che si presentino tutti gli ospiti VIP. Non posso credere che il sindaco abbia accettato con così poco preavviso. A Manchester bisognava inserirsi nell'agenda del sindaco con sei mesi di anticipo, ma credo che questo sia il potere delle telecamere».

«E partono domani. Evviva!».

«Evviva ec... che strano. L'albergo sembra molto buio».

Man mano che si avvicinavano, uno strano presagio colse entrambi.

«Non mi piace», disse Lucy, mentre Alex accelerava. Non

appena lui fermò l'auto, lei aprì la portiera e si affrettò a salire i gradini che portavano alla reception, con Alex al seguito.

All'interno c'era un bagliore fioco, mentre alcune candele lottavano valorosamente per illuminare l'area della reception. Hekla, Brynja, Olafur e Dagur erano assembrati vicino alla scrivania assieme a un uomo basso e calvo con un paio di enormi baffi.

«Ciao Lucy», disse Hekla con un debole sorriso. «Stavo per chiamarti...».

«Aspetta!». Comparve Clive, mentre l'area si illuminava all'improvviso con la luce della telecamera di Bob e con il riflettore di Tony. «Voglio immortalare il momento».

Lucy gli rivolse un'occhiataccia, ma non aveva tempo per scherzare. Gli invitati speciali di Hvolsvöllur sarebbero arrivati tra poche ore per un grande banchetto. Lo ignorò e si rivolse alla piccola folla riunita in attesa.

«Che cos'è successo?»

«È saltata la corrente elettrica. Ho chiamato l'elettricista». Indicò l'uomo calvo, che annuì e parlò rapidamente in islandese scuotendo la testa con un'aria piuttosto contrariata.

«Dice che è molto strano». Hekla aveva quella familiare espressione di meraviglia infantile sul viso.

«Ti prego, non dirmi che sono di nuovo gli *huldufólk*».

«Be'...», cominciò Hekla.

Intervenne Brynja. «È strano perché non riesce a capire cosa c'è che non va». Scoccò un'occhiata a Hekla intimandole di darsi una calmata, e quest'ultima parve mettere il broncio. «L'azienda elettrica dice che non c'è nessuna interruzione di corrente, ma Henrik è appena arrivato. Sta controllando tutti i quadri di distribuzione per vedere se c'è un fusibile da qualche parte».

«E manca tutto o solo le luci?», domandò Lucy.

«Tutto».

Certo, che domande. «Ok». Guardò l'orologio e poi si ricordò. «Ma abbiamo un generatore in struttura».

Hekla annuì cupa mentre Olafur scuoteva la testa. «Non funziona», spiegò con un'espressione triste che gli incurvò la bocca.

Perché la cosa non la sorprendeva?

Guardò Henrik. «Ha qualche altra idea?»

«Posso continuare a cercare, ma... senza conoscere l'edificio, è... è molto difficile».

Lucy si rivolse a Hekla. «Sai se ci sono delle mappe? Piantine dell'edificio con i circuiti disegnati?».

Hekla sgranò gli occhi e scrollò le spalle. «Non ho mai visto niente del genere».

Alex aggiunse: «Dovrebbe esserci una specie di planimetria da qualche parte».

Lucy lo guardò e un familiare lampo di calore la attraversò. «Ti dispiacerebbe andare in ufficio con Hekla a controllare tutti i documenti per vedere se riesci a trovare qualcosa del genere? Brynja, ci sono molte candele per questa sera, ma le consumeremo troppo in fretta. Puoi recuperare tutte quelle che riesci a trovare? So che c'è un'ottima scorta in magazzino. Dagur può assicurarsi che arda un bel falò nell'area del bar e della lounge e poi, se voi due riuscite a mettere le candele, inviteremo tutti gli ospiti a venire al bar per un... accidenti, niente caffè. Dovremo offrire loro un drink in omaggio. Vado a trovare Kristjan in cucina per sapere qual è la situazione del cibo per stasera».

«Taglia», gridò Clive. Lucy lo fulminò con lo sguardo.

«Questa è una bomba. Ottimo lavoro, gente. Forza Lucy. Mi piace questo atteggiamento da donna con le palle che fa irruzione e comanda».

Lucy alzò gli occhi al cielo e serrò i denti.

«Ora Lucy, se potessimo fare un primo piano veloce, e poi ti seguiamo in cucina». Clive stava già dirigendo Bob e la sua telecamera verso di lei. Lucy lanciò un'occhiata ad Alex e si bloccò.

Sembrava che l'avesse colpito un fulmine, aveva gli occhi pieni di orrore.

«Alex! Tesoro». Una donna dall'impeccabile chioma rossa, con un piumino bianco e pantaloni verde smeraldo che gridavano "costoso", "griffato" e "guarda il mio sedere perfetto" comparve dal nulla e, attraversando l'atrio a passi rapidi, gli gettò le braccia al collo. «Che bello vederti».

«Gretchen». Lui si scostò dall'abbraccio entusiasta di lei, con il corpo così rigido che avrebbe potuto fungere da asse da stiro. «Cosa ci fai qui?»

«Mi ha mandato Quentin. Sono la nuova direttrice». Il silenzio piombò con la rapida efficienza di una ghigliottina.

Lucy sentì il cuore scivolarle in fondo allo stomaco, mentre una dozzina di teste si voltavano verso di lei.

Clive fremeva per l'eccitazione: si passò una mano tra i capelli biondi e li sollevò in una sorta di cresta, gesticolando con l'altra mano affinché Bob si posizionasse in modo da poter filmare l'intera scena.

Lucy sentì un rombo nelle orecchie e poi un cupo disappunto le pietrificò le membra, mentre rimaneva inchiodata al suolo.

«M-ma...», balbettò Alex, guardando con orrore Lucy e scuotendo la testa. Sembrava tanto devastato quanto si sentiva Lucy.

«Quentin ha detto di dirti che il Metropole è quasi pronto e che ti aspetta di corsa a Parigi entro il fine settimana. Bastardo fortunato! Direttore dell'hotel più nuovo e bello di Parigi».

Direttore! Il cervello di Lucy impiegò un istante a metabolizzare la cosa. Direttore. Si sentiva sul punto di vomitare. Una serie di emozioni contrastanti attraversarono il volto di Alex: senso di colpa, sorpresa, imbarazzo, prima di concludere con il rammarico. Lei gli scoccò uno sguardo di costernazione. Ma che diavolo...?

«Dunque, piacere di conoscervi». Le parole di Gretchen si affievolirono mentre si dondolava sul posto, rendendosi finalmente conto di essere in territorio ostile, mentre tutto il personale la guardava.

Lucy sollevò il mento, sbattendo forte le palpebre. «Benvenuta al Northern Lights Lodge, Gretchen», disse con un sorriso forzato, prima di aggiungere: «Per quanto ne so, fino a venerdì sono ancora io la direttrice, e ho un lavoro da fare. Dobbiamo organizzare un banchetto, ripristinare l'elettricità e mille altre cose. Sono piuttosto impegnata al momento. Alex, per favore, puoi accompagnare Gretchen negli alloggi del personale?». Con un'inclinazione regale della testa fece un cenno verso l'ingresso, piuttosto orgogliosa di essere riuscita a sembrare così calma e composta. «Dovrà dividere la stanza con Elin e Freya per i prossimi giorni. Dagur, le candele. Brynja, per favore, continua a far fare il giro a Henrik e controllate ogni angolo per vedere se c'è un pannello di distribuzione che non conosciamo. Hekla, vedi se riesci a trovare le planimetrie. Nel caso, dalle a Henrik. Olafur puoi aiutare Hekla, perché...». Per miracolo riuscì a mantenere il controllo della voce. «Alex sarà impegnato in altro modo». Non si disturbò a guardarlo, di proposito. «Vado da Kristjan». Con questo, uscì a testa alta dalla reception, terribilmente consapevole della telecamera che seguiva ogni sua mossa e del silenzio mortale che l'accompagnò, seguito poi da un collettivo sospiro inorridito.

Percorrendo il corridoio, con la maledetta troupe che seguiva ogni sua mossa, tenne la testa alta e il viso impassibile, nonostante una miriade di pensieri furiosi le vorticassero in testa. Quentin. Il Metropole. E Alex un direttore!

«Oh, per l'amor del cielo!», sbottò.

Dio sicuramente stava ridendo a crepapelle. Il Metropole. Scosse la testa, aggrottò le sopracciglia e si lamentò ad alta voce prima di rendersi conto che la troupe si stava godendo quello spettacolo.

Clive alzò il pollice verso Bob, che purtroppo teneva il passo.

A denti stretti ignorò la telecamera, concentrandosi sulla fine del corridoio.

Il Metropole. Era destinato a essere l'hotel più elegante, più chic, più bello di tutta la stramaledetta Europa. E se lavoravi nel settore del turismo e non avevi sentito parlare di Quentin Oliver, allora vivevi in una caverna dai tempi della preistoria. Intelligente, influente e a quanto pareva il capo di Alex. Alex. Cazzo. No. Non avrebbe pensato ad Alex. Non avrebbe pensato all'ultimo bacio in macchina. Non avrebbe pensato a lui che le baciava la nuca, che aveva dichiarato essere il suo punto preferito. Non avrebbe pensato a... bastardo. Un barman! Che bugiardo... Che diavolo le era preso? Certo, non era un barman. Era così ovvio. Quante volte si era detta che sembrava troppo qualificato, troppo esperto? Era stata così dannatamente stupida.

Spalancò la porta che conduceva alla cucina, lasciandola sbattere tra lei e la troupe.

E per quanto riguardava la super slanciata Gretchen, poteva benissimo aspettare dietro le quinte. Lucy non avrebbe rinunciato a questo lavoro fino all'ultimo minuto del suo contratto, e quella sera aveva un banchetto da salvare.

«Aspetta, Lucy». Clive la chiamò mentre varcava la soglia, sorridendo da un orecchio all'altro. «Questa è dinamite. Possiamo girarlo di nuovo? Ti riprendo da questo lato mentre oltrepassi la porta».

«Cosa?». Lei si girò di scatto, con gli occhi ridotti a fessure.

Alla sua espressione, lui e Bob indietreggiarono di un passo.

«Forse Lucy vorrebbe un po' di pace», disse Bob, con il volto sobrio. «Un po' di spazio».

«Non essere ridicolo», ribatté Clive. «Questa è una donna d'azione, che spacca il culo. Vogliamo vederlo». Mimò un calcio di kung fu. Il fonico di Clive sgranò gli occhi.

«Ppf». Con un ringhio, Lucy si girò e marciò verso la cucina.

Dannazione. La telecamera aveva ripreso tutto e ora Clive si stava proverbialmente sfregando le mani per la gioia. Era esattamente il tipo di storia che stava cercando. Poteva quasi sentire la voce fuori campo: *Con il tempo agli sgoccioli, la manager Lucy riuscirà a risolvere la situazione? Il banchetto si ter-*

rà? Gli ospiti dell'hotel patiranno la fame? Il banchetto islandese di Hvolsvöllur diventerà il più grande non-evento nella storia della città? E cosa farà ora che non ha un lavoro né una casa in cui andare? Fece una smorfia, immaginando migliaia di persone che aspettavano l'interruzione pubblicitaria per scoprire se fosse affondata con la nave che colava a picco o se fosse riuscita a uscire vittoriosa da un potenziale disastro.

Kristjan si muoveva avanti e indietro nella cucina poco illuminata come un leone affamato. Una lampada da campeggio era appesa alla rastrelliera sopra uno dei banconi, dove c'era un tagliere pieno di cipolle tagliate a dadini e un coltello abbandonato. Appena lei entrò, lui alzò la testa e le mani.

«Lucy. Non c'è elettricità».

Guardò i bruciatori a gas delle grandi cucine, mentre Kristjan scuoteva la testa. «I forni non funzionano senza le ventole o l'accensione, che sono tutti elettrici».

Bob, che reggeva la telecamera, emise una piccola risatina. Lucy gli lanciò un'occhiataccia.

«Lo so». Il povero ragazzo sembrava pronto a piangere. Lei gli diede una pacca sul braccio. «Ma l'elettricista è qui e sono sicura che troverà il problema. Abbiamo un po' di tempo».

Gli occhi di Kristjan si spalancarono. «Ma se l'elettricità non torna?»

«Allora opteremo per il piano B».

«Hai un piano B?».

Lucy gli rivolse un sorriso cupo e determinato. «Sempre», mormorò, mentendo spudoratamente. «Allora, dimmi cosa c'è ancora da fare e quali sono i tempi critici. Quand'è l'ultimo istante in assoluto in cui hai bisogno di riavere l'elettricità?».

Kristjan si accigliò pensieroso e prese un coltello, con cui toccò il mucchio di cipolle. «Ho ultimato la maggior parte delle preparazioni, il pesce è stato sfilettato, l'agnello affumicato è stato rosolato, ma non riesco a scaldare nulla e a mantenere il calore o a cuocere gli antipasti. La serata sarà un disastro. Oh, il mio cibo».

Si era impegnato a fondo nell'elaborazione del menu: risotto agli scampi con insalata di finocchi o insalata di patate caramellate per iniziare, seguito da agnello affumicato islandese o merluzzo islandese al forno, accompagnati da una scelta di verdure, tra cui patate a cubetti con rosmarino e aglio, carote cotte a fuoco lento e cavolo nero. Lucy non riusciva a contare le ore che lui aveva trascorso a perfezionare l'amata ricetta del brownie che aveva ideato per il dessert e, nel suo entusiasmo, aveva persino aggiunto una seconda opzione di cheesecake di Skyr al limone.

Lucy ignorò la fitta allo stomaco. Doveva rimanere calma. «Kristjan, sei un cuoco brillante. Sono sicura che riusciremo a trovare una soluzione. Cerchiamo di non perdere il controllo. Abbiamo ancora molto tempo. Prima di tutto, qual è il termine ultimo per iniziare a cucinare?».

Lui studiò il suo viso e si illuminò un po'. «Un'altra mezz'ora sarebbe la cosa migliore. L'agnello deve cuocere per almeno due ore e mezza, ma ho appena iniziato a prepararlo. Forse potrei farlo in un'ora e mezza, ma la carne potrebbe essere un po' dura. Poi il pesce non deve andare in forno fino a mezz'ora prima del servizio. Il risotto lo farei un'ora prima. Le patate le avrei bollite prima, poi le avrei caramellate e servite calde. Ma posso farle in un'ora. Quindi», corrugò il volto, «al più tardi, devo cominciare tra un'ora».

«Ok. Speriamo che l'elettricista riesca a riattivare la corrente. Ma se non ci riuscisse, dov'è la cucina commerciale più vicina? Potremmo vedere se possiamo cucinare il cibo lì e trasportarlo qui, no?»

«Troppo lontano, non potremmo arrivare lì, preparare il cibo e tornare indietro o mantenere il cibo abbastanza caldo».

«Ok. Allora, il menu. Cosa potremmo fare di freddo? Con gli ingredienti che abbiamo. Dimmi cosa possiamo fare».

«Potrei fare un'insalata di scampi, gli ingredienti andrebbero bene se tenessimo le porte del frigorifero chiuse».

Lucy tormentò un po' il proprio labbro. «Altre idee per

piatti freddi di cui hai abbastanza ingredienti per servirne sessanta?».

Kristjan aggrottò la fronte e prese un taccuino. «Forse posso fare una grande insalata di gamberi. Ho dei gamberi cotti surgelati. E potrei fare un ceviche con il merluzzo. Ma dovrei iniziare presto, ci vuole tempo». Incrociando le dita, guardò l'orologio sulla parete della cucina.

«Si tratta di pesce fresco crudo marinato nel succo di limone, giusto?». Non le sembrava un bestseller, ma d'altronde non era una grande fan del pesce.

«Sì, l'acido cuoce il pesce ma... avrò bisogno di aiuto per tagliarlo in tempo. Anna, l'aiutante di cucina, arriverà tra un'ora. Potrei chiederle di venire prima».

«Ok, è un inizio. Continua a pensare. Vedi se riesci a inventarti un menu e io torno tra mezz'ora. Se c'è una possibilità di farcela, ce la faremo». Guardò di nuovo l'orologio, anche se sapeva esattamente che ora fosse. «Altrimenti dovremo annullare tutto». Ma prima sarebbero dovuti passare sul suo cadavere.

«Taglia», urlò Clive. «È maledettamente grandioso».

«Sono felice che lo pensi», ringhiò Lucy. «Ora, se non ti dispiace, ho molte cose da fare».

«Non c'è problema. Faremo un pezzo qui dentro con Kristjan». Clive si rivolse al giovane chef. «Ora continua a camminare e magari potresti buttare una padella nel lavandino. Sai, per mostrarci la tua frustrazione per la situazione».

Lucy alzò gli occhi al cielo e uscì dalla cucina.

Nel corridoio incrociò Brynja e Henrik che scrutavano dentro un armadio con una grossa torcia. Era uno dei tanti a cui era passata davanti una dozzina di volte e che non aveva mai aperto. Quel posto ne era pieno.

«Hai avuto fortuna?».

Henrik scosse la testa, con la bocca serrata. «È molto strano».

Lei e Brynja si scambiarono una rapida occhiata. Lucy si

guardò alle spalle. Non c'era nessun altro in giro. «Mettiamo il caso che qualcuno volesse spegnere l'elettricità di proposito, cosa dovrebbe fare?».

Dall'espressione confusa del suo volto, Henrik chiaramente non aveva capito, così Brynja tradusse rapidamente.

Lui rispose in islandese e la ragazza lo riferì a Lucy.

«Ha detto che avrebbe staccato un fusibile dalla cassetta principale. Ma qui, poiché l'edificio è stato cambiato così tante volte, c'è più di una cassetta. È preoccupato che, anche se troviamo quella giusta, il fusibile potrebbe essere molto vecchio e quindi dovrà richiederne uno sostitutivo, il che potrebbe comportare un'attesa di alcuni giorni. Dice che dovremmo pensare a un altro generatore».

Lucy annuì. «E far riparare quello attuale. Lo aggiungerò alla lista». Anche se non sarebbe stata la *sua* lista ancora per molto.

«Continuate a cercare», guardò l'orologio.

«Hai intenzione di annullare tutto?»

«Non se posso evitarlo».

In ufficio, Hekla era in piedi su una sedia e stava sfogliando con metodo i fascicoli dei raccoglitori ad anelli dalla cima degli scaffali che fiancheggiavano la parete di fondo. Con un braccio pieno di scartoffie, guardò la scrivania sotto di lei.

«Aspetta, ti do una mano», disse Lucy, immaginando come tutto il materiale potesse volare mentre Hekla cercava di saltare giù.

«Grazie». Anche quando le consegnò i fascicoli, questi cominciarono a scivolare. Lucy riuscì ad afferrarli e a depositarli in un mucchio indisciplinato che poi si sparse sulla scrivania.

«Quando tutto questo sarà finito, dovremo archiviare e buttare via qualcosa», esclamò guardando i fascicoli malconci, alcuni dei quali stavano cadendo a pezzi, con pagine ingiallite scritte a mano che fuoriuscivano. «Abbiamo bisogno di un sistema migliore...», la sua voce si spense.

Hekla si voltò e le rivolse uno sguardo comprensivo.

«Solo che quando tutto questo sarà finito, io non sarò più qui».

«È così ingiusto, Lucy».

Lei fece spallucce. «Sembra che la vendita sia andata a buon fine, che il nuovo proprietario sia Quentin Oliver e che abbiate una nuova direttrice».

«E Alex?», domandò Hekla infelice.

«A quanto pare lavora per il nuovo proprietario, Quentin Oliver». Quel bastardo. Le aveva mentito per tutto quel tempo.

Hekla aggrottò la fronte. «Non è un barman?»

«Decisamente non è un barman». Lucy quasi sputò quelle parole.

«Chi è questo Quentin Oliver?»

«Un famoso *hotelier*. Possiede alcuni hotel fantastici in Europa e sta per aprirne uno nuovo».

«E Alex lavora per lui?». La preoccupazione le segnò il viso.

«Da quello che ha detto la bella Gretchen, Alex sembra essere uno dei suoi bracci destri. È il direttore di un grande albergo a cinque stelle a Parigi».

«Allora perché era qui?».

Lucy sollevò un sopracciglio alla domanda. «Probabilmente stava ispezionando tutto per il suo capo».

«Oh», mormorò Hekla. «Ma è così gentile…». Si accigliò con aria infelice e confusa. «Non lo sapevi?». Tirò giù dallo scaffale in alto un raccoglitore datato che stava sfogliando.

«No, non ne avevo idea», replicò Lucy con espressione torva. Quanto era stupida? Ma ora tutto aveva un senso. Aveva fatto esattamente quello che avrebbe fatto lei se fosse andata incontro a un'incognita, controllare la situazione sul campo. Aveva esaminato il personale attuale e ne aveva valutato le prestazioni.

«Questo è... non molto corretto. Questa nuova donna. Sta prendendo il tuo posto. Non te l'ha detto nessuno?».

Lucy scosse la testa, con la gola improvvisamente troppo serrata per parlare.

«Che cos'hai intenzione di fare?»

Lucy sollevò il mento, deglutendo a fatica prima di riuscire a parlare. «Continuare a lavorare fino a venerdì. E organizzare il banchetto di stasera. E dov'è Olafur? Gli ho chiesto di aiutarvi».

«Ha detto che avrebbe aiutato l'elettricista».

«Ma ho appena visto l'elettricista con Brynja». Lucy aggrottò la fronte, mentre alcuni pezzi del puzzle s'incastravano nella sua testa. «Hai il numero di Eyrun?»

«*Ja*». Hekla annuì, con le sopracciglia corrucciate.

Lucy compose il numero di Eyrun, scusandosi per averla chiamata a casa quando lei rispose.

«Ricordi che mi hai detto di aver ricevuto un'e-mail dal precedente direttore che ti ordinava di mettere via tutte le coperte e i cuscini?»

«*Ja*». Eyrun mormorò con cautela.

«Non sai leggere. Qualcuno deve averti letto l'e-mail».

«Olafur. Me l'ha letta lui», spiegò Eyrun, improvvisamente più concisa.

«Suppongo che tu non abbia conservato la mail», domandò Lucy.

«No, non l'ho mai vista. Olafur è venuto in lavanderia. Mi ha parlato. Il giorno dopo che il direttore», fece un suono simile a uno sbuffo e poi disse, «se n'era andato».

«Grazie, Eyrun. Ci vediamo domani».

Lucy aggrottò le sopracciglia, sfregandosi la parte alta del naso. La telefonata aveva confermato i suoi indesiderati sospetti.

La porta si aprì. Sia lei che Hekla si girarono di scatto e videro Alex sulla soglia.

«Cosa posso fare per aiutarvi?», chiese lui, con la sua solita tranquilla gentilezza.

«Credo che tu abbia già fatto abbastanza, grazie Alex». Il tono gelido e sprezzante di Lucy fece spuntare un piccolo sorriso sul volto di Hekla.

Lui si sfregò la fronte con una smorfia. «Non credo che un "posso spiegare tutto" sia sufficiente, vero?».

Perché doveva sembrare così dannatamente dispiaciuto? Perché sembrava che gli importasse davvero?

Una parte di Lucy voleva ascoltarlo, l'altra era troppo devastata.

Presa in mezzo, si scagliò contro di lui, esclamando: «Tu che ne dici?».

E, tipico di Alex, lui prese quel colpo di petto. Non si sottrasse e non negò.

«Ti devo una spiegazione e ho sbagliato a non dirtelo prima». Si mise di fronte a lei senza accampare scuse o tentare di negare. Bastardo. Era adulto, ragionevole e onesto sulle cose. «Ma era una questione di lavoro. Non potevo dirtelo».

Lucy vacillò, guardando il suo viso serio, cercando di ignorare il vuoto nel petto. Era colpa sua, dannazione. Non aveva imparato la lezione? Non avrebbe mai dovuto affidargli il suo cuore.

Il telefono suonò. Il messaggio era di Kristjan, con un aggiornamento. Non aveva abbastanza gamberi per fare un'insalata di mare.

Guardò Alex. Lui sapeva quanto fosse importante per lei far funzionare la serata, soprattutto ora che la dannata elegante Gretchen era entrata in scena e la maledetta troupe cinematografica si stava gustando il dramma.

«Non ho tempo per questo adesso», esclamò Lucy, tirando indietro le spalle e inghiottendo l'enorme groppo in gola. Era da sola. Nessuno l'aveva salvata l'ultima volta e nessuno l'avrebbe fatto adesso. Non aveva bisogno di nessun altro. Anche se fosse stata l'ultima cosa che faceva, quella serata sarebbe stata un successo.

«Hai ragione», disse Alex, «dobbiamo organizzare un piano di salvataggio».

Hekla spostò lo sguardo da destra a sinistra, da Alex a Lucy, come in una partita di tennis.

«Usi il plurale?». Lucy raccolse tutto il disprezzo umanamente possibile. Lady Bracknell de *L'importanza di chiamarsi Ernesto* e la sua famosa battuta sulla "borsetta" sarebbero quasi impalliditi al confronto. «Se ricordo bene, tu sei il barman. Io sono la direttrice. Questo è un mio problema. Non tuo».

Alex deglutì e si mosse in piedi di fronte a lei, mettendole una mano sull'avambraccio.

Lei sentì il calore della sua pelle e venne scossa da un brivido.

Quei caldi occhi marroni incontrarono i suoi, sinceri e diretti. «Capisco che tu sia arrabbiata con me. Non ti biasimo. Ne hai tutto il diritto». La sua mano le strinse il braccio. «Avrei dovuto dirti...».

«Sì, avresti dovuto», scattò Lucy, raddrizzandosi e allontanandosi da lui. Guardò l'orologio sollevando il polso davanti al viso. «Ma al momento non m'interessa. Sono ancora la direttrice e devo organizzare un banchetto».

Alex sorrise, un pizzico di orgoglio e di ammirazione gli attraversò il viso.

«Non osare!», gli ringhiò contro. Gli occhi a mandorla di Hekla si allargarono ancora di più.

Lo sguardo di lui si addolcì, il sorriso rimase al suo posto, cosa che la fece infuriare a morte. «So che puoi farcela. Puoi fare praticamente tutto ciò che ti prefiggi. Lucy *Smart*, intelligente di nome e di fatto».

Non poteva essere orgoglioso di lei. Non quando aveva agito alle sue spalle. Non quando le aveva mentito.

«E tieni quella stronza di Gretchen fuori dai piedi». Ahi, l'aveva detto sul serio. «E smettila di sorridere come un idiota». Dannazione, perché l'aveva detto? Le tornò in mente il ricordo della notte in lavanderia con una dolorosa fitta.

«Sì, capo. Cosa vuoi che faccia?»

«Grrr». Oddio, lo stava facendo di nuovo, le ricordava quando aveva ringhiato al consulente per le assunzioni. Solo che questa volta non si sarebbe arresa senza combattere.

Ci fu un silenzio stupito. Sembrava che Hekla trovasse all'improvviso incredibilmente interessanti i propri piedi, e Alex continuava a sorriderle. Il suo splendido viso era comprensivo e solidale. Dannazione. Era peggio di prima. Era stata tutta una bugia. Perché non le aveva detto chi era? Perché l'aveva sempre spiata. Stava recitando una parte.

«Mi sono fidata di te», disse lei a bassa voce.

Finalmente il sorriso di lui si affievolì. «Lo so. Mi dispiace. Volevo dirtelo, ma...».

Deglutì. Merda... No. Non poteva scoppiare a piangere. Non davanti a lui.

La precaria pila di fascicoli sulla scrivania si mosse all'improvviso e, come una valanga che prendeva velocità, i raccoglitori ad anelli scivolarono oltre il bordo, cadendo sul pavimento. Chinandosi in ginocchio, Lucy e Hekla iniziarono a raccoglierli.

«Renditi utile. Aiuta Hekla a sfogliarli e cercate di trovare qualche planimetria».

Spingendo con forza un raccoglitore ad anelli contro il petto di Alex e traendo una notevole soddisfazione dal suo gemito strozzato, uscì poi dall'ufficio, chiudendosi saldamente la porta alle spalle.

Arrivata in reception, da sola, sospirò, alzò le braccia e strinse la coda di cavallo. Faceva sul serio. Guardò l'orologio. Il tempo scorreva ancora.

Doveva prendere una decisione molto in fretta. Anche se Henrik avesse trovato il guasto, non sembrava del tutto sicuro di poter ripristinare l'elettricità. Maledetto generatore.

Aggrottò la fronte. Qualcuno si era assicurato di mettere mano sia all'elettricità che al generatore. Qualcuno che aveva un buon motivo per voler creare problemi all'hotel. Entrò nell'area bar, dove c'erano già alcuni ospiti che erano tornati dalla loro escursione giornaliera. Grazie al cielo c'era acqua calda in abbondanza, perché almeno quella non era influenzata dall'elettricità. Quelli seduti nel salone non sembravano minimamente infastiditi dalla luce delicata che irradiavano i lumini e dal bagliore feroce del fuoco, che era stato accresciuto in modo da sprigionare molto calore.

Dagur era impegnato a distribuire altre candele nella stanza, riempiendo ogni superficie di vasetti luminosi, piattini e altro. Le sorrise.

«Quando avremo acceso tutti questi piccoli punti luce, ci sarà una bella atmosfera qui dentro. E ho preparato una tonnellata di legna da ardere, così sarà accogliente». Abbassò la voce. «E gli ospiti sembrano tutti molto contenti. A tutti piace bere gratis».

«Mmm, è vero», disse Lucy seccamente, guardandosi intorno con un rapido scatto d'orgoglio. Ce l'avrebbero fatta e in qualche modo la serata sarebbe andata bene, perché alle spalle aveva una squadra meravigliosa e solidale, con una o due eccezioni. «Qui è tutto perfetto. Ora devo solo preoccuparmi del cibo».

Dagur scrollò le spalle. «Non posso aiutarti in questo, temo», mormorò, prima di aggiungere con un occhiolino, «ma se facciamo ubriacare tutti, forse non gliene importerà nulla».

«Questo è il piano C», ribatté Lucy. Dando un'ultima rapida occhiata alla stanza, girò i tacchi e si diresse verso la cucina per avere un aggiornamento da Kristjan.

Per fortuna superò la troupe cinematografica che stava tornando al bar per "catturare un po' di atmosfera" e, quando arrivò in cucina, Kristjan stava toccando un pezzo di agnello con il volto corrucciato.

«Come va?», chiese Lucy.

Lui emise un sospiro mesto. «Non c'è abbastanza roba. Non ho abbastanza frutti di mare per preparare l'insalata per sessanta persone», spiegò, scuotendo agitato la testa.

«Ok». Lucy inclinò il capo. «Che ne sai tu di generatori?».

Con un'espressione interrogativa, lo chef posò il coltello e si girò verso di lei. «Quanto vuoi che ne sappia?»

«Sai come si accende un generatore? Come funziona?»

«Certo. In passato ho lavorato in un posto dove ne avevamo uno di riserva, per quando il tempo era brutto. Finché c'è abbastanza carburante per farli funzionare, non c'è molto che possa andare storto».

«Eccellente. Lascia tutto qui e vieni con me. E porta quella lanterna. Il mio telefono sta per morire». Aveva usato la funzione torcia per spostarsi.

Lui si tolse il grembiule e recuperò la lanterna prima di prendere il suo pile nero da un gancio sul retro del piccolo ufficio. «Tieni, prendi questo, ne ho uno in più. Fa freddo là fuori». Le porse una brutta giacca beige fuori misura.

Quando raggiunsero la dependance, era completamente buio. L'ultima volta che era stata qui era con Alex... ma non aveva intenzione di pensare a lui.

Alla sua destra c'erano un paio di grosse taniche di benzina allineate in un angolo della stanza; ne prese una per controllarne il peso e sentì il liquido al suo interno che si agitava.

«Abbiamo carburante». Ne sollevò un altro paio. «Ne abbiamo in abbondanza».

«Questo basterà per tutta la notte», confermò Kristjan con fare sapiente mentre si dirigeva verso il generatore che stava al centro della stanza come un piccolo trattore, tenendo sollevata la lanterna da campeggio. Lucy lo seguiva da dietro.

«Sai come funziona?»

«Sono un ragazzo di campagna, certo che sì. Dobbiamo collegarlo all'alimentazione qui». Collegò qualcosa, e Lucy fu grata che sapesse cosa stava facendo, poi girò una grossa manopola nera e azionò un interruttore, sorridendo mentre afferrava una maniglia nera e tirava con forza. Si sentì un fruscio e un tintinnio, e poi il generatore prese vita, ronzando soddisfatto come una creatura bovina elettrica.

Attraverso la finestra, Lucy vide tutte le luci della baita accendersi.

«Be', che sorpresa», esclamò lei con le mani sui fianchi. «A me non sembra troppo guasto».

«Chi ha detto che lo è?», chiese Kristjan accendendo la luce nel capanno e guardando il generatore. «Va a meraviglia. E con quella quantità di carburante continuerà a funzionare per molto tempo».

«Eccellente», disse lei, evitando la domanda.

Con un grande sorriso, l'uomo si girò verso di lei. «Si cucina! È meglio che torni ai fornelli». Kristjan quasi saltò fuori dal capanno e tornò alla baita.

Lucy si appoggiò al muro dell'edificio guardando il generatore che vibrava rumorosamente, con le gambe un po' deboli. *Fiuuu*, ce l'aveva fatta.

La delusione tornò a farsi sentire. Sapere chi era il sabotatore non le procurava alcuna soddisfazione, ma solo una sensazione di malessere. Sembrava un tradimento. L'ennesimo.

Con un sospiro pesante, lasciò ricadere la testa contro il muro. Accidenti, accidenti, accidenti. Si era augurata che il colpevole non fosse nessuno del personale che aveva imparato a conoscere negli ultimi due mesi. La delusione le lasciò l'amaro in bocca, anche se almeno il problema elettrico era stato risolto. Ora doveva solo superare il resto della serata senza pensare ad Alex o al suo lavoro.

Capitolo 28

Lucy rientrò in ufficio tra gli applausi. Hekla, Alex, Dagur, Brynja, Henrik e Olafur erano tutti lì.

«L'elettricità è tornata», disse Hekla con un sorriso.

«Il generatore», spiegò Lucy, lanciando un'occhiata a Olafur, le cui guance s'imporporarono subito. «Sembra che non fosse rotto, dopotutto».

Tutti cominciarono a parlare rapidamente e ad alto volume, chiacchierando emozionati e furono presi da quell'euforia semi-isterica che segue una catastrofe mentre si rendevano conto di quanto erano stati vicini al disastro, come se prima non avessero osato pensare a che cosa davvero tremenda sarebbe stata se non avessero ripristinato l'elettricità in tempo per il banchetto. Solo Alex notò quel breve scambio di sguardi, probabilmente perché osservava Lucy con attenzione. La manager aveva già deciso che la sua strategia migliore era trattarlo come un qualsiasi altro membro del personale.

Hekla applaudì: «È una buona notizia», mentre Olafur borbottò qualcosa sotto i baffi.

«Ma non così buona», mormorò Brynja con frustrazione, «perché Henrik non riesce ancora a capire cosa c'è che non va».

«Il generatore ci farà andare avanti per questa sera e penso che l'elettricità potrebbe sistemarsi magicamente nella notte», esclamò Lucy. «Sai come sono gli *huldufólk*».

«Ma tu non credi...». La voce di Hekla si interruppe quando intercettò lo sguardo severo che Lucy aveva rivolto a Olafur. Alex posò sull'uomo uno sguardo pensieroso, anche se gli altri erano tutti presi a chiacchierare e non se ne accorsero.

Quando Alex riuscì a incrociare gli occhi di Lucy, sollevò un sopracciglio con aria interrogativa.

Lei lo ignorò.

«Bene, abbiamo un banchetto da organizzare. È tutto in funzione. Dobbiamo spostare i mobili nella sala da pranzo e sistemare tutti i tavoli. Abbiamo perso un po' di tempo, ma dovremmo essere a posto».

Rapidamente distribuì una lista di ordini, assegnando a tutti un compito, tranne che a Olafur. Per una volta doveva lasciarli fare e fidarsi di loro per portare a termine il lavoro.

«Olafur, se puoi fermarti un momento...».

Alex indugiò dall'altra parte dell'ufficio.

«Volevi qualcosa?». Lucy gli domandò con tono deciso.

«Ho pensato che forse dovrei restare», rispose lui.

Lucy rimase in silenzio per un attimo prima di dire. «Hai pensato male».

La ferì pronunciare quelle parole fredde e allontanarlo. Fece più male ancora quando si rese conto che da quel momento in avanti, per i giorni successivi, sarebbe stata sola. Non si era accorta di quanto avesse fatto affidamento sul suo silenzioso e costante sostegno. Anche se non c'era da stupirsi che lui avesse un buon istinto, in quanto esperto direttore d'albergo che conosceva a fondo il lavoro.

L'espressione delusa sul volto di lui la indurì nella sua determinazione. Che palle. Aveva perso ogni diritto di giocare a fare il collega che la sosteneva o – un vuoto si creò nello stomaco di Lucy – a interpretare qualsiasi altro ruolo. «Ma non...».

«Non *voglio* e non ho *bisogno* di nient'altro da te. Ti suggerisco di tornare ai tuoi compiti di cameriere e di barista. C'è molto da fare in sala da pranzo. Ti assicuro che, in qualità di direttrice, posso occuparmene io, grazie», sentenziò lei, impersonando una dispotica regina fredda come il ghiaccio; quelle parole acide non le procurarono però alcun piacere. Infatti non fecero altro che accrescere il suo senso di infelicità. Prendersela con Alex sottolineava la rabbia che le ribolliva dentro e la alimentava, rendendola ancora più turbata e furiosa.

Quasi si arrese nel vedere l'espressione rassegnata e colpevole dell'uomo quando capì che diceva sul serio. Con grande riluttanza lui uscì dalla stanza, lanciandosi un ultimo sguardo rammaricato alle spalle.

Lei deglutì a fatica e i suoi muscoli si irrigidirono. Il confronto era la cosa che meno le piaceva.

Aspettando che Alex chiudesse la porta, si appoggiò alla scrivania, con le braccia conserte e le gambe incrociate.

«Quindi Olafur?».

Lui alzò le spalle, giocherellando con la cintura dei jeans e tirando i passanti che sostenevano la pesante cintura di cuoio. «Il generatore dev'essere difettoso».

«L'hai provato?», chiese Lucy a bassa voce, con un atteggiamento calmo anche se dentro di sé lo stomaco le si agitava in continuazione.

Olafur rimase in un silenzio esitante, senza incrociare lo sguardo della manager, mentre continuava a giocherellare con i suoi vestiti: la mano era passata a tirare la cucitura della manica della camicia di flanella.

«Penso che sarebbe molto utile se tu sistemassi il problema elettrico, in modo che tutto torni a funzionare questa sera».

Lui le rivolse un'occhiata incerta, come fosse confuso dal suo approccio calmo e tranquillo. Poteva quasi vedere gli ingranaggi del cervello di Olafur che vorticavano, impegnati nel torbido calcolo se mentire o confessare. Lucy non aveva alcun dubbio sul fatto che ci fosse Olafur dietro tutti i piccoli sabotaggi, ma non aveva alcuna prova. In termini di risorse umane, non aveva fatti evidenti a supportare la propria teoria.

«So che questa fattoria apparteneva alla tua famiglia. Devi aver trascorso molto tempo qui durante la tua infanzia».

La dolce osservazione suscitò un fugace guizzo di sorpresa e gli occhi di Olafur si spalancarono per un istante.

«Sono certa che una persona con una conoscenza approfondita di questo edificio, come sei tu, saprà dove si trova l'origine del problema», continuò Lucy, augurandosi che lui si semplificasse la vita e aiutasse se stesso, ammettendo il sabotaggio e accettando di sistemare le cose.

Olafur la fissò, muovendo le labbra come se volesse parlare ma non riuscisse a farlo.

«Dai, Olafur. So che sei stato tu». Si chinò in avanti puntando lo sguardo su di lui, parlando con più sicurezza di quanta ne provasse. Dire che lo "sapeva" era un po' troppo forte, ma Sherlock Holmes non era mai andato molto lontano senza seguire l'istinto. «Al momento, nessun altro l'ha capito... ancora. Quando lo faranno...». Fece una pausa densa di significato, senza smettere di fissarlo dritto in faccia. «Non credi che tutti saranno delusi quando scopriranno che sei stato tu? E come affronterai la cosa quando si saprà? Tutti conoscono tutti. La storia si spargerà. Sarà difficile trovare un altro lavoro. Le voci girano in fretta. Tutti mormoreranno. Sempre. Alle spalle. In faccia. Questa è una piccola comunità». Fece un piccolo sorriso senza ironia. «Ti assicuro che so quanto sia terribile che tutti parlino alle tue spalle e sghignazzino sul tuo conto». La sua amarezza colorò le parole di una maggiore veemenza.

Le sopracciglia folte di lui s'inarcarono e fece una smorfia, sgranando gli occhi per il dispiacere.

«Io... Io...».

Lei gli rivolse un cenno di incoraggiamento.

«La fattoria...», allargò una mano. «Apparteneva alla mia famiglia». Si coprì il viso con le mani. «Io... non… volevo solo…». Sollevò le spalle mentre le parole lo abbandonavano.

Lucy si accorse che stava piangendo.

«Ho sbagliato. Lo so... sono così... questa era la nostra casa. Fino a quando avevo quattordici anni. Pedersen la comprò per niente. Mio padre beveva, continuava a perdere il lavoro, poi perse la fattoria. Non avevamo nulla e Pedersen lo sapeva». Olafur tirò su col naso e scosse la testa. «Ora sta per fare un grosso profitto. Sulle spalle della mia famiglia. Dopo che ha venduto... i soldi sono finiti presto. Siamo dovuti andare a vivere con mia zia a Reykjavik, la sorella di mamma. I miei si sono separati». I suoi baffi fremettero. «Volevo che fosse troppo difficile per Pedersen vendere. Che non ci guadagnasse. Che non facesse tanti soldi».

«Mi dispiace», mormorò Lucy inclinando la testa da un lato, sentendosi disperatamente triste per lui. Sapeva cosa significava toccare il fondo, ma era difficile perdonarlo quando non aveva pensato all'impatto che avrebbe avuto su altre persone. «È una brutta situazione, capisco. Ma che ne sarà di Hekla, Brynja, Gunnar? E se l'hotel dovesse chiudere? Se nessuno venisse più a soggiornare qui? Cosa succederebbe se perdessero il lavoro?».

L'espressione sconvolta del suo viso indicò che non aveva pensato a tanto.

«Credi che l'elettricità verrà riattivata questa sera?». La domanda diretta di lei lo fece annuire furiosamente. «E d'ora in poi non ci saranno più contrattempi?».

Un altro cenno affermativo.

«Allora credo che non ne parleremo più. Tutti commettiamo degli errori». Dio solo sapeva quanti ne aveva fatti lei. «Credo che tutti meritino una seconda possibilità». Queste parole le fecero fare una pausa di riflessione e le venne in mente il viso sconvolto di Alex. «Ma se farai di nuovo una cosa del genere, ti ritroverai con le spalle al muro. Senza preavviso». Guardò l'orologio. «Riesci a riattivare l'elettricità? O avrai bisogno dell'aiuto di Henrik?»

«Posso farcela», borbottò Olafur sotto i baffi. «Grazie». Si avvicinò alla porta come un grosso orso arruffato e sconfitto, poi si fermò sulla soglia. «Mi... mi dispiace. Grazie per non...».

Lucy serrò le labbra e gli rivolse un brusco cenno di assenso, pregando che non avrebbe dovuto pentirsene. «Ufficialmente non sarò più in carica tra un paio di giorni. Non dirò nulla. Sei stato fortunato, questa volta. Non tutti sarebbero stati altrettanto clementi. Ora vai a riattivare l'elettricità».

Quando lui se ne fu andato, Lucy sprofondò nella sedia della sua scrivania, appoggiando la testa e le braccia sulla superficie piatta. Chiuse gli occhi e sentì che tutta l'energia l'abbandonava all'improvviso, lasciandola flaccida come un palloncino sgonfio. Di nuovo al punto di partenza. Si alzò lentamente e guardò dalla finestra: fuori era buio, ma il paesaggio era acceso dalla luminosità della neve. Per abitudine, andò a tastare con i denti il labbro. Era guarito. Raddrizzò la schiena. E anche lei era guarita. Non aveva certo intenzione di andarsene con la coda tra le gambe. Gretchen poteva anche avere un lavoro, ma era lei che aveva trasformato il Northern Lights Lodge in un rifugio piacevole, offrendo ai suoi ospiti un'accoglienza calda e familiare. Se Quentin Oliver era all'altezza della sua reputazione, Lucy stava consegnando il Lodge in buone mani, non che avesse intenzione di perdonare in fretta l'annuncio privo di tatto dell'altra donna.

Era questo il tipo di albergo che voleva gestire d'ora in poi, non un grande hotel di lusso con tante camere da letto senza personalità o calore; si sarebbe assicurata di ottenere una referenza dal signor Pedersen o da Quentin Oliver, fosse stata anche l'ultima cosa che faceva. Con un sorriso triste in volto osservò il paesaggio innevato. Aveva tanti bei ricordi dell'Islanda e quelli tristi... be', solo il tempo ne avrebbe valutato il peso.

Lucy emise un sussulto di gioia quando entrò nella sala da pranzo, ammirando le decine di lumini che tremolavano creando un'aura dorata, come un'aureola che abbracciava la stanza. Sopra di lei, appese alle travi di legno, brillavano tante piccole lampadine dorate che creavano un'atmosfera affascinante e accogliente. Raggiunse poi il centro della stanza, dove il grande tavolo rustico era stato spostato per occupare il posto d'onore. Incantata, fece un rapido giro su se stessa per ammirare la disposizione ottimale dei tavoli da pranzo, che erano stati messi a circondare il tavolo principale.

Wow, erano tutti favolosi. Brynja aveva fatto una magia: aveva trascorso ore a creare stravaganti centrotavola di ciottoli e legni per far sembrare che un piccolo pezzo di spiaggia fosse stato portato su ogni tavolo. Sui ciottoli più grandi erano state scritte a mano, con una sorta di pennarello bianco, parole di benvenuto in diverse lingue, intervallate da posate e bicchieri. Per finire, Brynja aveva sistemato accanto ai piatti dei tovaglioli in lino bianco, legati con un filo di rafia color paglia, con rametti di erica e mirtillo come decorazione.

«Oh mio Dio, è stupendo», esclamò, mentre Brynja entrava. «E guardati». Intorno alle spalle aveva un mantello verde scuro chiuso al collo da una spilla d'argento, che aveva un aspetto piuttosto familiare.

«Elin ha fatto un buon lavoro, non credi?»

«Eccome», concordò Lucy con un sorriso. «Mi piace molto». Indicò la spilla.

«L'ho presa in prestito. Elin ha detto che sarebbe stata una buona pubblicità per il gioielliere. Quello che venderà gioielli alla reception».

«Buona idea». Lucy abbassò lo sguardo sul suo anello, che le procurava ancora un enorme piacere ogni volta che lo guardava. «E hai fatto un lavoro meraviglioso con le decorazioni del tavolo. Sono davvero colpita».

Brynja la guardò raggiante mentre Kristjan, in tenuta da chef, entrava dalla porta della cucina.

«Siamo pronti. Vieni ad assaggiare il risotto agli scampi».

Lucy lo seguì in cucina e assaggiò il risotto, l'agnello e l'insalata di patate sotto lo sguardo attento di Kristjan, consapevole che stava trattenendo il respiro. Questo era anche il suo grande momento. I sapori danzavano sulla sua lingua. Aveva fatto un lavoro straordinario.

«Sono tutti divini», mormorò Lucy posando il cucchiaio. «Hai fatto un lavoro eccellente».

Lui l'abbracciò e la fece volteggiare per la cucina, prima di metterla a terra e darle il cinque.

«E non hai nemmeno controllato i prezzi!».

«Shh», gli sorrise lei. Salutandolo con un occhiolino, uscì dalla cucina, attraversò la sala da pranzo e salì in reception. Gli ospiti VIP sarebbero arrivati da un momento all'altro e lei voleva essere lì ad accoglierli.

Hekla la stava aspettando al ricevimento; indossava anche lei un mantello con spilla, anche se era un po' sghembo, con i capelli raccolti in un'intricata treccia.

«Pronta?», chiese Lucy.

Hekla annuì. «Sì, il sindaco sta arrivando. Il suo taxi è partito cinque minuti fa».

Lucy sollevò un sopracciglio con fare interrogativo e Hekla le rivolse un sorriso malizioso.

«Il suo autista per stasera è il fratello di mio cugino. Sua moglie mi ha telefonato».

«Dove sarei senza di te e la tua rete di conoscenze?», domandò Lucy, raddrizzandole il mantello.

«Non avremmo mai potuto farlo senza di te, Lucy. Non dimenticare che è stata una tua idea».

«Speriamo che sia stata buona, ma grazie al cielo l'elettricità è tornata».

Hekla aggrottò le sopracciglia chiare con aria pensierosa. «È molto strano, non credi, che sia tornata a funzionare?».

Lucy rise. «In questo caso, credo che possano c'entrare gli *huldufólk*».

Hekla le rispose raggiante: «Lo penso anch'io».

Al bar erano schierati Alex, Dagur e Gunnar, anche loro vestiti a tema e con un aspetto piuttosto attraente. Lucy deglutì a fatica quando Alex le fece un elegante inchino, muovendo il mantello per salutarla.

Cosa c'era di strano in un uomo in costume? Lo guardò con aria arrabbiata per nascondere il sussulto traditore del suo cuore.

«Sei stata brava, Lucy. Questa serata sarà un grande successo. La sala da pranzo è stupenda e il menu di Kristjan sembra una vera delizia gourmet. Credo che la gente ne parlerà per molto tempo. E complimenti per aver risolto il problema dell'elettricità. Ancora gli *huldufólk*?»

«Non puoi proprio farne a meno, eh?», mormorò, odiando la meschinità che caratterizzava il suo tono.

«Lucy, siamo dalla stessa parte».

«Sì, lo siamo... un fatto che hai omesso di menzionare... in così tante occasioni».

«Lucy, pensaci, non c'è mai stato il momento giusto. All'inizio facevo il mio lavoro. Poi... be', hai iniziato a piacermi e c'è stata la scintilla. Essendo un vero egoista, temevo che questo ti avrebbe fatto allontanare. E se tu avessi saputo... si... si sarebbe potuto pensare che me ne stessi approfittando, soprattutto visto che sapevo quanto avessi bisogno di questo lavoro. O la gente avrebbe potuto pensare che venivi a letto con me per ottenere il lavoro. Non volevo metterti in questa situazione».

La tranquilla verità delle sue parole si rifletté anche nell'espressione implorante dei suoi occhi.

«Non sapevo che avrebbe mandato Gretchen. Mi aveva detto... mi ha dato l'impressione che ti avrebbe tenuto. Non capisco, ma gli parlerò domattina. Possiamo risolvere la questione. Riavrai il tuo lavoro».

Lucy lo guardò. «Non capisci. Non mi interessa. Mi sono fidata di te».

Alex abbassò gli occhi e non riuscì a guardarla.

«Già, sono solo cinque parole, ma hanno un gran peso», continuò lei affranta, con il cuore che le si stringeva nel petto, lasciando dolore e vuoto.

Con gli occhi pieni di angoscia e di rimpianto, Alex scosse la testa. «Te ne do altre quattro: ho fatto un casino».

«Sì, l'hai fatto».

Un brusio all'ingresso annunciò l'arrivo di un gruppo di persone.

«Si va in scena». Lucy si girò e andò ad accogliere con premura il sindaco e la sua comitiva, che comprendeva il capo dell'associazione turistica di Reykjavik, l'ufficiale turistico locale e un'altra persona, che Hekla, in un rapido scambio di parole, le disse essere di un dipartimento governativo. Sembrava che tutti si conoscessero. Certo che si conoscevano, questa era l'Islanda, e lei era piuttosto sollevata di aver deciso di mantenere l'atmosfera informale e di non unirsi a loro per la cena.

Per una volta Clive e la sua troupe si mantennero a discreta distanza, filmando la delegazione di VIP al bar mentre Alex e Gunnar servivano i drink. Era stato deciso che avrebbero potuto realizzare un paio di interviste dopo cena. Si sperava che tutti i visitatori avessero cose gradevoli da dire. Lucy incrociò le dita dietro la schiena mentre scortava la comitiva nella sala da pranzo, che si stava già riempiendo grazie agli ospiti residenti che stavano tutti ammirando la bella trasformazione dell'ambiente.

I camerieri iniziarono a portare i primi piatti e la sala si riempì dell'aroma degli scampi, del dolce profumo di miele delle patate caramellate e del brusio dei clienti soddisfatti; Lucy si concesse di rilassarsi. Mentre osservava la sala, analizzando tutti i dettagli, controllando che tutti venissero serviti e che sembrassero felici, sentì quel brivido familiare. Occuparsi dei clienti e renderli felici: ecco perché faceva questo lavoro. Con la coda dell'occhio intravide Bob, con la telecamera puntata su di lei. Voltandosi verso l'obiettivo della telecamera, si bloccò. La telecamera zoomò su di lei, e lei fece un ampio sorriso a trentadue denti, lasciando trasparire la sua felicità senza sentirsi minimamente intimidita o in imbarazzo.

«Freya, sei stata fantastica», esclamò Lucy sedendosi su una delle sedie di fronte al fuoco, dove le braci ardevano ancora.

Tutti gli ospiti erano andati via e solo il personale era rimasto nel bar, con i lumini che ancora baluginavano delicatamente nella sala.

Nell'aria aleggiava un senso di euforia e di soddisfazione per il lavoro ben fatto. Dalla sala da pranzo, gli ospiti erano stati accompagnati al bar e avevano bevuto un bicchierino di Brennivin; una volta sistemati sulle comode sedie disposte intorno al fuoco, Freya si era fatta strada fino a sistemarsi su un cuscino vicino al pavimento. Si udì un sussulto quando apparve, vestita per l'occasione con un lungo e fluente abito verde e i capelli intrecciati in una folta treccia, almeno dodici centimetri più lunga di quella che aveva al mattino, che le pendeva su una spalla. Come le altre, indossava anche un mantello di lana, solo che questo era lungo fino al pavimento e fermato da una spilla d'oro ancora più grande. Sulle ginocchia teneva un pesante libro, che sembrava essere un grimorio di famiglia pieno di incantesimi, dal quale lesse una serie di storie popolari tradizionali con la sua voce delicata e cadenzata che riempiva la stanza, narrando di principi e foreste, streghe e mostri marini.

«Gli ospiti erano completamente ipnotizzati», si complimentò Lucy, ricordando l'atmosfera silenziosa e incantata. «Credo che il direttore dell'ente turistico voglia offrirti un lavoro. E per quanto riguarda il sindaco...».

Hekla ridacchiò. Avevano dovuto praticamente portarlo di peso nella sua auto ufficiale, quasi in lacrime per l'apprezzamento della migliore serata di sempre.

«È piaciuta a tutti», commentò Hekla dando un affettuoso strattone alla treccia di Freya. «Cara ragazza vichinga».

Freya sorrise. «Le extension sono state una buona idea».

«La narrazione della storia è stata un'idea meravigliosa», aggiunse Brynja, sporgendosi in avanti e dando una pacca sulla spalla di Lucy.

«Elin ha fatto i costumi».

Elin sorrise. «Shh, non ditelo a Lucy, ma ho usato una coperta per fare il mantello di Freya».

Lucy rise, bevendo un sorso del suo drink. «Mi sembrava familiare, in effetti». Si guardò intorno, con un brivido nel petto. Alzò il bicchiere per un brindisi.

«Grazie a tutti. Sono così orgogliosa di tutti voi. Questa serata è stata un vero lavoro di squadra. Avete fatto tutti la vostra parte». Evitò deliberatamente di guardare Alex. «Non ce l'avrei fatta senza di voi».

Olafur abbassò la testa quando lei cercò di incrociare il suo sguardo. «È stato un grande successo. Abbiamo incassato un sacco di soldi», esclamò Dagur, con un sorriso avido. «Il sindaco è stato molto generoso con il suo conto. Ha offerto da bere a parecchie persone».

«Bene, perché Lucy non ha controllato il mio budget per il cibo», aggiunse Kristjan con un sorriso scherzoso.

«Non ne ho avuto bisogno», replicò Lucy. «Hai fatto un lavoro fantastico. E so che posso fidarmi di te». Gli rivolse un sorriso mentre lui arrossiva e sollevava il bicchiere in direzione della manager. «Siete stati tutti bravissimi». Non posò mai gli occhi su Alex, per fargli capire che non era incluso in quel commento.

«Perché ci hai permesso di fare qualcosa», scherzò Hekla.

Lucy arricciò il naso. Era vero. Aveva delegato i compiti e poi li aveva lasciati fare il loro lavoro; tutti i dipendenti l'avevano resa orgogliosa e ogni momento era stato ripreso dalle telecamere. Solo la troupe cinematografica era un po' delusa per il fatto che il disastro era stato evitato, ma come Clive annunciò con disinvoltura, con un enorme sorriso e sollevando un grosso bicchiere di whisky, avrebbero potuto modificare il filmato finale per farlo sembrare molto più tragico. Per fortuna, una volta che il sindaco se ne fu andato, andarono tutti a letto, perché dovevano fare i bagagli per la partenza del giorno successivo. Per quanto riguardava Lucy, non se ne andarono comunque abbastanza presto.

«Oh sì», proseguì Hekla. «Siamo stati tutti bravi». Si accoccolò con i piedi sotto il sedere su una delle poltrone e prese un cuscino da mettersi dietro la testa. «Agneta dell'ente turistico è rimasta molto colpita. Voleva sapere chi fosse lo chef, pensa che tu sia un genio».

Kristjan si pavoneggiò nel bagliore rosso del fuoco, allungando i piedi davanti a sé e intrecciando le mani dietro la testa con un sorriso arrogante.

«Non dirglielo», commentò Alex esattamente nello stesso momento in cui Lucy esclamò: «Non dirglielo».

Lei serrò le labbra, furiosa con se stessa. Erano così dannatamente simili che arrivò a domandarsi: se fosse stato il contrario, lei gli avrebbe detto chi era?

«Vorrà un aumento di stipendio», concluse Alex con un sorriso ironico rivolto a Lucy. Stringendo la mascella, lo ignorò e si rivolse a Hekla, rendendosi conto che stava tenendo la mano del giovane chef e disse: «Non vorrai che diventi una primadonna».

«Qualcuno deve stare in reception domani mattina», sentenziò Hekla alzandosi dalla sedia e tirando Kristjan per la mano. «E sono sicura che tu vorrai controllare che la cucina sia a posto».

Le guance di Kristjan si tinsero di un rosa acceso, annuì e rispose con un filo di voce, per metà in inglese e per metà in islandese.

«E tu devi coprire il turno della colazione», disse Brynja trascinando Gunnar su dalla sedia.

Oh no, non le stavano facendo questo. Si alzò con loro, ignorando Alex che era in piedi e cercava di catturare il suo sguardo. Poteva scordarselo. Aveva avuto tutto il tempo di spiegare le cose e aveva scelto di non farlo. Ora non voleva sentire altro.

Capitolo 29

Gretchen era seduta alla *sua* scrivania quando Lucy entrò nel *suo* ufficio. Quindi era così che doveva andare, vero? Ignorando Gretchen, Lucy andò dritta alla macchina del caffè e se ne preparò uno senza dirle una parola. Hekla entrò, spalancò gli occhi e, come una falena intrappolata, si fermò sulla soglia, incerta se entrare o uscire.

«Buongiorno Hekla», la salutò Lucy come se non avesse alcuna preoccupazione al mondo. «Hai dormito bene dopo l'emozionante banchetto?»

«Sì», rispose Hekla mentre il suo solito sorriso entusiasta faceva di nuovo capolino. «È stata una delle nostre notti migliori».

Poi assunse un'espressione inorridita, come se si rendesse conto che forse aveva detto la cosa sbagliata.

«È stata una serata eccellente per l'hotel», la rassicurò Lucy con un debole sorriso. Un trionfo professionale, anche se era stato un disastro personale. Ma solo se lei si fosse concessa di registrarlo come tale.

Era rimasta sveglia per quasi tutta la notte pensando ad Alex. Sì, l'aveva delusa non dicendole la verità su chi fosse veramente, ma lo doveva a se stessa e a lui: quel giorno gli avrebbe parlato come si deve. Aveva dato a Olafur una seconda possibilità la sera precedente, forse anche Alex ne meritava una. Col senno di poi, era sembrato scioccato quanto lei nel vedere Gretchen e altrettanto inorridito nel sentire che le era stato assegnato il lavoro. In effetti, nelle ultime due settimane era stato estremamente categorico sul fatto che Lucy sarebbe stata riconfermata, quasi come se sapesse qualcosa; inoltre, la sera precedente aveva detto che Quentin gli aveva dato l'impressione che si sarebbe comportato come aveva intuito.

Lucy sospirò e si sfregò la fronte corrucciata, come per alleviare il fastidioso mal di testa che la perseguitava da quando si era svegliata quella mattina.

Non aveva opposto resistenza quando aveva perso il lavoro l'ultima volta. Si era allontanata e aveva accettato la situazione. Questa volta non avrebbe rinunciato né ad Alex né al lavoro.

Lucy si girò verso Gretchen e le sorrise dolcemente. «Posso riavere la mia scrivania? Ho molte cose da fare oggi».

La bocca di Gretchen si tese. «Ho pensato che avrei potuto prendere il mio posto adesso».

«E perché mai? Ho ancora un contratto fino a venerdì».

La donna dai capelli scuri fece una risata acida. «Sulla carta sì, ma ammettiamolo, se tu fossi stata brava, Quentin avrebbe offerto il lavoro a te invece che a me».

Lucy si sentì diventare rosso fuoco.

«Alex di certo non ti stimava».

«Cosa vuoi dire?», chiese Lucy con un tono tagliente, conseguenza dell'improvviso dolore al petto. Non era vero. Nelle ultime settimane non aveva fatto altro che riempirla di complimenti. *"I nuovi proprietari sarebbero pazzi a non assumerti"*. *"Che gran lavoro che stai facendo"*. *"Le tue fantastiche capacità organizzative"*. La sera precedente, nelle ore buie del primo mattino, Lucy aveva analizzato le sue parole con l'intensità di un avaro concentrato su una monetina da un centesimo nuova e luccicante. Alex aveva lavorato in alberghi molto grandi e prestigiosi, sapeva di cosa stava parlando.

«Non ci credo», mormorò Lucy, ricordando la promessa fatta a se stessa: questa volta avrebbe combattuto.

«Ecco», Gretchen tirò fuori un foglio di carta con fare impaziente. Era un'e-mail di Alex o almeno di un indirizzo e-mail *alex.mclaughin@theolivergroup.com*. Gli occhi di Lucy scorsero le parole "mancanza di iniziativa", "fallimentare", "mancanza di", "scarsa leadership".

No. Non poteva essere vero. Alex non poteva aver detto questo. Non poteva essere così doppiogiochista. Si mise quasi a ridere di gusto, pensando a quando gli aveva detto che non avrebbe dovuto giocare a poker. Il volto di Alex era fin troppo espressivo. C'erano state così tante volte in cui era riuscita a leggergli nel pensiero. Non poteva certo sbagliare così tanto. Una fitta al cuore le fece male.

Ma era lì, nero su bianco. Alex.

I polmoni le si strinsero. Deglutendo a fatica, si costrinse a rimanere impassibile. Tutto era stato una bugia.

«Sono sicura che capisci perché Quentin desidera che io prenda le redini della società il prima possibile». Gretchen sfogliò un altro paio di pagine e scosse la testa. «Anche se, a dire il vero, da quello che ho capito non hai molta esperienza. Almeno questo farà bella figura nel tuo curriculum».

Lucy strinse i pugni. Era così ingiusto.

«Lucy è un'ottima manager», si intromise Hekla. «È la migliore che abbiamo mai avuto. L'hotel è molto migliorato ora che c'è lei».

«Lo ammetto, sembra messo molto meglio di quanto mi aspettassi...» fece una risata ironica «anche se probabilmente è dovuto al fatto che c'era qui Alex, e ora che se n'è andato me ne occuperò io».

«Se n'è andato?». Lucy deglutì. Le si strinse lo stomaco tanto che pensò di poter perdere i sensi. Se n'era andato?

«È tornato a Parigi. Ha preso il volo stamattina», spiegò Gretchen brevemente, prendendo già in mano un foglio di carta che era uscito dalla stampante. La stanza era inondata di luce e Lucy respirò affannosamente. Alex se n'era andato senza dirle una parola. Proprio come Chris, l'aveva abbandonata senza un commento quando era stato scoperto. La pelle d'oca le pungeva le braccia mentre un brivido di freddo la avvolse, scuotendola fino alle ossa.

«Ora, visto che sei qui, forse puoi spiegarmi perché la governante non gestisce il servizio in camera».

Lucy si prese un momento per elaborare le parole.

«Visto che ora sei tu a comandare, perché non glielo domandi tu stessa?». Non appena lo disse, si pentì del suo momento di dispetto. Era improbabile che la temibile Gretchen fosse comprensiva riguardo l'incapacità di Eyrun di leggere, e quest'ultima non aveva colpa se ancora una volta lei si era fidata dell'uomo sbagliato. E non avrebbe permesso che la storia si ripetesse. Questa volta non si sarebbe fatta sottomettere. Questa volta avrebbe reagito. «Scusa, avrei dovuto spiegarti. Io ed Eyrun eravamo d'accordo di cedere il lavoro a Elin, che voleva maggiori responsabilità».

Gretchen cambiò espressione. «Oh, capisco perché l'hai fatto. Sembra una buona politica di mantenimento del personale. Immagino che sia difficile reclutare dipendenti da queste parti».

Hekla annuì unendosi alla conversazione. «Sì, soprattutto con gli *huldufólk*».

«Come?»

«Le creature che si nascondono», spiegò Lucy. «Come i folletti, ma più problematici. Ci si abitua a loro». Sorrise a Gretchen. «Non sei più in Kansas». Detto questo, si girò e uscì dall'ufficio.

Hekla le corse dietro lungo il corridoio.

«Alex non avrebbe mai detto quelle brutte cose su di te. Non l'avrebbe fatto», sostenne disperata, tanto che il suo bel viso si tinse di tristezza e quasi spezzò il cuore a Lucy. «E non posso credere che se ne sia andato senza salutarti. Te. Me. Tutti».

Lucy serrò le labbra con forza, trattenendo le lacrime improvvise. Tutte le sue promesse di combattere erano svanite con un pugno di dolore. Alex se n'era andato. Le parole le riecheggiarono in testa, un dolore feroce e pesante le riempì il petto. Le faceva male respirare. Non aveva nemmeno provato a lottare per lei, non aveva aspettato di parlarle. Il suo piano di confrontarsi con lui le era stato strappato da sotto i piedi. Alex se n'era andato.

Capitolo 30

Lucy aspettava al nastro trasportatore dei bagagli guardando le valigie che si muovevano con dolorosa lentezza. Si chiedeva cosa sarebbe successo se fosse salita sul nastro, si fosse sdraiata e si fosse arresa. Si sarebbe lasciata trasportare e basta. Cercò di riscuotersi e di essere positiva, ma era difficile. Era confortante pensare che Daisy l'avrebbe aspettata dall'altra parte, di nuovo pronta ad affogare le lacrime con prosecco e gin. Almeno questa volta, a parte gli occhi gonfi, all'esterno sembrava molto più sana, i capelli erano ricresciuti e il labbro era completamente guarito. Era un bene che non potessero vederle dentro. Dentro era un disastro, un groviglio di rimpianti e tristezza. Si rese conto che il modo in cui si era sentita nei confronti di Chris non si avvicinava nemmeno lontanamente a quello che provava per Alex.

Con un sospiro, sbatté forte le palpebre. I cuori infranti si potevano aggiustare. Il suo telefono suonò. Tutti quei messaggi irritanti, che senza dubbio annunciavano a quale rete si stesse appoggiando. Come se non lo sapesse. Tirò fuori il cellulare dalla tasca per cancellarli e notò diverse chiamate perse dallo stesso numero sconosciuto. Il suo cuore ebbe un sussulto. Alex? Stava cercando di contattarla? Non aveva mai saputo il suo numero, non avevano mai avuto bisogno di usare i cellulari all'hotel perché il segnale era pessimo.

Il suo dito si soffermò sul numero, chiedendosi se fosse il caso di chiamarlo. Perché Alex avrebbe dovuto cercarla?

L'aveva lasciata. Era tornato a Parigi. Non poteva importargli così tanto, visto che non aveva nemmeno opposto resistenza. In qualche modo quella era la cosa più deludente.

Ormai stanca e dopo aver compreso il vero significato del termine “cuore infranto”, si concentrò sulle valigie, scrutando ciascuna di esse. Erano tutte talmente simili che se non fosse stata attenta avrebbe perso la propria e si sarebbe ritrovata con i panni sporchi di qualche sconosciuto.

Proprio mentre stava prendendo la sua borsa, squillò il telefono. Lo stesso numero. Senza esitare, schiacciò il tasto per rispondere, con l’adrenalina che le saliva in corpo.

«Alex?»

«Oh, porca miseriaccia, è messa male quanto lui», ringhiò una voce sconosciuta. «Sul serio!».

«Scusi». La delusione le fece irrigidire la voce, tanto che sembrò una matrona indignata degli anni Cinquanta. «Chi parla?»

«Un uomo che può darle un lavoro», disse la strana voce imitando il suo tono gelido. «Sono Quentin Oliver».

«Oh», disse Lucy, fermandosi all’improvviso nell’atrio, tra un coro di fischi e rischiando uno scontro con un’altra valigia.

«E lei è una donna difficile da contattare. È tutto il pomeriggio che provo a chiamarla. Non risponde mai?».

Lucy fu tentata di far notare che l’aveva fatto, altrimenti come avrebbero fatto a parlare in quel momento, ma decise di lasciar perdere. Sembrava un uomo a corto di pazienza e pieno di sarcasmo.

«È ancora lì, Lucy Smart?»

«Sì». E molto confusa.

«Allora, sono rimasto colpito da quello che ha fatto al Lodge. È una nuova impresa per me. Piccolo, un boutique hotel. Personalmente non comprendo quello stile, perché voglio lusso e rubinetti placcati d’oro. Mia moglie, che gestisce un hotel esclusivo tutto suo, dice che sono fuori moda. E mentre io la adoro e ascolto ogni sua parola, lei non fa altro che parlare di “*higgy*” o come si chiama». Lucy aggrottò la fronte. Per un uomo la cui reputazione di esperto di affari lo portava in giro per il mondo, le sembrava un po’ pazzo.

«Intende dire "*hygge*"», lo corresse Lucy, improvvisamente attenta.

«Eh, sì, quella roba lì. Comunque... quello che ha fatto al Lodge... Mi interessa qualcosa di simile in una nuova proprietà. Può venire a Edimburgo domani?»

«Mi scusi?»

«Non mi faccia pentire di averla scelta per questo lavoro. Mi hanno detto che lei è intelligente di nome e di fatto. Mi ha sentito».

«Mi sta offrendo un lavoro?». Era davvero Quentin Oliver? Per essere un uomo di così grande successo, sembrava piuttosto squilibrato. Lucy non sapeva davvero cosa pensare.

«È interessata?»

«Io... non lo so. Perché? Non mi ha nemmeno permesso di mantenere il *mio* lavoro».

«Lo ammetto, ha fatto miracoli, ma avevo già offerto il lavoro a Gretchen, che mi assillava perché le affidassi un hotel. So che avrebbe dovuto esserci lei al suo posto, le ultime recensioni su TripAdvisor sono alle stelle e Alex ha sicuramente speso un sacco di buone parole per lei. Se non lo conoscessi bene, direi quasi che andavate a letto insieme».

Lucy fece una smorfia. Alex si era preoccupato esattamente di quello. «Trovo difficile credere che Alex abbia speso una buona parola per me. Gretchen mi ha mostrato un'e-mail. Credo che alcune delle sue descrizioni su di me riguardassero le "pessime scelte" e le "limitate capacità di leadership"».

Quentin rise. «Bisogna ammetterlo, è proprio una stronza. Quell'e-mail è la prima che Alex mi ha inviato. Era lì da soli cinque minuti. L'ha fatto arrabbiare per bene la prima settimana. Già da quella prima relazione ho capito che le cose non quadravano. Non è mai così veloce nel giudicare qualcuno. Cristo, quando gli chiedo di darmi un'opinione, le assicuro che è più lento di una tartaruga. Ma è anche vero che la tartaruga la fa sempre sotto il naso alla lepre. Il nostro Alex è così. Sfrontato, si prende il suo tempo, ma è sempre preciso».

Lucy sollevò un sopracciglio alla descrizione poco lusinghiera e un po' sorprendente di Alex, mentre si sedeva su una delle panchine del ritiro bagagli, iniziando a domandarsi se fosse nel bel mezzo di qualche strano sogno.

«Allora, domani. Edimburgo. Possiamo vederci lì?».

Daisy stava aspettando all'uscita con un foglio A4 con la scritta *Bentornata a casa*, realizzata con un pennarello rosa acceso e circondata da un paio di scarabocchi di margherite. Il cartello fatto in casa tra quelli più professionali *Signor Azia*, *Signore e Signora Rhodes* e *Famiglia Mitchell* fece sorridere Lucy, o forse fu quella conversazione telefonica alquanto bizzarra.

«Ehi, bellezza», disse Daisy, gettandole le braccia al collo. «Stai benissimo».

«Grazie», rispose Lucy, la cui mano si posò immediatamente sui capelli.

«Te l'avevo detto che sarebbero ricresciuti».

«In questo caso non sono mai stata più felice di un "te l'avevo detto"». Lucy ripensò al panico che aveva provato la prima notte in Islanda. Ora aveva dei soldi in tasca. Una referenza. E una possibile offerta di lavoro. Ignorò il "e un cuore spezzato" che la voce nella sua testa aveva aggiunto.

«Che peccato, non hai ottenuto il lavoro. L'hotel sembrava fantastico».

«Lo è diventato quando ho finito di metterci mano», la corresse Lucy, scuotendo la testa. «Ma ho avuto una conversazione stranissima con il tizio che *non* mi ha dato il lavoro».

«Trattieni questo pensiero fino a quando non saliamo in macchina, devo ricordarmi dove diavolo ho parcheggiato», esclamò Daisy conducendola fuori dal terminal. «Allora, raccontami tutto».

Mentre si lasciavano alle spalle l'atrio dell'aeroporto, il parcheggio e l'imbocco della A38, Lucy aggiornò Daisy sulla sua conversazione con Quentin Oliver. «A me sembra che ti stia offrendo un lavoro», ribatté Daisy, uscendo da una rotatoria seguita dal clacson dell'auto che aveva la precedenza.

«Credo che quest'ottimismo sia un po' esagerato. Al massimo direi che domani ho un colloquio».

«Lavoro», insistette Daisy con ostinazione. «Nessuno ti trascina fino in Scozia per una chiacchierata». Girò la testa verso Lucy per sottolineare il suo punto di vista e a lei tornò in mente il modo di guidare di Hekla. La sua amica schiacciò il piede sul freno un attimo dopo, per evitare che l'auto andasse a sbattere contro il retro di quella che le precedeva a una rotonda. «Forse Alex ha messo una buona parola. Gli hai parlato?».

Lucy si mordicchiò il labbro, facendo attenzione a non ferire la pelle. «Che tu ci creda o no, non ci siamo mai scambiati i numeri di cellulare. Ho annotato quelli di Hekla e Brynja solo stamattina quando sono partita».

«Quindi», disse Daisy con una smorfia, «hai idea di dove sia andato?».

Lucy si lasciò sfuggire una risata stridula. «Presumo che sia tornato a Parigi, al suo hotel di lusso».

«Allora che cosa farai?»

«Andrò a Edimburgo per vedere cos'ha da dire il signor Oliver».

«Scommetto che ti offrirà un lavoro», sentenziò Daisy, con il suo solito fedele ottimismo.

«Mmm, non ci scommetterei. È un uomo eccentrico, ma con ottime conoscenze e molto influente. Quindi sarei pazza a non andare almeno a incontrarlo».

«Be', a patto che tu sia sicura che non ti venderà al mercato del sesso o altro».

Lucy fece una risatina nervosa. «Visto che pagherà una fortuna per farmi viaggiare in prima classe sul treno di domani, penso che farà un bell'investimento».

«Prima classe. Mmm. A me sembra una proposta d'affari seria».

«Ok, ma perché io? Non ci siamo mai incontrati. E se avesse pensato che fossi brava, mi avrebbe dato il lavoro all'hotel».

Capitolo 31

Avendo molto tempo a disposizione e solo una piccola borsa per la notte, Lucy decise che era più facile raggiungere l'hotel a piedi, anche se soffiava un vento pungente. Il viaggio di sei ore e mezza da *Bristol Temple Meads* a *Edimburgo Waverley* le aveva dato fin troppo tempo per pensare e ora aveva bisogno di schiarirsi le idee prima di incontrare il pomposo signor Oliver.

Sebbene fosse già stata in città un paio di volte, per il Festival quando era una studentessa e per una conferenza, le aveva lasciato un'impressione indelebile di splendore gotico, con tutti i suoi magnifici edifici storici. Uscendo dalla stazione, riuscì a vedere il castello arroccato sulla collina alla sua destra. Lottando contro il vento, chinò la testa e percorse la ripida salita di Cockburn Street fino al Royal Mile. Seguì la strada in discesa, passando davanti a tutti i negozi per turisti con le loro coperte tartan, i giocattoli di peluche dei bovini delle Highlands, i kilt, i dolciumi e le magliette, tutti addobbati per Natale, verso il Parlamento scozzese e il Palazzo di Holyrood.

Superò anche alcuni bar, pub e ristoranti dall'aspetto interessante, che sembravano tutti vivaci e affollati; alcuni avventori indossavano costumi natalizi. Le strade erano, anche a metà dicembre, piene di turisti avvolti in cappelli e sciarpe con impermeabili, pronti ad affrontare qualsiasi cosa il clima scozzese potesse riservare loro. Avrebbe voluto adottare l'approccio a tre strati di Hekla nei confronti del tempo. Durante il viaggio in treno Hekla le aveva inviato cinque messaggi su WhatsApp lamentandosi di Gretchen. A quanto pareva, Eyrun era andata su tutte le furie, Kristjan era molto scontento e Brynja minacciava di andarsene. La cosa le provocò una cupa soddisfazione, anche se le dispiaceva per Gretchen, ricordando quanto si fosse sentita un pesce fuor d'acqua al suo arrivo.

La sua risposta era stata: "Sii gentile con lei. È nuova. Ricorda com'ero io, una schifezza!".

Arrivata infine in fondo al Royal Mile, con il Palazzo di Holyrood di fronte a lei e i bellissimi edifici contemporanei del Parlamento scozzese alla sua destra, attraversò la strada e dopo altri cinque minuti di cammino raggiunse l'hotel.

Fece un cenno d'approvazione, perché aveva già indossato i panni della direttrice. La posizione all'ombra dell'Arthur's Seat era perfetta. Un po' fuori dalla città principale, ma abbastanza vicino al Palazzo di Holyrood e al Royal Mile da attrarre i visitatori. L'edificio era una di quelle grandiose strutture di granito, fatte di grandi blocchi di pietra, che sembravano robuste e imponenti, come se fossero state costruite per resistere a tutte le intemperie del Nord.

Un brivido di emozione si unì a un senso di calma. Poteva vivere qui. Vivere in questa città. Se n'era già innamorata in passato.

All'interno dell'hotel fu accolta da una receptionist dall'aria stanca.

«Posso aiutarla?», chiese con un dolce accento scozzese, che a Lucy ricordò subito Alex. Serrò le dita in un piccolo pugno nella tasca, mettendosi sulla difensiva.

«Sì. Ho una prenotazione per una notte a nome Lucy Smart».

La ragazza si raddrizzò all'improvviso, con gli occhi che scattavano da una parte e dall'altra.

«Benvenuta. Benvenuta. Sì, ho la sua prenotazione proprio qui. Siete nella suite luna di miele». Le sorrise. «La nostra camera migliore. Ha una bella vista sull'Arthur's Seat».

«Be', sembra meraviglioso». Lucy le rivolse un sorriso gentile, sorpresa di ricevere un trattamento da VIP. «Grazie. Dovrei incontrare il signor Oliver qui. È già arrivato?».

La ragazza sembrava pronta a esplodere. «Oh sì. È qui. È qui da un po'». I suoi grandi occhi marroni comunicavano così tante emozioni che Lucy non riuscì a decidere se Quentin incutesse al personale terrore, confusione o piacere. «È nella Wee Tartan Room. Ha detto di mandarla da lui non appena fosse arrivata». La sua voce si abbassò, gli occhi si allargarono mentre aggiungeva in tono sommesso: «E di portare il nostro miglior whisky».

«Vorrei una tazza di tè», replicò Lucy con fermezza.

«Sì. Sì, certo. Subito». La ragazza scattò sull'attenti con precisione militare. Doveva avere circa diciotto anni. Lucy le fece un sorriso. «Le dispiace se lascio qui la mia borsa? E può indicarmi dove trovo il bagno?».

Dopo essersi rinfrescata, ritoccata il rossetto e aggiunto una passata di mascara, Lucy si sistemò il vestito e indossò un paio di tacchi per sostituire le scarpe basse con cui era entrata, poi lasciò la toilette per affrontare l'intrigante e indomabile signor Oliver.

La Wee Room era un incubo tartan che reclamò tutta l'attenzione di Lucy, prima che finalmente si voltasse per salutare Quentin Oliver, che non era affatto quello che si aspettava. Dal suo modo di parlare e dal suo atteggiamento aggressivo si aspettava una persona piuttosto rozza e schietta, ben piantata e con una bella pancia, non certo quell'affascinante brizzolato piuttosto elegante con occhi azzurri penetranti e un sorriso sulle labbra. Non se lo sarebbe mai immaginato vestito con giacca di velluto color prugna e polo nera in stile Noel Coward, anche se le scarpe da ginnastica arancioni erano leggermente incongrue.

«Orrendo, vero?», disse lui, facendola quasi ridere di gusto mentre indicava le pareti. Evidentemente non si rendeva conto del proprio modo di vestire. Lei osservò la stanza senza parlare, mentre la vista di almeno quindici diversi motivi tartan che ricoprivano le pareti, il pavimento, i divani e i cuscini, la colpì. Un disastro visivo di quadrati rossi, linee nere nette, macchie gialle e quarti viola. Era difficile capire dove guardare, anche se poteva garantire che, se avesse potuto dire la sua, i battiscopa rossi lucidi sarebbero stati i primi a sparire.

«È sicuramente colorato», replicò, dando un'occhiata a uno sgabello scarlatto e nero.

«Non voglio colori, voglio gusto. Voglio poter portare qui mia moglie in pieno inverno o in estate e far sì che percepisca l'ambiente come accogliente e confortevole. La sua missione», fece una pausa e le sorrise con improvviso fascino malizioso, «se deciderà di accettare, sarà quella di trasformare questo posto nel Northern Holyrood Lodge».

La giovane ragazza della reception entrò con un vassoio contenente una teiera e un bicchiere di vetro lavorato ricolmo di whisky. Lo posò su un tavolo di mogano lucido che separava un divano decorato in quello che Lucy riconobbe essere il tartan Black Watch, quello sui toni del verde e del blu, da un altro che avrebbe descritto come tartan punk con i suoi colori arancione, viola, rosso e giallo.

«Tè?», chiese Quentin in modo alquanto sprezzante, sedendosi di fronte a lei.

«Immaginavo che questo fosse un colloquio», replicò Lucy versandosi una tazza e sistemandosi sul divano. «Forse può dirmi cosa sta cercando».

Mentre raggiungeva l'hotel aveva deciso, dal momento che quell'uomo aveva una reputazione temibile nel mondo alberghiero ed era stato lui a invitarla, che non aveva assolutamente nulla da perdere e, da quello che aveva compreso, quel Quentin era il tipo di persona che apprezzava i discorsi diretti.

«Cosa cambierebbe in questa stanza?».

La sua domanda schietta e inaspettata fece sorridere Lucy. «Il battiscopa rosso».

«Perché?»

«Perché stona ed è un po' pacchiano. Il tartan esagerato me lo aspetto. Siamo in Scozia. È divertente. Anche se io lo attenuerei, magari limitandomi a un paio di tipologie coordinate.

Quelli soffici color erica sono un po' più rassicuranti. E si potrebbe anche illustrare i tartan agli ospiti. Io li cercherei tutti, in modo da conoscerne i nomi. I battiscopa hanno un aspetto sciatto e per nulla di classe. E non autentico. Mi disturbano».

«Risposta eccellente. Il lavoro è suo».

Lei lo fissò oltre il bordo della sua tazza di tè. «Davvero? Per le mie opinioni sul tartan?»

«No, ma se non le do il lavoro, Alex non tornerà mai più. E se lui pensa che lei sia abbastanza brava, per me è sufficiente. Ma le Risorse Umane mi daranno filo da torcere se non fingo di farle un colloquio».

«Scusi?». Lucy lo fissò.

Quentin emise un sospiro pesante. «Che Dio mi dia tregua e una scatola di Weetabix. Quando è stata l'ultima volta che gli ha parlato?».

La bocca di Lucy si irrigidì in una linea seria.

«Mi sono fidata di lui. Mi ha mentito. Mi stava spiando».

«Mi sta prendendo in giro, spero». Quentin si colpì la testa con il palmo della mano. «Per l'amor del cielo, quel ragazzo stava facendo il suo lavoro. Io gli pago lo stipendio... e sono anche sposato con sua madre».

«Cosa?». Quella era una novità. Alex non aveva mai menzionato quella piccola chicca.

«È il mio figliastro. Ho conosciuto sua madre quando lavorava per me. Ho dovuto faticare non poco per convincerla a sposarmi. Quello stronzetto si rifiutava di mettere una buona parola. Ho dovuto dimostrare il mio valore». Il sorriso sognante di Quentin sconvolse Lucy. L'ultima cosa che avrebbe pensato di Quentin era che fosse un vecchio romanticone.

«Stava facendo un lavoro per me. E io apprezzo la lealtà. E lo stesso vale per Alex. Su, bellezza, pensi di trovarsi al suo posto. Mi sembra una persona onesta. Cos'avrebbe fatto lei?».

Accidenti a Quentin per averla letta così bene. Nelle stesse circostanze lei avrebbe probabilmente fatto lo stesso e, una volta che avevano iniziato ad andare a letto insieme, lui si era trovato in una situazione senza via d'uscita.

Il volto di Quentin si addolcì per un istante. «Quando è stata l'ultima volta che lo ha visto?»

«Non l'ho più visto da quando è tornato a Parigi».

«Quando l'idiota si è dimesso».

«Ha fatto cosa? Perché diavolo Alex avrebbe dovuto farlo?».

Quentin alzò gli occhi al cielo. «Il grande gesto. Buttare via ogni cosa per amore».

Lucy lo fissò. Quell'uomo era un pazzo. Quentin sostenne il suo sguardo, con il volto indurito.

«Non ho mai ritenuto il giovane McLaughlin una testa calda o un pazzo per amore. Si è arrabbiato perché non le ho dato il posto in Islanda. Si è dimesso e se n'è andato». Nonostante il suo tono arrabbiato, negli occhi di Quentin c'era un preciso luccichio. «Mia moglie, tra l'altro *sua madre*, pensa che sia la cosa più romantica che abbia mai sentito».

«Alex si è dimesso?». La sua vista si annebbiò. Alex si era dimesso. Per colpa sua.

La vergogna la investì. Quella sera era stato facile fare la voce grossa e parlare di fiducia, ma lei non si era fidata del fatto che lui avrebbe fatto la cosa giusta, nonostante Alex le avesse dimostrato in tanti altri modi che poteva fidarsi di lui. Forse, solo forse, aveva sbagliato anche lei.

«Già. Quell'imbecille non mi ha dato la possibilità di spiegare. Nell'ultimo mese mi ha inviato via mail resoconti entusiastici su di lei, dicendomi che era brillante, ma come ho detto avevo già offerto il lavoro a Gretchen». Corrugò il volto. «E lo ammetto, quelle e-mail le ho ignorate. Ho fatto un casino, ma ero impegnato. Per l'amor di Dio, accetti questo lavoro e gli dica di smetterla di fare il duro e di tornare a lavorare per me. È il miglior manager che abbia mai avuto, anche se non ho intenzione di dirglielo. Non voglio che si monti la testa».

Lucy sorrise a questa affermazione. Alex non sarebbe mai stato presuntuoso o arrogante, era troppo gentile e adorabile per questo. «Non so dove sia», sussurrò, desiderando di colpo di vederlo. Si era dimesso per lei. Aveva rinunciato a uno dei migliori lavori a Parigi, in Europa.

«Parleremo di contratti più tardi, questa sera, davanti a un drink...». Alzò lo sguardo, spostandolo verso un punto oltre la spalla sinistra di Lucy, «ma devo andare».

Quentin si alzò e rivolse un cenno a qualcuno dietro di lei. «Buon pomeriggio, lieto che tu sia qui».

«Non mi hai lasciato molta scelta. Minacciare di farmi causa per violazione del contratto è un modo piuttosto brutale di forzare la mano a qualcuno, oltre ad aver insistito perché volassi fino a Edimburgo per incontrarti. E mamma ha detto che non avrebbe parlato con nessuno dei due finché non avessimo risolto la questione. Quindi facciamo in fretta, perché ho qualcuno da rintracciare e ho già perso abbastanza tempo».

Al suono di quella voce familiare, una vampata di calore percorse la pelle di Lucy, che quasi dimenticò di respirare. Alex. Si bloccò e chiuse gli occhi, quasi troppo spaventata per voltarsi nel caso si fosse sbagliata.

«A mali estremi...», mormorò Quentin con un'alzata di spalle indifferente. «Questo è il momento in cui mi ritiro e lascio a voi due il compito di risolvere le cose». Sollevò il bicchiere di whisky per brindare.

«Lasci... lasci chi?». La voce di Alex era confusa, e Lucy si rese conto che lui non poteva vederla, lì seduta sul divano con lo schienale alto. Si alzò lentamente con gambe tremanti, il cuore che le batteva così forte da temere che potesse scoppiarle in petto, poi si voltò verso di lui.

La testa di Alex sussultò come se gli avessero sparato e i suoi occhi si spalancarono. Lo shock nei suoi occhi fu rapidamente sostituito da un lampo di collera. «Dove diavolo sei stata?».

Lucy quasi sorrise per la sua inusuale scontrosità.

«Sono tornato in Islanda e tu te n'eri andata», mormorò lui.

Spostando il peso da un piede all'altro, Lucy si sentì inspiegabilmente nervosa mentre lui avanzava verso di lei con passo deciso; pensò che l'avrebbe scossa.

«Credevo che te ne fossi andato per sempre. Sei partito senza salutare». La sua voce si incrinò. «Pensavo che fossi tornato a Parigi perché il tuo lavoro era finito». Il ricordo faceva ancora male.

La sua bocca si incurvò e il rimpianto gli velò gli occhi. «Sono tornato a Parigi perché ero furioso con Quentin».

In piedi di fronte a lei, si protese in avanti e le prese entrambe le mani. «Non riuscivo a dormire. Dovevo affrontarlo faccia a faccia». Gli occhi di Alex si addolcirono quando il suo sguardo si posò sul viso di lei, assaporandone avidamente la vista. «Dio, mi sei mancata. Quando sono tornato in Islanda e ho saputo che te n'eri andata non riuscivo a crederci. Hekla mi ha trattato malissimo».

A Lucy sfuggì un'involontaria risatina. Era impossibile figurarsi Hekla che si comportava in modo poco cordiale con qualcuno. Scrollò le spalle. «Non sembrava avere molto senso restare». Fece una smorfia, avvertendo di nuovo la rapida fitta di tradimento. «Gretchen mi ha mostrato l'e-mail che hai inviato. Quella in cui dicevi che non ero adatta a fare la manager. E prima che potessi parlarti, te ne sei andato senza dare spiegazioni».

«Ecco cosa mi merito per essere stato irruente». Alex fece una smorfia. «Ci credo che l'abbia fatto, è da lei. E non penso che ti abbia mostrato le altre nove che ho mandato a Quentin dicendo che ti avevo giudicato male e che sarebbe stato pazzo a lasciarti andare».

Lucy scosse la testa.

Alex fece un altro passo verso di lei, con le mani le incorniciò il viso, fissandola con intensità negli occhi. «Dobbiamo esserci letteralmente incrociati in aeroporto. Sono tornato da Parigi per dirti che avevo detto a Quentin dove poteva ficcarsi il suo lavoro... e tu te n'eri andata. Naturalmente non avevo il tuo numero di telefono. Hekla mi ha detto che eri tornata in Inghilterra. E poi mamma ha insistito perché venissi a trovarla perché era arrabbiata per il fatto che io e Quentin avessimo litigato... ecco perché sono a Edimburgo, ma tu cosa ci fai qui?». La sua fronte si aggrottò in un cipiglio perplesso.

Lei gli rivolse un sorriso tremulo. «Ho un colloquio di lavoro».

«Davvero?». Un sorriso gli attraversò il viso. «E...?»

«Quentin mi ha offerto un lavoro...».

Scosse la testa incredulo. «È fantastico. Maledetto Quentin, è uno stronzo subdolo. Non mi ha mai detto una parola».

«Credo che ci siano delle condizioni, credo che io possa avere il posto a patto che tu ritiri le tue dimissioni».

«Posso farlo, ma...». Tacque per un istante, e un'espressione seria gli si dipinse in volto. «Puoi perdonarmi? Mi dispiace di non averti detto chi ero ma... all'inizio non mi sentivo in grado di farlo e poi, be', la situazione è diventata troppo complicata».

«Ora capisco. Non posso giurarci, ma credo che avrei fatto lo stesso. Mi dispiace di non averti ascoltato la sera in cui è arrivata Gretchen. La mattina dopo mi sono svegliata e avrei voluto parlarti, solo che te n'eri già andato. E poi *lei* non ha perso tempo a gettare benzina sul fuoco».

«Ti perdono se tu perdoni me», disse Alex, con un delizioso scintillio di malizia.

«Stiamo negoziando, vero?», scherzò Lucy, di colpo molto più leggera e felice.

«Sembra di sì», rispose lui, guardandola con un'espressione più seria.

Lei tacque e alzò lo sguardo su Alex, decisa a fare le cose per bene.

«Mi dispiace di non averti dato la possibilità di spiegarti», esclamò. «Dopo la faccenda di Chris, ho subito pensato al peggio, ho creduto che tu stessi cercando solo di proteggere te stesso. Non mi è venuto in mente che invece stessi cercando di proteggere me. Non potevo sopportare che qualcuno pensasse che avevo ottenuto il lavoro perché andavamo a letto insieme».

Lui sollevò un dito e le sfiorò lo zigomo. «Chi ti conosce

non avrebbe mai potuto pensare che tu avessi ottenuto il lavoro per motivi diversi dal merito. Sei brillante, Lucy Smart. Puoi perdonarmi se ho sbagliato?»

«Ti perdono se tu perdoni me», ribatté lei con una risata sommessa, ripetendogli le sue parole di poco prima; poi si alzò in punta di piedi e gli cinse il collo con le braccia per dargli un rapido bacio sulla bocca.

Stringendola a sé, Alex fece in modo che si trovassero naso a naso.

«Non è abbastanza», mormorò.

Per tutta risposta, lei gli diede una serie di baci lungo la mascella, con il cuore che le batteva forte, poi lo sentì trattenere il respiro mentre gli si avvicinava alle labbra.

«Mmm», sussurrò lui con un gemito strozzato. «Eccoti qui». Premendo la bocca contro quella di Alex, Lucy approfondì il bacio, mentre le sue mani calde le scivolavano lungo la schiena e si posavano sui fianchi. Era così bello che tutto il resto svanì e Lucy fu vagamente consapevole del sibilo e del crepitio del fuoco nel camino, del battito del suo cuore che le pulsava nelle orecchie e della sensazione del corpo caldo e robusto di Alex contro il suo. Quando il fuoco scoppiettò, entrambi sobbalzarono, con il fiato un po' corto, sorridendo come due sciocchi.

«Allora, se ritirassi le mie dimissioni», chiese Alex con un sorriso, «accetteresti il lavoro?»

«Penso di sì». Lei gli rivolse uno sguardo riflessivo. «Anche se dipende dalla qualità del servizio aereo tra Edimburgo e Parigi».

«Si dà il caso che io sappia che c'è un servizio eccellente», replicò Alex con un sorriso provocatorio. «E si vola in entrambe le direzioni».

«Verresti a trovarmi nella fredda Edimburgo?»

«Prova a... tenermi... lontano… se riesci». Punteggiò ogni parola con un bacio. «Anche se devo avvertirti che mia madre vive vicino alla città». Fece una smorfia. «Ma potremmo mantenere il segreto sulle mie visite».

Lucy inarcò un sopracciglio.
Alex si guardò intorno e si mise l'indice davanti alle labbra. «È prepotente, ficcanaso e vorrà conoscerti».
Lucy rise. «Sono sicura di potercela fare».
«So che puoi. Allora, cosa ne pensi?»
«Penso che i vantaggi dell'accettare siano molteplici».
«Grazie al cielo. Ma sei sicura di voler lavorare per Quentin? Può rivelarsi un vecchio stronzo subdolo».
«Stai scherzando?». Lucy sorrise. «È un vecchio romanticone incallito. Oggi ci ha incastrati».
«Più che altro è terrorizzato dalla mamma». Alex scosse la testa e alzò gli occhi al cielo. «Lei si prenderà il merito di tutto. In effetti, non escluderei che sia stata proprio mia madre a spingere Quentin ad agire così. Le piacciono le storie d'amore».
Lucy inarcò un sopracciglio. «Questa è una storia d'amore?».
Alex la condusse sul divano e se la tirò in grembo. «Ci puoi scommettere. Inizio, parte centrale e lieto fine. Ti amo, Lucy Smart, sei coraggiosa, leale e bellissima dentro e fuori».
«È buffo, perché io ti amo, Alex McLaughlin, perché sei gentile, premuroso e ti prendi cura di me in modo splendido anche quando credo di non averne bisogno».
Si chinò per baciarlo di nuovo.
«Santo cielo, state ancora facendo pace?». Quentin rimase in piedi coprendosi gli occhi, come se quella vista fosse troppo per lui. «Posso chiedere se ho un manager per questo posto e se Alex tornerà presto al Metropole?».
Lucy sorrise ad Alex e gli sussurrò: «Mi ha prenotato la suite luna di miele per stanotte».
Lui ricambiò il sorriso, scostandole una ciocca di capelli dalla guancia e prendendo tempo prima di rivolgersi a Quentin.
«Mi dispiace, siamo ancora in trattativa, ci vorrà un po' di tempo, ma credo che avremo una risposta per te entro domani mattina».
Quentin grugnì e uscì di nuovo dalla Wee Room.

«Ora, dov'eravamo rimasti?», domandò Alex, e le sue labbra si abbassarono di nuovo verso quelle di Lucy.

Lei non rispose mai.

Epilogo

«Per l'amor di Dio, Lucy, Gretchen mi sta facendo esplodere le orecchie, puoi smetterla di rubarle il personale?»

«Ha ancora Eyrun», esclamò Lucy, tracciando con un dito le venature sulla scrivania di mogano della reception e rivolgendo un ampio sorriso a Hekla, che poteva sentire ogni parola della conversazione telefonica con Quentin.

«Basta, mi hai capito. E quando Alex arriva, digli di chiamarmi. Come procedono i piani? Saremo pronti per l'apertura del primo marzo?»

«Sì, Quentin», replicò per quella che le parve la cinquantesima volta, guardando con lo sguardo fiero di una neomamma la sala d'ingresso appena decorata, con le vetrate in stile georgiano, i cornicioni in gesso elegantemente dipinti e le pareti blu Wedgewood. «Le camere da letto sono tutte pronte. La Wee Tartan Room è stata ridipinta e i camini sono stati spazzati. I nuovi divani e le poltrone sono stati consegnati ieri e stiamo aspettando che l'impianto elettrico della cucina sia ultimato. Non riconoscerai questo posto».

«Meglio di no», ringhiò Quentin. Lei rise: aveva imparato in fretta che il modo migliore per affrontare il suo aspetto autoritario e prepotente era quello di farsi valere. «Assicurati che Alex mi chiami».

«Ok», disse lei allegramente, senza la minima intenzione di riportare il messaggio. Controllò l'orologio per la millesima volta quel pomeriggio. Alex doveva essere già partito dall'aeroporto Charles De Gaulle e doveva essere da qualche parte sopra la Manica.

Negli ultimi mesi erano riusciti a trascorrere un paio di giorni insieme ogni settimana. Grazie al potere del Wi-Fi e a eccellenti addetti ai turni, Alex sembrava essere in grado di lavorare a Edimburgo quasi come a Parigi.

Quando mise giù il telefono, Hekla cominciò a ridacchiare. «Non c'è nessun altro da rubare. Solo Olafur». Rivolse un'occhiata sorniona a Lucy. «E lui si vergogna troppo per chiedere di venire». Lucy ignorò il commento. Non aveva mai detto una parola a nessuno su quello che aveva fatto, e se Hekla aveva i suoi sospetti potevano rimanere tali.

«Non è che non stia rubando Elin», chiarì Lucy, «era mia fin dall'inizio».

Non appena si era diffusa la notizia che Lucy avrebbe gestito il Northern Holyrood Lodge di Edimburgo, il suo telefono era stato tempestato di messaggi. «E poi non è che abbia avuto scelta». Mise le mani sui fianchi e alzò gli occhi al cielo. «Mi avete detto tutti che sareste venuti a lavorare per me, che io vi volessi o meno».

Hekla fece una faccia indignata. «Ma tu ci volevi».

Lucy rise e l'abbracciò velocemente. «Certo. Sono entusiasta che tu sia qui».

«Anch'io», s'intromise Kristjan, entrando in reception dall'ufficio, brandendo un menu appena stampato su un rigido cartoncino color crema, al quale Hekla rivolse un'occhiataccia.

«L'hai stampato tu?», chiese, infuriata all'idea.

«*Ja*». Glielo sventolò davanti in un compiaciuto trionfo.

Lucy rise. «La stampante sembra funzionare perfettamente, purché tu ne stia lontana. È nuova di zecca».

«Mah», borbottò Hekla, strappando il menu a Kristjan. «Cosa c'è per cena?».

Quella sera Kristjan avrebbe provato il suo menu in vista del lancio ufficiale dell'hotel il fine settimana successivo. Nell'ultimo mese, Lucy, Hekla e Brynja avevano lavorato senza sosta per gestire la ristrutturazione, installare i nuovi sistemi, fare colloqui con il personale – non che Lucy avesse bisogno di assumerne tanto – mentre Dagur aveva aiutato Kristjan a sistemare la cucina e il bar, diventando rapidamente due esperti di whisky.

«Sì, cosa c'è per cena?», le fece eco Lucy lasciando Hekla a scrutare il menu. Aveva la certezza che sarebbe stato assolutamente delizioso. Kristjan aveva trascorso un paio di piacevoli settimane visitando i fornitori locali e facendo ricerche su altri ristoranti e, con così tante cose da fare in albergo, gli aveva lasciato carta bianca.

«Terrina di salmone affumicato, manzo Angus con rösti di patate e rape, il mio omaggio al piatto scozzese "Neeps e Tatties", carote glassate, seguiti da un tagliere di formaggi locali». I suoi occhi si illuminarono. «Devi provare questo cheddar al peperoncino dell'isola di Mull». Si portò le dita alla bocca e mimò un bacio. «Servirò alle sette e mezza, a meno che l'aereo di Alex non sia in ritardo».

Lucy incrociò le dita e le sollevò. «L'ultima volta che ho controllato era in perfetto orario. A questo proposito, ho un'ora per prepararmi, e la nuova vasca da bagno nella suite Balmoral ha bisogno di una prova su strada».

«Sono sicura che più tardi ne avrà bisogno anche il materasso», commentò Hekla.

Lucy arrossì. Trascorrere del tempo con le sue amiche islandesi l'aveva resa un po' più aperta sul sesso, ma non era necessario condividere troppe informazioni.

«Quando avremo ospiti paganti, saremo tutti in soffitta», le ricordò, ignorando il commento sprezzante. Per fortuna c'era abbondanza di posti per il personale nei vecchi alloggi della servitù in cima all'edificio: era uno spazio sufficiente per tutto il personale che aveva insistito per venire con lei.

«Goditi il bagno», disse Hekla. «Io vado a bere qualcosa al pub con Brynja e Dagur. Ci vediamo più tardi. Non lavorare troppo, Kristjan», lo stuzzicò con una carezza sul braccio.

«Non lo farò, ma non abbiamo ancora un cameriere quindi dovrai lavare i piatti».

Hekla rise. «Ne varrà la pena».

«Dove vai, al Kilderkin?», chiese Lucy con un cenno consapevole del capo.

«Forse», replicò Hekla con pudore. «La birra è molto buona».

«Se non ricordo male, costa poco e il barman è piuttosto bello, e ha un debole per le islandesi alte e bionde».

Hekla si concesse un piccolo sorriso compiaciuto mentre Kristjan si incupì. «Io vengo servita per prima, lo ammetto». Fece un sorriso malizioso allo chef. «Ma ho un debole per gli uomini islandesi».

«Tesoro, sono a casa».

Lucy si alzò in fretta, portandosi le ginocchia al petto e facendo scorrere l'acqua oltre il bordo della vasca, quando sentì il tonfo di una borsa che cadeva sul tappeto nuovo dell'altra stanza.

«Alex?».

Lui fece capolino dalla porta del bagno: «Aspetti qualcun altro?». Lui le sorrise e si avvicinò, chinandosi accanto alla vasca sulle ginocchia e avvolgendo un braccio intorno a lei per attirarla in un lungo, lento e soddisfacente bacio.

«Sei in anticipo», mormorò Lucy sorridendo di piacere.

«Ho preso l'aereo prima, anche se direi che sono arrivato proprio al momento giusto. Bella vasca. C'è spazio per un piccoletto lì dentro».

«Non sto cercando un piccoletto», ribatté lei, con gli occhi che danzavano mentre lo guardava spogliarsi senza alcuna esitazione o pudore, con le ginocchia ancora strette al petto.

«Bene. Fatti da parte». Lui saltò nella vasca dietro Lucy, tirandola a sé mentre si voltava per adagiarsi sul suo petto. «Questo è il modo perfetto per iniziare un venerdì sera dopo una dura settimana a Parigi. Come è andata la tua settimana?».

Lei ridacchiò, mentre Alex cominciava a baciarla e le sue mani scivolavano giù fino a toccarle il sedere.

Tra baci e carezze, si aggiornarono sulle novità l'una dell'altro, nonostante si sentissero ogni sera al telefono. Diventava sempre più difficile parlare, perché Lucy aveva il fiato sempre più corto a causa dei movimenti di Alex.

Alla fine lui le sospirò nell'orecchio, le labbra le sfiorarono il collo mentre le dita ne approfittavano spudoratamente. «Per quanto questa vasca sia bella, non è adatta a quello che ho in mente».

Lei non riuscì a dire altro, perché la sua mente si era trasformata in una deliziosa poltiglia, e sapeva esattamente che cosa Alex avesse in mente quando si alzò; l'acqua gli scorreva sulle gambe puntinate di peli e una certa parte del suo corpo era chiaramente pronta all'azione.

Erano in ritardo di pochi minuti per la cena, anche se i capelli di Alex erano ancora umidi e Lucy aveva dovuto passare un bel po' di tempo a sciogliere i nodi nei suoi. Con un aspetto allegro e le guance arrossate, tenne Alex per mano mentre scendevano la splendida scalinata, scambiandosi sorrisi segreti.

«Sapranno cosa abbiamo fatto», sussurrò Lucy, mordicchiandosi il labbro.

«Certo che lo sapranno, e sai che ci prenderanno per il culo. Non abbiamo alcuna possibilità. Ma non dimenticare», le sorrise, «che sei tu il capo, Lucy Smart. Minaccia di decurtargli lo stipendio». Fece l'occhiolino.

Lei prese fiato, sapendo che i commenti l'avrebbero fatta arrossire, poi attraversò la sala da pranzo, alzando gli occhi quando dai presenti si levò un'acclamazione festosa. Attorno a un tavolo rotondo sedevano Kristjan, Dagur, Brynja, Gunnar, Kristin, Hekla e...

«Elin!». Lucy le gettò le braccia al collo. «Quando sei arrivata?»

«Ho incontrato Alex in aeroporto, abbiamo condiviso un taxi».

Gli scoccò un'occhiataccia. «Non me l'hai detto». Finse di mettergli il broncio con un gesto per niente da Lucy.

«Mi sono distratto», rispose inarcando le sopracciglia.

«Oh, è bellissimo», disse Lucy perdonandolo. «Ci sono tutti».

«Sì. È bello che tu ti unisca a noi, *finalmente*», commentò Brynja facendole l'occhiolino.

«Stavo controllando i nuovi tubi», spiegò Lucy, pentendosi subito della scelta delle parole. Per fortuna, per una volta la padronanza colloquiale dell'inglese di Hekla venne meno. Alex abbassò la testa, ma lei poteva vedere le sue spalle tremare per le risate trattenute.

«Com'è la nuova vasca?», chiese Hekla.

Lucy sorrise. «Molto soddisfacente. Com'era il tuo scozzese?».

Hekla alzò un bicchiere. «Molto scozzese. Mi ha versato un sacco di birra. Mi piace un mondo la Scozia». Tutti risero. «Sono così contenta di essere venuta. E mi piace ancora di più Kristjan».

Kristjan sorrise mentre versava a Lucy un bicchiere di vino e glielo porgeva. Lei lo prese e si fermò in piedi davanti all'ultima sedia vuota.

«Visto che siamo tutti insieme, voglio fare un brindisi. A tutti voi, per esservi fidati di me e per essere venuti a condividere questa nuova avventura. Significa davvero molto per me», esclamò, guardando ognuno di loro a turno, poi lo sguardo si posò sull'ultima sedia, quella di Alex. «Questo posto... è bello, ma voi siete le persone che faranno la differenza. Siete coloro che lo renderanno accogliente e familiare. Sono sicura che il Northern Holyrood Lodge sarà un grande successo grazie a tutti voi. Grazie per avermi dato fiducia». Alzò il bicchiere, mentre tutti facevano lo stesso coi loro calici. Era tra amici e sapeva senza ombra di dubbio di potersi fidare di ognuno di loro. Alex le strizzò l'occhio e sillabò: «Ti amo».

Kristjan balzò in piedi e sollevò il bicchiere: «A te, Lucy Brynsdóttir», e tutti ripeterono le sue parole, che per poco non fecero scoppiare a piangere Lucy.

Ringraziamenti

Questa parte della stesura di un libro è forse la mia preferita, l'equivalente per uno scrittore di un discorso all'assegnazione di un Oscar, in cui si ringraziano tutte le persone che hanno contribuito, consapevoli o meno.

La prima da ringraziare è la mia amica Debi Game, che mi ha inavvertitamente messo in testa l'idea di togliere le cose a chi non doveva averle, con la deliziosa conseguenza che non poteva lamentarsi di essere rimasto senza.

Grazie a tutti i miei amici scrittori che mi offrono un sostegno e un incoraggiamento infiniti, sia nella vita reale che in rete, in particolare Donna Ashcroft, le adorabili Darcie Boleyn e Sarah Bennett, nonché la mia amatissima agente, Broo Doherty, una santa che sopporta con infinita pazienza le mie angosce di autrice.

Il gin aiuta enormemente quando si è prossime a una scadenza, e sono fortunata che mio marito sia sempre pronto a giungere in soccorso con un bicchiere, e che i miei figli abbiano sviluppato la straordinaria capacità di sapere quando la mamma deve essere lasciata in pace.

Infine, ultimi ma non per importanza, grazie a voi lettori che mi inviate commenti così belli, lasciate recensioni gentili e continuate a comprare i miei libri. Grazie per avermi permesso di essere una scrittrice.

Indice

Julie Caplin

Amore, neve e cioccolato

Volume di 384 pagine. € 9,90

Se c'è una cosa di cui Mina è assolutamente sicura è che il cioccolato possa risolvere ogni problema. Così, quando si ritrova a fare i conti con una cocente delusione amorosa, non si perde d'animo: un viaggio sulle Alpi svizzere, ospite nello chalet della sua adorata madrina, è quello che ci vuole per curare un cuore spezzato. E così prepara le valigie, decisa a godersi la sana vita di montagna, aria frizzantina e panorami mozzafiato e, perché no, a farsi coccolare dal gusto irresistibile della cioccolata svizzera. Il suo lavoro di consulente alimentare le ha insegnato che le scoperte migliori sono quelle che avvengono in modo inaspettato, lasciandosi sorprendere dai sapori inattesi. Anche se ultimamente la sua vita professionale sembra essere incastrata su progetti monotoni e poco stimolanti, Mina sente che quel soggiorno le consentirà di ricaricare le batterie e ripartire al massimo. Tutte le sue certezze, però, sono destinate a vacillare quando, a bordo di un treno che si inerpica tra le cime innevate, si imbatte in un affascinante sconosciuto…

Newton Compton editori